PRÉFACE

Plus de cinquante ans ont passé depuis que la première guerre mondiale, celle qu'on nomme encore la Grande Guerre, a ouvert un nouveau chapitre de l'histoire qui n'est pas encore achevé.

La plupart des acteurs, des témoins de 1914, ont disparu. Des souvenirs de massacres plus gigantesques, plus cruels, ont relégué au second plan dans l'horreur ou la pitié ceux du premier conflit mondial qui apparaît à travers le recul d'un demi-siècle comme la dernière des guerres classiques.

L'eau du Léthé a coulé sur la terre ensanglantée qui, vingt-cinq ans après, a recommencé « à perdre son printemps ».

Pour préserver de l'oubli les combattants de Quatorze, tandis qu'un à un les derniers survivants quittent la scène, il n'y a pas seulement les cimetières militaires qui dressent la blancheur de leurs millions de stèles, de l'Artois à la Macédoine, de la Prusse orientale aux Carpathes. Pas seulement dans chaque village ces humbles monuments où s'inscrivent auprès de leurs aînés les noms des morts de 1939-1945 et dans la capitale des anciens pays belligérants les tombeaux des soldats inconnus.

L'année 1915 et *Le feu*

Des grandes œuvres littéraires émergent comme d'irrécusables témoignages contre le silence et le mensonge. Par elles, la gloire des combattants de l'Artois et de la Champagne, des Flandres et des Vosges, rayonne plus douloureuse et plus vraie. Par elles se perpétuent la souffrance des soldats qui ont pétri cette gloire, le courage quotidien qu'ils ont déployé en faisant, comme disaient les fantassins, *un pas de plus*, en tenant un jour de plus ; et aussi leur doute, leur angoisse s'aggravant, leurs espérances se précisant, au fur et à mesure que la guerre se prolongeait. Les plus intrépides s'interrogeaient alors sur l'utilité de la lutte ou le sens révolutionnaire qu'elle pouvait avoir.

Ils étaient partis du côté français pour défendre leur sol. Et parce qu'aux fils des Volontaires de Quatre-vingt-douze il ne suffisait pas de mourir dans l'intérêt de leur seule patrie, ils pensaient en même temps sauver le destin du monde et « tuer à jamais la guerre dans le ventre de l'Allemagne ».

Mais la monotonie accablante et meurtrière des tranchées, les morts que laissait derrière eux chacun des assauts que le Commandement multipliait, sans obtenir jamais de résultats décisifs, créèrent chez le soldat une sorte de fatalisme de la résignation ou du désespoir. L'enthousiasme de l'été 1914 se dissipa. Seuls les plus clairvoyants parvinrent à surmonter leur propre drame et à entrevoir l'avenir.

C'est à Henri Barbusse que revint l'honneur de traduire dans *Le Feu, Journal d'une Escouade,* ces épreuves et ces angoisses où perçait le rayon de la grande espérance.

Le Feu a été vécu, médité en première ligne au cours de l'année 1915, celle de la guerre des sapes, des positions, qui fut aussi celle des coûteuses offensives de l'Artois et de Champagne. Joffre tentait de « grignoter » l'adversaire, tandis que le chef d'état-major allemand Falkenhayn essayait vainement de faire le siège de la forteresse France.

Le Feu a été commencé à l'hôpital de Chartres, où Barbusse était évacué aux premières semaines de 1916. Il l'a terminé à l'hôpital de Plombières.

Paru en feuilleton dans le quotidien *L'Œuvre* à partir du 3 août 1916, *Le Feu* a été publié aux Editions Flammarion à la fin de novembre de cette année et a remporté quelques jours après le prix Goncourt.

Henri Barbusse est l'un des premiers parmi les écrivains de la Génération du Feu — le titre de son livre — à avoir osé dire la vérité.

Il a parlé le langage de ses frères, il a dégagé, interprété leur pensée ; il s'est assimilé leur âme.

Enlisé dans leur boue, frôlé par leurs rats, partageant leur rendez-vous de chaque heure avec la mort, ayant dans la bouche le même goût de terre, hanté par la même odeur de cadavres, il s'est montré profondément, authentiquement, l'un des leurs.

Soldat de France, il a voulu s'élever au-dessus des lignes des tranchées. Il a écouté les mêmes gémissements montés des lèvres de tous les blessés vers le ciel silencieux.

Par la voix d'un de ses voyants qui, aux premières pages de son livre, aperçoit du haut de son sanatorium la tuerie de trente millions d'hommes, il a jeté ce cri : « *Deux armées aux prises, c'est une grande armée qui se suicide.* »

Le cri, le témoignage d'Henri Barbusse, aussitôt connu, déclenchait un immense remous ; chez certains, l'inquiétude et même les protestations scandalisées, mais chez la plupart et dans la presque totalité des combattants, l'estime, la gratitude et l'admiration.

Son écho, dépassant les frontières de la France au combat, devait éveiller, exalter les consciences jusque chez l'ennemi.

Nombre de ces combattants allaient souffrir, tomber moins désespérés, puisque le monde commençait à savoir.

Une querelle s'engagea dans la République universelle des lettres ; une querelle bien différente de celle du *Cid* en 1636, d'*Hernani* en 1830 : à l'échelle du continent saigné de millions de ses fils, une querelle d'idées et d'action, assumée par ceux qui croyaient cette fois en finir avec le « mensonge guerrier ».

L'initiateur de cette querelle, l'auteur du *Feu*, Henri Barbusse, était alors en pleine maturité de son âge et au seuil de la renommée.

Né à Asnières le 17 mai 1873, fils du journaliste Adrien Barbusse, il est par son père d'ascendance cévenole et huguenote. Par sa mère, qu'il a perdue à l'âge de trois ans, d'ascendance britannique.

Son enfance est enveloppée d'intelligence, baignée de tendresse que son père et la compagne de celui-ci ne cessent de lui prodiguer. En 1876, à une réception de mariage, il reçoit le baiser de Victor Hugo. Le petit Henri est beau, sensible, affectueux. Elève à l'école primaire de la rue Navarin et de la rue Milton, puis au collège Rollin, il y fait de brillantes études littéraires et philosophiques.

Henri Barbusse est à peine adolescent lorsqu'il écrit ses premiers poèmes. Il s'essaie au drame, au conte. Les aspects mystiques du symbolisme le séduisent. Il passe aisément sa licence ès lettres et rapporte de son service militaire à Compiègne, où la vie commune avec ses camarades ouvriers et paysans lui inspire des notes pleines de sympathie humaine et parfois émaillées d'observations cocasses, des témoignages élogieux de ses chefs.

On le retrouve plus tard au bureau de presse du ministère de l'Intérieur, au Cabinet du ministre de l'Agriculture, mais toujours et par-dessus tout poète. Lauréat au Concours de poésie de *L'Echo de Paris*, il y gagne la bienveillante amitié du président du jury, Catulle Mendès ; et mieux encore, l'amour de la dernière fille du lion de la poésie romantique de la fin du siècle, Hélyonne, qui deviendra Mme Henri Barbusse.

Son premier recueil de vers, *Pleureuses*, paru en 1895, lui vaut les suffrages des meilleurs parmi les critiques et les poètes contemporains.

Son deuxième livre, *Les Suppliants*, qui tient du roman et du poème, est publié en 1903.

Le journalisme est devenu son second, ou plutôt son

premier métier. Il est appelé à la rédaction en chef du magazine *Je Sais Tout*, secrétariat général des publications Pierre Lafitte, qui le mettent en rapport avec le Tout-Paris et les célébrités internationales.

Henri Barbusse s'engage de plus en plus hardiment dans la voie du pacifisme, en ce temps qui est celui des premiers Prix Nobel, des premières Conférences de la paix.

En 1908, la parution de son premier vrai roman, *L'Enfer*, est un coup d'éclat. Anatole France s'écrie en le lisant : « Voilà enfin le livre d'un homme. » Et Maurice Maeterlinck salue en lui « la présence émouvante et grandiose du génie ».

Jean-Paul Sartre dira plus tard : « L'Enfer, c'est les autres. » Pour Barbusse, l'enfer est en nous-mêmes, dans les démons qui assaillent l'homme à l'intérieur, à l'extérieur, et qui se résument à ses yeux déjà en ces deux fléaux : l'injustice sociale et la guerre.

Cet enfer de l'humanité, ce film de la douleur, de la solitude, de la mort, éclairé du passage éphémère de l'amour (on emploierait volontiers aujourd'hui et à son sens le plus plein le mot d'érotisme pour désigner la présence intense de la sexualité en certains des chapitres du roman), se révèle par la fente du plafond d'une chambre d'hôtel. Tout le mystère de la vie défile à travers ses occupants. Et sa conclusion traduit, malgré certains sursauts révolutionnaires, le nihilisme d'Henri Barbusse, le désespoir d'un idéaliste indigné qui s'enferme dans un refus.

Après *L'Enfer,* la réputation de l'écrivain ne cesse de grandir.

Il a quarante et un ans en juillet 1914. La fragilité de ses poumons l'a contraint de passer plusieurs mois dans un sanatorium de Leysin. Dispensé de tout service actif, lorsqu'il apprend la déclaration de guerre, il n'hésite pas, sollicite son engagement dans l'infanterie[1]. C'est en première ligne que ce pacifiste veut com-

1. Le 4 août 1914, il écrit au journal *L'Humanité* : « Voulez-vous me compter parmi les socialistes antimilitaristes qui s'engagent

battre. Il est décidé à partager les souffrances et les périls des plus exposés, des plus accablés parmi les soldats.

Une fois au dépôt, il multiplie les démarches pour partir au front, qu'il rejoint en décembre 1914, incorporé au 231e régiment d'infanterie. Durant plus d'un an, Barbusse combat en première ligne dans le Soissonnais, dans l'Argonne et dans l'Artois. Il connaîtra comme soldat dans son escouade les corvées, les gardes, l'heure H où l'on franchit les parallèles de départ pour aller au-devant du feu. Il donnera ensuite, comme brancardier de compagnie, la mesure de son courage. Deux citations, l'une collective à l'ordre de la Brigade[1], l'autre individuelle à l'ordre de l'Armée[2], consacrent sa guerre de fantassin.

Une fois réformé[3], dans l'auréole de gloire que lui a value *Le Feu*, Henri Barbusse se consacre aux intérêts moraux et matériels de ses camarades anciens combattants. Il fonde avec Paul Vaillant-Couturier, Raymond Lefebvre, Jean Duclos, Georges Bruyère, l'Association républicaine des anciens combattants (A.R.A.C.), qui est l'une des plus importantes du mouvement combattant. Il s'engage dans la vie militante pour la paix avec la même ferveur qu'il s'est engagé dans la guerre. Henri Barbusse ne séparera plus celle-ci de son œuvre littéraire. La Révolution bolche-

volontairement dans la présente guerre ?... Cette guerre est une guerre sociale qui fera faire un grand pas — et peut-être définitif — à notre cause. »

1. Citation du 8 juin 1915 : « ... Henri Barbusse... Se sont offerts spontanément pour aller sous la fusillade ramener des blessés dont on entendait les plaintes au-devant des lignes. Ont réussi à ramener trois blessés jusqu'au poste de secours. »

2. Citation du 17 octobre 1915 : « D'une valeur morale supérieure, s'est engagé volontairement pour la durée de la guerre, a refusé d'être versé dans la territoriale malgré son âge et son état de santé. S'est toujours offert spontanément pour toutes les missions dangereuses et notamment pour aider à installer, sous un feu violent, un poste de secours avancé dans les lignes qui venaient d'être conquises par l'ennemi. »

3. Après vingt-deux mois de présence aux armées.

vique l'a profondément marqué. Il adhère au Parti communiste, devient l'ami personnel de Lénine et de Gorki, prend la présidence du groupe et de la revue *Clarté*.

Ne faisant que de rares apparitions à Paris, il se partage entre sa maison d'Aumont, dans la forêt de Senlis, et sa villa méditerranéenne, sur le rocher rouge de Théoule. Son activité militante l'amène à voyager des Amériques à l'Europe. Il se rend en Bulgarie, en Roumanie, où il témoigne contre la Terreur blanche, accomplit de nombreux séjours en Union soviétique.

En 1919, Henri Barbusse fait paraître son troisième roman, *Clarté*, transposition romanesque de la guerre dont *Le Feu* est le document. Il publie ensuite une série d'œuvres qui doivent aux conceptions unanimistes autant qu'aux procédés nouveaux de l'art cinématographique, notamment *Les Enchaînements, Force,* deux livres dédiés à *Jésus*, ainsi qu'une vie d'Emile Zola et des ouvrages d'une portée plus spécialement politique.

C'est lui qui, avec Romain Rolland, crée le Mouvement contre le fascisme et pour la paix, connu sous le nom d'Amsterdam-Pleyel.

Henri Barbusse meurt à Moscou le 30 août 1935. Le peuple de Paris lui fait de grandioses funérailles. L'auteur du *Feu* repose non loin du Mur des Fusillés de la Commune, dans le secteur réservé aux combattants de la Résistance, au cimetière du Père-Lachaise.

Les Carnets de guerre

Les Carnets de guerre, qui demeuraient depuis un demi-siècle, d'abord dans les archives de Mme Henri Barbusse, puis dans le coffre-fort où les lentes formalités de la liquidation de sa succession les tenaient enfermés, paraissent enfin en librairie.

Leur révélation n'intéressera pas seulement les anciens, dont les vingt ans se passionnèrent pour la bataille du *Feu*, ni ces jeunes fort nombreux qui, de l'Amérique au Japon, de l'Afrique noire à l'Union soviétique et à la Chine, pour des raisons idéologiques, ont fait d'Henri Barbusse l'un des maîtres de leur pensée. L'écrivain combattant de France est celui qui, comme l'écrivait un de ses jeunes disciples tchécoslovaques[1], leur ouvrit les portes flamboyantes de la Clarté.

Ces Carnets constituent un document de premier ordre pour tous ceux, fussent-ils éloignés de ses conceptions philosophiques et sociales, qu'intrigue la genèse d'une œuvre littéraire capitale dans le premier tiers de notre siècle.

Par ces *Carnets de guerre* de Barbusse, on remonte pour la première fois à la source du *Journal d'une escouade*, qui devait alors passionner l'opinion française et européenne.

Les *Carnets de guerre* écrits en 1915, aux tranchées du 231ᵉ régiment d'infanterie, se présentent comme deux petits carnets d'écolier d'environ quinze centimètres de longueur, l'un de soixante-seize pages manuscrites, l'autre de cinquante-huit pages.

Les notes écrites à l'encre et au crayon, d'une écriture d'une extrême finesse, ont pâli depuis cinquante ans. Elles comportent de nombreuses ratures, de nombreuses répétitions.

Une partie des lignes est entièrement effacée ou illisible.

Il ne pouvait donc être question d'en donner le texte intégral. Un tel travail pourra tenter les spécialistes de l'avenir ; mais nous avons d'autant moins songé à l'entreprendre que l'auteur lui-même n'en eût peut-être pas souhaité la publication. N'y aurait-il pas une sorte d'impiété, de viol de la pensée, à livrer au grand public le secret de toutes les notations écrites hâtivement dans la compagnie de la mort ?

Henri Barbusse, écrivain exigeant, qui eût ambitionné comme Emile Zola le titre d'ouvrier de lettres, n'a jamais laissé paraître que des œuvres d'une forme

1. Le professeur Vladimir Brett.

achevée. Un élémentaire respect envers la mémoire du romancier commandait donc une certaine réserve, celle dont la vérité n'aurait jamais à souffrir.

Puisque nous avons pu déchiffrer la presque totalité de ces Carnets, retenons-en l'essentiel, ce qui peut servir de complément, d'éclairage supplémentaire au *Feu*.

On y trouve dès les premières lignes qui nous plongent dans la boue de l'Artois — elles datent du 15 octobre 1915, le dernier trimestre des campagnes d'Henri Barbusse — les thèmes principaux du *Feu*. La *mort*, celle de la terre, des maisons, des animaux, des hommes, le *feu* du bombardement, l'*eau* des tranchées qui transforme la plaine en une immense mer boueuse.

Puis dans ce décor le *soldat*, les camarades de l'escouade d'infanterie, des humbles de France, parmi lesquels Barbusse est le seul intellectuel.

Des notes du Carnet surgissent les types familiers du roman. Beaucoup d'entre eux sont des gars du Nord, des « chtis mis » ; et parmi eux des mineurs comme Poterloo et Becuwe. Eudore, tenancier d'estaminet. Puis Marthereau le chiffonnier, Volpatte et son inséparable Fouillade, originaire de l'Hérault, le paysan Lamuse, valet de ferme qui vient du Poitou, Paradis, le charretier morvandiau, Barque, « triporteur » et Parisien. Et Cocon, l'homme-statistique qui a quitté le comptoir de sa quincaillerie, Biquet, le petit Breton, et Blaire, toujours si sale, qui pourrait être son père. Au-dessus d'eux, comme une statue de glaise du droit et du devoir, taciturne et silencieux, se dresse le caporal révolutionnaire, qui tue et meurt pour qu'on ne tue plus et qu'on ne meure plus, le caporal Bertrand.

De tous ces hommes, Barbusse n'a pas seulement traduit la pensée, la saisissant au vol, souvent la révélant à eux-mêmes. Il a décidé de leur faire parler leur langage. Pour lui comme pour Victor Hugo, le mot est un être vivant. Le souci de la vérité le conduisait à ne pas interposer entre les idées de ces hommes et le lecteur futur l'écran de la langue classique. Il éprouvait une vive curiosité et, semble-t-il, un réel plaisir — une de ces distractions si rares en ce tragique destin — à répéter leurs propos désabusés ou involontairement comiques, à respecter leur vocabulaire qui gardait dans sa déformation une si singulière saveur. « Le même parler, fait d'un mélange d'argots d'atelier et de caserne, et de patois, assaisonné de quelques néologismes, écrit-il, nous amalgame, comme une sauce, à la multitude compacte d'hommes qui, depuis des saisons, vide la France pour s'accumuler au Nord-Est. »

Au regard des hommes du front et comme en repoussoir, se dessinent dans les Carnets les hommes de l'arrière, dont Barbusse a noté avec un soin égal les traits physiques, les propos conventionnels ou cyniques : l'épicier, le coiffeur, le pharmacien, le bricoleur, le forgeron qui clame à travers des invectives d'ivrogne des vérités révolutionnaires, une baronne qui semble sortir d'un album de caricatures. Autant de types qui seront largement utilisés dans *Clarté*.

Et revient également dans ces Carnets cet autre thème de la guerre qui hantait tous les soldats de première ligne et les unissait dans un sentiment un peu complexe, fait de mépris, d'exaspération, d'ironie, d'un peu de jalousie peut-être, le thème de l'*embusqué*. Il est calamistré, débrouillard, élégant ; on lui reproche moins d'avoir peur que de prétendre lui aussi jouer au poilu.

Henri Barbusse ponctue ces diverses notations de ses propres observations sur la guerre. Il y exprime avec sa rectitude coutumière un pacifisme inhérent à sa nature et qu'on retrouve dans son horreur de la chasse, de toutes les inutiles souffrances infligées aux animaux. Et aussi un antimilitarisme fondamental que l'homme d'extrême gauche et même de gauche avant 1914 associait souvent à son combat de démocrate[1].

Il dénonce obstinément la « courte voyance », les faux-semblants, l'aveuglement des vanités nationales, l'obstination des ennemis du progrès qui auraient jadis jugé impossible que la guerre vînt à cesser entre les provinces. Son souci d'objectivité l'amène à ne pas attribuer à l'Allemagne l'exclusive responsabilité dans le déclenchement du conflit, encore que la culpabilité majeure incombât bien au militarisme allemand.

Cependant il souligne, en ayant la discrétion de ne jamais se référer à son propre exemple, qu'il faut se montrer d'autant plus courageux qu'on est moins conformiste. On pourra d'autant mieux servir la paix qu'on aura plus directement affronté la mort.

*

Henri Barbusse a également noté dans ses Carnets ses livres préférés. Il y inscrit çà et là des plans de nouvelles en trois lignes, par exemple : « Le soldat auquel on a volé son livret et qui, rentrant de captivité, se trouve accusé du crime commis par celui qui lui a substitué ses propres papiers. »

De temps à autre, le poème de la vie perce la ténèbre de quelques lueurs : « Un chien auprès de sa gamelle. » La jeune fille : « Dans le rayon qui entrait dans la fenêtre, direct et tiède comme un rideau de soleil, on la voyait ; elle approchait sa joue de la joue de la rose. »

Des quatrains s'inscrivent, comme celui-ci :

Le monde s'éveillait bercé
Et c'était le printemps des choses
Puisqu'une bouche était éclose
Sur tout le désert du passé.

1. Mais au temps des *Carnets de guerre*, nous ne sommes déjà plus en août 14. Nous ne sommes pas encore en 1933, le temps de l'anti-fascisme, ni au temps de la Résistance.

*

Mais le lyrisme n'est que l'enveloppement, l'écho de l'immense tristesse des choses, le chant de l'injustice que doivent briser, nouveaux Prométhée, « les trente millions d'esclaves ». Car un nouveau cataclysme les menace, ainsi qu'il l'écrit le 14 août 1916 à Hélyonne Barbusse : dans dix ans, dans vingt ans, il entrevoit une autre guerre qui assurera la ruine en hommes et en argent du vieux monde...

Et ce vieux monde, selon l'auteur du *Feu,* sera changé « par l'alliance de ceux dont le nombre et la misère sont infinis ».

C'est miracle en vérité — il en semble tout au moins ainsi aux hommes qui vécurent la vie de fantassin d'Henri Barbusse — que ces Carnets qui préfigurent le *Feu,* son plan, qui précisent les titres de ses vingt-quatre chapitres, aient pu sortir presque intacts de sa musette sans avoir été dissous par l'eau boueuse du boyau, rongés par les rats, engloutis par la terre que soulève l'explosion de l'obus. Miracle que, cinquante ans après, ces petits feuillets où se déversait la confidence quotidienne du soldat, ce qui aurait pu être son testament, s'échappent du coffre et viennent offrir au siècle finissant leur témoignage.

Que le lecteur veuille bien les accueillir en cette édition qui ouvre la commémoration du cinquantième anniversaire du *Feu*, comme le premier écho du message des combattants dont Henri Barbusse a été l'interprète.

Les lignes fines et pâlies de ces Carnets que le temps a parfois effacées, la souffrance et l'aile de la mort ne les ont pas fait trembler. Qu'elles contribuent à écarter l'oubli qui menace de recouvrir une deuxième fois ceux que la terre ensevelit.

Qu'elles aident, en éclairant les origines du *Feu*, à déchirer, comme le souhaitait Henri Barbusse, le linceul de la haine et du mensonge, à faire jaillir l'éclair rédempteur de la vérité.

Pierre PARAF.

LE FEU

À LA MÉMOIRE DES CAMARADES
TOMBÉS À CÔTÉ DE MOI À CROUY
ET SUR LA COTE 119.

H. B.

I

LA VISION

La Dent du Midi, l'Aiguille Verte et le Mont Blanc font face aux figures exsangues émergeant des couvertures alignées sur la galerie du sanatorium.

Au premier étage de l'hôpital-palais, cette terrasse à balcon de bois découpé, que garantit une véranda, est isolée dans l'espace, et surplombe le monde.

Les couvertures de laine fine — rouges, vertes, havane ou blanches — d'où sortent des visages affinés aux yeux rayonnants, sont tranquilles. Le silence règne sur les chaises longues. Quelqu'un a toussé. Puis, on n'entend plus que de loin en loin le bruit des pages d'un livre, tournées à intervalles réguliers, ou le murmure d'une demande et d'une réponse discrète, de voisin à voisin, ou parfois sur la balustrade, le tumulte d'éventail d'une corneille hardie échappée aux bandes qui font, dans l'immensité transparente, des chapelets de perles noires.

Le silence est la loi. Au reste, ceux qui, riches, indépendants, sont venus ici de tous les points de la terre, frappés du même malheur, ont perdu l'habitude de parler. Ils sont repliés sur eux-mêmes, et pensent à leur vie et à leur mort.

Une servante paraît sur la galerie ; elle marche doucement et est habillée de blanc. Elle apporte des journaux, les distribue.

— C'est chose faite, dit celui qui a déployé le premier son journal, la guerre est déclarée.

Si attendue qu'elle soit, la nouvelle cause une sorte d'éblouissement, car les assistants en sentent les proportions démesurées.

Ces hommes intelligents et instruits, approfondis par la souffrance et la réflexion, détachés des choses et presque de la vie, aussi éloignés du reste du genre humain que s'ils étaient déjà la postérité, regardent au loin, devant eux, vers le pays incompréhensible des vivants et des fous.

— C'est un crime que commet l'Autriche, dit l'Autrichien.

— Il faut que la France soit victorieuse, dit l'Anglais.

— J'espère que l'Allemagne sera vaincue, dit l'Allemand.

*

Ils se réinstallent sous les couvertures, sur l'oreiller, en face des sommets et du ciel. Mais, malgré la pureté de l'espace, le silence est plein de la révélation qui vient d'être apportée.

— La guerre !

Quelques-uns de ceux qui sont couchés là rompent le silence, et répètent à mi-voix ces mots, et réfléchissent que c'est le plus grand événement des temps modernes et peut-être de tous les temps.

Et même, cette annonciation crée sur le paysage limpide qu'ils fixent, comme un confus et ténébreux mirage.

Les étendues calmes du vallon orné de villages roses comme des roses et de pâturages veloutés, les taches magnifiques des montagnes, la dentelle noire des sapins et la dentelle blanche des neiges éternelles, se peuplent d'un remuement humain.

Des multitudes fourmillent par masses distinctes. Sur des champs, des assauts, vague par vague, se propagent, puis s'immobilisent ; des maisons sont éventrées comme des hommes, et des villes comme des maisons ; des villages apparaissent en blancheurs émiettées, comme s'ils étaient tombés du ciel sur la terre, des chargements de morts et des blessés épouvantables changent la forme des plaines.

On voit chaque nation dont le bord est rongé de massacres, qui s'arrache sans cesse du cœur de nouveaux soldats pleins de force et pleins de sang ; on suit des yeux ces affluents vivants d'un fleuve de morts.

Au Nord, au Sud, à l'Ouest, ce sont des batailles, de tous côtés, dans la distance. On peut se tourner dans un sens ou l'autre de l'étendue : il n'y en a pas un seul au bout duquel la guerre ne soit pas.

Un des voyants pâles, se soulevant sur son coude, énumère et dénombre les belligérants actuels et futurs : trente millions de soldats. Un autre balbutie, les yeux pleins de tueries :

— Deux armées aux prises, c'est une grande armée qui se suicide.

— On n'aurait pas dû, dit la voix profonde et caverneuse du premier de la rangée.

Mais un autre dit :

— C'est la Révolution française qui recommence.

— Gare aux trônes ! annonce le murmure d'un autre.

Le troisième ajoute :

— C'est peut-être la guerre suprême.

Il y a un silence, puis quelques fronts encore blanchis par la fade tragédie de la nuit où transpire l'insomnie, se secouent.

— Arrêter les guerres ! Est-ce possible ! Arrêter les guerres ! La plaie du monde est inguérissable.

Quelqu'un tousse. Ensuite, le calme immense au soleil des somptueuses prairies où luisent doucement les vaches vernissées, et les bois noirs, et les champs verts, et les distances bleues, submergent cette vision, éteignent le reflet du feu dont s'embrase et se fracasse le vieux monde. Le silence infini efface la rumeur de haine et de souffrance du noir grouillement universel. Les parleurs rentrent, un à un, en eux-mêmes, préoccupés du mystère de leurs poumons, du salut de leurs corps.

Mais quand le soir se prépare à venir dans la vallée, un orage éclate sur le massif du Mont-Blanc.

Il est défendu de sortir, par ce soir dangereux où l'on sent parvenir jusque sous la vaste véranda — jusqu'au port où ils sont réfugiés — les dernières ondes du vent.

Ces grands blessés que creuse une plaie intérieure embrassent des yeux ce bouleversement des éléments : ils regardent sur la montagne éclater les coups de tonnerre qui soulèvent les nuages horizontaux comme une mer, et dont chacun jette à la fois dans le crépuscule une colonne de feu et une colonne de nuée, et bougent leurs faces blêmes aux joues écorchées pour suivre les aigles qui font des cercles dans le ciel et qui regardent la terre d'en haut, à travers les cirques de brume.

— Arrêter la guerre ! disent-ils. Arrêter les orages !

Mais les contemplateurs placés au seuil du monde, lavés des passions des partis, délivrés des notions acquises, des aveuglements, de l'emprise des traditions, éprouvent vaguement la simplicité des choses et les possibilités béantes...

Celui qui est au bout de la rangée s'écrie :

— On voit, en bas, des choses qui rampent !

— Oui... c'est comme des choses vivantes.

— Des espèces de plantes...

— Des espèces d'hommes.

Voilà que dans les lueurs sinistres de l'orage, au-dessous des nuages noirs échevelés, étirés et déployés sur la terre comme de mauvais anges, il leur semble voir s'étendre une grande plaine livide. Dans leur vision, des formes sortent de la plaine, qui est faite de boue et d'eau, et se cramponnent à la surface du sol, aveuglées et écrasées de fange, comme des naufragés monstrueux. Et il leur semble que ce sont des soldats. La plaine, qui ruisselle, striée de longs canaux parallèles, creusée de trous d'eau, est immense, et ces naufragés qui cherchent à se déterrer d'elle sont une multitude... Mais les trente millions d'esclaves jetés les uns sur les autres par le crime et l'erreur, dans la guerre de la boue, lèvent leurs faces humaines où germe enfin une volonté. L'avenir est dans les mains des esclaves, et on voit bien que le vieux monde sera changé par l'alliance que bâtiront un jour entre eux ceux dont le nombre et la misère sont infinis.

II

DANS LA TERRE

Le grand ciel pâle se peuple de coups de tonnerre : chaque explosion montre à la fois, tombant d'un éclair roux, une colonne de feu dans le reste de nuit et une colonne de nuée dans ce qu'il y a déjà de jour.

Là-haut, très haut, très loin, un vol d'oiseaux terribles, à l'haleine puissante et saccadée, qu'on entend sans les voir, monte en cercle pour regarder la terre.

La terre ! Le désert commence à apparaître, immense et plein d'eau, sous la longue désolation de l'aube. Des mares, des entonnoirs, dont la bise aiguë de l'extrême matin pince et fait frissonner l'eau ; des pistes tracées par les troupes et les convois nocturnes dans ces champs de stérilité et qui sont striées d'ornières luisant comme des rails d'acier dans la clarté pauvre ; des amas de boue où se dressent çà et là quelques piquets cassés, des chevalets en *x*, disloqués, des paquets de fil de fer roulés, tortillés, en buissons. Avec ses bancs de vase et ses flaques, on dirait une toile grise démesurée qui flotte sur la mer, immergée par endroits. Il ne pleut pas, mais tout est mouillé, suintant, lavé, naufragé, et la lumière blafarde a l'air de couler.

On distingue de longs fossés en lacis où le résidu de nuit s'accumule. C'est la tranchée. Le fond en est tapissé d'une couche visqueuse d'où le pied se décolle à chaque pas avec bruit, et qui sent mauvais autour de chaque abri, à cause de l'urine de la nuit. Les trous eux-mêmes, si on s'y penche en passant, puent aussi, comme des bouches.

Je vois des ombres émerger de ces puits latéraux, et se mouvoir, masses énormes et difformes : des espèces d'ours qui pataugent et grognent. C'est nous.

Nous sommes emmitouflés à la manière des populations arctiques. Lainages, couvertures, toiles à sac, nous empaquettent, nous surmontent, nous arrondissent étrangement. Quelques-uns s'étirent, vomissent des bâillements. On perçoit des figures, rougeoyantes ou livides, avec des salissures qui les balafrent, trouées par les veilleuses d'yeux brouillés et collés au bord, embroussaillées de barbes non taillées ou encrassées de poils non rasés.

Tac ! Tac ! Pan ! Les coups de fusil, la canonnade. Au-dessus de nous, partout, ça crépite ou ça roule, par longues rafales ou par coups séparés. Le sombre et flamboyant orage ne cesse jamais, jamais. Depuis plus de quinze mois, depuis cinq cents jours, en ce lieu du monde où nous sommes, la fusillade et le bombardement ne se sont pas arrêtés du matin au soir et du soir au matin. On est enterré au fond d'un éternel champ de bataille ; mais comme le tic-tac des horloges de nos maisons, aux temps d'autrefois, dans le passé quasi légendaire, on n'entend cela que lorsqu'on écoute.

Une face de poupard, aux paupières bouffies, aux pommettes si carminées qu'on dirait qu'on y a collé de petits losanges de papier rouge, sort de terre, ouvre un œil, les deux ; c'est Paradis. La peau de ses grosses joues est striée par la trace des plis de la toile de tente dans laquelle il a dormi la tête enveloppée.

Il promène les regards de ses petits yeux autour de lui, me voit, me fait signe et me dit :

— Encore une nuit de passée, mon pauv' vieux.

— Oui, fils, combien de pareilles en passerons-nous encore ?

Il lève au ciel ses deux bras boulus. Il s'est extrait, à grand frottement, de l'escalier de la guitoune, et le voilà à côté de moi. Après avoir trébuché sur le tas obscur d'un bonhomme assis par terre, dans la pénombre, et qui se gratte énergiquement avec des soupirs rauques, Paradis s'éloigne, clapotant, cahin-caha, comme un pingouin, dans le décor diluvien.

*

Peu à peu, les hommes se détachent des profondeurs. Dans les coins, on voit de l'ombre dense se former, puis ces nuages humains se remuent, se fragmentent... On les reconnaît un à un.

En voilà un qui se montre, avec sa couverture formant capuchon. On dirait un sauvage ou plutôt la tente d'un sauvage, qui se balance de droite à gauche et se promène. De près, on découvre, au milieu d'une épaisse bordure de laine tricotée, un carré de figure jaune, iodée, peinte de plaques noirâtres, le nez cassé, les yeux bridés, chinois, et encadrés de rose, une petite moustache rêche et humide comme une brosse à graisse.

— V'là Volpatte. Ça ira-t-il, Firmin ?

— Ça va, ça va t'et ça vient, dit Volpatte.

Il a un accent lourd et traînant qu'un enrouement aggrave. Il tousse.

— J'ai attrapé la crève, c' coup-ci. Dis donc, t'as entendu, c'te nuit, l'attaque ? Mon vieux, tu parles d'un bombardement qu'ils ont balancé. Quelque chose de soigné comme décoction !

Il renifle, passe sa manche sous son nez concave. Il fourre la main dans sa capote et sa veste, cherchant sa peau, et se gratte.

— A la chandelle, j'en ai tué trente ! grommelle-t-il. Dans la grande guitoune, à côté du passage souterrain, mon vieux, tu parles s'il y a quelque chose comme mie de pain mécanique ! On les voit courir dans la paille comme je te vois.

— Qui ça, a attaqué, les Boches ?

— Les Boches et nous aussi. C'était du côté de Vimy. Une contre-attaque. T'as pas entendu ?

— Non, répond pour moi le gros Lamuse, l'homme-bœuf. J' ronflais. Faut dire que j'ai été de travaux de nuit, l'autre nuit.

— Moi, j'ai entendu, déclare le petit Breton Biquet. J'ai mal dormi, pas dormi pour mieux dire. J'ai une guitoune individuelle. Ben, tenez, la v'là, c'te putain-là.

Il désigne une fosse qui s'allonge à fleur du sol, et où, sur une mince couche de fumier, il y a juste la place d'un corps.

— Tu parles d'une installation à la noix, constate-t-il en hochant sa rude petite tête pierreuse qui a l'air pas finie, j'ai presque point roupillé : j'étais parti pour, mais j'ai été réveillé par la relève du 129e qui a passé par là. Pas par le bruit, par l'odeur. Ah ! tous ces gars avec leurs pieds à hauteur de ma gueule. Ça m'a réveillé, tellement ça me faisait mal au nez.

Je connais cela. J'ai souvent été réveillé, moi, dans la tranchée, par le sillage de senteur épaisse qu'une troupe en marche traîne avec elle.

— Si ça tuait les gos, seulement, dit Tirette.

— Au contraire, ça les excite, observe Lamuse. Plus t'es dégueulasse, plus tu cocotes, plus t'en as !

— Et c'est heureux, poursuivit Biquet, qu'ils m'ont réveillé en m'emboucanant. Comme je l'racontais tout à l'heure à c' gros presse-papier, j'ai ouvert les carreaux juste à temps pour me cramponner à ma toile de tente qui fermait mon trou et qu'un de ces fumiers-là parlait de m'grouper.

— C'est des crapules dans c' 129-là.

On distinguait, au fond, à nos pieds, une forme humaine que le matin n'éclaircissait pas et qui, accroupie, empoignant à pleines mains la carapace de ses vêtements, se trémoussait ; c'était le père Blaire.

Ses petits yeux clignotaient dans une face où végétait largement la poussière. Au-dessus du trou de sa bouche édentée, sa moustache formait un gros paquet jaunâtre. Ses mains étaient sombres, terriblement : le dessus si encrassé qu'il paraissait velu, la paume plaquée d'une dure grisaille. Son individu, recroquevillé et velouté de terre, exhalait un relent de vieille casserole.

Affairé à se gratter, il causait néanmoins avec le grand Barque qui, un peu écarté, se penchait sur lui.

— J' suis pas sale comme ça dans l' civil, disait-il.

— Ben, mon pauv' vieux, ça doit salement t' changer ! dit Barque.

— Heureusement, renchérit Tirette, parce qu'alors, en fait de gosses, tu f'rais des petits nègres à ta femme !

Blaire se fâcha. Ses sourcils se froncèrent sous son front où s'accumulait la noirceur.

— Qu'est-c' que tu m'embêtes, toi ? Et pis après ? C'est la guerre. Et toi, face d'haricot, tu crois p't'être que ça n' te change pas la trompette et les manières, la guerre ? Ben, r'garde-toi, bec de singe, peau d' fesse ! Faut-il qu'un homme soye bête pour sortir des choses comme v'là toi !

Il passa la main sur la couche ténébreuse qui garnissait sa figure et qui, après les pluies de ces jours-ci, se révélait réellement indélébile, et il ajouta :

— Et pis, si j' suis comme je suis, c'est que j'le veux bien. D'abord, j'ai pas d' dents. Le major m'a dit d'puis longtemps : « T'as pus une seule piloche. C'est pas assez. Au prochain repos, qu'il m'a dit, va donc faire un tour à la voiture estomalogique. »

— La voiture tomatologique, corrigea Barque.

— Stomatologique, rectifia Bertrand.

— C'est parce que je l' veux bien que j'y suis pas t'été, continua Blaire, pisque c'est à l'œil.

— Alors pourquoi ?

— Pour rien, à cause du changement, répondit-il.

— T'as tout du cuistancier, dit Barque. Tu devrais l'être.

— C'est mon idée aussi, repartit Blaire, naïvement.

On rit. L'homme noir s'en offusqua. Il se leva.

— Vous m' faites mal au ventre, articula-t-il avec mépris. J' vas aux feuillées.

Quand sa silhouette trop obscure eut disparu, les autres ressassèrent une fois de plus cette vérité qu'ici-bas les cuisiniers sont les plus sales des hommes.

— Si tu vois un bonhomme barbouillé et taché de la peau et des frusques, à ne le toucher qu'avec des outils, tu peux t' dire : c'est un cuistot, probab' ! Et tant plus il est sale, tant plus il est cuistot.

— C'est vrai et véritable, tout de même, dit Marthereau.

— Tiens, v'là Tirloir. Eh ! Tirloir !

Il approche affairé, flairant de-ci, de-là ; sa mince tête, pâle comme le chlore, danse au milieu du bourrelet de son col de capote beaucoup trop épais et large. Il a le menton taillé en pointe, les dents de dessus proéminentes ; une ride, autour de la bouche, profondément encrassée, a l'air d'une muselière. Il est, selon son ordinaire, furieux, et, comme toujours, il rousse :

— On m'a fauché ma musette, c'te nuit !

— C'est la relève du 129. Où c' que tu l'avais mise ?

Il désigne une baïonnette fichée dans la paroi, près d'une entrée de cagna :

— Là, pendue à c' cure-dents qu'est planté ici là.

— Ballot ! s'écrie le chœur. A la portée de la main des soldats qui passent ! T'es pas dingue, non ?

— C'est malheureux, tout de même, gémit Tirloir.

Puis, tout d'un coup, il est pris d'une crise de rage ; sa face se chiffonne, furibonde, ses petits poings se serrent, se serrent, comme des nœuds de ficelle. Il les brandit.

— Alors quoi ? Ah ! si je tenais la carne qui me l'a faite ! Tu parles que j'y casserais la gueule, que j'y défoncerais le bide, que j'y... Y avait dedans un camembert pas entamé. J' vas encore chercher.

Il se frictionne le ventre du poing, à petits coups secs, comme un guitariste, et il s'enfonce dans le gris du matin, à la fois digne et grimaçant avec sa silhouette engoncée de malade en robe de chambre. On l'entend roussoter jusqu'à disparition.

— C' con-là, dit Pépin.

Les autres ricanent.

— Il est fou et loufoque, déclare Marthereau, qui a coutume de renforcer l'expression de sa pensée par l'emploi simultané de deux synonymes.

*

— Tiens, p'tit père, dit Tulacque, qui arrive, vise-moi ça ?

Tulacque est magnifique. Il porte une casaque jaune citron, faite au moyen d'un sac de couchage en toile huilée. Il a pratiqué un trou au milieu pour passer la tête et a assujetti, par-dessus cette carapace, ses bretelles de suspension et son ceinturon. Il est grand, osseux. Il tend en avant, lorsqu'il marche, une énergique figure aux yeux louches. Il tient quelque chose à la main.

— J'ai trouvé ça en creusant la terre, cette nuit, au bout du Boyau Neuf, quand on a changé les caillebotis pourris. Ça m'a plu tout de suite, c' t'affutiau. C'est une hache ancien modèle.

Pour un ancien modèle, c'en est un : une pierre pointue emmanchée dans un os bruni. Ça m'a tout l'air d'un outil préhistorique.

— C'est bien en main, dit Tulacque en maniant l'objet. Mais oui. C'est pas si mal compris que ça. Plus équilibré que la hachette réglementaire. C'est épatant pour tout dire. Tiens, essaye voir... Hein ? Rends-la-moi. J' la garde. Ça m' servira bien, tu voiras...

Il brandit sa hache d'homme quaternaire et semble lui-même un pithécanthrope affublé d'oripeaux, embusqué dans les entrailles de la terre.

*

On s'est, un à un, groupés, ceux de l'escouade de Bertrand et de la demi-section, à un coude de la tranchée. En ce point, elle est un peu plus large que dans sa partie droite, où, lorsqu'on se croise, il faut, pour passer, se jeter contre la paroi et frotter son dos à la terre et son ventre au ventre du camarade.

Notre compagnie occupe, en réserve, une parallèle de deuxième ligne. Ici, pas de service de veilleurs. La nuit, nous sommes bons pour les travaux de terrassement à l'avant, mais tant que le jour durera, nous n'aurons rien à faire. Entassés les uns contre les autres et enchaînés coude à coude, il ne nous reste plus qu'à atteindre le soir comme nous pourrons.

La lumière du jour a fini par s'infiltrer dans les crevasses sans fin qui sillonnent cette région de la terre ; elle affleure aux seuils de nos trous. Lumière triste du Nord, ciel étroit et vaseux, lui aussi chargé, dirait-on, d'une fumée et d'une odeur d'usine. Dans cet éclairement blême, les mises hétéroclites des habitants des bas-fonds apparaissent à cru, dans la pauvreté immense et désespérée qui les créa. Mais c'est comme le tic-tac monotone des coups de fusil et le ronron des coups de canon : il y a trop longtemps que dure le grand drame que nous jouons, et on ne s'étonne plus de la tête qu'on y a prise et de l'accoutrement qu'on s'y est inventé, pour se défendre contre la pluie qui vient d'en haut, contre la boue qui vient d'en bas, contre le froid, cette espèce d'infini qui est partout.

Peaux de bêtes, paquets de couvertures, toiles, passe-montagnes, bonnets de laine, de fourrure, cache-nez enflés, ou remontés en turbans, capitonnages de tricots et surtricots, revêtements et toitures de capuchons goudronnés, gommés, caoutchoutés, noirs, ou de toutes les couleurs — passées — de l'arc-en-ciel, recouvrent les hommes, effacent leurs uniformes presque autant que leur peau, et les immensifient. L'un s'est accroché dans le dos un carré de toile cirée à gros damiers blancs et rouges, trouvé au milieu de la salle à manger de quelque asile de passage : c'est Pépin, et on le reconnaît de loin à cette pancarte d'arlequin plus qu'à sa blême figure d'apache. Ici se bombe le plastron de Barque, taillé dans un édredon piqué, qui fut rose, mais que la poussière et la nuit ont irrégulièrement décoloré et moiré. Là, l'énorme Lamuse semble une tour en ruine avec des restants d'affiches. De la moleskine, appliquée en cuirasse, fait au petit Eudore un dos ciré de coléoptère ; et, parmi tous, Tulacque brille, avec son thorax orange de Grand Chef.

Le casque donne une certaine uniformité aux sommets des êtres qui sont là, et encore ! L'habitude prise par quelques-uns de le mettre soit sur le képi, comme Biquet, soit sur le passe-montagne, comme Cadilhac, soit sur le bonnet de coton, comme Barque, produit des complications et des variétés d'aspect.

Et nos jambes !... Tout à l'heure, je suis descendu, plié en deux, dans notre guitoune, petite cave basse, sentant le moisi et l'humidité, où l'on trébuche sur des boîtes de conserve vides et des chiffons sales et où deux longs paquets gisaient endormis, tandis que dans le coin, à la lueur d'une chandelle, une forme agenouillée fouillait dans une musette... En remontant, j'ai, par le rectangle de l'ouverture, aperçu les jambes. Horizontales, verticales ou obliques, étalées, repliées, mêlées — obstruant le passage et maudites par les passants — elles offrent une collection multicolore et multiforme : guêtres, jambières noires et jaunes, hautes et basses, en cuir, en toile tannée, en un quelconque tissu imperméable : bandes molletières bleu foncé, bleu clair, noir, réséda, kaki, beige... Seul de son espèce, Volpatte a gardé ses petites jambières de la mobilisation. Mesnil André exhibe depuis quinze jours une paire de bas de grosse laine verte à côtes, et on a toujours connu Tirette avec des bandes de drap gris à rayures blanches, prélevées sur un pantalon civil qui pendait on ne sait où, au commencement de la guerre... Marthereau, lui, en a qui ne sont pas du même ton toutes deux, car il n'a pu trouver pour les débiter en lanières deux bouts de capote usés et aussi sales l'un que l'autre. Et il est des jambes emballées dans des chiffons, voire des journaux, maintenues par des spirales de ficelles ou, ce qui est plus pratique, de fils téléphoniques. Pépin éblouit les copains et les passants avec une paire de guêtres fauves, empruntées à un mort... Barque qui a la prétention (et Dieu sait s'il en devient parfois embêtant, le frère !) d'être un gars débrouillard, riche en idées, a les mollets blancs : il a disposé des bandes de pansement autour de ses houseaux, pour les préserver ; ce blanc forme, au bas de sa personne, un rappel de son bonnet de coton, qui dépasse de son casque et d'où dépasse sa mèche rousse de clown. Poterloo marche depuis un mois dans des bottes de fantassin allemand, de belles bottes quasi neuves avec leurs fers à cheval aux talons. Caron les lui a confiées lorsqu'il a été évacué pour son bras. Caron les avait prises lui-même à un mitrailleur bavarois abattu près de la route des Pylônes. J'entends encore Caron raconter l'affaire :

— Mon vieux, le frère Miroton, il était là, le derrière dans un trou, plié : i' zyeutait l' ciel, les jambes en l'air. I' m' présentait ses pompes d'un air de dire qu'elles valaient l' coup. « Ça colloche », que j' m'ai dit. Mais tu parles d'un business pour lui reprendre ses ribouis : j'ai travaillé dessus, à tirer, à tourner, à secouer, pendant une demi-heure, j'attige pas : avec ses pattes toutes raides, il ne m'aidait pas, le client. Puis, finalement, à force d'être tirées, les jambes du macchab se sont décollées aux genoux, son froc s'est déchiré, et le tout est venu, v'lan ! J' m'ai vu, tout d'un coup, avec une botte pleine dans chaque grappin. Il a fallu vider les jambes et les pieds de d'dans.

— Tu vas fort !...

— Demande au cycliste Euterpe si c'est pas vrai. J' te dis qu'il l'a fait avec moi, lui : on enfonçait notre abattis dans la botte et on retirait de l'os, des bouts de chaussettes et des morceaux de pied. Mais regarde si elles en valaient l' coup !

... Et en attendant que Caron revienne, Poterloo use à sa place les bottes que n'a pas usées le mitrailleur bavarois.

C'est ainsi que l'on s'ingénie, selon son intelligence, son activité, ses ressources et son audace, à se débattre contre l'inconfort effrayant. Chacun semble, en se montrant, avouer : « Voilà tout ce que j'ai su, j'ai pu, j'ai osé faire, dans la grande misère où je suis tombé. »

Mesnil Joseph somnole, Blaire bâille, Marthereau fume, l'œil fixe. Lamuse se gratte comme un gorille et Eudore comme un ouistiti. Volpatte tousse et dit : « J' vas crever. » Mesnil André a sorti sa glace et son peigne, et cultive comme une plante rare sa belle barbe châtain. Le calme monotone est interrompu, de-ci, de-là, par les accès d'agitation acharnée que provoque la présence endémique, chronique et contagieuse des parasites.

Barque, qui est observateur, promène un regard circulaire, retire sa pipe de sa bouche, crache, cligne de l'œil et dit :

— Tout de même, c' qu'on ne se ressemble pas !

— Pourquoi se ressemblerait-on ? dit Lamuse. Ça serait un miracle.

*

Nos âges ? Nous avons tous les âges. Notre régiment est un régiment de réserve que des renforts successifs ont renouvelé en partie avec de l'active, en partie avec de la territoriale. Dans la demi-section, il y a des R.A.T., des bleus et des demi-poils. Fouillade a quarante ans. Blaire pourrait être le père de Biquet, qui est un duvetier de la classe 13. Le caporal appelle Marthereau « grand-père » ou « vieux détritus » selon qu'il plaisante ou qu'il parle sérieusement. Mesnil Joseph serait à la caserne s'il n'y avait pas eu la guerre. Cela fait un drôle d'effet quand nous sommes conduits par notre sergent Vigile, un gentil petit garçon qui a un peu de moustache peinte sur la lèvre, et qui, l'autre jour, au cantonnement, sautait à la corde, avec des gosses. Dans notre groupe disparate, dans cette famille sans famille, dans ce foyer sans foyer qui nous groupe, il y a, côte à côte, trois générations qui sont là, à vivre, à attendre, à s'immobiliser, comme des statues informes, comme des bornes.

Nos races ? Nous sommes toutes les races. Nous sommes venus de partout. Je considère les deux hommes qui me touchent : Poterloo, le mineur de la fosse Calonne, est rose ; ses sourcils sont jaune paille, ses yeux bleu de lin ; pour sa grosse tête dorée, il a fallu chercher longtemps dans les magasins la vaste soupière bleue qui le casque ; Fouillade, le batelier de

Cette, roule des yeux de diable dans une longue maigre face de mousquetaire creusée aux joues et couleur de violon. Mes deux voisins diffèrent, en vérité, comme le jour et la nuit.

Et non moins, Cocon, le mince personnage sec, à lunettes, au teint chimiquement corrodé par les miasmes des grandes villes, fait contraste avec Biquet, le Breton pas équarri, à peau grise, à mâchoire de pavé ; et André Mesnil, le confortable pharmacien de sous-préfecture normande, à la jolie barbe fine, qui parle tant et si bien, n'a pas grand rapport avec Lamuse, le gras paysan du Poitou, aux joues et à la nuque de rosbif. L'accent faubourien de Barque, dont les grandes jambes ont battu dans tous les sens les rues de Paris, se croise avec l'accent quasi belge et chantant de ceux de « ch' Nord » venus du 8e territorial, avec le parler sonore, roulant sur les syllabes comme sur des pavés, que nous versa le 144e, avec le patois s'exhalant des groupes que forment entre eux, obstinément, au milieu des autres, comme des fourmis qui s'attirent, les Auvergnats du 124... Je me rappelle la première phrase de ce loustic de Tirette, quand il se présenta : « Moi, mes enfants, j' suis d' Clichy-la-Garenne ! Qui dit mieux ? », et la première doléance qui rapprocha Paradis de moi : « I' s' foutions d'moi parce que j' sommes morvandiau... »

Nos métiers ? Un peu de tout, dans le tas. Aux époques abolies où on avait une condition sociale, avant de venir enfouir sa destinée dans des taupinières qu'écrasent la pluie et la mitraille, et qu'il faut toujours recommencer, qu'étions-nous ? Laboureurs et ouvriers pour la plupart. Lamuse fut valet de ferme, Paradis, charretier, Cadilhac, dont le casque d'enfant surmonte en branlant un crâne pointu — effet de dôme sur un clocher, dit Tirette — a des terres à lui. Le père Blaire était métayer dans la Brie. De son triporteur, Barque, garçon livreur, faisait des acrobaties entre les tramways et les taxis parisiens, en invectivant magistralement, à ce qu'il dit, dans les avenues et les places, le poulailler effaré des piétons. Le caporal Bertrand, qui se tient toujours un peu à l'écart, taciturne et correct, avec une belle figure mâle, bien droite, le regard horizontal, était contremaître dans une manufacture de gainerie. Tirloir peinturlurait des voitures, sans ronchonner, affirme-t-on. Tulacque était bistrot à la barrière du Trône, et Eudore, avec sa figure douce et pâlotte, tenait sur le bord d'une route, pas très loin du front actuel, un estaminet ; l'établissement a été malmené par les obus — naturellement, car Eudore n'a pas de chance, c'est connu. Mesnil André, l'homme encore vaguement distingué et peigné, vendait du bicarbonate et des spécialités infaillibles sur une grand-place ; son frère Joseph vendait des journaux et des romans illustrés dans une gare du réseau de l'Etat, tandis que, loin de là, à Lyon, Cocon, le binoclard, l'homme-chiffre, s'empressait, revêtu d'une blouse noire, les mains plombées et brillantes, derrière les comptoirs d'une quincaillerie, et que Becuwe Adolphe et Poterloo, dès l'aube, traînant la pauvre étoile de leur lampe, hantaient les charbonnages du Nord.

Et il y en a d'autres dont on ne se rappelle jamais le métier et qu'on confond les uns avec les autres, et les bricoleurs de campagne qui colportaient dix métiers à la fois dans leur bissac, sans compter l'équivoque Pépin qui ne devait pas en avoir du tout (ce qu'on sait, c'est qu'il y a trois mois, au dépôt, après sa convalescence, il s'est marié... pour toucher l'allocation des femmes de mobilisés)...

Pas de profession libérale parmi ceux qui m'entourent. Des instituteurs sont sous-officiers à la compagnie ou infirmiers. Dans le régiment, un frère mariste est sergent au service de santé ; un ténor, cycliste du major ; un avocat, secrétaire du colonel ; un rentier, caporal d'ordinaire à la Compagnie Hors Rang. Ici, rien de tout cela. Nous sommes des soldats combattants, nous autres, et il n'y a presque pas d'intellectuels, d'artistes ou de riches qui, pendant cette guerre, auront risqué leurs figures aux créneaux, sinon en passant, ou sous des képis galonnés.

Oui, c'est vrai, on diffère profondément.

Mais pourtant on se ressemble.

Malgré les diversités d'âge, d'origine, de culture, de situation, et de tout ce qui fut, malgré les abîmes qui nous séparaient jadis, nous sommes en grandes lignes les mêmes. A travers la même silhouette grossière, on cache et on montre les mêmes mœurs, les mêmes habitudes, le même caractère simplifié d'hommes revenus à l'état primitif.

Le même parler, fait d'un mélange d'argots d'atelier et de caserne, et de patois, assaisonné de quelques néologismes, nous amalgame, comme une sauce, à la multitude compacte d'hommes qui, depuis des saisons, vide la France pour s'accumuler au Nord-Est.

Et puis, ici, attachés ensemble par un destin irrémédiable, emportés malgré nous sur le même rang, par l'immense aventure, on est bien forcé, avec les semaines et les nuits, d'aller se ressemblant. L'étroitesse terrible de la vie commune nous serre, nous adapte, nous efface les uns dans les autres. C'est une espèce de contagion fatale. Si bien qu'un soldat apparaît pareil à un autre sans qu'il soit nécessaire, pour voir cette similitude, de les regarder de loin, aux distances où nous ne sommes que des grains de la poussière qui roule dans la plaine.

*

On attend. On se fatigue d'être assis : on se lève. Les articulations s'étirent avec des crissements de bois qui joue et de vieux gonds : l'humidité rouille les hommes comme les fusils, plus lentement mais plus à fond. Et on recommence, autrement, à attendre.

On attend toujours, dans l'état de guerre. On est devenus des machines à attendre.

Pour le moment, c'est la soupe qu'on attend. Après, ce seront les lettres. Mais chaque chose en son temps :

lorsqu'on aura fini avec la soupe, on songera aux lettres. Ensuite, on se mettra à attendre autre chose.

La faim et la soif sont des instincts intenses qui agissent puissamment sur l'esprit de mes compagnons. Comme la soupe tarde, ils commencent à se plaindre et à s'irriter. Le besoin de la nourriture et de boisson leur sort de la bouche en grognements :

— V'là huit plombes. Tout d' même, cette croûte, qu'est-ce qu'elle fout, qu'elle radine pas ?

— Justement, moi qui ai la dent depuis hier midi, rechigne Lamuse, dont l'œil est humide de désir et dont les joues présentent de gros coups de badigeon de la couleur du vin.

Le mécontentement s'aigrit de minute en minute :

— Plumet a dû s'envoyer dans l'entonnoir mon bidon d' réglisse qu'i' d'vait m'apporter, et d'autres avec, et il est tombé soûl quéqu' part par là.

— C'est sûr et certain, appuie Marthereau.

— Ah ! les malfaisants, les vermines, que ces hommes de corvée ! beugle Tirloir. Quelle race dégoûtante ! Tous, becs salés et cossards ! Ils se les roulent toute la journée à l'arrière, et ils ne sont pas fichus de monter à l'heure. Ah ! si j'étais le maître, ce que je les ferais venir aux tranchées à la place de nous, et il faudrait qu'ils bossent ! D'abord, je dirais : chacun dans la section sera graisseux et soupier à tour de rôle. Ceux qui veulent, bien entendu... et alors...

— Moi, j' suis sûr, crie Cocon, que c'est c'cochon de Pépère qui met les autres en retard ! Il le fait exprès, d'abord, et aussi, il ne peut pas s' déplumer, l' matin, l' pauv' petit. Il lui faut ses dix heures de pucier, tout comme à un mignard ! Sans ça, monsieur a la cosse toute la journée.

— J' t'en foutrai, moi ! gronde Lamuse. Attends voir comme j' le f'rais décaniller du pajot, si seulement j'étais là. J' te l' réveillerais à coups d' tartine sur la têtère, et j' te l' poisserais par un abattis...

— L'autre jour, poursuit Cocon, j'ai compté : il a mis sept heures quarante-sept minutes pour venir du 31-Abri. Il faut cinq heures bien tassées, mais pas plus.

Cocon est l'homme-chiffre. Il a l'amour, l'avarice de la documentation précise. A propos de tout, il fouine pour trouver des statistiques qu'il amasse avec une patience d'insecte, et sert à qui veut l'entendre. Pour le moment, où il manie ses chiffres comme des armes, sa figure chétive, faite de sèches arêtes, de triangles et d'angles sur lesquels se pose le double rond des lunettes, est crispée de rancune.

Il monte sur la banquette de tir, pratiquée du temps où c'était ici la première ligne, érige la tête, rageusement, par-dessus le parapet. Dans la lumière frisante d'un petit rayon froid qui traîne sur la terre, on voit briller les verres de ses binocles et aussi la goutte qui lui pend au nez, comme un diamant.

— Et puis, c' Pépère, tu parles aussi d'un quart à trous ! C'est à ne pas y croire c' qu'i' s' laisse tomber de kilos dans l'étui, dans l'espace seulement d'une journée.

Le père Blaire « fume » dans son coin. On voit trembler sa grosse moustache, blanchâtre et tombante comme un peigne en os :

— Veux-tu que j' te dise ? Les hommes de soupe, c'est le type des sales types. C'est : J' fous rien. J'm'en fous, Jean-Foutre et Compagnie.

— Ils ont tout du fumier, soupire avec conviction Eudore qui, affalé par terre, la bouche entrouverte, a l'air d'un martyr et suit d'un œil atone Pépin qui va et vient, telle une hyène.

L'irritation haineuse contre les retardataires monte, monte.

Tirloir le roussoteur s'empresse et se multiplie. Il est à son affaire. Il aiguillonne la colère ambiante avec ses petits gestes pointus :

— Si on disait : « Ça s' ra bon ! », mais ça va être encore de la vacherie qu'il va falloir que tu t'enfonces dans la lampe.

— Ah ! les potes, hein, la barbaque qu'on nous a balancée hier, tu parles d'une pierre à couteaux ! Du bifteck de bœuf, ça ? Du bifteck de bicyclette, oui, plutôt. J'ai dit aux gars : « Attention, vous autres !

N' mâchez pas trop vite : vous vous casseriez les dominos ; des fois que l' bouif aurait oublié de r'tirer tous les clous ! »

Le boniment, lancé par Tirette, ex-régisseur, paraît-il, de tournées cinématographiques, aurait, en d'autres moments, fait rire ; mais les esprits sont excités et cette déclaration a pour écho un grondement circulaire.

— D'aut' fois, pour que tu t' plaignes pas qu' c' soit dur, i' t' collent en fait d'bidoche, qué'qu' chose de mou : d' l'éponge qui n'a point de goût, du cataplasme. Quand tu croûtes ça, c'est comme si tu boives un quart d'eau, ni plus ni moins.

— Tout ça, dit Lamuse, ça n'a pas d' consistance, ça n' tient pas au bide. Tu crois qu' t'es rempli, mais au fond d' ta caisse, t'es vide. Aussi, p'tit à p'tit, tu tournes de l'œil, empoisonné par le manque de nourriture.

— La prochaine fois, clame Biquet exaspéré, j' demande à parler au vieux, j'y dirai : « Mon capitaine... »

— Moi, dit Barque, je m' fais porter pâle. J'y dirai : « Monsieur le major... »

— C' que tu y casseras ou rien, c'est du pareil au même. Ils s'entendent tous pour exploiter l'troufion.

— J' te dis, moi, qui veul'tent not' peau !

— C'est comme la gniole. On a droit qu'on nous en distribue aux tranchées — vu qu'ça a été voté qué'q' part, j'sais pas quand, ni où, mais je l'sais — et d'puis trois jours qu'on est ici, v'là trois jours qu'on nous en sert au bout d'une fourche.

— Ah, malheur !

*

— V'là la bectance ! annonce un poilu qui guettait au tournant.

— I' n'est qu' temps !

Et l'orage des récriminations violentes tombe net, comme par enchantement. Et on voit leur fureur se changer, subitement, en satisfaction.

Trois hommes de corvée, essoufflés, la face larmoyante de sueur, déposent par terre des bouteillons, un bidon à pétrole, deux seaux de toile et une brochette de boules traversées par un bâton. Adossés au mur de la tranchée, ils s'essuient la figure avec leurs mouchoirs ou leurs manches. Et je vois Cocon s'approcher de Pépère, avec le sourire, et, oublieux des outrages dont il a couvert sa réputation, tendre la main, cordialement, vers un des bidons de la collection qui gonfle circulairement Pépère d'une manière de ceinture de sauvetage.

— Qu'est-ce qu'il y a à becqueter ?

— C'est là, répond évasivement le deuxième homme de corvée.

L'expérience lui a appris que l'énoncé du menu provoque toujours des désillusions acrimonieuses...

Et il se met à déblatérer, en haletant encore, sur la longueur et les difficultés du trajet qu'il vient d'accomplir : « Y en a, tout partout, du populo ! C'est un fourbi arabe pour passer. A des moments, faut s' déguiser en feuille de papier à cigarette... » « Ah ! y en a qui disent qu'à la cuistance, on est embusqué !... » Eh bien, il aimerait cent mille fois mieux, quant à lui, être avec la compagnie dans les tranchées pour la garde et les travaux, que de s'appuyer un pareil métier deux fois par jour pendant la nuit !

Paradis a soulevé les couvercles des bouteillons et inspecté les récipients :

— Des fayots à l'huile, de la dure, bouillie, et du jus. C'est tout.

— Nom de Dieu ! Et du pinard ? braille Tulacque.

Il ameute les camarades :

— V'nez voir par ici, eh, vous autres ! Ça, ça dépasse tout ! V'là qu'on s'bombe de pinard !

Les assoiffés accourent en grimaçant.

— Ah ! merde alors ! s'écrient ces hommes désillusionnés jusqu'au fond de leurs entrailles.

— Et ça, qu'est-ce qu'y a dans c'siau-là ? dit l'homme de corvée, toujours rouge et suant, en montrant du pied un seau.

— Oui, dit Paradis. J' m'ai trompé, y a du pinard.

— C' t' emmanché-là ! fait l'homme de corvée en haussant les épaules et en lui lançant un regard d'indicible mépris. Mets tes lunettes à vache, si tu n'y vois pas clair !

Il ajoute :

— Un quart par homme... Un peu moins, peut-être, parce qu'il y a un fourneau qui m'a cogné en passant dans le Boyau du Bois, et il y en a eu eun' goutte e'd' renversée... Ah ! s'empresse-t-il d'ajouter en élevant le ton, si je n'avais pas été chargé, tu parles d'un coup de trottinant qu'il aurait reçu dans le croupion ! Mais il a ripé à la quatrième vitesse, l'animau !

Et nonobstant cette ferme déclaration, il s'esquive lui-même, rattrapé par les malédictions — pleines d'allusions désobligeantes pour sa sincérité et sa tempérance — que fait naître cet aveu de ration diminuée.

Cependant, ils se jettent sur la nourriture et mangent, debout, accroupis, à genoux, assis sur un bouteillon ou un havresac tiré du puits où on couche, ou écroulés à même le sol, le dos enfoncé dans la terre, dérangés par les passants, invectivés et invectivant. A part ces quelques injures ou quolibets courants, ils ne disent rien, d'abord occupés tout entiers à avaler, la bouche et le tour de la bouche graisseux comme des culasses.

Ils sont contents.

Au premier arrêt des mâchoires, on sert des plaisanteries obscènes. Ils se bousculent tous et criaillent à qui mieux mieux pour placer leur mot. On voit sourire Farfadet, le fragile employé de mairie qui, les premiers temps, se maintenait au milieu de nous, si convenable et aussi si propre qu'il passait pour un étranger ou un convalescent. On voit se dilater et se fendre, sous le nez, la tomate de Lamuse, dont la joie suinte en larmes, s'épanouir et se réépanouir la pivoine rose de Poterloo, se trémousser de liesse les rides du père Blaire, qui s'est levé, pointe la tête en avant et fait gesticuler le bref corps mince qui sert de manche à son énorme moustache tombante, et on aperçoit même s'éclairer le petit faciès plissé et pauvre de Cocon.

*

— Sin jus, on va-t'i pas l' fouaire recauffir ? demande Bécuwe.

— Avec quoi, en soufflant d'sus ?

Bécuwe, qui aime le café chaud, dit :

— Laissez-mi bric'ler cha. Ch' n'est point n' n'affouaire. Arrangez cheul'ment ilà in ch' tiot foyer et ine grille avec d'fourreaux d'baïonnettes. J' sais où c' qu'y a d' bau. J'allau en fouaire de copeaux avec min couteau assez pour cauffer l'marmite. V's allez vir...

Il part à la chasse au bois.

En attendant le caoua, on roule la cigarette, on bourre la pipe.

On tire les blagues. Quelques-uns ont des blagues en cuir ou en caoutchouc achetées chez le marchand. C'est la minorité. Biquet extrait son tabac d'une chaussette dont une ficelle étrangle le haut. La plupart des autres utilisent le sachet à tampon antiasphyxiant, fait d'un tissu imperméable, excellent pour la conservation du perlot ou du fin. Mais il y en a qui ramonent tout bonnement le fond de leur poche de capote.

Les fumeurs crachent en cercle, juste à l'entrée de la guitoune où loge le gros de la demi-section, et inondent d'une salive jaunie par la nicotine la place où l'on pose les mains et les genoux quand on s'aplatit pour entrer ou sortir.

Mais qui s'aperçoit de ce détail ?

*

Voici qu'on parle denrées, à propos d'une lettre de la femme de Marthereau.

— La mère Marthereau m'a écrit, dit Marthereau.

Le cochon gras, tout vif, vous ne savez pas combien i' vaut chez nous, m'tenant ?

... La question économique a dégénéré soudain en une violente dispute entre Pépin et Tulacque.

Les vocables les plus définitifs ont été échangés, puis :

— Je m' fous pas mal de c' que tu dis ou d' c' que tu n' dis pas. La ferme !

— J' la fermerai si j' veux, saleté !

— Un trois kilos te la fermerait vite !

— Non, mais chez qui ?

— Viens-y voir, mais viens-y donc !

Ils écument et grincent et s'avancent l'un vers l'autre. Tulacque étreint sa hache préhistorique et ses yeux louches lancent deux éclairs. L'autre, blême, l'œil verdâtre, la face voyou, pense visiblement à son couteau.

Lamuse interpose sa main pacifique grosse comme une tête d'enfant et sa face tapissée de sang, entre ces deux hommes qui s'empoignent du regard et se déchirent en paroles.

— Allons, allons, vous n'allez pas vous abîmer. Ce s'rait dommage !

Les autres interviennent aussi et on sépare les adversaires. Ils continuent à se jeter, à travers les camarades, des regards féroces.

Pépin mâche des restants d'injures avec un accent fielleux et frémissant :

— L'apache, la frappe, le crapulard ! Mais attends, i' me revaudra ça !

De son côté, Tulacque confie au poilu qui est à côté de lui :

— C' morpion-là ! Non, mais tu l'as vu ! Tu sais, y a pas à dire : ici on fréquente un tas d'individus qu'on sait pas qui c'est. On s' connaît et pourtant on s' connaît pas. Mais ç'ui-là, s'il a voulu zouaviller, il est tombé sur le manche. Minute : je le démolirai bien un de ces jours, tu voiras.

Pendant que les conversations reprennent et couvrent les derniers doubles échos de l'altercation :

— Tous les jours, alors ! me dit Paradis. Hier, c'était Plaisance qui voulait à toute force fout' sur la gueule à Fumex à propos de je n' sais quoi, une affaire de pilules d'opium, j' pense. Pis c'est l'un, pis c'est l'autre, qui parle de s' crever. C'est-i qu'on devient pareil à des bêtes, à force de leur ressembler ?

— C'est pas sérieux, ces hommes-là, constate Lamuse, c'est des gosses.

— Ben sûr, pis que c'est des hommes.

*

La journée s'avance. Un peu plus de lumière a filtré des brumes qui enveloppent la terre. Mais le temps est resté couvert, et voilà qu'il se résout en eau. La vapeur d'eau s'effiloche et descend. Il bruine. Le vent ramène sur nous son grand vide mouillé, avec une lenteur désespérante. Le brouillard et les gouttes empâtent et ternissent tout : jusqu'à l'andrinople tendue sur les joues de Lamuse, jusqu'à l'écorce d'orange dont Tulacque est caparaçonné, et l'eau éteint au fond de nous la joie dense dont le repas nous a remplis. L'espace s'est rapetissé. Sur la terre, champ de mort, se juxtapose étroitement le champ de tristesse du ciel.

On est là, implantés, oisifs. Ce sera dur, aujourd'hui, de venir à bout de la journée, de se débarrasser de l'après-midi. On grelotte, on est mal ; on change de place sur place, comme un bétail parqué.

Cocon explique à son voisin la disposition de l'enchevêtrement de nos tranchées. Il a vu un plan directeur et il a fait des calculs. Il y a dans le secteur du régiment quinze lignes de tranchées françaises, les unes abandonnées, envahies par l'herbe et quasi nivelées, les autres entretenues à vif et hérissées d'hommes. Ces parallèles sont réunies par des boyaux innombrables qui tournent et font des crochets comme de vieilles rues. Le réseau est plus compact encore que nous le croyons, nous qui vivons dedans. Sur les vingt-cinq kilomètres de largeur qui forment le front de l'armée, il faut compter mille kilomètres de lignes creuses : tranchées, boyaux, sapes. Et l'armée française a dix armées. Il y a donc, du côté français, environ dix mille kilomètres de tranchées et autant du côté allemand... Et le front français n'est à peu près que la huitième partie du front de la guerre sur la surface du monde.

Ainsi parle Cocon, qui conclut en s'adressant à son voisin :

— Dans tout ça, tu vois ce qu'on est, nous autres...

Le pauvre Barque — face anémique d'enfant des faubourgs que souligne un bouc de poils roux, et que ponctue, comme une apostrophe, sa mèche de cheveux — baisse la tête :

— C'est vrai, quand on y pense, qu'un soldat — ou même plusieurs soldats — ce n'est rien, c'est moins que rien dans la multitude, et alors on se trouve tout perdu, noyé, comme quelques gouttes de sang qu'on est, parmi ce déluge d'hommes et de choses.

Barque soupire et se tait — et, à la faveur de l'arrêt de ce colloque, on entend résonner un morceau d'histoire racontée à demi-voix :

— Il était v'nu avec deux chevaux. Pssiii... un obus. I' n' lui reste plus qu'un chevau...

— On s'embête, dit Volpatte.

— On tient ! ronchonne Barque.

— Faut bien, dit Paradis.

— Pourquoi ? interroge Marthereau, sans conviction.

— Y a pas besoin d' raison, pis qu'il le faut.

— Y a pas d' raison, affirme Lamuse.

— Si, y en a, dit Cocon. C'est... Y en a plusieurs, plutôt.

— La ferme ! C'est bien mieux qu'y en aye pas, pis qu'i' faut t'nir.

— Tout d' même, fait sourdement Blaire, qui ne perd jamais une occasion de réciter cette phrase, tout d' même, i's veul'nt not' peau !

— Au commencement, dit Tirette, j' pensais à un tas d' choses, j' réfléchissais, j' calculais ; maintenant, j' pense plus.

— Moi non plus.
— Moi non plus.
— Moi, j'ai jamais essayé.
— T'es pas si bête que t'en as l'air, bec de puce, dit Mesnil André de sa voix aiguë et gouailleuse.

L'autre, obscurément flatté, complète son idée :

— D'abord, tu peux rien savoir de rien.

— On n'a besoin de savoir qu'une chose, et cette seule chose, c'est que les Boches sont chez nous, enracinés, et qu'il ne faut pas qu'ils passent et qu'il faut même qu'ils les mettent un jour ou l'autre — le plus tôt possible, dit le caporal Bertrand.

— Oui, oui, faut qu'ils en jouent un air : y a pas d'erreur ; autrement, quoi ? C'est pas la peine de se fatiguer le ciboulot à penser à aut' chose. Seul'ment, c'est long.

— Ah ! bougre de bagasse ! exclame Fouillade, eunn peu !

— Moi, dit Barque, je ne rouspète plus. Au commencement, je rouspétais contre tout le monde, contre ceux de l'arrière, contre les civils, contre l'habitant, contre les embusqués. Oui, j' rouspétais, mais c'était au commencement de la guerre, j'étais jeune. Maint'nant, j' prends mieux les choses.

— Y a qu'une façon de les prendre : comme elles viennent !

— Pardi ! Autrement tu deviendrais fou. On est déjà assez dingo comme ça, pas, Firmin ?

Volpatte fait oui de la tête, profondément convaincu, crache, puis contemple son crachat d'un œil fixe et absorbé.

— Tu parles, appuie Barque.

— Ici, faut pas chercher loin devant toi. Faut vivre au jour le jour, heure par heure, même si tu peux.

— Pour sûr, face de noix. Faut faire ce qu'on nous dit de faire, en attendant qu'on nous dise de nous en aller.

— Et voilà, bâille Mesnil Joseph.

Les faces cuites, tannées, incrustées de poussière, opinent, se taisent. Evidemment, c'est là l'idée de ces hommes qui ont, il y a un an et demi, quitté tous les coins du pays pour se masser sur la frontière : renoncement à comprendre, et renoncement à être soi-même ; espérance de ne pas mourir et lutte pour vivre le mieux possible.

— Faut faire ce qu'on doit, oui, mais faut s' démerder, dit Barque, qui, lentement, de long en large, triture la boue.

*

— Il l' faut, souligne Tulacque. Si tu t' démerdes pas, on l' fera pas pour toi, t'en fais pas !

— I' n'est pas encore fondu, c'ui qui s'occupera de l'autre.

— Chacun pour soi, à la guerre !

— Videmment, videmment.

Un silence. Puis, du fond de leur dénuement, ces hommes évoquent des images savoureuses.

— Tout ça, reprend Barque, ça n' vaut pas la bonne vie qu'on a eue, un temps, à Soissons.

— Ah ! foutre !

Un reflet de paradis perdu illumine les yeux et, semble-t-il, les trognes déjà attisées par le froid.

— Tu parles d'un louba, soupire Tirloir, qui s'arrête, pensivement, de se gratter, et regarde au loin, à travers la terre de la tranchée.

— Ah ! nom de Dieu, toute cette ville quasi évacuée et qui, en somme, était à nous ! Les maisons, avec les lits...

— Les armoires !

— Les caves !

Lamuse en a les yeux mouillés, la face en bouquet, et le cœur gros.

— Vous y êtes restés longtemps ? demande Cadilhac, qui est venu depuis, avec le renfort des Auvergnats.

— Plusieurs mois...

La conversation, presque éteinte, se ranime en flammes vives, à l'évocation de l'époque d'abondance.

— On voyait, dit Paradis, comme dans un rêve, des poilus s' couler l' long et à derrière les piaules, en rentrant au cantonnement, avec des poules autour du cylindre et, sous chaque abattis, un lapin emprunté à un bonhomme ou à une bonne femme qu'on n'avait pas vu, et qu'on n' reverra pas.

Et on pense au goût lointain du poulet et du lapin.

— Y avait des choses qu'on payait. L' pognon, i' dansait aussi, va. On était encore aux as, en c' temps-là.

— C'est des cent mille francs qui ont roulé dans les boutiques.

— Des millions, oui. C'était toute la journée un gaspillage dont t'as pas une idée d'sus, une espèce de fête surnaturelle.

— Crois-moi ou crois-moi pas, dit Blaire à Cadilhac, mais au milieu de tout ça, comme ici et comme partout où c' qu'on passe, ce qu'on avait le moins, c'était le feu. Il fallait courir après, l' trouver, l' gagner, quoi. Ah ! mon vieux, c' qu'on a couru après le feu !...

— Nous, nous étions dans le cantonnement de la C.H.R. Là, l' cuistot, c'était le grand Martin César. Il était à la hauteur, lui, pour dégoter du bois.

— Ah ! oui, lui, c'était un as. Y a pas à tortiller du croupion, i' savait y faire !

— Toujours du feu dans sa cuistance, toujours, ma vieille cloche. Tu rechassais des cuistots qui bagotaient dans les rues en tous sens, en chialant parce qu'ils n'avaient pas d' bois ni d' charbon, lui, il avait du feu. Quand i' n'avait pas rien, i' disait : « T'occupe pas, j' vais m' démieller. » Et c'était pas long.

— Il attigeait même, on peut l' dire. La première fois que j' l'ai zévu dans sa cuisine, tu sais avec quoi i' f' sait mijoter la tambouille ? Avec un violon qu'il avait trouvé dans la maison.

— C'est vache, tout de même, dit Mesnil André. J' sais bien qu'un violon, ça sert pas à grand-chose pour l'utilité, mais tout d' même...

— D'autres fois, il s'est servi des queues de billard. Zizi a tout juste pu en grouper une pour se faire une canne. Le reste, au feu. Après, les fauteuils du salon, qui étaient en acajou, y ont passé en douce. I' les zigouillait et les découpait pendant la nuit, parce qu'un gradé aurait pu trouver à redire.

— Il allait fort, dit Pépin... Nous, on s'est occupés avec un vieux meuble qui nous a fait quinze jours.

— Pourquoi aussi qu'on n'a rien de rien ? Faut faire la soupe, zéro bois, zéro charbon. Après la distribution, t'es là avec tes croches vides devant l' tas de bidoche, au milieu des copains qui s' fichent de toi en attendant qu'ils t'engueulent. Alors quoi ?

— C'est l' métier qui veut ça. C'est pas nous.

— Les officiers ne disaient trop rien quand on chapardait ?

— I' s'en foutaient eux-mêmes plein la lampe, et comment ! Tu t' rappelles, Desmaisons, le coup du lieutenant Virvin défonçant la porte d'une cave d'un coup de hache ? Même qu'un poilu l'a vu et qu'il lui a donné la porte pour en faire du bois à brûler, à cette fin que l' copain i' n'aille pas ébruéter la chose.

— Et c' pauv' Saladin, l'officier de ravitaillement : on l'a rencontré entre chien et loup, sortant d'un soussol avec deux bouteilles de blanc dans chaque bras, le frère. Comme il a été repéré, il a été obligé de redescendre dans la mine aux bouteilles et d'en distribuer à tout le monde. Même que l' caporal Bertrand, qu'a des principes, n'a pas voulu en boire. Ah ! tu t' rappelles, saucisse à pattes !

— Où c'qu'il est maintenant le cuisinier qui trouvait toujours du feu ? demanda Cadilhac.

— Il est mort. Une marmite est tombée dans sa marmite. Il n'a rien eu, mais il est tout de même mort d' saisissement quand il a vu son macaroni les jambes en l'air ; un spasme du cœur, qu'a dit le toubi. Il avait l' cœur faible ; i' n'était fort que pour trouver du bois. On l'a enterré proprement. On lui a fait un cercueil avec le parquet d'une chambre ; on a ajusté ensemble les planches avec les clous des tableaux de la maison, et on se servait de briques pour les enfoncer. Pendant qu'on l' transportait, je m' disais : « Heureusement pour lui, qu'il est mort : s'i' voyait ça, i' pourrait jamais s' consoler d'avoir pas pensé aux planches du parquet pour son feu. » Ah ! l' sacré numéro, l'enfant de cochon !

— L' troufion se démerde bien sur le dos du copain. Quand tu filoches devant une corvée ou qu' tu prends l' bon morceau ou la bonne place, c'est les autres qui écopent, philosopha Volpatte.

— Moi, dit Lamuse, je m' suis souvent démerdé pour ne pas monter aux tranchées, et j' compte pas les fois qu' j'y ai coupé. Ça, je l'avoue. Mais quand des copains sont en danger, j' suis pus chercheur de filon, j' suis pus démerdard. J'oublie mon uniforme, j'oublie tout. J' vois des hommes et j' marche. Mais, autrement, mon vieux, j' pense à bibi.

Les affirmations de Lamuse ne sont pas de vains mots. C'est un virtuose du tirage au flanc, en effet ; néanmoins, il a sauvé la vie à des blessés en allant les chercher sous la fusillade.

Il explique le fait sans forfanterie :

— On était couchés tous dans l'herbe. Ça buquait. Pan ! pan ! Zim, zim... Quand j' les ai vus attigés, je me suis levé — malgré qu'on m' gueulait : « Couche-toi ! » J' pouvais pas les laisser comme ça. J' n'ai pas d' mérite, pisque je n' pouvais pas faire autrement.

Presque tous les gars de l'escouade ont quelque haut fait militaire à leur actif et, successivement, les croix de guerre se sont alignées sur leurs poitrines.

— Moi, dit Biquet, j'ai pas sauvé des Français, mais j'ai poiré des Boches.

Aux attaques de mai, il a filé en avant ; on l'a vu disparaître comme un point, et il est revenu avec quatre gaillards à casquette.

— Moi, j'en ai tué, dit Tulacque.

Il y a deux mois, il en a aligné neuf, avec une coquetterie orgueilleuse, devant la tranchée prise.

— Mais, ajoute-t-il, c'est surtout après l'officier boche que j'en ai.

— Ah ! les vaches !

Ils ont crié cela plusieurs à la fois, du fond d'eux-mêmes.

— Ah ! mon vieux, dit Tirloir, on parle de la sale race boche. Les hommes de troupe, j' sais pas si c'est vrai ou si on nous monte le coup là-dessus aussi, et si, au fond, ce ne sont pas des hommes à peu près comme nous.

— C'est probablement des hommes comme nous, fait Eudore.

— Savoir !... s'écrie Cocon.

— En tous les cas, on n'est pas fixé pour les hommes, reprend Tirloir, mais les officiers allemands, non, non, non : pas des hommes, des monstres. Mon vieux, c'est vraiment une sale vermine spéciale. Tu peux dire que c'est les microbes de la guerre. Il faut les avoir vus de près, ces affreux grands raides, maigres comme des clous, et qui ont tout de même des têtes de veaux.

— Ou bien des tas qui ont tout de même des gueules de serpent.

Tirloir poursuit :

— J'en ai vu un, prisonnier, une fois, en r'venant de liaison. La dégoûtante carne ! Un colonel prussien qui avait une couronne de prince, qu'on m'a dit, et un blason en or sur ses cuirs. I' ram'nait-i' pas, pendant qu'on l'emmenait dans le boyau, parce qu'on s'était permis de l' frôler en passant ! Et i' r'gardait tout le monde du haut de son col ! J' m'ai dit : « Attends, ma vieille, j' vas t' faire râler, moi ! » J'ai pris mon temps, je me suis mis en quarante derrière lui, et j'y ai balancé de toute ma force un coup de pied au cul. Mon vieux, il est tombé par terre, à moitié étranglé.

— Etranglé ?

— Oui, par la fureur, quand il a compris ce qui en était, à savoir qu'il venait d'avoir son postérieur d'officier et de noble défoncé par la chaussette à clous d'un simple poilu. Il est parti à pousser des gueulements comme une femme, et à gesticuler comme un élipeptique...

— Moi, j' suis pas méchant, dit Blaire. J'ai des gosses, et ça m' turlupine, chez nous, quand il faut que je tue un cochon que je connais, mais, de ceux-là, j'en embrocherais bien un — dzing — en pleine armoire à linge.

— Moi aussi !

— Sans compter, dit Pépin, qu'il' ont des couvercles d'argent et des pistolets que tu peux revendre cent balles quand tu veux, et des jumelles prismatiques qu'a pas d' prix. Ah ! malheur, pendant la première partie de la campagne, ce que j'en ai laissé perdre des occases ! J'ai eu tout de l'emmanché à c' moment-là. C'est bien fait pour moi. Mais t'en fais pas : un casque d'argent, j'en aurai un. Ecoute-moi bien, j' te jure que j'en aurai un. Il me faut pas seulement la peau, mais les frusques d'un galonné de Guillaume. T'en fais pas : j' saurai bien goupiller ça avant que la guerre finisse.

— Tu crois à la finition de la guerre, toi ? demande l'un.

— T'en fais pas, répond l'autre.

*

Cependant, il se produit un brouhaha sur notre droite, et subitement on voit déboucher un groupe mouvant et sonore où des formes sombres se mêlent à des formes coloriées.

— Qu'est-ce que c'est qu' ça ?

Biquet s'est aventuré pour reconnaître ; il revient, et nous désignant du pouce, par-dessus son épaule, la masse bariolée :

— Eh ! les poteaux, v'nez mirer ça. Des gens.

— Des gens ?

— Oui, des messieurs, quoi. Des civelots avec des officiers d'état-major.

— Des civils ! Pourvu qu'ils tiennent !

C'est la phrase sacramentelle. Elle fait rire, malgré qu'on l'ait entendue cent fois, et qu'à tort ou à raison, le soldat en dénature le sens originel et la considère comme une atteinte ironique à sa vie de privations et de dangers.

Deux personnages s'avancent ; deux personnages à

pardessus et à cannes ; un autre habillé en chasseur, orné d'un chapeau pelucheux et d'une jumelle.

Des tuniques bleu tendre sur lesquelles reluisent des cuirs fauves ou noirs vernis, suivent et pilotent les civils.

De son bras où étincelle un brassard en soie brodé d'or et brodé de foudres d'or, un capitaine désigne la banquette de tir, devant un vieux créneau, et engage les visiteurs à y monter pour se rendre compte. Le monsieur en complet de voyage y grimpe en s'aidant de son parapluie.

Barque dit :

— T'as visé l' chef de gare endimanché qui indique un compartiment de 1re classe, gare du Nord, à un riche chasseur, le jour de l'ouverture : « Montez, monsieur le Propriétaire. » Tu sais, quand les types de la haute sont tout battants neuf d'équipements, de cuirs et de quincaillerie, et font leurs mariolles avec leur attirail de tueurs de petites bêtes !

Trois ou quatre poilus qui étaient déséquipés, ont disparu sous terre. Les autres ne bougent pas, paralysés, et même les pipes s'éteignent, et on n'entend que le brouhaha des propos qu'échangent les officiers et leurs invités.

— C'est les touristes des tranchées, dit à mi-voix Barque.

Puis, plus haut : « Par ici, mesdames et messieurs ! » qu'on leur dit.

— Débloque ! lui souffle Farfadet, craignant qu'avec « sa grande gueule » Barque attire l'attention des puissants personnages.

Du groupe, des têtes se tournent de notre côté. Un monsieur se détache vers nous, en chapeau mou et en cravate flottante. Il a une barbiche blanche et semble un artiste. Un autre le suit, en pardessus noir, celui-là, avec un melon noir, une barbe noire, une cravate blanche et un lorgnon.

— Ah ! ah ! fait le premier monsieur, voilà des poilus... Ce sont de vrais poilus, en effet.

Il s'approche un peu de notre groupe, un peu timidement, comme au Jardin d'Acclimatation, et tend la main à celui qui est le plus près de lui, non sans gaucherie, comme on présente un bout de pain à l'éléphant.

— Hé, hé, ils boivent le café, fait-il remarquer.

— On dit le « jus », rectifie l'homme-pie.

— C'est bon, mes amis ?

Le soldat, intimidé lui aussi par cette rencontre étrange et exotique, grogne, rit et rougit, et le monsieur dit : « Hé, hé ! »

Puis il fait un petit signe de la tête, et s'éloigne à reculons.

— C'est très bien, c'est très bien, mes amis. Vous êtes des braves !

Le groupe, fait des teintes neutres des draps civils semées de teintes militaires vives — comme des géraniums et des hortensias parmi le sol sombre d'un parterre —, oscille, puis passe et s'éloigne par le côté opposé à celui d'où il est venu. On a entendu un officier dire : « Nous avons encore beaucoup à voir, messieurs les journalistes. »

Quand le brillant ensemble s'est effacé, nous nous regardons. Ceux qui s'étaient éclipsés dans les trous s'exhument, du haut, graduellement. Les hommes se ressaisissent et haussent les épaules.

— C'est des journalistes, dit Tirette.

— Des journalistes ?

— Ben oui, les sidis qui pondent les journaux. T'as pas l'air de saisir, s'pèce d' chinoique : les journaux, i' faut bien des gars pour les écrire.

— Alors, c'est eux qui nous bourrent le crâne ? fait Marthereau.

Barque prend une voix de fausset et récite en faisant semblant de tenir un papier devant son nez :

— « Le kronprinz est fou, après avoir été tué au commencement de la campagne, et, en attendant, il a toutes les maladies qu'on veut. Guillaume va mourir ce soir et remourir demain. Les Allemands n'ont plus de munitions, becquètent du bois ; ils ne peuvent plus tenir, d'après les calculs les plus autorisés, que jusqu'à la fin de la semaine. On les aura quand on voudra, l'arme à la bretelle. Si on attend quèq' jours encore, c'est que nous n'avons pas envie d' quitter l'existence des tranchées ; on y est si bien, avec l'eau, le gaz, les douches à tous les étages. Le seul inconvénient, c'est qu'il y fait un peu trop chaud l'hiver... Quant aux Autrichiens, y a longtemps qu'euss i's n' tiennent plus : i' font semblant... » V'là quinze mois que c'est comme ça et que l' directeur dit à ses scribes : « Eh ! les poteaux, j'tez-en un coup, tâchez moyen de m' décrotter ça en cinq sec et de l' délayer sur la longueur de ces quatre sacrées feuilles blanches qu'on a à salir. »

— Eh oui ! dit Fouillade.

— Ben quoi, caporal, tu rigoles, c'est pas vrai, c' qu'on dit ?

— Y a un peu de vrai, mais vous abîmez, les petits gars, et vous seriez bien les premiers à en faire une tirelire s'il fallait que vous vous passiez des journaux... Oui, quand passe le marchand de journaux, pourquoi que vous êtes tous à crier : « Moi ! moi ! » ?

— Et pis, qu'est-ce que ça peut bien te faire tout ça ! s'écrie le père Blaire. T'es là à en faire une tinette sur les journaux, mais fais donc comme moi : y pense pas !

— Oui, oui, en v'là marre ! Tourne la page, nez d'âne !

La conversation se tronçonne, l'attention se fragmente, se disperse. Quatre bonshommes se conjuguent pour une manille qui durera jusqu'à ce que le soir efface les cartes. Volpatte fait des efforts pour capturer une feuille de papier à cigarette qui a fui de ses doigts et qui sautille et zigzague au vent sur la paroi de la tranchée comme un papillon fugace.

Cocon et Tirette évoquent des souvenirs de caserne. Les années de service militaire ont laissé dans les esprits une impression indélébile, c'est un fonds de souvenirs riches, bon teint et toujours prêts, où l'on a l'habitude depuis dix, quinze ou vingt ans, de puiser des sujets de conversation... Si bien qu'on continue, même après avoir fait pendant un an et demi la guerre sous toutes ses formes.

J'entends en partie le colloque, j'en devine le reste. C'est, d'ailleurs, sempiternellement le même genre d'anecdotes que les ex-troupiers sortent de leur passé militaire : le narrateur a cloué le bec à un gradé mal intentionné, par des paroles pleines d'à-propos et de crânerie. Il a osé, il a parlé haut et fort, lui !... Des bribes me parviennent aux oreilles :

— ... Alors, tu crois que j'ai bronché quand Nenœil m'a eu cassé ça ? Pas du tout, mon vieux. Tous les copains la fermaient ; mais moi, j'y ai dit tout haut : « Mon adjudant, qu' j'ai dit, c'est possible, mais... » (suit une phrase que je n'ai point retenue)... Oh ! tu sais, tel que ça, j'y ai dit. I' n'a pas pipé. « C'est bon, c'est bon », qu'il a dit en foutant le camp, et après, il a été bath comme tout avec moi.

— C'est comme moi avec Dodore, l' juteux de la 13ᵉ, quand j' faisais mon congé. Une carne. Main'nant, il est au Panthéon, comme gardien. I' m'avait dans l' nez. Alors...

Et chacun de déballer son bagage personnel de mots historiques.

Ils sont chacun comme les autres : il n'en est pas un qui ne dise pas : « Moi, je ne suis pas comme les autres. »

*

— Le vaguemestre !

C'est un haut et large homme aux gros mollets, et de mise confortable et soignée comme un gendarme.

Il est de mauvaise humeur. Il y a eu de nouveaux ordres, et maintenant il faut qu'il aille chaque jour jusqu'au poste de commandement du colonel porter le courrier. Il déblatère sur cette mesure comme si elle était exclusivement dirigée contre lui.

Cependant, tout en déblatérant, il parle à l'un, à l'autre, en passant, suivant son habitude, tandis qu'il appelle les caporaux aux lettres. Et nonobstant sa rancœur, il ne garde pas pour lui tous les renseignements dont il arrive pourvu. En même temps qu'il ôte les ficelles du paquet de lettres, il distribue sa provision de nouvelles verbales.

Il dit d'abord que, sur le rapport, il y a en toutes lettres la défense de porter des capuchons.

— T'entends ça ? dit Tirette à Tirloir. Te v'là forcé de lancer ton beau capuchon en l'air.

— Pus souvent ! J' marche pas. Ça n'a rien à faire avec moi, répond l'encapuchonné, dont l'orgueil non moins que le confort est en jeu.

— Ordre du général commandant l'armée.

— Il faut alors que l' général en chef donne l'ordre qu'i' n' pleuve plus. J' veux rien savoir.

La plupart des ordres, même de moins extraordinaires que celui-là, sont toujours accueillis de la sorte... avant d'être exécutés.

— Le rapport ordonne aussi, dit l'homme-lettres, de tailler les barbes. Et les douilles, à la tondeuse, rasoche !

— Ta bouche, mon gros ! dit Barque, dont le toupet est directement menacé par cette consigne. Tu m'as pas ar'gardé. Tu peux t' mettre la tringle.

— Tu m' dis ça à moi. Fais-le ou fais-le pas. J' m'en fous pas mal.

A côté des nouvelles positives, écrites, il y en a de plus amples, mais aussi plus incertaines et plus fantaisistes : la division serait relevée pour aller soit au repos — mais au vrai repos, pendant six semaines — soit au Maroc, et peut-être en Egypte.

— Eh... Oh !... Ah !...

Ils écoutent. Ils se laissent tenter par le prestige du nouveau, du merveilleux.

Quelqu'un cependant demande au vaguemestre :

— Qui t'a dit ça ?

Il indique ses sources :

— L'adjudant commandant le détachement de territoriaux qui fait les corvées au Q.G. du C.A.

— Au quoi ?

— Au quartier général du corps d'armée... Et y a pas

que lui qui le dit. Y a, tu sais bien, l' client dont je ne sais plus le nom : celui qui ressemble à Galle et qui n'est pas Galle. Il a je n' sais plus qui dans sa famille qui est je n' sais plus quoi. Comme ça, il est renseigné.

— Et alors ?

Ils sont là, en cercle, le regard affamé, autour du raconteur d'histoires.

— En Egypte, tu dis, nous irions ?... J' connais pas. J' sais qu'y avait des Pharaons du temps où j'étais gosse et que j'allais à l'école. Mais depuis !...

— En Egypte...

L'idée s'ancre insensiblement dans les cervelles.

— Ah non, dit Blaire, parce que j'ai l' mal de mer... Et, après tout, ça n' dure pas, l' mal de mer... Oui, mais que dirait la patronne ?

— Que veux-tu ? elle s'y fera ! On verra des nègres et des grands oiseaux plein les rues, comme on voit chez nous des moiniaux.

— Mais ne devait-on pas aller en Alsace ?

— Si, dit le vaguemestre. Y en a qui le croient au Trésor.

— Ça m'irait assez...

... Mais le bon sens et l'expérience acquise reprennent le dessus et chassent le rêve. On a affirmé si souvent qu'on allait partir au loin, et si souvent on l'a cru, et si souvent on a déchanté ! Aussi c'est comme si, à un moment donné, on se réveillait.

— Tout ça, c'est des bobards. On nous l'a trop fait. Attends avant de croire — et t'en fais pas une miette.

Ils regagnent leur coin, quelques-uns par-ci par-là ont à la main le fardeau léger et important d'une lettre.

— Ah ! dit Tirloir, i' faut qu' j'écrive, j' peux pas rester huit jours sans écrire. Ça n'a rien à faire.

— Moi aussi, dit Eudore, i' faut qu' j'écrive à ma p'tit' femme.

— A va bien, Mariette ?

— Oui, oui. T'en fais pas pour Mariette.

D'aucuns se sont déjà installés pour la correspondance. Barque debout, son papier posé à plat sur un carnet dans une anfractuosité de la paroi, semble en proie à une inspiration. Il écrit, écrit, penché, le regard captivé, l'air absorbé d'un cavalier lancé au galop.

Lamuse, qui n'a pas d'imagination, passe son temps, une fois qu'il s'est assis, qu'il a posé sur la pointe matelassée de ses genoux sa pochette de papier et mouillé son crayon-encre, à relire les dernières lettres reçues, et à ne pas savoir quoi dire d'autre que ce qu'il a déjà dit, et à s'entêter à vouloir dire autre chose.

Une douceur de sentimentalité semble répandue sur le petit Eudore qui s'est recroquevillé dans une sorte de niche de terre. Il se recueille, le crayon aux doigts, les yeux sur son papier ; rêveur, il regarde, il dévisage, il voit, et on voit l'autre ciel qui l'éclaire. Son regard va là-bas. Il est agrandi jusqu'à chez lui...

Le moment des lettres est celui où l'on est le plus et le mieux ce que l'on fut. Plusieurs hommes s'abandonnent au passé et reparlent d'abord de mangeaille.

Sous l'écorce des formes grossières et obscurcies, d'autres cœurs laissent murmurer tout haut un souvenir et évoquent des clartés antiques : le matin d'été, quand le vert frais du jardin déteint dans toute la blancheur de la chambre campagnarde, ou quand, dans les plaines, le vent donne au champ de blé des remuements lents et forts, et, à côté, agite le carré d'avoine de petits frissons vifs et féminins. Ou bien, le soir d'hiver, la table autour de laquelle sont les femmes et leur douceur et où se tient debout la lampe caressante, avec le tendre éclat de sa vie et la robe de son abat-jour.

Cependant le père Blaire reprend sa bague commencée. Il a enfilé la rondelle encore informe d'aluminium dans un bout de bois rond et il la frotte avec la lime. Il s'applique à ce travail, réfléchissant de toutes ses forces, deux plis sculptés sur le front. Parfois il s'arrête, se redresse, et regarde la petite chose, tendrement, comme si elle le regardait aussi.

— Tu comprends, m'a-t-il dit une fois à propos d'une autre bague, il ne s'agit pas de bien ou de pas bien. L'important, c'est que je l'aye faite pour ma femme, tu comprends ? Quand j'étais à rien faire, à avoir la cosse, je regardais cette photo (il exhibait la photographie d'une grosse femme mafflue), et alors je m'y mettais tout facilement, à cette sacrée bague. On peut dire que nous l'avons faite ensemble, tu comprends ? La preuve, c'est qu'elle me tenait compagnie et que j' lui ai dit adieu quand je l'ai envoyée à la mère Blaire.

Il en fait à présent une autre où il y aura du cuivre. Il travaille avec ardeur. C'est son cœur qui veut s'exprimer le mieux possible et s'acharne à une sorte de calligraphie.

Dans ces trous dénudés de la terre, ces hommes inclinés avec respect sur ces bijoux légers, élémentaires, si petits que la grosse main durcie les tient difficilement et les laisse couler, ont l'air encore plus sauvages, plus primitifs, et plus humains, que sous tout autre aspect.

On pense au premier inventeur, père des artistes, qui tâcha de donner à des choses durables la forme de ce qu'il voyait et l'âme de ce qu'il ressentait.

*

— En v'là qui vont passer, annonce Biquet, mobile, qui fait le concierge dans notre secteur de tranchée. Y en a une tinée.

Justement, un adjudant, sanglé du ventre et du menton, débouche en brandissant son fourreau de sabre :

— Dégagez, vous autres ! Ben quoi, dégagez, que j' vous dis ! Vous êtes là à faire flanelle... Allons, oust, la fuite ! J' veux plus vous voir dans le passage, hé !

On se range mollement. Quelques-uns avec lenteur, sur les côtés, s'enfoncent par degrés dans le sol.

C'est une compagnie de territoriaux chargés dans le secteur des travaux de terrassement de seconde ligne et de l'entretien des boyaux d'arrière. Ils apparaissent, armés de leurs outils, misérablement fagotés en tirant la patte.

On les regarde un à un approcher, passer, s'effacer. Ce sont de petits vieux rabougris, aux joues poudrées de cendre, ou de gros poussifs encerclés à l'étroit dans leurs capotes passées et tachées, auxquelles manquent des boutons et dont l'étoffe bâille, édentée...

Tirette et Barque, les deux loustics, adossés et serrés sur la paroi, les dévisagent d'abord en silence. Puis ils se mettent à sourire.

— Le défilé des balayeurs, dit Tirette.

— On va rigoler trois minutes, annonce Barque.

Quelques-uns des vieux travailleurs sont cocasses. Celui-ci, qui arrive dans la file, a des épaules tombantes de bouteille, il est extrêmement mince du thorax et maigre des jambes, et, néanmoins, il est ventru.

Barque n'y tient plus :

— Eh, dis donc, Dubidon !

— Mince de paletot, remarque Tirette devant une capote qui passe, infiniment rapiécée, de tous les bleus.

Il interpelle le vétéran.

— Eh ! l' père-échantillons... Eh, dis donc, là-bas, toi, insiste-t-il.

L'autre se tourne, le regarde, bouche bée.

— Dis donc, papa, si tu veux être bien gentil, tu me donneras l'adresse de ton tailleur de Londres.

La figure surannée et gribouillée de rides ricane — puis le bonhomme, arrêté un instant sous l'injonction de Barque, est bousculé par le flot qui le suit, et emporté.

Après quelques figurants moins remarquables, une nouvelle victime se présente aux quolibets. Sur sa nuque rouge et rugueuse végète une espèce de laine sale de mouton. Les genoux pliés, le corps en avant et le dos voûté, ce territorial se tient mal debout.

— Tiens, braille Tirette en le désignant du doigt, le célèbre homme-accordéon ! A la foire, on paierait pour le voir. Ici, la vue n'en coûte rien !

Tandis que l'interpellé balbutie des injures, on rit ici et là.

Il n'en faut pas davantage pour exciter encore les

deux compères que le désir de placer un mot jugé drôle par un public peu difficile incite à tourner en dérision les ridicules de ces vieux frères d'armes qui peinent nuit et jour, au bord de la grande guerre, pour préparer et réparer les champs de bataille.

Et même les autres spectateurs s'y mettent aussi. Misérables, ils raillent plus misérables qu'eux.

— Vise-moi, ç'ui-ci. Et ç'ui-là, donc !

— Non, mais pige-moi la photographie de ce p'tit bas-du-cul. Eh ! loin-du-ciel, eh !

— Et ç'ui-là qui n'en finit pas. Tu parles d'un gratte-ciel ! Tiens, là, i' vaut l' jus. Oui, tu vaux l' jus, mon vieux !

L'homme en question fait des petits pas, en portant sa pioche en avant comme un cierge, la figure crispée et le corps tout penché, bâtonné par le lumbago.

— Eh ! grand-père, veux-tu deux sous ? lui demande Barque en lui tapant sur l'épaule lorsqu'il passe à portée.

Le poilu déplumé, vexé, grogne : « Bougre de galapiat. »

Alors, Barque lance d'une voix stridente :

— Dis donc, tu pourrais être poli, face de pet, vieux moule à caca !

L'ancien, se retournant tout d'une pièce, bafouille, furieux.

— Eh ! mais, crie Barque en riant, c'est qu'i' raloche, c' débris. Il est belliqueux, voyez-vous ça, et i' s'rait malfaisant s'il avait seulement soixante ans de moins.

— Et s'i' n'était pas soûl, ajoute gratuitement Pépin, qui en cherche d'autres de l'œil dans le flux des arrivants.

La poitrine creuse du dernier traînard apparaît, puis son dos déformé disparaît.

Le défilé de ces vétérans usagés, salis par les tranchées, se termine au milieu des faces sarcastiques et quasi malveillantes de ces troglodytes sinistres émergeant à moitié de leurs cavernes de boue.

Cependant les heures s'écoulent, et le soir commence à griser le ciel et à noircir les choses ; il vient se mêler à la destinée aveugle, en même temps qu'à l'âme obscure et ignorante de la multitude qui est là, ensevelie.

Dans le crépuscule, un piétinement roule ; une rumeur ; puis une autre troupe se fraye un passage.

— Des tabors.

Ils défilent avec leurs faces bises, jaunes ou marron, leurs barbes rares, ou drues et frisées, leurs capotes vert-jaune, leurs casques frottés de boue qui présentent un croissant à la place de notre grenade. Dans les figures épatées ou, au contraire, anguleuses et affûtées, luisantes comme des sous, on dirait que les yeux sont des billes d'ivoire et d'onyx. De temps en temps, sur la file, se balance, plus haut que les autres, le masque de houille d'un tirailleur sénégalais. Derrière la compagnie, est un fanion rouge avec une main verte au milieu.

On les regarde et on se tait. On ne les interpelle pas, ceux-là. Ils imposent, et même font un peu peur.

Pourtant, ces Africains paraissent gais et en train. Ils vont, naturellement, en première ligne. C'est leur place et leur passage est l'indice d'une attaque très prochaine. Ils sont faits pour l'assaut.

— Eux et le canon 75, on peut dire qu'on leur z'y doit une chandelle ! On l'a envoyée partout en avant dans les grands moments, la Division marocaine !

— Ils ne peuvent pas s'ajuster à nous. Ils vont trop vite. Et plus moyen de les arrêter...

De ces diables de bois blond, de bronze et d'ébène, les uns sont graves ; leurs faces sont inquiétantes, muettes, comme des pièges qu'on voit. Les autres rient ; leur rire tinte, tel le son de bizarres instruments de musique exotique, et montre les dents.

Et on rapporte des traits de Bicots : leur acharnement à l'assaut, leur ivresse d'aller à la fourchette, leur goût de ne pas faire quartier. On répète les histoires qu'ils racontent eux-mêmes volontiers, et tous un peu dans les mêmes termes et avec les mêmes gestes : ils lèvent les bras : « Kam'rad, kam'rad ! » « Non, pas kam'rad ! » et ils exécutent la mimique de la baïonnette qu'on lance devant soi, à hauteur du ventre, puis qu'on retire, d'en bas, en s'aidant du pied.

Un des tirailleurs entend, en passant, de quoi l'on parle. Il nous regarde, rit largement dans son turban casqué, et répète, en faisant non, de la tête : « Pas kam'rad, non, pas kam'rad, jamais ! Couper cabèche ! »

— I' sont vraiment d'une autre race que nous, avec leur peau de toile de tente, avoue Biquet qui, pourtant, n'a pas froid aux yeux. Le repos les embête, tu sais ; ils ne vivent que pour le moment où l'officier remet sa montre dans sa poche et dit : « Allez, partez ! »

— Au fond, ce sont de vrais soldats.

— Nous ne sommes pas des soldats, nous, nous sommes des hommes, dit le gros Lamuse.

L'heure s'est assombrie et pourtant cette parole juste et claire met comme une lueur sur ceux qui sont ici, à attendre, depuis ce matin, et depuis des mois.

Ils sont des hommes, des bonshommes quelconques arrachés brusquement à la vie. Comme des hommes quelconques pris dans la masse, ils sont ignorants, peu emballés, à vue bornée, pleins d'un gros bon sens, qui, parfois, déraille ; enclins à se laisser conduire et à faire ce qu'on leur dit de faire, résistants à la peine, capables de souffrir longtemps.

Ce sont de simples hommes qu'on a simplifiés encore, et dont, par la force des choses, les seuls instincts primordiaux s'accentuent : instinct de la conservation, égoïsme, espoir tenace de survivre toujours, joie de manger, de boire et de dormir.

Par intermittence, des cris d'humanité, des frissons profonds, sortent du noir et du silence de leurs grandes âmes humaines.

Quand on commence à ne plus voir très bien, on entend là-bas, murmurer, puis se rapprocher, plus sonore, un ordre :

— Deuxième demi-section ! Rassemblement !

On se range. L'appel se fait.

— Hue ! dit le caporal.

On s'ébranle. Devant le dépôt d'outils, stationnement, piétinement. On charge chacun d'une pelle ou d'une pioche. Un gradé tend les manches dans l'ombre :

— Vous, une pelle. Na, filez. Vous, une pelle encore ; vous, une pioche. Allons, dépêchez-vous et dégagez.

On s'en va par le boyau perpendiculaire à la tranchée, droit vers l'avant, vers la frontière mobile, vivante et terrible de maintenant.

Parmi la grisaille céleste, en grandes orbes descendantes, le halètement saccadé et puissant d'un avion qu'on ne voit plus tourne en remplissant l'espace. En avant, à droite, à gauche, partout, des coups de tonnerre déploient dans le ciel bleu foncé de grosses lueurs brèves.

III

LA DESCENTE

L'aube grisâtre déteint à grand-peine sur l'informe paysage encore noir. Entre le chemin en pente qui, à droite, descend des ténèbres, et le nuage sombre du bois des Alleux — où l'on entend sans les voir les attelages du Train de combat s'apprêter et démarrer —, s'étend un champ. Nous sommes arrivés là, ceux du 6e Bataillon, à la fin de la nuit. Nous avons formé les faisceaux, et, maintenant, au milieu de ce cirque de vague lueur, les pieds dans la brume et la boue, en groupes sombres à peine bleutés ou en spectres solitaires, nous stationnons, toutes nos têtes tournées vers le chemin qui descend de là-bas. Nous attendons le reste du régiment : le 5e Bataillon, qui était en première ligne et a quitté les tranchées après nous...

Une rumeur...

— Les voilà !

Une longue masse confuse apparaît à l'ouest et dévale comme de la nuit sur le crépuscule du chemin.

Enfin ! Elle est finie, cette relève maudite qui a commencé hier à six heures du soir et a duré toute la nuit ; et à présent, le dernier homme a mis le pied hors du dernier boyau.

Le séjour aux tranchées a été, cette fois-ci, terrible. La dix-huitième compagnie était en avant. Elle a été décimée : dix-huit tués et une cinquantaine de blessés, un homme sur trois de moins en quatre jours ; et cela sans attaque, rien que par le bombardement.

On sait cela et, à mesure que le Bataillon mutilé approche, là-bas, quand nous nous croisons entre nous en piétinant la vase du champ et qu'on s'est reconnus en se penchant l'un vers l'autre :

— Hein, la dix-huitième !...

En se disant cela, on songe : « Si ça continue ainsi, que deviendrons-nous tous ? Que deviendrai-je, moi ?... »

La dix-septième, la dix-neuvième et la vingtième arrivent successivement et forment les faisceaux.

— Voilà la dix-huitième !

Elle vient après toutes les autres : tenant la première tranchée, elle a été relevée en dernier.

Le jour s'est un peu lavé et blêmit les choses. On distingue descendant le chemin, seul en avant de ses hommes, le capitaine de la compagnie. Il marche difficilement, en s'aidant d'une canne, à cause de son ancienne blessure de la Marne, que les rhumatismes ressuscitent et, aussi, d'une autre douleur. Encapuchonné, il baisse la tête ; il a l'air de suivre un enterrement ; et on voit qu'il pense, et qu'il en suit un, en effet.

Voilà la compagnie.

Elle débouche, très en désordre. Un serrement de

cœur nous prend tout de suite. Elle est visiblement plus courte que les trois autres, dans le défilé du bataillon.

Je gagne la route et vais au-devant des hommes de la dix-huitième qui dévalent. Les uniformes de ces rescapés sont uniformément jaunis par la terre ; on dirait qu'ils sont habillés de kaki. Le drap est tout raidi par la boue ocreuse qui a séché dessus ; les pans des capotes sont comme des bouts de planche qui ballottent sur l'écorce jaune recouvrant les genoux. Les têtes sont hâves, charbonneuses, les yeux grandis et fiévreux. La poussière et la saleté ajoutent des rides aux figures.

Au milieu de ces soldats qui reviennent des bas-fonds épouvantables, c'est un vacarme assourdissant. Ils parlent tous à la fois, très fort, en gesticulant, rient et chantent.

Et l'on croirait, à les voir, que c'est une foule en fête qui se répand sur la route !

Voici la deuxième section, avec son grand sous-lieutenant dont la capote est serrée et sanglée autour du corps raidi comme un parapluie roulé. Je joue des coudes tout en suivant la marche, jusqu'à l'escouade de Marchal, la plus éprouvée : sur onze compagnons qu'ils étaient et qui ne s'étaient jamais quittés depuis un an et demi, il ne reste que trois hommes avec le caporal Marchal.

Celui-ci me voit. Il a une exclamation joyeuse, un sourire épanoui ; il lâche sa bretelle de fusil et me tend les mains, à l'une desquelles pend sa canne des tranchées.

— Eh, vieux frère, ça va toujours ? Qu'est-ce que tu deviens ?

Je détourne la tête et, presque à voix basse :

— Alors, mon pauvre vieux, ça s'est mal passé.

Il s'assombrit subitement, prend un air grave.

— Eh oui, mon pauv' vieux, que veux-tu, ça a été affreux, cette fois-ci... Barbier a été tué.

— On le disait... Barbier !

— C'est samedi, à onze heures du soir. Il avait le dessus du dos enlevé par l'obus, dit Marchal, et comme coupé par un rasoir. Besse a eu un morceau d'obus qui lui a traversé le ventre et l'estomac. Barthélemy et Baubex ont été atteints à la tête et au cou. On a passé la nuit à cavaler au galop dans la tranchée, d'un sens à l'autre, pour éviter les rafales. Le petit Godefroy, tu le connais ? le milieu du corps emporté ; il s'est vidé de sang sur place, en un instant, comme un baquet qu'on renverse : petit comme il était, c'était extraordinaire tout le sang qu'il avait ; il a fait un ruisseau d'au moins cinquante mètres dans la tranchée. Gougnard a eu les jambes hachées par des éclats. On l'a ramassé pas tout à fait mort. Ça, c'était au poste d'écoute. Moi, j'y étais de garde avec eux. Mais quand c't' obus est tombé, j'étais allé dans la tranchée demander l'heure. J'ai retrouvé mon fusil, que j'avais laissé à ma place, plié en deux comme avec une main, le canon en tire-bouchon, et la moitié du fût en sciure. Ça sentait le sang frais à vous soulever le cœur.

— Et Mondain, lui aussi, n'est-ce pas ?...

— Lui, c'était le lendemain matin — hier par conséquent — dans la guitoune qu'une marmite a fait s'écrouler. Il était couché et sa poitrine a été défoncée. T'a-t-on parlé de Franco, qui était à côté de Mondain ? L'éboulement lui a cassé la colonne vertébrale ; il a parlé après qu'on l'a eu dégagé et assis par terre ; il a dit, en penchant la tête sur le côté : « Je vais mourir », et il est mort. Il y avait aussi Vigile avec eux ; lui, son corps n'avait rien, mais sa tête s'est trouvée complètement aplatie, aplatie comme une galette, et énorme : large comme ça. A le voir étendu sur le sol, noir et changé de forme, on aurait dit que c'était son ombre, l'ombre qu'on a quelquefois par terre quand on marche la nuit au falot.

— Vigile, qui était de la classe 13, un enfant ! Et Mondain et Franco, si bons types malgré leurs galons !... Des chics vieux amis en moins, mon vieux Marchal.

— Oui, dit Marchal.

Mais il est accaparé par une horde de ses camarades qui l'interpellent et le houspillent. Il se débat, répond à leurs sarcasmes, et tous se bousculent en riant.

Mon regard va de face en face ; elles sont gaies et, à travers les crispations de la fatigue et le noir de la terre, elles apparaissent triomphantes.

Quoi donc ! s'ils avaient pu, pendant leur séjour en première ligne, boire du vin, je dirais : « Ils sont tous ivres. »

J'avise un des rescapés qui chantonne en cadençant le pas d'un air dégagé, comme les hussards de la chanson : c'est Vanderborn, le tambour.

— Eh bien quoi, Vanderborn, comme tu as l'air content !

Vanderborn, qui est calme d'ordinaire, me crie :

— C'est pas encore pour cette fois, tu vois : me v'là !

Et, avec un grand geste de fou, il m'envoie une bourrade sur l'épaule.

Je comprends...

Si ces hommes sont heureux, malgré tout, au sortir de l'enfer, c'est que, justement, ils en sortent. Ils reviennent, ils sont sauvés. Une fois de plus, la mort, qui était là, les a épargnés. Le tour de service fait que chaque compagnie est en avant toutes les six semaines ! Six semaines ! Les soldats de la guerre ont, pour les grandes et les petites choses, une philosophie d'enfant : ils ne regardent jamais loin ni autour d'eux, ni devant eux. Ils pensent à peu près au jour le jour. Aujourd'hui, chacun de ceux-là est sûr de vivre encore un bout de temps.

C'est pourquoi, malgré la fatigue qui les écrase, et la boucherie toute fraîche dont ils sont éclaboussés encore, et leurs frères arrachés tout autour de chacun d'eux, malgré tout, malgré eux, ils sont dans la fête de survivre, ils jouissent de la gloire infinie d'être debout.

IV

VOLPATTE ET FOUILLADE

En arrivant au cantonnement, on cria :

— Mais où est Volpatte ?

— Et Fouillade, où c' qu'il est ?

Ils avaient été réquisitionnés et emmenés en première ligne par le 5e Bataillon. On devait les retrouver au cantonnement. Rien. Deux hommes de l'escouade perdus !

— Bon sang d' bon sang ! Voilà c' que c'est que d' prêter des hommes ! beugla le sergent.

Le capitaine, mis au courant, jura, sacra, et dit :

— I' m' faut ces hommes. Qu'on les retrouve à l'instant. Allez !

Farfadet et moi, nous fûmes hélés par le caporal Bertrand dans la grange où, étendus, nous nous immobilisions déjà et nous engourdissions.

— Faut aller chercher Volpatte et Fouillade.

Nous fûmes vite debout, et nous partîmes avec un frisson d'inquiétude. Nos deux camarades, pris par le 5e, ont été emportés dans cette infernale relève. Qui sait où ils sont et ce qu'ils sont maintenant !

... Nous remontons la côte. Nous recommençons à faire, en sens inverse, le long chemin fait depuis l'aube et la nuit. Bien qu'on soit sans bagages, avec, seulement, le fusil et l'équipement, on se sent las, ensommeillé, paralysé, dans la campagne triste, sous le ciel empoussiéré de brume. Bientôt Farfadet souffle. Il a parlé un peu, au début, puis la fatigue le fait taire, de force. Il est courageux mais frêle ; et, pendant toute sa vie antérieure, il n'a guère appris à se servir de ses jambes, dans le bureau de mairie où, depuis sa première communion, il griffonnait entre un poêle et de vieux cartonniers grisonnants.

Au moment où l'on sort du bois pour s'engager, en glissant et pataugeant, dans la région des boyaux, deux ombres fines se profilent en avant. Deux soldats qui arrivent : on voit la boule de leur paquetage et la ligne de leur fusil. La double forme balançante se précise.

— Ce sont eux !

L'une des ombres a une grosse tête blanche, emmaillotée.

— Il y en a un blessé ! C'est Volpatte !

Nous courons vers les revenants. Nos semelles font un bruit de décollage et d'enfoncement spongieux, et nos cartouches, secouées, sonnent dans nos cartouchières.

Ils s'arrêtent et nous attendent quand on est à portée.

— Il n'est qu' temps ! crie Volpatte.

— Tu es blessé, vieux ?

— Quoi ? dit-il.

Les épaisseurs de bandages qui lui encerclent la tête le rendent sourd. Il faut crier pour arriver jusqu'à son ouïe. On s'approche de lui, on crie. Alors, il répond :

— C'est rien d' ça... On r'vient du trou où le 5e Bataillon nous a mis jeudi.

— Vous êtes restés là, depuis ? lui hurle Farfadet, dont la voix aiguë et quasi féminine pénètre bien le capitonnage qui défend les oreilles de Volpatte...

— Eh bien oui, on est resté là, dit Fouillade, bagasse, nom de Dieu, macarelle ! Tu t' figures pas qu'on s' serait envolé avec des ailes, et encore moins qu'on s'rait parti sur ses pattes, sans ordre ?

Mais tous deux se laissent tomber assis par terre. La tête de Volpatte, enveloppée de toiles, avec un gros nœud au sommet, et qui présente la tache jaunâtre et noirâtre de la figure, semble un ballot de linge sale.

— On vous a oubliés, pauvres vieux !

— Un peu, s'écrie Fouillade, qu'on nous a oubliés ! Quatre jours et quatre nuits dans un trou d'obus sur qui les balles pleuvaient d' travers, et qui, en plus, sentait la merde !

— Tu parles, dit Volpatte. C'était pas un trou d'écoute ordinaire où qu'on va t'et vient en service régulier. C'était un trou d'obus qui r'ssemblait à un aut' trou d'obus, ni plus ni moins. On nous avait dit jeudi : « Postez-vous là, et tirez sans arrêt », qu'on nous avait dit. Y a bien eu l' lendemain un type de liaison du 5e Bataillon qu'est v'nu montrer son naz : « Qu'est-ce que vous foutez là ! » « Ben, nous tirons ; on nous a dit d' tirer ; on tire, qu'on a dit. Pisqu'on nous l'a dit, y doit y avoir une raison d'ssous ; nous attendons qu'on nous dise de faire aut'chose que d' tirer. » Le type s'est pisté ; il avait l'air pas rassuré et s'en r'ssentait pas pour la marmitée. « C'est 22 », qu'i disait.

— On avait, dit Fouillade, à nous deuss, une boule de son et un seau d' vin que nous avait donnés la 18e, en nous installant, et toute une caisse de cartouches, mon vieux. On a brûlé les cartouches et bu le fuchsia. On a conservé par prudence quelques cartouches et un quignon du Saint-Honoré ; mais on n'a pas conservé d' vin.

— On a z'eu tort, dit Volpatte, vu qu'i' fait soif. Dis donc, les gars, vous n'auriez pas rien pour la gorge ?

— J'ai encore un petit quart d' vin, répondit Farfadet.

— Donne-z'y, dit Fouillade en désignant Volpatte. Vu que lui a perdu du sang. Moi, j' n'ai qu' soif.

Volpatte grelottait et, dans la gangue énorme de chiffons qui était posée sur ses épaules, ses petits yeux bridés s'embrasaient de fièvre.

— Ça fait bon, dit-il en buvant.

— Ah ! Et pis aussi, ajouta-t-il tandis qu'il jetait, comme la politesse l'exige, la goutte de vin qui restait au fond du quart de Farfadet, on a poiré deux Boches. I's rampaient dans la plaine, sont tombés dans not' trou, à l'aveugle, comme des taupes dans un piège à mâchoire, ces cons-là. On les a empaquetés. Et puis voilà. Une fois qu'on a eu tiré pendant trente-six heures, on n'avait pus d' munitions. Alors on a rempli d' cartouches les magasins d' nos seringues et on a attendu, d'vant les colis d' Boches. L' type de liaison a oubelié de dire chez lui qu'on était là. Vous, l' sixième, vous avez oubelié de nous réclamer, la 18e nous a oubeliés aussi, et, comme on n'était pas dans un poste d'écoute fréquenté où la r'lève se fait régulièrement comme à l'administration, j' nous voyais déjà rester là jusqu'au retour du régiment. C'est, finalement, des bras-cassés du 204 venus pour fouiner dans la plaine à la chasse aux amochés, qui nous ont signalés. Alors, on nous a donné l'ordre de nous replier, immédiatement, qu'on a dit. On s'a harnaché, en rigolant, de c't' « immédiatement »-là. On a déficelé les jambes des Boches, on les a emmenés, remis au 204, et nous v'là.

« On a même repêché en passant un sergent qui s' tassait dans un trou et qui n'osait pas en sortir, vu qu'il avait été commotionné. On l'a engueulé ; ça l'a remis un peu et i' nous a remerciés : l' sergent Sacerdote i' s'app'lait.

— Mais ta blessure, mon vieux frère ?

— C'est aux oreilles. Une marmite — et un macavoué, mon ieux — qui a pété comme qui dirait là. Ma tête a passé, j' peux dire, entre les éclats, mais tout juste, rasibus, et les esgourdes ont pris.

— Si tu voyais ça, dit Fouillade, c'est dégueulasse, ces deux oreilles qui pend. On avait nos deux paquets de pansement et les brancos nous en ont encore balancé z'un. Ça fait trois pansements qu'il a enroulés autour de la bouillotte.

— Donnez-nous vos affaires, on va rentrer.

Farfadet et moi nous nous sommes partagé le barda de Volpatte. Fouillade, sombre de soif, travaillé par la sécheresse, grogne et s'entête à garder ses armes et ses paquets.

Et nous déambulons lentement. C'est toujours amusant de ne pas marcher dans le rang ; c'est si rare que ça étonne et ça fait du bien. Un souffle de liberté nous égaie bientôt tous les quatre. On va dans la campagne comme pour son plaisir.

— On est des promeneurs ! dit fièrement Volpatte.

Quand on arrive au tournant du haut de la côte, il se laisse aller à des idées roses.

— Mon vieux, c'est la bonne blessure, après tout, j' vas être évacué, y a pas d'erreur.

Ses yeux clignent et scintillent dans l'énorme boule blanche, qui oscille sur ses épaules — rougeâtre de chaque côté, à la place des oreilles.

On entend, du fond où se trouve le village, sonner dix heures.

— J' me fous d' l'heure, dit Volpatte. L' temps qui passe, ça n'a pus rien à faire avec moi.

Il devient volubile. Un peu de fièvre amène et presse ses discours au rythme du pas ralenti où déjà il se prélasse.

— On va m'attacher une étiquette rouge à la capote, y a pas d'erreur, et m'mener à l'arrière. J' s'rai conduit, à c' coup, par un type bien poli qui m' dira : « C'est par ici, pis tourne par là... Na !... mon pauv' vieux. » Pis l'ambulance, pis l'train sanitaire avec des chatteries des dames de la Croix-Rouge tout le long du chemin comme elles ont fait à Crapelet Jules, pis l'hôpitau de l'intérieur. Des lits avec des draps blancs, un poêle qui ronfle au milieu des hommes, de gens qui sont faits pour s'occuper de nous et qu'on regarde y faire, des savates réglementaires, mon ieux, et une table de nuit : du meuble ! Et dans les grands hôpitals, c'est là qu'on est bien logé comme nourriture ! J'y prendrai des bons repas, j'y prendrai des bains ; j'y prendrai tout c' que j' trouverai. Et des douceurs sans qu'on soit obligé pour en profiter, de s' battre avec les autres et de s' démerder jusqu'au sang. J'aurai sur le drap mes deux mains qui n' ficheront rien, comme des choses de luxe — comme des joujoux, quoi ! — et, d'ssous, l' drap, les pattes chauffées à blanc du haut en bas et les arpions élargis en bouquets de violettes...

Volpatte s'arrête, se fouille, tire de sa poche, en même temps que sa célèbre paire de ciseaux de Soissons, quelque chose qu'il me montre :

— Tiens, t'as vu ça ?

C'est la photographie de sa femme et de ses deux garçons. Il me l'a déjà montrée maintes fois. Je regarde, j'approuve.

— J'irai en convalo, dit Volpatte, et pendant qu' mes oreilles se recolleront, la femme et les p'tits me regarderont, et je les regarderai. Et pendant c' temps-là qu'elles r' pouss'ront comme des salades, mes amis, la guerre, elle s'avancera... Les Russes... On n' sait pas, quoi !...

Il se berçait au ronron de ses prévisions heureuses, pensait tout haut, déjà isolé parmi nous dans sa fête particulière.

— Bandit ! lui cria Fouillade. T'as trop d' chance, bou Diou d' bandit !

Comment ne pas l'envier ? Il allait s'en aller pour un, ou deux ou trois mois et pendant cette saison, au lieu d'être exposé et misérable, il serait métamorphosé en rentier !

— Au commencement, dit Farfadet, je trouvais drôle quand j'entendais désirer la « bonne blessure ». Mais tout de même, quoi qu'on puisse dire, tout de même, je comprends, maintenant, qu' c'est la seule chose qu'un pauvre soldat puisse espérer qui ne soit pas fou.

*

On approchait du village. On contournait le bois.

A la corne du bois, soudain une forme de femme surgit à contre-jour. Le jeu des rayons la délimitait de lumière. Elle se dressait debout à la lisière des arbres, qui formaient un fond de hachures violâtres — svelte, la tête tout allumée de blondeur ; et on voyait, dans sa face pâle, les taches nocturnes de deux yeux immenses. Cette créature éclatante nous dévisageait en tremblant sur ses jambes, puis brusquement elle s'enfonça dans le sous-bois comme une torche.

Cette apparition et cette disparition impressionnèrent Volpatte qui en perdit le fil de son discours :

— C' t'une biche, c'te femme-là !

— Non, dit Fouillade qui avait mal entendu. C'est Eudoxie qu'elle s'appelle. J' la connais pour l'avoir déjà vue. Une réfugiée. J' sais pas d'où qu'elle d' vient, mais elle est à Gamblin, dans une famille.

— Elle est maigre et belle, constata Volpatte. On y

f'rait bien une p'tite douceur... C'est du fricot, du véritable poulet... Elle a quéqu' chose comme z'yeux !

— Elle est drolle, dit Fouillade. A tient pas en place. Tu la vois ici, là, avec ses cheveux blonds en haut d'elle. Pis, partez ! Plus personne n'y est. Et tu sais, elle connaît pas l' danger. Des fois, a bagote presque en première ligne. On l'a vue naviguer sur la plaine en avant des tranchées. Elle est drolle.

— Tiens, la r' voilà, c't'apparition ! A nous perd pas des yeux. Ce s'rait-i' qu'on l'intéresse ?

La silhouette, dessinée en lignes de clarté, embellissait en cette minute l'autre bout de la lisière.

— Moi, les femmes, j' m'en fous, déclara Volpatte, repris totalement par l'idée de son évacuation.

— Y en a un, en tout cas, dans l'escouade, qui s'en r'ssent salement pour elle. Tiens : quand on parle du loup...

— On en voit la queue...

— Pas encore, mais presque... Tiens !

On vit pointer et déboucher d'un taillis, sur notre droite, le museau de Lamuse comme un sanglier roux...

Il suivait la femme à la piste. Il l'aperçut, tomba en arrêt, et, attiré, il prit son élan. Mais en se jetant vers elle, il tomba sur nous.

En reconnaissant Volpatte et Fouillade, le gros Lamuse poussa des exclamations de joie. Il ne songea plus sur le moment qu'à s'emparer des sacs, des fusils, des musettes.

— Donnez-moi tout ça ! J' suis r'posé. Allons, donnez ça !

Il voulut tout porter. Farfadet et moi nous nous débarrassâmes volontiers du fourbi de Volpatte, et Fouillade consentit, à bout de forces, à abandonner ses musettes et son fusil.

Lamuse devint un amoncellement ambulant. Sous le faix énorme et encombrant, il disparaissait, plié, et n'avançait qu'à petits pas.

Mais on le sentait sous l'empire d'une idée fixe et il

jetait des regards de côté. Il cherchait la femme vers laquelle il s'était lancé.

Chaque fois qu'il s'arrêtait pour arrimer mieux un bagage, pour souffler et essuyer l'eau grasse de sa transpiration, il examinait furtivement tous les coins de l'horizon et scrutait la lisière du bois. Il ne la revit pas.

Moi, je la revis... Et j'eus bien cette fois l'impression que c'était à l'un de nous qu'elle en avait.

Elle surgissait à demi, là-bas, à gauche, de l'ombre verte du sous-bois. Se retenant d'une main à une branche, elle se penchait et présentait ses yeux de nuit et sa face pâle qui, vivement éclairée par tout un côté, semblait porter un croissant de lune. Je vis qu'elle souriait.

Et suivant la direction de son regard qui se donnait ainsi, j'aperçus, un peu en arrière de nous, Farfadet qui souriait pareillement.

Puis elle se déroba dans l'ombre des feuillages, emportant visiblement ce double sourire...

C'est ainsi que j'eus la révélation de l'entente de cette bohémienne souple et délicate, qui ne ressemblait à personne, et de Farfadet qui, parmi nous tous, se distinguait, fin, flexible et frissonnant comme un lilas. Evidemment...

... Lamuse n'a rien vu, aveuglé et encombré par les fardeaux qu'il a pris à Farfadet et à moi, attentif à l'équilibre de sa charge et à la place où il pose ses pieds terriblement alourdis.

Il a pourtant l'air malheureux. Il geint ; il étouffe d'une épaisse préoccupation triste. Dans le halètement rauque de sa poitrine, il me semble que je sens battre et gronder son cœur. En considérant Volpatte encapuchonné de pansements, et le gros homme puissant et bondé de sang qui traîne l'éternel élancement profond dont il est seul à mesurer l'acuité, je me dis que le plus blessé n'est pas celui qu'on pense.

On descend enfin au village.

— On va boire, dit Fouillade.

— J' vas être évacué, dit Volpatte.

Lamuse fait :

— Meuh... Meuh...

Les camarades s'exclament, accourent, s'assemblent sur la petite place où se dresse l'église avec sa double tour, si bien éborgnée par un obus qu'on ne peut plus la regarder en face.

V

L'ASILE

La route blafarde qui monte au milieu du bois nocturne est bouchée et obstruée d'ombres, étrangement. Il semble que, par enchantement, la forêt y déborde et y roule, dans l'épaisseur de la ténèbre. C'est le régiment qui marche, en quête d'un nouveau gîte.

A l'aveugle, les files pesantes d'ombres, hautement et largement chargées, se bousculent : chaque flot, poussé par celui qui le suit, heurte celui qui le précède. Sur les côtés, évoluent, détachés, les fantômes plus sveltes des gradés. Une sourde rumeur, faite d'un mélange d'exclamations, de bribes de conversations, d'ordres, de quintes de toux et de chants, monte de cette dense cohue endiguée par les talus. Ce tumulte de voix est accompagné par le roulement des pieds, le tintement des fourreaux de baïonnette, des quarts et des bidons métalliques, par le grondement et le martèlement des soixante voitures du train de combat et du train régimentaire qui suivent les deux bataillons. Et c'est une masse telle qui piétine et s'étire sur la montée de la route que, malgré le dôme infini de la nuit, on nage dans une odeur de cage aux lions.

Dans le rang, on ne voit rien : parfois, quand on a le nez dessus à la suite d'un remous, on est bien forcé de discerner le fer-blanc d'une gamelle, l'acier bleuté d'un casque, l'acier noir d'un fusil. D'autres fois, au jet d'étincelles éblouissantes qui fuse d'un briquet, ou à la flamme rouge éployée sur la hampe lilliputienne d'une allumette, on perçoit, au-delà de proches et éclatants reliefs de mains et de figures, la silhouette de bandes irrégulières d'épaules casquées qui ondulent comme des vagues à l'assaut de l'obscurité massive. Puis tout s'éteint et, pendant que les jambes font des pas, l'œil de chaque marcheur fixe interminablement la place présumée du dos qui vit devant.

Après plusieurs haltes où on se laisse tomber sur son sac, au pied des faisceaux — qu'on forme, au coup de sifflet, avec une hâte fiévreuse et une lenteur désespérante à cause de l'aveuglement, dans l'atmosphère d'encre —, l'aube s'indique, se délaie, s'empare de l'espace. Les murs de l'ombre, confusément, croulent. Une fois de plus nous subissons le grandiose spectacle de l'ouverture du jour sur la horde éternellement errante que nous sommes.

On sort enfin de cette nuit de marche, à travers, semble-t-il, des cycles concentriques, d'ombre moins intense, puis de pénombre, puis de lueur morne. Les jambes ont une raideur ligneuse, les dos sont engourdis, les épaules meurtries. Les figures demeurent grises et noires : on dirait qu'on s'arrache mal de la nuit, on n'arrive plus jamais maintenant à s'en défaire tout à fait.

C'est dans un nouveau cantonnement que le grand troupeau régulier va, cette fois, au repos. Quel sera ce pays où l'on doit vivre huit jours ? Il s'appelle, croit-on (mais personne n'est sûr de rien), Gauchin-l'Abbé. On en dit merveille :

— Paraît qu' c'est tout à fait à la coque !

Dans les rangs de camarades dont on commence à deviner les formes et les traits, à spécialiser les trognes baissées et les bouches bâillantes, au fond du crépuscule du matin, s'élèvent des voix qui renchérissent :

— Jamais on n'aura eu un cantonnement pareil. Y a la Brigade. Y a l' Conseil de Guerre. Tu y trouves de tout chez les marchands.

— Si y a la Brigade, y a du pied.

— Tu crois qu'on trouvera une table pour manger pour l'escouade ?

— Tout c' qu'on voudra, j' te dis !

Un prophète de malheur hoche la tête :

— Ce que sera c' cantonnement où on n'a jamais été, j' sais pas, dit-il. Mais c' que j' sais, c'est qu'i' s'ra pareil aux autres.

Mais on ne le croit pas, et, au sortir de la fièvre tumultueuse de la nuit, il semble à tous que c'est d'une espèce de terre promise qu'on s'approche à mesure qu'on marche du côté de l'orient, dans l'air glacé, vers le nouveau village que va apporter la lumière.

*

On atteint, au petit jour, en bas d'une côte, des maisons qui dorment encore, enveloppées dans des épaisseurs grises.

— C'est là !

Ouf ! On a fait ses vingt-huit kilomètres dans la nuit...

Mais quoi donc ?... On ne s'arrête pas. On dépasse les maisons, qui se renfoncent graduellement dans leur brume informe et le linceul de leur mystère.

— Paraît qu' faut encore marcher longtemps. C'est là-bas, là-bas !

On marche mécaniquement, les membres sont envahis d'une sorte de torpeur pétrifiée ; les articulations crient et font crier.

Le jour est tardif. Une nappe de brouillard couvre la terre. Il fait si froid que pendant les haltes les hommes écrasés de lassitude n'osent pas s'asseoir et vont et viennent comme des spectres dans l'humidité opaque. Un vent âpre d'hiver flagelle la peau, balaye et disperse les paroles, les soupirs.

Enfin le soleil perce cette buée qui s'étale sur nous et dont le contact nous trempe. C'est comme une clairière féerique qui s'ouvre au milieu des nuages terrestres.

Le régiment s'étire, se réveille vraiment, et lève doucement ses faces dans l'argent doré du premier rayon.

Puis, très vite, le soleil devient ardent, et alors il fait trop chaud.

On halète dans les rangs, on sue, et on grogne plus encore que tout à l'heure, lorsqu'on claquait des dents et que le brouillard nous passait son éponge mouillée sur la figure et les mains.

La région que nous traversons dans la matinée torride, c'est le pays de la craie.

— I's empierrent avec de la pierre à chaux, ces salauds-là !

La route s'est faite aveuglante et c'est maintenant un long nuage desséché de calcaire et de poussière qui s'étend au-dessus de notre marche et nous frotte au passage.

Les figures rougeoient, se vernissent et brillent ; telles faces sanguines semblent enduites de vaseline ; des joues et des fronts se plaquent d'une couche bise qui s'agglutine et s'effrite. Les pieds perdent leur vague forme de pieds, et semblent avoir barboté dans des auges de maçons. Le sac, le fusil se saupoudrent de blanc, et notre foule en longueur trace à droite et à gauche un sillage laiteux sur les herbes de bordure.

Pour comble :

— A droite ! Un convoi !

On se porte sur la droite, à la hâte, non sans bousculades.

Le convoi de camions — longue chaîne d'énormes bolides carrés, enroulés dans un infernal tintamarre — se rue sur la route. Malédiction ! Il soulève à mesure, en passant, l'épais tapis de poudre blanche qui ouate le sol, et nous le jette à la volée sur les épaules !

Nous voici habillés d'un voile gris clair et sur nos figures se sont posés des masques blafards, plus épais aux sourcils, aux moustaches, à la barbe et dans les stries des rides. Nous avons l'air d'être à la fois nous-mêmes et d'étranges vieillards.

— Quand on s'ra vioques, c'est comme ça qu'on sera laids, dit Tirette.

— Tu craches blanc, constate Biquet.

Lorsque la halte nous immobilise, on croirait voir des files de statues de plâtre au travers desquelles transparaissent, en sale, des restes d'humanité.

On se remet en route. On se tait. On peine. Chaque pas devient dur à accomplir. Les figures font des grimaces qui se figent et se fixent sous la lèpre pâle de la poussière. L'interminable effort nous contracte, et nous bonde de morne lassitude et de dégoût.

On aperçoit enfin l'oasis tant poursuivie : au-delà d'une colline, sur une autre colline plus haute, des toits ardoisés dans des bouquets de feuillage d'un vert frais de salade.

Le village est là ; le regard l'embrasse ; mais on n'y est pas. Longtemps il a l'air de s'éloigner à mesure que le régiment rampe vers lui.

A la fin des fins, sur le coup de midi, on arrive à ce cantonnement qui commençait à devenir invraisemblable et légendaire.

Le régiment, au pas cadencé, l'arme sur l'épaule, inonde jusqu'aux bords la rue de Gauchin-l'Abbé. La plupart des villages du Pas-de-Calais se composent d'une seule rue. Mais quelle rue ! Elle a souvent plusieurs kilomètres de longueur. Ici, la grande rue unique se sépare en fourche devant la mairie et forme deux autres rues : la localité est un vaste Y irrégulièrement ourlé de façades basses.

Les cyclistes, les officiers, les ordonnances, se détachent du long bloc mouvant. Puis, par fractions, à mesure qu'on avance, des hommes s'engouffrent sous les porches des granges, les maisons d'habitation encore disponibles étant réservées aux officiers et aux bureaux... Notre peloton est d'abord conduit au bout du village, puis — il y a eu malentendu entre les fourriers — à l'autre bout, celui par où nous sommes entrés.

Ce va-et-vient prend du temps et, dans l'escouade, ainsi traînée du nord au sud et du sud au nord, outre l'énorme fatigue et l'énervement des pas inutiles, on manifeste une fébrile impatience. Il est d'une importance capitale d'être installés et lâchés le plus tôt possible si l'on veut mettre à exécution le projet caressé depuis longtemps : trouver à louer chez un habitant un emplacement muni d'une table où l'escouade puisse s'installer aux heures des repas. On a beaucoup parlé de cette affaire-là et de ses doux avantages. On s'est concertés, on s'est cotisés, et on a décidé de se lancer cette fois-ci dans cette dépense supplémentaire.

Mais sera-ce possible ? Beaucoup de locaux sont déjà accaparés. Nous ne sommes pas les seuls à apporter ici ce rêve de confort, et ce sera la course à la table... Trois compagnies arrivent après la nôtre, mais quatre sont arrivées avant, et il y a les popotes officieuses des infirmiers, des scribes, des conducteurs, des ordonnances et autres, les popotes officielles des sous-officiers, de la Section, que sais-je encore ?... Tous ces gens-là sont plus puissants que les simples soldats des compagnies, ont plus de mobilité et de moyens, et peuvent tirer leurs plans d'avance. Et déjà, alors que nous marchons par quatre, vers la grange dévolue à l'escouade, on en voit de ces fantaisistes, qui apparaissent sur des seuils conquis, et se livrent à des occupations ménagères.

Tirette imite le bruit du beuglement et du bêlement.

— Voilà l'étable !

Une grange assez vaste. La paille, hachée, et où la marche soulève des flots de poussière, sent les cabinets. Mais c'est à peu près clos. On prend place et on se déséquipe.

Ceux qui rêvaient, une fois de plus, d'un paradis spécial, déchantent une fois de plus.

— Dis donc, ça m'a l'air aussi moche qu'ailleurs.

— C'est du pareil au même.

— Hé oui, coquine de Dious.

— Naturellement...

Mais il ne s'agit pas de perdre son temps à parler. Il s'agit de se débrouiller et de brûler les autres : le système D, à toute force et en vitesse. On se précipite. Malgré les reins rompus et les pieds endoloris, on s'acharne à ce suprême effort d'où dépendra le bien-être d'une semaine.

L'escouade se scinde en deux patrouilles qui partent au trot, l'une à droite, l'autre à gauche, dans la rue déjà encombrée de poilus affairés et chercheurs — et tous les groupes s'observent, se surveillent... et se dépêchent. En certains points, même, par suite de rencontres, il y a bousculades et invectives.

— Commençons par là-bas tout de suite ; sans ça, nous s'rons grillés !...

J'ai l'impression d'une sorte de combat désespéré entre tous les soldats, dans les rues du village qu'on vient d'occuper.

— Pour nous, dit Marthereau, la guerre, c'est toujours la lutte et la bataille, toujours, toujours !

*

On frappe de porte en porte, on se présente timidement, on s'offre, comme une marchandise indésirable. Une de nos voix s'élève :

— Vous n'avez pas un petit coin, madame, pour des soldats ? On paierait.

— Non, vu que j'ai des officiers — ou : des sous-officiers — ou bien : vu que c'est ici la popote des musiciens, des secrétaires, des postiers, de ces messieurs des Ambulances, etc.

Déboires sur déboires. Successivement, on referme toutes les portes qu'on a entrouvertes, et on se regarde, de l'autre côté du seuil, avec une provision diminuante d'espoir dans l'œil.

— Bon Dieu ! tu vas voir qu'on va rien trouver, grogne Barque. Y a eu trop d' choléras qui s' sont démerdés avant nous. Quels fumiers que les autres !

Le niveau de la foule monte de toutes parts. Les trois rues se noircissent toutes, selon le principe des vases communicants. On croise des indigènes : des vieux ou des hommes mal fichus, tordus dans leur marche ou au faciès avorté, ou bien des êtres jeunes, sur qui planent des mystères de maladies cachées ou de relations politiques. Dans les jupons, des vieilles femmes, et beaucoup de jeunes filles, obèses, aux joues ouatées, et qui balancent des blancheurs d'oies.

A un moment, entre deux maisons, dans une ruelle, j'ai une vision brève : une femme a traversé le trou d'ombre... C'est Eudoxie ! Eudoxie, la femme-biche que Lamuse pourchassait là-bas, dans la campagne, comme un faune, et qui, le matin où l'on a ramené Volpatte blessé et Fouillade, m'est apparue, penchée au bord du bois, et reliée à Farfadet par un commun sourire.

C'est elle que je viens d'entrevoir, comme un coup de soleil, dans cette ruelle. Puis elle s'est éclipsée derrière le pan de mur ; l'endroit est retombé dans l'ombre... Elle, ici, déjà ! Eh quoi, elle nous a suivis dans notre longue et pénible émigration ! Elle est attirée...

D'ailleurs, elle a l'air attirée : si vite interceptée qu'ait été sa figure au clair décor de cheveux, je l'ai bien vue grave, rêveuse, préoccupée.

Lamuse, qui vient sur mes talons, ne l'a point vue. Je ne lui en parle pas. Il s'apercevra bien assez tôt de la présence de cette jolie flamme vers qui tout son être se jette et qui l'évite comme un feu follet. Pour le moment, du reste, nous sommes en affaires. Il faut absolument conquérir le coin convoité. On s'est remis en chasse avec l'énergie du désespoir. Barque nous entraîne. Il a pris la chose à cœur. Il en frémit et on voit trembler son toupet poudré de poussière. Il nous guide, le nez au vent. Il nous propose de faire une tentative sur cette porte jaune qu'on voit. En avant !

Près de la porte jaune, on rencontre une forme pliée : Blaire, le pied sur la borne, dégrossit avec son couteau le bloc de son soulier, et en fait tomber des plâtras... Il a l'air de faire de la sculpture.

— T'as jamais eu les pieds si blancs, goguenarde Barque.

— Fouterie à part, dit Blaire, tu saurais pas où elle est, c' t'espèce de voiture ?

Il s'explique :

— Faut que j' cherche la voiture-dentiste, à cette fin qu'on m'accroche c' râtelier et qu'i's m'ôtent les vieux dominos qui m' restent. Oui, paraît qu'a stationne ici, c'te voiture pour la gueule.

Il replie son couteau, l'empoche et s'en va le long du mur, hanté par la résurrection de sa mâchoire.

Une fois de plus, nous servons notre boniment de mendigots :

— Bonjour, madame, vous n'auriez pas un petit coin pour manger ? On paierait, on paierait, bien entendu...

— Non...

Un bonhomme lève, dans la lueur d'aquarium de la fenêtre basse, une figure curieusement plate, striée de rides parallèles et semblable à une vieille page d'écriture.

— T'as bien l' chenil, ilo.

— Y a pas d' place dans l' chenil et pisqu'on y fait la lessive du linge...

Barque saisit la balle au bond.

— Ça ira, p'têt' ben. On pourrait voir ?

— On y fait la lessive, marmonne la femme en continuant de balayer.

— Vous savez, dit Barque en souriant d'un air engageant, nous n' sommes pas d' ces gens pas convenables qui s' soûlent et font du foin. On pourrait voir, hé ?

La bonne femme a lâché son balai. Elle est maigre et sans relief. Son caraco pend sur ses épaules comme sur un portemanteau. Elle a une tête inexpressive, figée, cartonnière. Elle nous regarde, hésite, puis, à contrecœur, nous conduit dans un local très sombre, en terre battue, encombré de linge sale.

— C'est magnifique ! s'écrie Lamuse, sincère.

— Est-elle mignonne, cette tite gosse ! dit Barque, et il tapote la joue ronde, en caoutchouc peint, d'une petite fille qui nous dévisage, son petit nez sale levé dans la pénombre. C'est à vous, madame ?

— Et c'ui-là ? risque Marthereau, en avisant un bébé monté en graine, à la joue tendue comme une vessie où des traces luisantes de confiture engluent la poussière de l'air.

Et Marthereau tend une caresse hésitante vers cette face peinturlurée et juteuse.

La femme ne daigne pas répondre.

Nous sommes là à nous dandiner, en ricanant, comme des mendiants non encore exaucés.

— Pourvu qu'al' marche, c'te vieille saloperie ! me souffle Lamuse, rongé d'appréhension et de désir. C'est épatant, ici, et tu sais, ailleurs, tout est poiré !

— Y a pas d' table, dit enfin cette femme.

— N' vous en faites pas pour la table ! s'exclame Barque. Tenez, v'là, remisée dans c' coin, une vieille porte. Elle nous servira de table.

— Vous n'allez pas m' trimbaler et m' mettre en l'air toutes mes affaires ! répond la femme en carton, méfiante, regrettant visiblement de ne pas nous avoir chassés tout de suite.

— N' vous en faites pas, j' vous dis. Tenez, vous allez voir. Eh, Lamuse, mon vieux coco, aide-moi.

On dispose la vieille porte sur deux tonneaux, sous l'œil mécontent de la virago.

— Avec un petit nettoyage, dis-je, ce sera parfait.

— Eh oui, maman, un bon coup d' balai nous servira de nappe.

Elle ne sait trop que dire ; elle nous regarde haineusement.

— Y a qu' deux escabeaux, et combien vous êtes ?

— Une douzaine, à peu près.

— Une douzaine, Jésus Maria !

— Qu'est-ce que ça fait, ça ira bien, attendu qu'y a une planche ici là : c'est un banc tout trouvé. Pas, Lamuse ?...

— Nature ! dit Lamuse.

— C'te planche-là, fait la femme, j'y tiens. Des soldats qui étaient avant vous ont déjà essayé de m' la prendre.

— Mais nous, on n'est pas des voleurs, insinue

Lamuse avec modération, pour ne pas irriter la créature qui dispose de notre bien-être.

— J' dis pas, mais vous savez, les soldats, i's abîment tout. Ah, quelle misère que c'te guerre !

— Alors comme ça, combien ça s'ra, la location de la table et aussi pour faire chauffer quelque chose sur le fourneau ?

— Ça s'ra vingt sous par jour, articula l'hôtesse avec contrainte, comme si on lui extorquait cette somme.

— C'est cher, dit Lamuse.

— C'est c' que donnaient les autres qui étaient ici, et même i's étaient bien gentils, ces messieurs, et on profitait de leur manger. J' sais bien que pour les soldats, c'est pas difficile. Si vous trouvez qu' c'est trop cher, j' suis pas en peine d' trouver d'autres clients pour c'te chambre et c'te table et l' fourneau, et qui seront pas douze. I' va en v'nir tout le temps et qui paieraient même plus cher encore si on voulait. Douze !...

— J' dis « c'est cher », mais enfin, ça ira, se hâta d'ajouter Lamuse. Hein, vous autres ?

A cette interrogation de pure forme, nous opinons.

— On boirait bien un p'tit coup, fit Lamuse. Vous vendez du vin ?

— Non, dit la bonne femme.

Elle ajouta avec un tremblotement de colère :

— Vous comprenez, l'autorité militaire force ceux qui tiennent du vin à le vendre quinze sous. Quinze sous ! Quelle misère que c'te maudite guerre ! On y perd, à quinze sous, monsieur. Alors, j' n'en vends pas, d' vin. J'ai bien du vin pour nous. J' dis pas que quéqu' fois, pour obliger, j'en cède pas à des gens qu'on connaît, des gens qui comprennent les choses, mais vous pensez bien, messieurs, pas pour quinze sous.

Lamuse fait partie de ces gens qui comprennent les choses. Il empoigne son bidon qui pend par habitude à son flanc :

— Donnez-m'en un litre. Ce s'ra combien ?

— Ce s'ra vingt-deux sous, l' prix qu'i' m' coûte.

Mais vous savez, c'est pour vous obliger parce que vous êtes des militaires.

Barque, à bout de patience, grommelle quelque chose à l'écart. La femme lui jette de côté un regard hargneux et elle fait le geste de rendre le bidon à Lamuse.

Mais Lamuse, lancé dans l'espoir de boire enfin du vin, et dont la joue rougit, comme si le liquide y déteignait déjà doucement, s'empresse d'intervenir :

— N'ayez pas peur, c'est entre nous, la mère, on vous trahira pas.

Elle déblatère, immobile et aigre, contre le tarifage du vin. Et, vaincu par la concupiscence, Lamuse pousse l'abaissement et la capitulation de conscience jusqu'à lui dire :

— Que voulez-vous, madame, c'est militaire ! Faut pas essayer de comprendre.

Elle nous conduit dans le cellier. Trois gros tonneaux remplissent ce réduit de leurs rotondités imposantes.

— C'est là vot' petite provision personnelle ?

— Elle sait y faire, la vieille, ronchonne Barque.

La mégère se retourne, agressive :

— Vous ne voudrez pas qu'on se ruine à cette misère de guerre ! C'est assez de tout l'argent qu'on perd à ci et à ça.

— A quoi ? insiste Barque.

— On voit que vous n' risquez pas vot' argent, vous.

— Non, nous ne risquons que not' peau.

On s'interpose, inquiets du tour dangereux pour nos intérêts immédiats que prend ce colloque. Cependant, la porte du cellier est secouée et une voix d'homme la traverse :

— Eh, Palmyre ! clame la voix.

La bonne femme s'en va clopin-clopant, en laissant prudemment la porte ouverte.

— Y a du bon ! C'est j'té ! nous fait Lamuse.

— Quels salauds que ces gens-là ! murmure Barque, qui ne digérait pas cette réception.

— C'est t'honteux et dégueulasse, dit Marthereau.

— On dirait qu' tu vois ça pour la première fois !

— Et toi, Dumoulard, gourmande Barque, qui y dit d'un p'tit air pour sa volerie d' vin : « Que voulez-vous, c'est militaire ! » Ben, mon vieux, t'as pas les foies !

— Quoi faire d'autre, quoi dire ? Alors, il aurait fallu nous mettre la ceinture, pour la table et pour l'aramon ? Elle nous ferait payer son vin quarante sous qu'on y prendrait tout de même, n'est-ce pas ? Alors, faut s'estimer bien heureux. J'avoue, je n'étais pas rassuré, et j' drelinguais qu'a veule pas.

— J' sais bien que c'est partout et toujours la même histoire, mais c'est égal...

— I's' démerde, l'habitant, ah ! oui ! I' faut bien qu'i' y en ait qui fassent fortune. Tout le monde ne peut pas s' faire tuer.

— Ah ! les braves populations de l'Est !

— Ben, et les braves populations du Nord !

— ... Qui nous accueillent les bras ouverts !...

— La main ouverte, oui...

— J' te dis, répète Marthereau, que c'est un' honte et une dégueulasserie.

— La ferme ! Rev'là c'te vache !

On fit un tour au cantonnement pour annoncer la réussite de la chose ; on alla aux emplettes. Quand nous revînmes dans notre nouvelle salle à manger, nous fûmes bousculés par les préparatifs du déjeuner. Barque était allé à la distribution, et était parvenu à se faire donner directement, grâce à ses relations personnelles avec le chef, rebelle en principe à ce fractionnement des parts, les pommes de terre et la viande qui constituaient la portion des quinze hommes de l'escouade.

Il avait acheté du saindoux — une petite boule pour quatorze sous — on ferait des frites. Il avait acquis aussi des petits pois en conserve : quatre boîtes. La boîte de veau à la gelée de Mesnil André servirait de hors-d'œuvre.

— Tout ça, ça n'aura rien de sale ! dit Lamuse, ravi.

*

On inspecta la cuisine. Barque circulait avec bonheur autour de la cuisinière de fonte qui meublait de sa masse chaude et respirante un côté de cette pièce.

— J'ai ajouté en douce une cocotte pour la soupe, me souffla-t-il.

Il souleva le couvercle de la marmite.

— C' feu n'est pas très fort. V'là une demi-heure de temps que j'y ai fichu la barbaque et l'eau est encore propre.

L'instant d'après, on l'entendit qui discutait avec l'hôtesse. C'était à cause de cette marmite supplémentaire : elle n'avait plus assez de place sur son fourneau ; on lui avait dit qu'on n'avait besoin que d'une casserole ; et elle l'avait cru ; si elle avait su qu'on lui ferait des difficultés, elle n'aurait pas loué cette chambre. Barque répondit, plaisanta et, bon enfant, parvint à calmer ce monstre.

Le autres, un à un, arrivèrent. Ils clignaient de l'œil, se frottaient les mains, pleins de rêves succulents, comme les invités d'un repas de noces.

En s'arrachant de l'éblouissement du dehors, et en pénétrant dans ce cube de noir, ils ont les yeux crevés et restent là quelques minutes perdus, comme des hiboux.

— C'est pas très clarteux, dit Mesnil Joseph.

— Ben, mon vieux, qu'est-ce qu'il te faut !

Les autres s'exclament en chœur :

— On est bougrement bien, ici.

Et on voit les têtes remuer et faire oui, dans ce crépuscule de cave.

Un incident : Farfadet s'étant frotté par inadvertance au mur mou et sale, le mur a déteint sur son épaule en une large tache si noire qu'elle se voit, même ici. Farfadet, soigneux de sa personne, grognonne et, pour éviter une seconde fois le contact du mur, il heurte la table et fait tomber sa cuiller par terre. Il se baisse et tâtonne sur le sol raboteux où durant des années la poussière et les toiles d'araignée sont retombées en silence. Quand il retrouve l'ustensile, celui-ci est tout charbonneux et des filaments en pendent.

Evidemment, laisser tomber quelque chose par terre est une catastrophe. Il faut vivre ici avec précaution.

Lamuse pose entre deux couverts sa main grasse comme de la charcuterie.

— Allons, à table !

On mange. Le repas est abondant et de fine qualité. Le bruit des conversations se mélange à celui des bouteilles qui se vident et des mâchoires qui s'emplissent. Pendant qu'on savoure la joie de le savourer assis, une lueur filtre par le soupirail et enveloppe d'une aube poussiéreuse un pan d'atmosphère et un carré de la table, allume d'un reflet un couvert, une visière, un œil. Je regarde à la dérobée cette petite fête lugubre, où la gaieté déborde.

Biquet raconte ses tribulations suppliantes pour trouver une blanchisseuse qui consente à lui rendre le service de laver du linge, mais « c'était chérot, foutre ! » Tulacque décrit la queue qu'on fait devant l'épicier : on n'a pas le droit d'entrer, on est parqué dehors comme des moutons.

— Et malgré qu' tu soyes dehors, si tu n'es pas content et qu' tu l'ouvres trop, on t'expulse de là.

Quelles nouvelles encore ? Le rapport édicte des sanctions sévères contre les déprédations chez l'habitant et contient déjà une liste de punitions. — Volpatte est évacué. — Les hommes de la classe 93 vont aller à l'arrière : Pépère en est.

Barque, en apportant les frites, annonce que notre hôtesse a des soldats à sa table : les infirmiers des mitrailleurs.

— I's ont cru prend' le mieux, mais c'est nous qui sommes les mieux, dit Fouillade avec conviction en se carrant dans l'ombre de ce local étroit et infect — où l'on est aussi obscurément entassés que dans une guitoune (mais qui songerait à faire ce rapprochement ?).

— Vous savez pas, dit Pépin, les gars de la 9e, ils sont vernis ! Une vieille les reçoit pour rien, rapport à c' que son vieux, qu'est mort y a cinquante ans, a été voltigeur dans l' temps. Paraît même qu'elle leur y a donné, pour rien, un bossu qu'i's sont en train de becqueter en civet.

— Y a du bon monde partout. Mais les gars de la 9e ont eu une rude chance d'être, dans tout l' village, tombés juste sur la piaule où c' qu'y avait l' bon monde !

Palmyre vient apporter le café, qu'elle fournit. Elle s'apprivoise, nous écoute et même nous pose des interrogations d'un ton rogue :

— Pourquoi que vous appelez l'adjudant : le juteux ?

Barque répond sentencieusement :

— Toujours ça a été.

Quand elle a disparu, on juge son café :

— Tu parles d'une clarté ! On voit l' suc' qui s' balade au fond du verre.

— Elle vend ça dix sous.

— C'est d' l'eau filtrée.

La porte s'entrouvre et fait une raie blanche ; la figure d'un petit garçon s'y dessine. On l'attire comme un petit chat, et on lui présente un morceau de chocolat.

— J' m'appelle Charlot, gazouille alors l'enfant. Chez nous, c'est à côté. On a des soldats aussi. On en a toujours, nous. On leur z'y vend tout ce qu'i' veulent. Seulement, voilà, des fois, i's sont soûls.

— Dis donc, petit, viens un peu ici, dit Cocon en prenant le bambin entre ses genoux. Ecoute bien. Ton papa i' dit, n'est-ce pas : « Pourvu que la guerre continue ! » hé ?

— Pour sûr, dit l'enfant en hochant la tête, parce qu'on devient riche. Il a dit qu'à la fin d' mai on aura gagné cinquante mille francs.

— Cinquante mille francs ! C'est pas vrai !

— Si, si ! trépigne l'enfant. Il a dit ça avec maman. Papa voudrait qu' ça soit toujours comme ça. Maman, des fois, elle ne sait pas, parce que mon frère Adolphe est au front. Mais on va le faire mettre à l'arrière et, comme ça, la guerre pourra continuer.

Des cris aigus, venus des appartements de nos hôtes,

interrompent ces confidences. Le mobile Biquet va s'enquérir.

— C'est rien, dit-il en revenant. C'est l' bonhomme qui engueule la bonne femme parce qu'elle ne sait pas y faire, qu'i' dit, parce qu'elle a mis la moutarde dans un verre à pied, et on n'a pas idée de ça, qu'i' dit.

On se lève. On quitte la pesante odeur de pipe, de vin et de café stagnant dans notre souterrain. Dès qu'on a passé le seuil, une chaleur lourde nous souffle à la face, aggravée par le relent de friture qui habite la cuisine, et en sort chaque fois qu'on ouvre la porte.

On traverse des multitudes de mouches qui, accumulées sur les murs par couches noires, s'éploient en nappes bruissantes lorsqu'on passe.

— Ça va recommencer comme l'année dernière !... Les mouches à l'extérieur, les poux à l'intérieur...

— Et les microbes encore plus à l'intérieur.

Dans un coin de cette sale petite maison encombrée de vieilleries, de débris poussiéreux de l'autre saison, emplie par la cendre de tant de soleils éteints, il y a, à côté des meubles et des ustensiles, quelque chose qui remue : un vieux bonhomme, muni d'un long cou pelé, raboteux et rose qui fait penser au cou d'une volaille déplumée par la maladie. Il a également un profil de poule : pas de menton et un long nez ; une plaque grise de barbe feutre sa joue rentrée, et on voit monter et descendre de grosses paupières rondes et cornées, comme des couvercles sur la verroterie dépolie de ses yeux.

Barque l'a déjà observé :

— Vise-le : i' cherche un trésor. I' dit qu'y en a un quéqu' part dans c'te cambuse, dont il est l' beau-père. Tu l' vois tout d'un coup s' mett' à quat' pattes et pointer son quart de brie dans tous les coins. Tiens, vise-le.

Le vieux procédait, à l'aide de son bâton, à un sondage méthodique. Il toquait sur le bas des murs et sur les briques du dallage. Il était bousculé par les allées et venues des habitants de la maison, des arrivants, et par le passage du balai de Palmyre qui le laissait faire sans rien dire, en pensant sans doute par-devers elle que, plus que des cassettes aléatoires, l'exploitation du malheur public est un trésor.

Deux commères, debout, échangeaient des paroles confidentielles à voix basse, dans une embrasure, près d'une vieille carte de Russie peuplée de mouches.

— Oui, mais c'est avec le Picon, marmottait l'une, qu'il faut faire attention. Si vous n'avez pas la main légère, vous ne trouverez pas vos seize doses par bouteille, et alors, vous manquez trop à gagner. Je ne dis pas qu'on y est de son porte-monnaie, non, tout de même, mais on manque à gagner. Pour parer à ça, il faudrait s'entendre entre débitants, mais l'entente est si difficile, même dans l'intérêt général !

Dehors, rayonnement torride, criblé de mouches. Les bestioles, rares il y avait quelques jours encore, multipliaient partout les murmures de leurs minuscules et innombrables moteurs. Je sors accompagné de Lamuse. On va flâner. Aujourd'hui, on sera tranquilles : c'est repos complet, à cause de la marche de cette nuit. On pourrait dormir, mais il est bien plus avantageux de profiter de ce repos pour se promener librement : demain on sera repris par l'exercice et les corvées...

Il y en a de moins chanceux que nous, qui d'ores et déjà sont impliqués dans l'engrenage des corvées.

A Lamuse qui lui demande de venir flânocher avec nous, Corvisart répond en tripotant sur sa face oblongue son petit nez rond planté horizontalement comme un bouchon :

— J' peux pas. J' suis d' colombins !

Il montre la pelle et le balai à l'aide desquels il accomplit le long des murs, penché dans une atmosphère malade, sa tâche de boueux et de vidangeur.

Nous marchons à pas alanguis. L'après-midi pèse sur la campagne assoupie, et écrase les estomacs garnis et ornés richement de victuailles. On échange de rares propos.

Là-bas, on entend des cris : Barque est en proie à une ménagerie de ménagères... Et la scène est épiée par une fillette pâle, aux cheveux réunis par-derrière en un pinceau de filasse, à la bouche brodée de boutons de fièvre, et par des femmes qui, installées devant leur porte, dans un peu d'ombre, travaillent à quelque fade ouvrage de lingerie.

Six hommes passent, conduits par un caporal-fourrier. Ils sont porteurs de piles de capotes neuves, et de ballots de chaussures.

Lamuse considère ses pieds, boursouflés, racornis :

— Y a pas d'erreur. I' m' faut des péniches, un peu plus tu verrais mes panards à travers celles-ci... J' peux pourtant pas marcher sur la peau d'mes pinceaux, hein ?

Un aéroplane ronfle. On suit ses évolutions, la face en l'air, le cou tordu, les yeux larmoyants de l'éclat aigu du ciel. Quand nos regards sont retombés ici-bas, Lamuse me déclare :

— Ces machines-là, jamais ça ne deviendra pratique, jamais.

— Comment peux-tu dire ça ! On a fait tellement de progrès, si vite...

— Oui, mais on s'arrêtera là. On ne fera jamais mieux, jamais.

Je ne discute pas, cette fois-ci, ce dur refus buté que l'ignorance oppose, toutes les fois qu'elle peut, aux promesses du progrès, et je laisse mon gros camarade s'imaginer opiniâtrement que l'extraordinaire effort de la science et de l'industrie s'est, tout à coup, arrêté à lui.

Ayant commencé à me dévoiler sa pensée profonde, il continue et, rapprochant et baissant la tête, il me dit :

— Tu sais qu'elle est ici, l'Eudoxie.

— Ah ! fis-je.

— Oui, mon vieux. Tu n' remarques jamais rien, toi, j'ai r'marqué (et Lamuse me sourit avec indulgence). Alors, tu saisis : si elle est venue c'est qu'on l'intéresse, pas ? Elle nous a suivis pour quelqu'un de nous, y a pas d'erreur.

Il reprend :

— Mon vieux, veux-tu que je te dise ? Elle est venue pour moi.

— En es-tu sûr, mon pauvre vieux ?

— Oui, dit sourdement l'homme-bœuf. D'abord, j' la veux. Et puis, à deux fois, mon vieux, j' l'ai trouvée sur mon passage, juste sur mon passage, à moi, t'entends bien ? Tu m' diras qu'elle s'est sauvée ; c'est qu'elle est timide, ça, oui...

Il se figea au milieu de la rue et me regarda en face. Sa figure épaisse, aux joues et au nez humides de graisse, était grave. Il porta son poing globuleux à sa moustache jaune sombre soigneusement roulée, et la lissa avec tendresse. Puis il continua à me montrer son cœur.

— J' la veux, mais, tu sais, j' la marierais bien, moi. Elle s'appelle Eudoxie Dumail. Avant, j' pensais pas à l'épouser. Mais depuis que j' connais son nom de famille, i' m' semble que c'est changé, et j' marcherais bien. Ah ! nom de Dieu, elle est si jolie, c'te femme. Et c'est pas tant encore qu'elle soit jolie... Ah !...

Le gros garçon débordait d'une sentimentalité et d'une émotion qu'il cherchait à me prouver par des paroles.

— Ah ! mon vieux !... Y a des fois qu'i' faudrait me r'tenir avec un crochet, martela-t-il avec un sombre accent, tandis que le sang affluait aux quartiers de chair de son encolure et de ses joues. Elle est si belle, elle est... Et moi, j' suis... Elle est si pas pareille — t'as remarqué, j' suis sûr, toi qui r'marques. — C'est une paysanne, oui, eh bien, elle a je n' sais quoi qu'elle a qu'est pire qu'une Parisienne, même une Parisienne chic et endimanchée, pas ? Elle... Moi, j'...

Il fronça ses sourcils roux. Il aurait voulu m'expliquer la splendeur de ce qu'il pensait. Mais il ignorait l'art de s'exprimer, et il se tut ; il restait seul avec son émotion inavouable, toujours seul malgré lui.

... Nous nous avançâmes à côté l'un de l'autre le long des maisons. On voyait se ranger devant les portes des haquets chargés de barriques. On voyait les fenêtres donnant sur la rue se fleurir de massifs multicolores de boîtes de conserve, de faisceaux de mèches d'amadou — de tout ce que le soldat est forcé d'acheter. Presque tous les paysans cultivaient l'épicerie. Le commerce local avait été long à se déclencher ; maintenant l'élan était donné ; chacun se jetait dans le trafic, pris par la fièvre des chiffres, ébloui par les multiplications.

Les cloches sonnèrent. Un cortège déboucha. C'était un enterrement militaire. Une fourragère, conduite par un tringlot, portait un cercueil enveloppé dans un drapeau. A la suite, un piquet d'hommes, un adjudant, un aumônier et un civil.

— L' pauvre petit enterrement à queue coupée ! dit Lamuse. L'ambulance n'est pas loin, murmura-t-il. A s' vide, que veux-tu ! Ah ! ceux qui sont morts sont bien heureux. Mais des fois seulement, pas toujours... Voilà !

Nous avons dépassé les dernières maisons. Dans la campagne, au bout de la rue, le train régimentaire et le train de combat se sont installés : les cuisines roulantes et les voitures tintinnabulantes qui les suivent avec leur bric-à-brac de matériel, les voitures à croix rouge, les camions, les fourragères, le cabriolet du vaguemestre.

Les tentes des conducteurs et des gardiens essaiment autour des voitures. Dans des espaces, des chevaux, les pieds sur la terre vide, regardent le trou du ciel avec leurs yeux minéraux. Quatre poilus plantent une table. La forge en plein air fume. Cette cité hétéroclite et grouillante, posée sur le champ défoncé dont les ornières parallèles et tournantes se pétrifient dans la chaleur, est frangée déjà largement d'ordures et de débris.

Au bord du camp, une grande voiture peinte en blanc tranche sur les autres par sa propreté et sa netteté. On dirait, au milieu d'une foire, la roulotte de luxe où l'on paye plus cher que dans les autres.

C'est la fameuse voiture stomatologique que cherchait Blaire.

Justement, Blaire est là, devant, qui la contemple. Il y a longtemps, sans doute, qu'il tourne autour, les yeux attachés sur elle. L'infirmier Sambremeuse, de la Division, revient de courses, et gravit l'escalier volant de bois peint, qui mène à la porte de la voiture. Il tient dans ses bras une boîte de biscuits, de grande dimension, un pain de fantaisie et une bouteille de champagne.

Blaire l'interpelle

— Dis donc, Du Fessier, c'te bagnole-là, c'est les dentistes ?

— C'est écrit dessus, répond Sambremeuse, un petit replet, propre, rasé au menton blanc et empesé. Si tu ne le vois pas, c'est pas l' dentiste qu'il faut demander pour te soigner les piloches, c'est le vétérinaire pour te torcher la vue.

Blaire, s'étant approché, examine l'installation.

— C'est barloque, dit-il.

Il s'approche encore, s'éloigne, hésite à engager sa mâchoire dans cette voiture. Il se décide enfin, met un pied sur l'escalier, et disparaît dans la roulotte.

*

Nous poursuivons la promenade... On tourne dans un sentier dont les hauts buissons sont poivrés de poussière. Les bruits s'apaisent. La lumière éclate partout, chauffe et cuit le creux du chemin, y étale d'aveuglantes et brûlantes blancheurs çà et là, et vibre dans le ciel parfaitement bleu.

Au premier tournant, à peine entendons-nous un crissement léger de pas, et nous nous trouvons face à face avec Eudoxie !

Lamuse pousse une exclamation sourde. Peut-être s'imagine-t-il, encore une fois, qu'elle le cherchait, croit-il à quelque don du destin... Il va à elle, de toute sa masse.

Elle le regarde, s'arrête, encadrée par de l'aubépine. Sa figure étrangement maigre et pâle s'inquiète, ses paupières battent sur ses yeux magnifiques. Elle est nu-tête ; son corsage de toile est échancré sur le cou, à l'aurore de sa chair. Si proche, elle est vraiment tentante dans le soleil, cette femme couronnée d'or. La blancheur lunaire de sa peau appelle et étonne le regard. Ses yeux scintillent ; ses dents, aussi, étincellent dans la vive blessure de sa bouche entrouverte, rouge comme le cœur.

— Dites-moi... J' vais vous dire... halète Lamuse. Vous me plaisez tant...

Il avance le bras vers la précieuse passante immobile.

Elle a un haut-le-corps, et lui répond :

— Laissez-moi tranquille, vous me dégoûtez !

La main de l'homme se jette sur une des petites mains. Elle essaie de la retirer et la secoue pour se dégager. Ses cheveux d'une intense blondeur se défont, et remuent comme des flammes. Il l'attire à lui. Il tend le cou vers elle, et ses lèvres aussi se tendent en avant. Il veut l'embrasser. Il le veut de toute sa force, de toute sa vie. Il mourrait pour la toucher avec sa bouche.

Mais elle se débat, elle jette un cri étouffé ; on voit palpiter son cou, sa jolie figure s'enlaidir haineusement.

Je m'approche et mets la main sur l'épaule de mon compagnon, mais mon intervention est inutile : il recule et gronde vaincu.

— Vous n'êtes pas malade, des fois ! lui crie Eudoxie.

— Non !... gémit le malheureux, déconcerté, atterré, affolé.

— N'y revenez pas, vous savez ! dit-elle.

Et elle s'en va, toute pantelante, et il ne la regarde même pas s'en aller : il reste les bras ballants, béant devant la place où elle était, martyrisé dans sa chair, réveillé d'elle et ne sachant plus de prière.

Je l'entraîne. Il me suit, muet, tumultueux, en reniflant, essoufflé comme s'il avait fui pendant longtemps.

Il baisse le bloc de sa grosse tête. Dans la clarté

impitoyable de l'éternel printemps, il est pareil au pauvre cyclope, qui rôdait sur les antiques rivages de Sicile, bafoué et dompté par la force lumineuse d'une enfant, tel un jouet monstrueux, au commencement des âges.

Le marchand de vin ambulant, poussant sa brouette bossuée d'un tonneau, a vendu quelques litres aux hommes de garde. Il disparaît au tournant de la route, avec sa face jaune et plate comme le camembert, ses rares cheveux légers, effilochés en flocons de poussière, si maigre dans son pantalon flottant qu'on dirait que ses pieds sont rattachés à son torse par des ficelles.

Et entre les poilus désœuvrés du corps de garde, au bout du pays, sous l'aile de la plaque indicatrice, ballottante et grinçante qui sert d'enseigne au village, il s'établit une conversation à propos de ce polichinelle errant.

— Il a une sale bougie, dit Bigornot. Et pis, veux-tu que je te dise ? On ne devrait pas laisser tant de civelots se baguenauder sur le front, en douce poil-poil, surtout des mecs dont on ne connaît pas bien l'originalité.

— Tu abîmes, pou volant, répond Cornet.

— T'occupe pas, face de semelle, insiste Bigornot, on s' méfie pas assez. J' sais c' que j' dis quand je l'ouvre.

— Tu sais pas, dit Canard, Pépère va à l'arrière.

— Les femmes ici, murmure La Mollette, a sont laides, c'est des r'mèdes.

Les autres hommes de garde, promenant leurs regards braqués dans l'espace, contemplent deux avions ennemis et l'écheveau embrouillé de leurs lacis. Autour des oiseaux mécaniques et rigides, qui suivent le jeu des rayons, apparaissent dans les hauteurs, tantôt noirs comme des corbeaux, tantôt blancs comme des mouettes — des multitudes d'éclatements de shrapnells pointillent l'azur et semblent une longue volée de flocons de neige dans le beau temps.

*

On rentre. Deux promeneurs s'avancent. Ce sont Carassus et Cheyssier. Ils annoncent que le cuisinier Pépère s'en va s'en aller à l'arrière, cueilli par la loi Dalbiez et expédié dans un régiment territorial.

— V'là un filon pour Blaire, dit Carassus, qui a au milieu de la figure un drôle de grand nez qui ne lui va pas.

Dans le village, des bandes de poilus passent, ou des couples, liés par les liens entrecroisés du dialogue. On voit des isolés se joindre deux à deux, se quitter, puis, pleins encore de conversations, se rejoindre à nouveau, attirés l'un vers l'autre comme par un aimant.

Une cohue acharnée : au milieu, des blancheurs de papier ondoient. C'est le marchand de journaux qui vend, pour deux sous, les journaux à un sou. Fouillade est arrêté au milieu du chemin, maigre comme la patte d'un lièvre. A l'angle d'une maison, Paradis présente dans le soleil sa face rose comme le jambon.

Biquet nous rejoint, en petite tenue : veste et bonnet de police. Il se lèche les babines.

— J'ai rencontré des copains. On a bu un coup. Tu comprends ; demain, va falloir se remettre à gratter ; et, d'abord, nettoyer ses frusques et son lance-pierres. Rien qu' ma capote, ça va être quéqu' chose, à tirer au clair ! C'est pus une capote, c'est une doublure d'une manière de cuirasse.

Montreuil, employé au bureau, surgit, et hèle Biquet :

— Eh, l' chiard ! Une lettre. V'là une heure qu'on t' cherche après ! T'es jamais là, œuf !

— J' peux pas être ici z'et là, gros sac. Donne voir.

Il examine, soupèse, et annonce en déchirant l'enveloppe :

— C'est d' ma vieille.

On ralentit le pas. Il lit en suivant les lignes avec son doigt, en hochant la tête d'un air convaincu, et en remuant les lèvres comme une dévote.

A mesure qu'on gagne le centre du village,

l'affluence augmente. On salue le commandant, et l'aumônier noir qui marche à côté, comme une promeneuse. On est interpellés par Pigeon, Guenon, le jeune Escutenaire, le chasseur Clodore. Lamuse semble être aveugle et sourd, et ne plus savoir que marcher.

Bizouarne, Chanrion, Roquette, arrivent en tumulte, annonçant une grande nouvelle :

— Tu sais, Pépère va s'en aller à l'arrière.

— C'est drôle, c' qu'on s' goure ! dit Biquet en levant le nez hors de sa lettre. La vieille s'en fait pour moi !

Il me montre un passage de la missive maternelle : « Quand tu recevras ma lettre, épèle-t-il, tu seras sans doute dans la boue et le froid, à n'avoir rien, privé de tout, mon pauvre Eugène... »

Il rit.

— Y a dix jours qu'elle a marqué ça. Elle n'y est pas du tout ! On n'a pas froid, pisqu'i' fait beau depuis c' matin. On n'est pas malheureux, pisqu'on a une chambre où boulotter. On a eu des misères, mais on est bien maintenant.

Nous regagnons le chenil dont nous sommes locataires, en méditant cette phrase. Sa touchante simplicité m'émeut et me montre une âme, des multitudes d'âmes. Parce que le soleil s'est montré, parce qu'on a senti un rayon et un semblant de confort, le passé de souffrance n'existe plus, et l'avenir terrible n'existe pas non plus... « On est bien maintenant. » Tout est fini.

Biquet s'installe à la table, comme un monsieur, pour répondre. Il dispose avec soin et vérifie le papier, l'encre, la plume, puis promène bien régulièrement, en souriant, sa grosse écriture le long de la petite page.

— Tu rigolerais, me dit-il, si tu savais c' que j'y écris, à la vieille.

Il relit sa lettre, s'en caresse, se sourit.

VI

HABITUDES

Nous trônons dans la basse-cour.

La grosse poule, blanche comme le fromage à la crème, couve dans un fond de panier, près de la cabane dont le locataire enfermé farfouille. Mais la poule noire circule. Elle dresse et rentre, par saccades, son cou élastique, s'avance à grands pas maniérés ; on entrevoit son profil où cligne une paillette, et sa parole semble produite par un ressort métallique. Elle va, chatoyante de reflets noirs et lustrés, comme une coiffure de gitane, et, en marchant, elle déploie çà et là sur le sol une vague traîne de poussins.

Ces légères petites sphères jaunes, sur qui l'instinct souffle et qu'il fait refluer toutes, se précipitent sous ses pas par courts crochets rapides, et picorent. La traîne reste accrochée : deux poussins, dans le tas, sont immobiles et pensifs, inattentifs aux déclics de la voix maternelle.

— C'est mauvais signe, dit Paradis. Le poulet qui réfléchit est malade.

Et Paradis décroise et recroise ses jambes.

A côté, sur le banc, Volpatte allonge les siennes, émet un grand bâillement qu'il fait durer paisiblement et il se remet à regarder ; car, entre tous les hommes, il adore observer les volailles pendant la courte vie où elles se dépêchent tant de manger.

Et on les contemple de concert, et aussi le vieux coq dégarni, usé jusqu'à la corde, et dont, à travers du duvet décollé, apparaît à nu la cuisse caoutchouteuse, sombre comme une côtelette grillée. Celui-là approche de la couveuse blanche qui tantôt détourne la tête, d'un « non » sec, en donnant quelques coups assourdis de crécelle, tantôt l'épie avec les petits cadrans bleus émaillés de ses yeux.

— On est bien, dit Barque.

— Vise les petits canards, répond Volpatte. I's sont boyautants.

On voit passer une file de canetons tout jeunes — presque encore des œufs à pattes — et dont la grande tête tire en avant le corps chétif et boiteux, très vite, par la ficelle du cou. De son coin, le gros chien les suit aussi de son œil honnête, profondément noir, où le soleil, posé sur lui en écharpe, met une belle roue fauve.

Au-delà de cette cour de ferme, par l'échancrure du mur bas, se présente le verger, dont un feutrage vert, humide et épais, recouvre la terre onctueuse, puis un écran de verdure avec une garniture de fleurs, les unes blanches comme des statuettes, les autres satinées et multicolores comme des nœuds de cravate. Plus loin, c'est la prairie, où l'ombre des peupliers étale des rayures vert noir et vert or. Plus loin encore, un carré de houblons, debout, suivi d'un carré de choux assis en rang par terre. On entend, dans le soleil de l'air et dans le soleil de la terre, les abeilles qui travaillent musicalement, en conformité avec les poésies, et le grillon qui, malgré les fables, chante sans modestie et remplit à lui seul tout l'espace.

Là-bas, du faîte d'un peuplier descend, toute tourbillonnante, une pie qui, mi-blanche, mi-noire, semble un morceau de journal à moitié brûlé.

Les soldats s'étirent délicieusement sur un banc de pierre, les yeux demi-clos, et s'offrent au rayon qui, dans le creux de cette vaste cour, chauffe l'atmosphère comme un bain.

— Voilà dix-sept jours qu'on est là ! Et on croyait qu'on allait s'en aller du jour au lendemain !

— On n' sait jamais ! dit Paradis en hochant la tête et en claquant la langue.

Par la poterne de la cour ouverte sur le chemin, on voit se promener une bande de poilus, le nez en l'air, gourmands de soleil, puis, tout seul, Tellurure : au milieu de la rue, il balance le ventre florissant dont il est propriétaire, et déambulant sur ses jambes arquées comme deux anses, crache tout autour de lui, abondamment, richement.

— On croyait aussi qu'on s'rait malheureux ici comme dans les autres cantonnements. Mais cette fois-ci, c'est le vrai repos, et par le temps qu'i' dure, et par la chose qu'il est.

— Tu n'as pas trop d'exercice, pas trop d' corvées.

— Et, entre-temps, tu viens ici, te prélasser.

Le vieux bonhomme entassé au bout du banc — et qui n'était autre que le grand-père au trésor aperçu le jour de notre arrivée — se rapprocha et leva le doigt.

— Quand j'étais jeune, j'étais bien vu des femmes, affirma-t-il en secouant le chef. J'en ai mouflé, des d'moiselles !

— Ah ! fîmes-nous avec distraction, l'attention attirée, à travers ce bavardage sénile, par le profitable bruit de la charrette qui passait, chargée et pleine d'efforts.

— Maintenant, reprit le vieux, j' pense pus qu'à l'argent.

— Ah ! oui, c' trésor que vous cherchez, papa.

— Bien sûr, dit le vieux paysan.

Il sentit l'incrédulité qui l'entourait.

Il se frappa la boîte crânienne avec son index, qu'il tendit ensuite vers la maison.

— T'nez, c'te bête-là, fit-il en désignant une bestiole obscure qui courait sur le plâtre. Qu'est-c' qu'alle dit ? Alle dit : « J' suis l'araignée qui fait le fil de la Vierge. »

Et l'antique bonhomme ajouta :

— Faut jamais juger c' qu'on fait, pa'c' qu'on n' peut pas juger c' qui arrive.

— C'est vrai, lui répondit poliment Paradis.

— Il est drôle, dit Mesnil André entre ses dents, tout en cherchant sa glace dans sa poche, pour contempler ses traits flattés par le beau temps.

— Il est louf, murmura Barque, béatement.

— J' vous quitte, dit le vieux, tourmenté, et ne tenant pas en place.

Il se leva pour aller à nouveau chercher son trésor.

Il entra dans la maison à laquelle nos dos s'appuyaient ; il laissa la porte ouverte et, par là, on aperçut dans la chambre, au pied de la cheminée géante, une petite fille qui jouait à la poupée si sérieusement que Volpatte réfléchit et dit :

— Alle a raison.

Les jeux des enfants sont de graves occupations. Il n'y a que les grandes personnes qui jouent.

Après avoir regardé passer les bêtes et les promeneurs, on regarde le temps qui passe, on regarde tout.

On voit la vie des choses, on assiste à la nature, mêlée aux climats, mêlée au ciel, teinte par les saisons. Nous nous sommes attachés à ce coin de pays où le hasard nous a maintenus, au milieu de nos perpétuels errements, plus longtemps et plus en paix qu'ailleurs, et ce rapprochement nous rend sensibles à toutes les nuances. Déjà, le mois de septembre, lendemain d'août et veille d'octobre et qui est par sa situation le plus émouvant des mois, parsème les beaux jours de quelques fins avertissements. Déjà, on comprend ces feuilles mortes qui courent sur les pierres plates comme une bande de moineaux.

... En vérité, on s'est habitués, ces lieux et nous, à être ensemble. Tant de fois transplantés, nous nous implantons ici, et nous ne pensons plus réellement au départ, même lorsque nous en parlons.

— La onzième Division est bien restée un mois et demi au repos, dit Volpatte.

— Et le 375e, donc, neuf semaines ! reprend Barque, irréfutablement.

— Pour moi, nous resterons pour le moins autant, pour le moins, je dis.

— On finirait bien la guerre ici...

Barque s'attendrit et n'est pas loin de le croire :

— Après tout, elle finira bien un jour, quoi !

— Après tout !... redisent les autres.

— Evidemment, on n' sait jamais, fait Paradis.

Il dit cela faiblement, sans grande conviction. Pourtant, c'est une parole contre laquelle il n'y a rien à répondre. On la répète doucement, on s'en berce comme d'une vieille chanson.

*

Farfadet nous a rejoints depuis un moment. Il s'est placé près de nous, un peu à l'écart cependant, et s'est assis, les poings au menton, sur une cuve renversée.

Celui-là est plus solidement heureux que nous. On le sait bien ; lui aussi le sait bien : relevant la tête, il a regardé successivement du même œil lointain, le dos du vieux qui allait à la chasse de son trésor, et notre groupe qui parlait de ne plus s'en aller ! Sur notre délicat et sentimental compagnon brille une sorte de gloire égoïste qui en fait un être à part, le dore et l'isole de nous, malgré lui, comme des galons qui lui seraient tombés du ciel.

Son idylle avec Eudoxie a continué ici. Nous en avons eu des preuves, et même, une fois, il en a parlé.

Elle n'est pas loin, et ils sont bien près l'un de l'autre... Ne l'ai-je point vue passer, l'autre soir, le long du mur du presbytère, la chevelure mal éteinte par une mantille, allant visiblement à un rendez-vous, ne l'ai-je point vue, se hâtant, penchée et commençant déjà à sourire ?... Bien qu'il n'y ait encore entre eux que des promesses et des certitudes, elle est à lui, et c'est lui l'homme qui la tiendra dans ses bras.

Et puis, il va nous quitter : il va être appelé à l'arrière, à l'Etat-Major de la Brigade, où on a besoin d'un malingre qui sache se servir de la machine à écrire. C'est officiel, c'est écrit. Il est sauvé : le sombre futur, que les autres n'osent pas envisager, est précis et clair pour lui.

Il regarde une fenêtre ouverte, qui donne sur le trou noir d'une chambre quelconque, là-bas ; il s'éblouit de cette ombre de chambre : il espère, il vit double. Il est heureux ; car le bonheur prochain, qui n'existe pas encore, est le seul ici-bas qui soit réel.

Aussi un pauvre mouvement d'envie naît autour de lui.

— On n'sait jamais ! murmure Paradis à nouveau, mais sans plus de conviction que les autres fois qu'il a proféré, dans l'étroitesse de notre décor d'aujourd'hui, ces mots démesurés.

VII

EMBARQUEMENT

Barque, le lendemain, prit la parole et dit :

— J' vas t'expliquer ce qui en est. Y en a qui gou...

Un féroce coup de sifflet coupa son explication, net, à cette syllabe.

On était dans une gare, sur un quai. Une alerte nous avait, dans la nuit, arrachés au sommeil et au village, et on avait marché jusqu'ici. Le repos était fini ; on changeait de secteur ; on nous lançait ailleurs. On avait disparu de Gauchin à la faveur des ténèbres, sans voir les choses et les gens, sans leur dire adieu du regard, sans en emporter une dernière image.

... Une locomotive manœuvrait, proche à nous coudoyer, et elle braillait à pleins poumons. Je vis la bouche de Barque, bouchée par la vocifération de cette voisine colossale, prononcer un juron : et j'apercevais grimacer, en proie à l'impuissance et à l'assourdissement, les autres faces, casquées et ceinturées de jugulaires, — car nous étions sentinelles dans cette gare.

— Après toi ! glapit Barque, furieux, en s'adressant au sifflet empanaché.

Mais le terrible appareil continuait de plus belle à renfoncer impérieusement les paroles dans les gorges. Quand il se tut, et que son écho tinta dans nos oreilles, le fil du discours était rompu à jamais, et Barque se contenta de conclure brièvement :

— Oui.

Alors, on regarda autour de soi.

On était perdus dans une espèce de ville.

Des rames de wagons interminables, des trains de

quarante à soixante voitures, formaient comme des rangées de maisons aux façades sombres, basses et identiques, séparées par des ruelles. Devant nous, longeant l'agglomération des maisons roulantes, la grande ligne, la rue sans bornes où les rails blancs disparaissaient à une extrémité et à une autre, dévorés par l'éloignement. Des tronçons de trains, des trains entiers, en grandes colonnes horizontales, s'ébranlaient, se déplaçaient et se replaçaient. On entendait de toutes parts le martèlement régulier des convois sur le sol cuirassé, des sifflements stridents, le tintement de la cloche d'avertissement, le fracas métallique et plein des colosses cubiques qui ajustaient leurs moignons d'acier, avec des contrecoups de chaînes et des retentissements dans la longue carcasse vertébrée du convoi. Au rez-de-chaussée du bâtiment qui s'élevait au centre de la gare, comme une mairie, le grelot précipité du télégraphe et du téléphone roulait, ponctué d'éclats de voix. Tout autour, sur le sol charbonneux, les hangars à marchandises, les magasins bas dont on entrevoyait par les porches les intérieurs encombrés, les cabanes des aiguilleurs, le hérissement des aiguilles, les colonnes à eau, les pylônes de fer à claire-voie dont les fils réglaient le ciel comme du papier à musique ; par-ci par-là, les disques, et, surmontant dans la nue cette cité sombre et plate, deux grues à vapeur semblables à des clochers.

Plus loin, dans des terrains vagues et des emplacements vides, aux alentours du dédale des quais et des bâtisses, stagnaient des voitures militaires et des camions et s'alignaient des files de chevaux, à perte de vue.

— Tu parles d'un business que ça va être !

— Tout le corps d'armée qu'on commence d'embarquer à c' soir !

— Tiens, en v'là qui arrivent.

Un nuage, qui couvrait un tremblement bruyant de roues et un roulement de sabots de chevaux, approchait grossissant dans l'avenue de la gare qu'on embrassait par l'enfilée des constructions.

— Y a déjà des canons d'embarqués.

Sur des wagons plats, là-bas, entre deux longs dépôts pyramidaux de caisses, on voyait, en effet, des profils de roues, et des becs effilés de pièces. Caissons, canons et roues étaient bariolés, tigrés, de jaune, de marron et de vert.

— I's sont camouflés. Là-bas, y a bien des chevaux qui sont peints. Tiens, pige çui-là, qu'a les pattes larges et qu'on dirait qu'il a des pantalons ? Eh ben, l'était blanc et on y a foutu une peinture pour qu'i' change sa couleur.

Le cheval en question se tenait à l'écart des autres, qui semblaient s'en méfier, et présentait une teinte grisâtre jaunâtre, manifestement mensongère.

— L' pauv' bougre ! dit Tulacque.

— Tu vois, les bourins, dit Paradis, non seulement on les fait tuer, mais on les emmerde.

— C'est pour leur bien, que veux-tu !

— Eh oui, nous aussi, c'est pour not' bien !

Sur le soir, des soldats arrivèrent. De tous côtés, il en coulait vers la gare. On voyait des gradés sonores courir sur le front des files. On limitait les débordements d'hommes et on les enserrait le long des barrières ou dans des carrés palissadés, un peu partout. Les hommes formaient les faisceaux, déposaient leurs sacs et, n'ayant pas le droit de sortir, attendaient, enterrés côte à côte dans la pénombre.

Les arrivées se succédaient avec une ampleur croissante, à mesure que le crépuscule s'accentuait. En même temps que les troupes, affluaient des automobiles. Ce fut bientôt un grondement sans arrêt : des limousines, au milieu d'une gigantesque marée de petits, de moyens et de gros camions. Tout cela se rangeait, se calait, se tassait dans des emplacements désignés. Un vaste murmure de voix et de bruits divers sortait de cet océan d'êtres et de voitures qui battait les abords de la gare et commençait à s'y infiltrer par endroits.

— C'est rien ça encore, dit Cocon, l'homme-statistique. Rien qu'à l'Etat-Major du Corps d'Armée, il y a trente autos d'officiers, et tu sais pas, ajouta-t-il, combien i' faudra de trains de cinquante wagons pour embarquer tout le Corps — bonhommes et camelote — sauf, bien entendu, les camions, qui rejoindront le nouveau secteur avec leurs pattes ? N' cherche pas, bec d'amour. Il en faudra quatre-vingt-dix.

— Ah ! zut alors ! Et y en a trente-trois, d' Corps !

— Y en a même trente-neuf, pouilleux !

L'agitation augmente. La gare se peuple et se surpeuple. Aussi loin que l'œil peut discerner une forme ou un spectre de forme, c'est un tohu-bohu et une organisation mouvementée comme une panique. Toute la hiérarchie des gradés s'éploie et donne, passe, repasse, comme des météores, et, agitant des bras où brillent les galons, multiplie les ordres et les contrordres que portent, en se faufilant, les plantons et les cyclistes ; les uns lents, les autres évoluant en traits rapides comme des poissons dans l'eau.

Voilà le soir, décidément. Les taches formées par les uniformes des poilus groupés autour des monticules des faisceaux deviennent indistinctes et se mêlent à la terre, puis leur foule est décelée seulement par la lueur des pipes et des cigarettes. A certains endroits au bord des groupements, la suite ininterrompue des petits points clairs festonne l'obscurité comme une banderole illuminée de rue en fête.

Sur cette étendue confuse et houleuse, les voix mélangées font le bruit de la mer qui se brise sur le rivage ; et, surmontant ce murmure sans limites, des ordres encore, des cris, des clameurs, le remue-ménage de quelque déballage et de quelque transbordement, des fracas de marteaux-pilons redoublant leur sourd effort parmi les ombres, et des rugissements de chaudières.

Dans l'immense assombrissement, plein d'hommes et de choses, partout, les lumières commencent à s'allumer.

Ce sont les lampes électriques des officiers et des chefs de détachement, et les lanternes à acétylène des cyclistes qui promènent en zigzag, çà et là, leur point intensément blanc et leur zone de résurrection blafarde.

Un phare à acétylène éclôt, aveuglant, et répand un dôme de jour. D'autres phares trouent et déchirent le gris du monde.

La gare prend alors un aspect fantastique. Des formes incompréhensibles surgissent et plaquent le bleu noir du ciel. Des amoncellements s'ébauchent, vastes comme les ruines d'une ville. On perçoit le commencement de files démesurées de choses qui s'enfoncent dans la nuit. On devine des masses profondes dont les premiers reliefs jaillissent d'un gouffre d'inconnu.

A notre gauche, des détachements de cavaliers et de fantassins s'avancent toujours comme une inondation épaisse. On entend se propager le brouillard des voix. On voit quelques rangs se dessiner dans un coup de lumière phosphorescente ou une lueur rouge, et on prête l'oreille à de longues traînées de rumeurs.

Dans des fourgons dont on perçoit, à la flamme tournoyante et nuageuse des torches, les masses grises et les gueules noires, des tringlots embarquent des chevaux à l'aide de plans inclinés. Ce sont des appels, des exclamations, un piétinement frénétique de lutte, et les furibonds tapements de sabots d'une bête rétive — insultée par son conducteur — contre les panneaux du fourgon où on l'a claustrée.

A côté, on transporte des voitures sur des wagons-tombereaux. Un fourmillement encercle une colline de bottes de fourrage. Une multitude éparse s'acharne sur d'énormes assises de ballots.

— V'là trois heures qu'on est sur son pivot, soupire Paradis.

— Et ceux-là, qui c'est ?

On voit dans des échappées de lumière une bande de lutins, entourés de vers luisants, poindre et disparaître emportant de bizarres instruments.

— C'est la Section de projecteurs, dit Cocon.

— Te v'là en songement, toi, camarade, qu'est-ce que tu songes ?

— Il y a quatre Divisions, à cette heure, au Corps

d'Armée, répond Cocon. Ça change : quelquefois c'est trois, des fois c'est cinq. Pour le moment, c'est quatre. Et chacune de nos divisions, reprend l'homme-chiffre que notre escouade a la gloire de posséder, renferme trois R.I. — régiments d'infanterie ; deux B.C.P. — bataillons de chasseurs à pied ; un R.I.T. — régiment d'infanterie territoriale — sans compter les régiments spéciaux, Artillerie, Génie, Train, etc., sans non plus compter l'Etat-Major de la D.I. et les services non embrigadés, rattachés directement à la D.I. Un régiment de ligne à trois bataillons occupe quatre trains : un pour l'E.M., la Compagnie de mitrailleuses et la C.H.R. (compagnie hors rang), et un par bataillon. Toutes les troupes n'embarqueront pas ici : les embarquements s'échelonneront sur la ligne selon le lieu des cantonnements et la date des relèves.

— J' suis fatigué, dit Tulacque. On mange pas assez du consistant, vois-tu. On s' tient debout parce que c'est la mode, mais on n'a plus d' force ni d' verdure.

— Je m' suis renseigné, reprend Cocon. Les troupes, les vraies troupes, ne s'embarqueront qu'à partir du milieu de la nuit. Elles sont encore rassemblées çà et là dans les villages à dix kilomètres à la ronde. C'est d'abord tous les services du Corps d'Armée qui partiront et les E.N.E. — éléments non endivisionnés, explique obligeamment Cocon, c'est-à-dire rattachés directement au C.A.

« Parmi les E.N.E., tu ne verras pas le Ballon, ni l'Escadrille : c'est des trop gros meubles, qui naviguent par leurs seuls moyens avec leur personnel, leurs bureaux, leurs infirmeries. Le régiment de chasseurs est un autre de ces E.N.E.

— Y a pas d' régiment de chasseurs, dit étourdiment Barque. C'est des bataillons. Vu qu'on dit : tel bataillon de chasseurs.

On voit dans l'ombre Cocon hausser ses épaules noires et ses lunettes jeter un éclair méprisant.

— T'as vu ça, bec de cane ? Eh bien, tu sauras, si t'es malin, qu' les chasseurs à pied et les chasseurs à cheval, ça fait deux.

— Zut ! dit Barque, j'oubliais les à cheval.

— Que ça ! fit Cocon. Comme E.N.E. du Corps d'Armée, y a l'Artillerie de Corps, c'est-à-dire l'artillerie centrale qui est en plus de celle des divisions. Elle comprend l'A.L. — artillerie lourde, — l'A.T. — artillerie de tranchées, — les P.A. — parcs d'artillerie, — les auto-canons, les batteries contre avions, est-ce que je sais ! Il y a le Génie, la Prévôté, à savoir le service des cognes à pied et à cheval, le Service de Santé, le Service vétérinaire, un escadron du Train des équipages, un régiment territorial pour la garde et les corvées du Q.G. — Quartier Général, — le Service de l'Intendance (avec le Convoi administratif, qu'on écrit C.V.A.D. pour ne pas écrire C.A. comme le Corps d'Armée).

« Il y a aussi le Troupeau de Bétail, le Dépôt de Remonte, etc. ; le Service Automobile, — tu parles d'une ruche de filons dont j' pourrais t' parler pendant une heure si j' voulais, — le Payeur, qui dirige les Trésors et Postes, le Conseil de Guerre, les Télégraphistes, tout le Groupe électrogène. Tout ça a des directeurs, des commandants, des branches et des sous-branches, et c'est pourri de scribes, de plantons et d'ordonnances, et tout l' bazar à la voile. Tu vois d'ici au milieu d' quoi s' trouve un général commandant de Corps ! »

A ce moment, nous fûmes environnés par un groupe de soldats porteurs, en plus de leur harnachement, de caisses et de paquets ficelés dans du papier, qu'ils traînaient cahin-caha et posèrent à terre en faisant : ouf.

— C'est les secrétaires d'Etat-Major. Ils font partie du Q.G. — du Quartier Général — c'est-à-dire de quelque chose comme la suite du général. Ils trimbalent, quand ils déménagent, leurs caisses d'archives, leurs tables, leurs registres et toutes les petites saletés qu'il leur faut pour leurs écritures. Tiens, tu vois ça, c'est une machine à écrire que ces deux-là — ce vieux papa et c' petit boudin — emportent, la poignée enfilée dans un fusil. Ils sont en trois bureaux, et il y a aussi la Section du Courrier, la Chancellerie, la S.T.C.A. — Section Topographique du Corps d'Armée — qui distribue les cartes aux divisions et fait des cartes et des plans, d'après les aéros, les observateurs et les prisonniers. C'est les officiers de tous les bureaux qui, sous les ordres d'un sous-chef et d'un chef — deux colons — forment l'Etat-Major du C.A. Mais le Q.G. proprement dit, qui comprend aussi des ordonnances, des cuisiniers, des magasiniers, des ouvriers, des électriciens, des gendarmes, et les cavaliers de l'Escorte, est commandé par un commandant.

A ce moment, nous recevons un terrible renfoncement collectif.

— Eh ! attention ! rangez-vous ! crie, en guise d'excuse, un homme qui, aidé de plusieurs autres, pousse une voiture vers les wagons.

Le travail est laborieux. Le sol est en pente et la voiture, dès qu'on cesse de s'arc-bouter contre elle et de se cramponner aux roues, recule. Les hommes sombres se pressent sur elle en grinçant et grondant, comme sur un monstre, au sein des ténèbres.

Barque, tout en se frottant les reins, interpelle un des équipiers forcenés :

— Penses-tu y arriver, vieux canard ?

— Nom de Dieu ! brame celui-ci, tout à son affaire, gare à ce pavé ! Vous allez m' fusiller ma bagnole !

Dans un brusque mouvement il bouscule à nouveau Barque, et, cette fois, le prend à partie :

— Pourquoi qu' t'es là, dedans d' fumier, outil !

— Non, mais tu s'rais pas alcoolique ? riposte Barque. Pourquoi qu' j' suis là ! Elle est bonne, celle-là ! Dis donc, bande de poux, tu m' la copieras !

— Rangez-vous ! crie une voix nouvelle qui conduit des hommes pliés sous des faix disparates mais pareillement écrasants...

On ne peut plus rester nulle part. On gêne partout. On avance, on se disperse, on recule dans cette mêlée.

— En plus, j' le dis, continue Cocon, impassible comme un savant, il y a les Divisions, organisées chacune à peu près comme un Corps d'Armée...

— Oui, on sait, passe la main !

— Il en fait un chambard, c' tréteau, dans son écurie à roulettes, constate Paradis. Ça doit être la belle-mère d'un autre.

— C'est, j' parie, l' têtard du major, çui que l' véto disait qu' c'était un veau en train de d'venir une vache.

— C'est bien organisé tout d' même, tout ça, y a pas à dire ! admire Lamuse, refoulé par un flot d'artilleurs portant des caisses.

— C'est vrai, concède Marthereau, pour conduire tout c' fourbi à la voile, faut pas être une bande de navets, et pas non plus une bande de flans... Bon Dieu, fais attention où c' que tu poses tes ribouis maudits, peau d' tripe, bête noire !

— Tu parles d'un déménagement. Quand j' m'ai installé à Marcoussis avec ma famille, ça a fait moins d' chichi. C'est vrai que j' suis pas chichiard non plus.

— Pour voir passer toute l'armée française qui tient les lignes — je ne parle pas de c' qui est installé en arrière, où il y a deux fois plus d'hommes encore, et des services comme des ambulances qu'ont coûté neuf millions et qui vous évacuent des sept mille malades par jour — pour la voir passer dans des trains de soixante wagons qui se suivraient sans arrêt à un quart d'heure d'intervalle, il faudrait quarante jours et quarante nuits.

— Ah ! disent-ils.

Mais c'est trop pour leur imagination ; ils se désintéressent, se dégoûtent de la grandeur de ces chiffres. Ils bâillent, et suivent d'un œil larmoyant dans le bouleversement des galopades, des cris, de la fumée, des mugissements, des lueurs et des éclairs — au loin, sur un embrasement de l'horizon, la ligne terrible du train blindé qui passe.

VIII

LA PERMISSION

Eudore s'assit là un moment, près du puits de la route, avant de prendre, à travers champs, le chemin qui conduisait aux tranchées. Un genou dans ses mains croisées, levant sa frimousse pâle — où il n'y avait pas de moustache sous le nez, mais seulement un petit pinceau plat au-dessus de chaque coin de la bouche — il sifflota, puis bâilla jusqu'aux larmes à la face du matin.

Un tringlot qui cantonnait à la lisière du bois, là-bas — où il y a une file de voitures et de chevaux, telle une halte de bohémiens — et qu'attirait le puits de la route, s'avançait avec deux seaux de toile qui, à chacun de ses pas, dansaient au bout de chacun de ses bras. Il s'arrêta devant ce fantassin sans armes muni d'une musette gonflée, et qui avait sommeil.

— T'es permissionnaire ?

— Oui, dit Eudore, j'en rentre.

— Ben, mon vieux, dit le tringlot en s'éloignant, t'es pas à plaindre, si t'as comme ça six jours de permission dans l' bidon.

Mais voilà que quatre hommes descendaient la route, d'un pied lourd et pas pressé, et leurs souliers, à cause de la boue, étaient énormes comme des caricatures de souliers. Ils s'arrêtèrent comme un seul homme en apercevant le profil d'Eudore.

— V'là Eudore ! Eh ! Eudore ! Eh ! cette vieille noix, c'est donc que t'es r'venu ! s'écrièrent-ils ensuite, en s'élançant vers lui, et lui tendant leurs mains aussi grosses que s'ils portaient des gants de laine rousse.

— Bonjour, les enfants, dit Eudore.

— Ça s'est bien tiré ? Quoi qu' tu dis, mon gars, quoi ?

— Oui, répondit Eudore. Pas mal.

— Nous v'nons d' corvée de vin ; nous avons fait not' plein. On va rentrer ensemble, pas ?

Ils descendirent à la queue leu leu le talus de la route et s'en allèrent bras dessus bras dessous à travers le champ enduit d'un mortier gris où la marche faisait un bruit de pâte brassée au pétrin.

— Comme ça, t'as vu ta femme, ta petite Mariette, pisque tu n' vivais que pour ça, et que tu n' pouvais pas ouvrir ton bec sans nous visser un ours à propos d'elle !

La figure pâlotte d'Eudore se pinça.

— Ma femme, je l'ai vue, bien sûr, mais une petite fois seulement. Y a pas eu plan d'avoir mieux. C'est pas d' veine, j' dis pas, mais c'est comme ça.

— Comment ça ?

— Comment ! Tu sais que nous habitons Villers-l'Abbé, un hameau de quatre maisons ni plus ni moins, à cheval sur une route. Une de ces maisons, c'est justement notre estaminet, qu'elle tient ou plutôt qu'elle retient depuis que l' patelin n'est plus amoché par le marmitage.

« Et alors, en vue d'une permission, elle avait demandé un laissez-passer pour Mont-Saint-Eloi où sont mes vieux, et moi, ma perme était pour Mont-Saint-Eloi. Tu saisis la combine ?

« Comme c'est une petite femme de tête, tu sais, elle avait demandé son laissez-passer bien avant la date qu'on croyait de mon départ en perme. Quoique ça, mon départ est arrivé, si j' peux dire, avant qu'elle ait eu son autorisation. J' suis parti tout d' même : tu sais qu'à la compagnie faut pas louper son tour. J' suis donc resté avec mes vieux à attendre. J' les aime bien, mais j' faisais tout de même la gueule. Eux, ils étaient contents de me voir et embêtés de me voir embêté dans leur compagnie. Mais qu'y faire ? A la fin du sixième jour — à la fin d' ma perme, la veille de rentrer ! — un jeune homme en vélo — l' fils de Florence — m'apporte une lettre de Mariette, qu'elle n'avait pas encore son laissez-passer...

— Ah ! malheur ! s'exclamèrent les interlocuteurs.

— ... mais, continua Eudore, qu'y avait qu'une chose à faire, c'était que j' demand', moi, la permission au maire de Mont-Saint-Eloi, qui d'mand'rait à l'autorité militaire, et que j'aille de ma personne, et au galop, à Villers, la voir.

— Il aurait fallu faire ça l' premier jour, et pas l' sixième !

— Videmment, mais j'avais peur d' m' croiser avec elle et d' la louper, vu que, dès mon arrivée, j' l'attendais toujours, et qu'à chaque instant j' pensais la voir dans la porte ouverte. J'ai fait c' qu'elle me disait.

— En fin de compte, t' l'as vue ?

— Qu'un jour, ou plutôt qu'une nuit, répondit Eudore.

— Ça suffit ! s'écria gaillardement Lamuse.

— Eh oui ! renchérit Paradis. En une nuit, un zigotteau comme toi, ça en fait, et même ça en prépare, du boulot !

— Aussi, vise-le, c't' air fatigué ! Tu parles d'une louba qu'i' s'est envoyée, ce va-nu-pieds-là ! Ah ! charogne, va !

Eudore secoua sa figure pâle et sérieuse sous l'averse des quolibets scabreux.

— Les gars, bouclez-les cinq minutes, vos grandes gueules !

— Raconte-nous ça, petit.

— C'est pas une histoire, dit Eudore.

— Alors, tu disais que t'avais l' cafard entre tes vieux ?

— Eh oui ! I's avaient beau essayer de m' remplacer Mariette avec des belles tranches de notre jambon, de l'eau-de-vie de prune, des raccommodages de linge et des petites gâteries... (Et même j'ai r'marqué qu'i's s' ret'naient de s'engueuler comme d'habitude.) Mais tu parles d'une différence ; et c'était toujours la porte que j' regardais pour voir si des fois elle remuerait pas et s' changerait en femme. J'ai donc visité l' maire et je m' suis mis en route, hier, vers les deux heures de l'après-midi — vers les quatorze heures, j' peux bien dire putôt, vu que j' comptais bien les heures depuis la veille ! J'avais donc plus qu'une nuit d' permission !

« En approchant, à la brune, par la portière du

wagon du petit chemin de fer qui marche encore là-bas sur des bouts de voie, je r'connaissais à moitié le paysage et à moitié je le r'connaissais pas. Je l' sentais par-ci par-là tout d'un coup qui s' refaisait et se fondait dans moi comme si il s' mettait à m' parler. Puis, i' s' taisait. A la fin, on a débarqué, et il a fallu, c' qu'est un comble, aller à pied jusqu'à la dernière station.

« Jamais, mon vieux, jamais j'ai eu temps pareil : six jours qu'i' pleuvait ; six jours que le ciel i' lavait la terre et la r'lavait. La terre s'amollissait et s' bougeait et allait dans des trous et en f'sait d'autres.

— Ici aussi. La pluie n'a pas décessé que c' matin.

— C'est bien ma veine. Aussi partout des ruisseaux grossis et nouveaux qui venaient effacer comme des lignes sur le papier, la bordure des champs ; des collines qui coulaient depuis le haut jusqu'en bas. Des coups de vent qui faisaient dans la nuit, tout d'un coup, des nuages de pluie passant et roulant au galop et nous cinglant les pattes, et la figure et l' cou.

« C'est égal, quand j'ai arrivé pedibus à la station, il en aurait fallu un qui fasse une rudement laide grimace pour me faire retourner en arrière !

« Mais v'là-t-i' pas qu'en arrivant au pays, on était plusieurs : d'autres permissionnaires, qui n'allaient pas à Villers, mais étaient obligés d'y passer pour aller aut' part. De c'te façon, on est entrés en bande... On était cinq vieux camarades qui s' connaissaient pas. Je n' retrouvais rien de rien. Par là, ça a été plus bombardé encore que par ici, et pis l'eau, et puis, ça f'sait soir.

« J' vous ai dit qu'il n'y a qu' quatre maisons dans l' pat'lin. Seulement, elles sont loin l'une de l'autre. On arrive dans le bas de la hauteur. J' savais pas très bien où j'étais, non plus qu' les copains qui avaient pourtant une petite idée du pays, vu qu'i's étaient des environs — tant plus qu' l'eau tombait à pleins seaux.

« Ça d'venait impossible d'aller pas vite. On s' met à courir. On passe devant la ferme des Alleux — une espèce de fantôme de pierre ! — qui est la première maison. Des morceaux de murs comme des colonnes déchirées qui sortaient de l'eau : la maison avait fait naufrage, quoi. L'autre ferme, un peu plus loin, noyée kif-kif.

« Notre maison est la troisième. Elle est au bord de la route qu'est tout sur le haut de la pente. On y grimpe, face à la pluie qui nous tapait d'sus et commençait dans l'ombre à nous aveugler — on se sentait l' froid mouillé dans l'œil, v'lan ! — et à nous mettre en débandade, tout comme des mitrailleuses.

« La maison ! J' cours comme un dératé, comme un Bicot à l'assaut. Mariette ! Je la vois dans la porte lever les bras au ciel, derrière c'te mousseline de soir et de pluie — de pluie si forte qu'elle la refoulait et la retenait toute penchée entre les montants de la porte, comme une Sainte Vierge dans sa niche. Au galop, je me précipite, mais pourtant, j' pense à faire signe aux camaros d' m' suivre. On s'engouffre dans la maison. Mariette riait un peu et avait la larme à l'œil d' me voir, et elle attendait qu'on soit tout seuls ensemble pour rire et pleurer tout à fait. J' dis aux gars de se r'poser et de s'asseoir les uns sur les chaises, les autres sur la table.

« — Où vont-ils, ces messieurs ? demanda Mariette. — Nous allons à Vauvelles. — Jésus ! qu'elle dit, vous n'y arriverez pas. Vous ne pouvez pas faire cette lieue-là par la nuit avec des chemins défoncés et des marais partout. N'essayez même pas. — Ben, on ira d'main, alors ; on va seulement chercher où passer la nuit. — J' vais aller avec vous, que j' dis, jusqu'à la ferme du Pendu. Y a d' la place, c'est pas ça qui manque là-dedans. Vous y ronflerez et pourrez partir au p'tit jour. — Jy ! mettons-y un coup jusque-là.

« Cette ferme, la dernière maison de Villers, elle est sur la pente ; aussi y avait des chances qu'elle soye pas enfoncée dans l'eau et la vase.

« On r'sort. Quelle dégringolade ! On était mouillés à n' pas y t'nir, et l'eau vous entrait aussi dans les chaussettes par les semelles et par le drap du froc, détrempé et transpercé aux g'noux. Avant d'arriver à c' Pendu, on rencontre une ombre en grand manteau noir avec un falot. A lève le falot et on voit un galon doré sur la manche, puis une figure furibarde.

« — Qu'est-ce que vous foutez là ? dit l'ombre en s' campant en arrière et en mettant un poing sur la hanche, tandis que la pluie faisait un bruit de grêle sur son capuchon.

« — C'est des permissionnaires pour Vauvelles. Ils n' peuvent pas d' partir à c' soir. I's voudraient coucher dans la ferme du Pendu.

« — Quoi vous dites ? Coucher ici ? C'est-i' qu' vous seriez marteaux ? C'est ici le poste de police. J' suis l' sous-officier de garde, et il y a des prisonniers boches dans les bâtiments. Et même, j' vas vous dire, qu'i' dit : il faudrait voir à c' que vous vous fassiez la paire d'ici en moins de deux. Bonsoir.

« Alors on fait d'mi-tour et on se r'met à r'descendre en faisant des faux pas comme si on était schlass, en glissant, en soufflant, en clapotant, en s'éclaboussant. Un des copains m' crie dans la pluie et le vent : « On va toujours t'accompagner jusqu'à chez toi ; pisqu'on n'a pas d' maison, on a l' temps.

« — Où allez-vous coucher ? — On trouvera bien, t'en fais pas, pour quéqu' heures qu'on a à passer ici. — On trouv'ra, on trouv'ra, c'est pas dit, que j' dis... En attendant, rentrez un instant. — Un p'tit moment, c'est pas d' refus. » Et Mariette nous voit encore rentrer à la file, tous les cinq, trempés comme des soupes.

« On est là, à tourner et r'tourner dans notre petite chambre qu'est tout ce que contient la maison, vu qu' c'est pas un palais.

« — Dites donc, madame, demanda un des bonshommes, y aurait-il pas une cave ici ?

« — Y a d' l'eau d'dans, que fait Mariette : on ne voit pas la dernière marche de l'escalier, qui n'en a que deux.

« — Ah ! zut alors, dit l' bonhomme, parce que j' vois qu'y a pas d' grenier non plus...

« Au bout d'un p'tit moment, i' s' lève :

« — Bonsoir, mon vieux, qu'i' m' dit. On les met.

« — Quoi, vous partez par un temps pareil, les copains ?

« — Tu penses, dit c' type, qu'on va t'empêcher de rester avec ta femme !

« — Mais, mon pauv' vieux...

« — Y a pas d' mais. Il est neuf heures du soir, et t'es obligé de ficher le camp avant l' jour. Allons, bonsoir. Vous v'nez, vous autres ?

« — Pardine ! que disent les gars. Bonne nuit, messieurs-dames.

« Les v'là qui gagnent la porte, l'ouvrent. Mariette et moi, on s'est regardés tous les deux. On n'a pas bougé. Puis on s'est regardés encore, et on s'est élancés sur eux. J'ai attrapé un pan de capote, elle une martingale, tout ça mouillé à tordre.

« — Jamais de la vie. On vous laissera pas partir. Ça se peut pas.

« — Mais...

« — Y a pas d' mais, que je réponds pendant qu'elle boucle la lourde. »

— Alors quoi ? demanda Lamuse.

— Alors, rien du tout, répondit Eudore. On est restés comme ça, bien sagement — toute la nuit. Assis, calés dans des coins, à bâiller, comme ceux qui veillent un mort. On a parloché un peu d'abord. De temps en temps, l'un disait : « Est-ce qu'il pleut encore ? » et allait voir, et disait : « I' pleut. » Du reste, on l'entendait. Un gros, qui avait des moustaches de Bulgare, luttait contre le sommeil comme un sauvage. Quelquefois, un ou deux dormaient dans le tas ; mais il y en avait toujours un qui bâillait et ouvrait un œil, par politesse, et s'étirait ou se levait à moitié pour se rasseoir mieux.

« Mariette et moi, on n'a pas dormi. On s'est regardés, mais on regardait aussi les autres, qui nous regardaient, et voilà.

« Le matin est venu débarbouiller la fenêtre. Je me suis levé pour aller voir le temps. La pluie n'avait guère diminué. Dans la chambre, je voyais des formes brunes qui bougeaient, respiraient fort. Mariette avait les yeux rouges de m'avoir regardé toute la nuit. Entre elle et moi, un poilu, en grelottant, bourrait une pipe.

« On tambourine à la vitre. J'entrouvre. Une silhouette au casque tout ruisselant, comme apportée et poussée là par le vent terrible qui souffle et qui entre avec, apparaît et demande :

« — Eh ! l'estaminet, y a-t-il moyen d'avoir du café ?

« — On y va, monsieur, on y va ! crie Mariette.

« Elle se lève de d'ssus sa chaise, un peu engourdie. Elle ne parle point, se regarde dans notre bout de glace, se touche un peu les cheveux, et elle dit tout bonnement, c'te femme :

« — J' vais préparer le café pour tout le monde.

« Quand on l'a bu, fallait s'en aller tous. Du reste, les clients radinaient chaque minute.

« — Hé, la p'tite mère ! qu'i' criaient en introduisant leur bec par la fenêtre entrouverte, vous avez ben un peu d' jus. Comme dirait trois jus ! Quatre ! — Et deux encore en plus, que disait une aut' voix.

« On s'approche de Mariette pour lui dire adieu. I's savaient bien qu'ils avaient été bougrement de trop cette nuit, mais j' voyais bien qu'i's n' savaient pas s'il était convenable de parler de c't' affaire-là ou de n' pas en parler du tout.

« Le gros Macédonien s'y est décidé :

« — On vous a bien emmerdés, hein, ma p'tite dame ?

« I' disait ça pour montrer qu'il était bien élevé, l' vieux frère.

« Mariette le r'mercie et lui tend la main.

« — C'est rien d' ça, monsieur. Bonne permission.

« Et moi, j' te la serre dans mes bras et j' te l'embrasse le plus longtemps que j' peux, pendant une demi-minute... Pas content — dame — y avait d' quoi ! — mais content tout de même que Mariette n'ait pas voulu fiche dehors les camarades comme des chiens. Et j' sentais aussi qu'elle me trouvait brave de ne l'avoir point fait.

« — Mais c'est pas tout ça, dit l'un des permissionnaires en rel'vant un pan d' sa capote et en fourrant sa main dans sa poche de froc. C'est pas tout ça ; combien qu'on vous doit pour les cafés ?

« — Rien, puisque vous avez habité cette nuit chez moi ; vous êtes mes invités.

« — Oh ! madame, pas du tout !...

« Et voilà-t-il pas qu'on s' fait des protestations et des petits saluts les uns devant les autres ! Mon vieux, tu diras ce que tu voudras, on n'est que des pauvres bougres, mais c'était épatant, cette petite manigance de politesses.

« — Allons, jouons-en un air, hein ?

« Ils filent un à un. Je reste en dernier.

« Un aut' passant s' met en ce moment à cogner aux carreaux : encore un qui claquait du bec de jus. Mariette, par la porte ouverte, se penche et lui crie :

« — Une seconde !

« Puis elle me met dans les bras un paquet qu'elle avait prêt.

« — J'avais acheté un jambonneau. C'était pour le souper, nous, tous les deux, en même temps qu'un litre de vin bouché. Ma foi, quand j'ai vu que tu étais cinq, j'ai pas voulu l' partager tant, et maintenant encore moins. Voilà le jambon, le pain, le vin. Je te les donne pour que tu en profites tout seul, mon gars. Eux, on leur a donné assez ! qu'elle a dit.

« Pauv' Mariette, soupire Eudore. Y avait quinze mois que je ne l'avais vue. Et quand est-ce que je la reverrai ! Et est-ce que je la reverrai ?

« C'était gentil, c't' idée qu'elle avait. Elle me fourra tout ça dans ma musette...

Il entrouvre sa musette de toile bise.

— Tenez, les v'là : l' jambon ici là et le grignolet, et v'là l'kilo. Eh bien, puisque c'est là, vous ne savez pas ce qu'on va faire ? Nous allons nous partager ça, hein, mes vieux poteaux ?

IX

LA GRANDE COLÈRE

Lorsqu'il rentra de son congé de convalescence, après deux mois d'absence, on l'entoura. Mais il se montrait renfrogné, taciturne, et fuyait vers les coins.

— Eh bien quoi ! Volpatte, tu dis rien ? C'est tout ça qu' tu dis ?

— Parle-nous de c' que t'as vu pendant ton hôpital et ta convalo, vieille cloche, depuis le jour que t'es parti avec tes bandages, et ta gueule entre parenthèses. Paraît qu' t'as été dans les bureaux. Parle, quoi, nom de Dieu !

— J' veux pus rien dire de ma putain de vie, dit enfin Volpatte.

— Quoi qu' tu dis ? Quoi qu'i' dit ?

— J' suis dégoûté, v'là c' que j' suis ! Les gens, j' les débecte, et j' les r'débecte, tu peux leur dire.

— Quoi qu'i' t'ont fait ?

— C' sont des vaches, dit Volpatte.

Il était là, avec sa tête d'autrefois, aux oreilles recollées, aux pommettes de Tartare, buté, au milieu du cercle intrigué qui l'assiégeait. On le sentait, au fond de lui-même, aigri et tumultueux, sous pression, la bouche fermée de force sur du mauvais silence.

Des paroles finirent par déborder de lui. Il se retourna — du côté de l'arrière — et montra le poing à l'espace infini.

— Y en a trop, dit-il entre ses dents grises, y en a trop !

Et il semblait, dans son imagination, menacer, repousser une marée montante de fantômes.

Un peu plus tard, on l'interrogea à nouveau. On savait bien que son irritation ne se maintiendrait pas ainsi à l'intérieur, et qu'à la première occasion ce farouche silence exploserait.

C'était dans un profond boyau d'arrière, où après une matinée de terrassement, on était réunis pour prendre le repas. Il tombait une pluie torrentielle ; on était brouillés et noyés et bousculés par l'inondation, et on mangeait debout, à la file, sans abri, en plein ciel liquéfié. Il fallait faire des tours de force pour préserver le singe et le pain des jets qui coulaient de tous les points de l'espace, et on mangeait, en se cachant autant que possible, les mains et la figure sous les capuchons. L'eau grêlait, sautait et ruisselait sur les molles carapaces de toile ou de drap et venait, tantôt brutalement et tantôt sournoisement, détremper nos personnes et notre nourriture. Les pieds s'enfonçaient de plus en plus, prenaient largement racine dans le ruisseau qui courait au fond du fossé argileux.

Quelques têtes riaient, la moustache dégoulinante, d'autres grimaçaient d'avaler du pain spongieux et de la viande lessivée et d'être cinglés par les gouttes qui leur assaillaient de tous côtés la peau au moindre défaut de leur épaisse cuirasse bourbeuse.

Barque, qui serrait sa gamelle sur son cœur, bâilla à Volpatte :

— Alors, des vaches, tu dis, qu' t'as vues, là-bas d'où c' que tu d'viens ?

— Exemple ? cria Blaire dans un redoublement de rafale qui secouait les paroles et les éparpillait. Quoi qu' t'as vu en fait d' vaches ?

— Y a... commença Volpatte, et pis... Y en a trop, nom de Dieu ! Y a...

Il essayait de dire ce qu'il y avait. Il ne pouvait que répéter : « Y en a trop » ; il était oppressé et soufflait, et il avala une bouchée déliquescente de pain, et il ravala aussi la masse désordonnée et étouffante de ses souvenirs.

— C'est-i' des embusqués qu' tu veux causer ?

— Tu parles !

Il avait lancé par-dessus le talus le restant de son bœuf, et ce cri, ce soupir, sortit violemment de sa bouche comme d'une soupape.

— T'en fais pas pour les embusqués, vieille colique, conseilla Braque, goguenard, mais non sans quelque amertume. A quoi ça sert ?

Ramassé et dissimulé sous le toit fragile et inconsistant de son capuchon ciré où l'eau précipitait un glacis brillant, et tendant sa gamelle vide à la pluie pour la nettoyer, Volpatte gronda :

— J' suis pas maboul tout à fait, et j' sais bien qu' des mecs de l'arrière, l'en faut. Qu'on aye besoin d' traîne-pattes, j' veux bien... Mais y en a trop, et ces trop-là, c'est toujours les mêmes, et pas les bons, voilà !

Soulagé par cette déclaration qui mettait un peu de lumière à travers le sombre méli-mélo des colères qu'il rapportait parmi nous, Volpatte parla par bribes, à travers les nappes acharnées de pluie :

— Dès le premier patelin où on m'a expédié à petite vitesse, j'en ai vu des chiées, des chiées, et i's ont commencé à m' faire une mauvaise impression sur moi. Toutes sortes de services, de sous-services, de directions, de centres, de bureaux, de groupes. Pendant les premiers temps, quand t'es là-dedans, autant de bonhommes tu rencontres, autant d' services différents qui se ressemblent pas comme noms. C'est à en devenir r'tourné. Mon vieux, celui qui a inventé les noms de tous ces services, il avait une rude tête !

« Alors, tu veux pas qu' j'en soye indigestionné ? J'en ai plein mes mirettes et malgré moi, quand j' fais à moitié aut' chose, j'en rêve à moitié !

« Ah ! mon vieux, ruminait notre camarade, tous ces mecs qui baguenaudent et qui papelardent là-dedans, astiqués, avec des kébrocs et des paletots d'officiers, des bottines — qui marquent mal, quoi — et qui mangent du fin, s' mettent, quand ça veut, un cintième de casse-pattes dans l' cornet, s' lavent plutôt deux fois qu'une, vont à la messe, n' défument pas et l' soir s'empaillent dans la plume en lisant sur le journal. Et ça dira, après : « J' suis t'été à la guerre. »

Un point avait surtout frappé Volpatte et ressortait de sa vision confuse et passionnée :

— Tous ces poilus-là, ça n'emporte pas son couvert et son quart, pour manger sur le pouce. I' leur faut ses aises. I's préfèr't mieux aller s'installer chez une mouquère de l'endroit, à une table exprès pour eux, pour chiquer la légume, et la rombière leur carre dans son buffet leur vaisselle, leurs boîtes de conserve et tout leur bordel pour le bec, enfin, les avantages de la richesse et de la paix dans ce sacré nom de Dieu d'arrière !

Le voisin de Volpatte secoua la tête sous les cataractes qui tombaient du ciel et dit :

— Tant mieux pour eux.

— J' suis pas maboul... recommença à dire Volpatte.

— P'têt ; mais t'es pas conséquent.

Volpatte se sentit injurié par ce terme ; il sursauta, leva furieusement la tête, et la pluie qui le guettait s'appliqua en paquet sur sa figure.

— Non, mais des fois ! Pas conséquent ! C' purin-là !

— Parfaitement, monsieur, reprit le voisin. J' dis qu' tu rousses et qu' pourtant tu voudrais bien être à leur place, à ces Jean-Foutre.

— Pour sûr, mais qu'est-ce que ça prouve, face de fesse ? D'abord, nous, on a été au danger et ce s'rait bien not' tour. C'est toujours les mêmes, que j' te dis, et pis, pa'ce qu'y a là d'dans des jeunes qu'est fort comme un bœuf, et balancé comme un lutteur, et pis pa'c' qu'y en a trop. Tu vois, c'est toujours « trop » que j' dis, parce que c'est ça.

— Trop ! qu'en sais-tu, vilain ? Ces services, connais-tu qui i' sont ?

— J' sais pas c' qu'i' sont, repartit Volpatte, mais j' dis...

— Tu crois qu' c'est pas un fourbi d' faire marcher toutes les affaires des armées ?

— J' m'en fous, mais...

— Mais tu voudrais que ce s'rait toi, pas ? goguenarda le voisin invisible qui, au fond de son capuchon sur lequel se déversaient les réservoirs de l'espace, cachait soit une grande indifférence, soit l'impitoyable désir de faire monter Volpatte.

— J' sais pas y faire, dit simplement celui-ci.

— Y en a qui sav't pour toi, intervint la voix aiguë de Barque ; j'en ai connu un...

— Moi aussi, j'en ai vu ! hurla désespérément Volpatte dans la tempête. Tiens, pas loin du front, à j' sais pas quoi, où il y a l'hôpital d'évacuation et une sous-intendance, c'est là qu' j'ai rencontré c't' anguille.

Le vent, qui passait sur nous, demanda en cahotant :

— Qu'est-ce que c'est qu' ça ?

A ce moment, il se produisit une accalmie, et le mauvais temps laissa tant bien que mal parler Volpatte, qui dit :

— I' m'a servi d' guide dans tout le fouillis du dépôt comme dans une foire, vu qu'il était lui-même une des curiosités de l'endroit. I' m' menait dans des couloirs, des salles de maisons ou d' baraquements supplémentaires ; i' m'entrouvrait une porte à étiquette ou m' la montrait et i' m' disait : « Vise ça, et ça donc, vise-le ! » J'ai visité avec lui mais lui n'est pas revenu, comme moi, aux tranchées : n' t'en fais. I' n'en r'venait du reste pas non plus, fais t'en pas. C't' anguille, la première fois que j' l'ai vue, elle marchait tout doucement dans la cour : « C'est l' service courant », qu'i' m' dit. On a causé. L' lendemain, i' s'était fait coller ordonnance, pour couper à un départ, vu qu' c'était son tour de partir depuis l' commencement d' la guerre.

« Sur le pas de la porte où il s'était pagnoté toute la nuit dans un plumard, i' cirait les godasses de son ouistiti : des palaces pompes jaunes. I' leur z'y collait d' l'encaustique, i' les dorait, mon vieux. J' m'ai arrêté pour voir ça. Le gars m'a raconté son histoire. Mon vieux, j' me rappelle plus beseff de c' bourrage de crâne arabe, pas plus que j' me rappelle de l'Histoire de France et des dates qu'on chantait à l'école. Jamais, mon vieux, i' n'avait été envoyé sur le front, quoique de la classe 3 et un costaud bougre, tu sais. L' danger, la fatigue, la mocherie de la guerre, c'était pas pour lui, pour les autres, oui. I' savait que si i' mettait l' pied sur la ligne de feu, la ligne prendrait toute la bête, aussi i' coulait de toutes les pattes pour rester sur place. On avait essayé de tous les moyens pour le posséder, mais c'était pas vrai, il avait glissé des pinces de tous les capitaines, de tous les colonels, de tous les majors, qui s'étaient pourtant bougrement foutus en colère contre lui. I' m'racontait ça. Comment qu'i' f'sait ? I' s' laissait tomber assis. I' prenait un air con. I' faisait l' saucisson. I' d'venait comme un paquet de linge sale. « J'ai comme une espèce de fatigue générale », qu'i' chialait. On savait pas comment l' prendre et, au bout d'un temps, on le laissait tomber, i' s' faisait vomir par tout un chacun. V'là. I' changeait sa manière aussi suivant les circonstances, tu saisis ? Quéqu' fois, l' pied y faisait mal, dont i' savait salement bien s' servir. Et pis, i' s'arrangeait, l'était au courant des binaises, savait toutes les occases. Tu parles d'un mecton qui connaissait les heures des trains ! Tu l' voyais s' rentrer en s' glissant en douce dans un groupe du dépôt où c'était l' filon, et y rester, toujours en douce poil-poil, et même, i' s' donnait beaucoup d' mal pour que les copains ayent besoin de lui. I' s' levait à des trois heures du matin pour faire le jus, allait chercher de l'eau pendant que les autres bouffaient ; enfin quoi, partout où i' s'était faufilé, il arrivait à être d' la famille, c' pauv' type, c'te charogne ! Il en mettait pour ne pas en mettre. I' m' faisait l'effet d'un mec qu'aurait gagné honnêtement cent balles avec le travail et l'emmerdement qu'il apporte à fabriquer un faux billet de cinquante. Mais voilà : i' raboulera sa peau, çui-là. Au front, i' s'rait emporté dans l' mouvement, mais pas si bête. I' s' fout d' ceux qui prennent la bourre sur la terre, et i' s' foutra d'eux plus encore quand i's seront d'ssous. Quand i's auront fini tous de s' battre, i' r'viendra chez lui. I' dira à ses amis et connaissances : « Me v'là sain t'et sauf », et ses copains s'ront contents, parce que c'est un bon type, avec des magnes gentilles, tout saligaud qu'il est, et — c'est bête comme tout — mais c't' enfant d' vermine-là, tu l' gobes.

« Eh bien, des clients de c' calibre-là, faut pas croire qu'y en ait qu'un : y en a des tinées dans chaque dépôt, qui s' cramponnent et serpentent on ne sait pas comment à leur point d' départ, et disent : « J' marche pas », et marchent pas, et on n'arrive jamais à les pousser jusqu'au front.

— C'est pas nouveau, tout ça, dit Barque. Nous l' savons, nous l' savons !

— Y a les bureaux ! ajouta Volpatte, lancé dans son récit de voyage. Y en a des maisons entières, des rues, des quartiers. J'ai vu que mon tout petit coin de l'arrière, un point, et j'en ai plein la vue. Non, j' n'aurais pas cru qu' pendant la guerre, y avait tant d'hommes sur des chaises...

Une main, dans la file, sortit, tâta l'espace.

— V'là la sauce qui n' tombe plus...

— Alors, on va s'en aller, t' vas vouère...

En effet, on cria : « Marche ! »

L'averse s'était tue. On défila dans la longue mare mince qui stagnait dans le fond de la tranchée et sur laquelle, l'instant d'avant, se trémoussaient des plaques de pluie.

Le murmure de Volpatte reprit dans le fatras du déambulement et les remous des pas pataugeurs.

Je l'entendais, en regardant se balancer devant moi les épaules d'une pauvre capote pénétrée jusqu'aux os.

C'était après les gendarmes qu'en avait alors Volpatte.

— A m'sure que tu tournes le dos à l'avant, t'en vois de plus en plus.

— I' n'ont pas l' même champ d' bataille que nous.

Tulacque avait une vieille rancune contre eux.

— Faut voir, dit-il, comment dans les cantonnements les frères se développent, pour chercher d'abord où bien loger et bien manger. Et puis, après qu' la chose du bidon est réglée, pour choper les débits clandestins. Tu les vois guetter avec la queue de l'œil les portes des casbas pour voir si des fois des poilus n'en sortent pas en douce, avec un air d'avoir deux airs, en r'luquant d' droite et d' gauche et en se léchant les moustaches.

— Y en a d' bons : j'en connais un, dans mon pays, la Côte-d'Or, d'où j' suis...

— Tais-toi, interrompit péremptoirement Tulacque. I' s' valent tous ; y en a pas un pour raccommoder l'autre.

— Oui, i' sont heureux, dit Volpatte. Mais tu crois p't'êtr' qu'i' sont contents ? Pas du tout... I's roussent.

Il rectifia :

— Y en a un qu' j'ai rencontré et qui roussait. Il était bougrement embêté par la théorie. « C'est pas la peine d'apprendre la théorie, qu'i' disait, elle change tout l' temps. T'nez, le service prévôtal, eh bien, vous apprenez c' qui fait le principal chapitre de la chose, après c' n'est plus ça. Ah ! quand cette guerre s'ra-t-elle finie ? » qu'i' disait.

— I's font ce qu'on leur dit de faire, ces gens, hasarda Eudore.

— Bien sûr. C'est pas d' leur faute, en somme. N'empêche que ces soldats de profession, pensionnés, médaillés — alors que nous, on est qu' des civils — auront eu une drôle de façon de faire la guerre.

— Ça m'fait penser à un forestier qu' j'ai vu aussi, dit Volpatte, qui f'sait d' la rouscaille rapport aux corvées qu'on l'obligeait. « C'est dégoûtant, m' disait c't' homme, c' qu'on fait d' nous. On est des anciens sous-offs, des soldats ayant au moins quatre années de service. On nous donne la haute paie, c'est vrai ; et après ? Nous sommes des fonctionnaires ! Mais on nous humilie. Dans les Q.G., on nous fait nettoyer et enlever les ordures. Les civils voient c' traitement qu'on nous inflige et nous dédaignent. Et si tu as l'air de rouspéter, c'est tout juste si on n' parle pas de t'envoyer aux tranchées, comme les fantassins ! Qu'est-ce que devient notre prestige ! Quand nous serons de retour dans les communes, comme gardes, après la guerre — si on en revient de la guerre — les gens, dans les communes et les forêts, diront : « Ah ! c'est vous que vous décrottiez les rues à X... ? » Pour reprendre notre prestige compromis par l'injustice et l'ingratitude humaines, j' sais bien — qu'i' disait — qu'il va falloir verbaliser, et verbaliser encore, et verbaliser à tour de bras, même contre les riches, même contre les puissants ! » qu'i' disait.

— Moi, dit Lamuse, j'ai vu un gendarme qui était juste. « Le gendarme est sobre en général, qu'i' disait. Mais il y a toujours de sales bougres partout, pas ? Le gendarme fait positivement peur à l'habitant, c'est un fait, qu'i' disait ; eh bien, je l'avoue, y en a qui abusent à ça, et ceux-là — qu'est la racaille de la gendarmerie — s' font servir des p'tits verres. Si j'étais chef ou brigadier, j' les visserais, ceuss-là, et pas un peu, qu'i' disait, parce que l'opinion publique, qu'i' disait encore, s'en prend au corps de métier du fait de l'abus d'un seul agent verbalisateur. »

— Moi, dit Paradis, un des plus mauvais jours de ma vie, c'est qu'une fois j'ai salué un gendarme, le prenant pour un sous-lieutenant, avec ses brisques blanches. Heureusement (j' dis pas ça pour me consoler, mais parce que tout d' même c'est p't'êt' vrai), heureusement que j' crois qu'i' m'a pas vu.

Un silence.

— Oui, videmment, murmurent les hommes. Mais quoi faire ? Faut pas s'en faire.

*

Un peu plus tard, alors que nous étions assis le long d'un mur, le dos aux pierres, les pieds enfoncés et plantés en terre, Volpatte continua son déballage d'impressions :

— J'entre dans une salle qu'était un bureau du Dépôt, celui d' la comptabilité. Elle grouillait d' tables. Y avait du monde là d'dans comme au marché. Un nuage de paroles. Tout au long des murs de chaque côté, et au milieu, des types assis devant leur étalage comme des marchands d' vieux papiers. J'avais fait une demande pour être reversé dans mon régiment et on m'avait dit : « Démerde-toi et occupe-toi z'en. » J' tombe sur un sergent, un p'tit poseur, frais comme l'œil, à lorgnon d'or, — des lunettes à galon. Il était jeune, mais étant rengagé, il avait l' droit de n' pas partir à l'avant. J'y dis : « Sergent ! » Mais i' n' m'écoute pas, en train qu'il était d'engueuler un scribe. « C'est malheureux, mon garçon, qu'i' disait : j' vous ai dit vingt fois qu'il fallait en notifier un pour exécution au Chef d'Escadron, Prévôt du C.A., et un à titre de renseignement, sans signature, mais avec mention de la signature, au Prévôt de la Force publique d'Amiens et des centres de la région dont vous avez la liste — sous couvert, bien entendu, du général commandant la région. C'est pourtant bien simple », qu'i' disait.

« J' m'ai éloigné de trois pas pour attendre qu'il ait fini d'engueuler. Cinq minutes après, j' m' suis approché du sergent. I' m'a dit : « Mon brave, j'ai pas l' temps d' m'occuper d' vous, j'ai bien d'autres choses en tête. » En effet, il était dans tous ses états devant sa machine à écrire, c't' espèce de moule, pa'c' qu'il avait oublié, qu'i' disait, d'appuyer sur le levier d' la touche des majuscules, et alors, au lieu de souligner le titre de sa page, il avait foutu en plein dessus une ligne de 8. Alors, i' n'entendait rien et i' gueulait contre les Américains, vu qu' le système de sa machine venait d' là.

« Après, i' rouspétait contre une autre jambe de laine, parce que sur le bordereau de répartition des cartes, qu'i' disait, on n'avait pas mis le Service des Subsistances, le Troupeau de Bétail et le Convoi Administratif de la 328e D.I.

« A côté, un outil s'entêtait à tirer sur la pâte plus de circulaires qu'elle ne pouvait et i' suait sang et eau pour arriver à pondre des fantômes à peine lisibles. D'autres causaient. « Où sont les attaches parisiennes ? » que demandait un élégant. Et pis i' n'appellent pas les choses par leur nom : « Dites-moi donc, s'il vous plaît, quels sont les éléments cantonnés à X... » Les éléments, qu'est-ce que c'est que ce parlage ? dit Volpatte.

« Au bout de la grande table où étaient les types que j' vous dis et dont j' m'avais approché et en haut de laquelle le sergent, derrière un monticule de papelards, se démenait et donnait des ordres (l'aurait mieux fait de donner d' l'ordre), un bonhomme ne faisait rien et tapotait sur son buvard avec sa patte : il était chargé, l' frère, du service des permissions, et comme la grande attaque était commencée et que les permissions étaient suspendues, n' n'avait pus rien à faire. « Chic ! alors ! » qu'i' disait.

« Et ça, c'est une table dans une salle, dans un service, dans un dépôt. J'en ai vu d'autres, pis d'autres, de plus en plus. J' sais pus, c'est à d'venir louftingue, que j' te dis.

— I's avaient des brisques ?

— Pas beaucoup là, mais dans les services qui sont en deuxièmes lignes, tous en ont : t'as là-d'dans des collections, des jardins d'acclimatation de brisquards.

— C' que j'ai vu de plus joli en fait d' brisquards, dit Tulacque, c'est un automobiliste habillé dans un drap qu' t'aurais dit du satin, avec des brisques fraîches et des cuirs d'officiers anglais, tout soldat de 2e classe qu'il était. Et l' doigt à la joue, il était appuyé du coude sur c'te bath voiture ornée de glaces, dont il était l' valet d' chambre. Tu t' serais marré. I' faisait un rond d' jambe, c'te chic fripouille !

— C'est tout à fait l' poilu qu'on voit dessiné dans les journaux à femmes, les chics petits journaux cochons.

Chacun a son souvenir, son couplet sur ce sujet tant ruminé des « filoneurs », et tout le monde se met à déborder et à parler à la fois. Un brouhaha nous enveloppe au pied du mur triste où nous sommes tassés comme des ballots, dans le décor piétiné, gris et boueux qui gît devant nous, stérilisé par la pluie.

— ... Ses frusques commandées au pique-pouces, pas demandées au garde-mites.

— ... Planton au Service Routier, pis à la Manute, pis cycliste au ravitaillement du XIe Groupe.

— ... I' a chaque matin un pli à porter au Service de l'Intendance, au Canevas du Tir, à l'Equipage des Ponts, et le soir à l'A.D. et à l'A.T. C'est tout.

— ... Quand j' suis rentré d' perme, disait c't' ordonnance, les bonnes femmes nous acclamaient à toutes les barrières de passage à niveau du train. « Elles vous prenaient pour des soldats », qu' j'y dis...

— ... « Ah ! qu' j'y dis, vous êtes donc mobilisé, vous, qu' j'y dis. — Parfaitement, qu'i' m' dit, attendu qu' j'ai fait une tournée d' conférences en Amérique avec mission du ministre. C'est p't'êt' pas êt' mobilisé, ça ? Du reste, mon ami, qu'i' m' dit, j' paye pas mon loyer, donc je suis mobilisé. »

— Et moi...

— Pour finir, cria Volpatte, qui fit taire tous les bourdonnements, avec son autorité de voyageur revenant de là-bas, pour finir, j'en ai vu, d'un seul coup, toute une secouée à un gueuleton. Pendant deux jours, j'ai été comme aide à la cuisine d'un des groupes de C.O.A., parce qu'on ne pouvait pas me laisser à rien faire en attendant ma réponse, qui s' dépêchait pas, vu qu'on y avait ajouté une redemande et une archidemande et qu'elle avait, aller et retour, trop d'arrêts à faire à chaque bureau.

« Total, j'ai été cuistot dans c' bazar. Une fois j'ai servi, vu qu' l'cuisinier en chef était rentré de permission pour la quatrième fois, et était fatigué. J' voyais et j'entendais c' monde, toutes les fois qu' j'entrais dans la salle à manger, qu'était dans la Préfecture, et qu' tout c' bruit chaud et lumineux m'arrivait sur la gueule.

« I' n'y avait là-dedans rien que des auxiliaires, mais y en avait ben aussi dans l' nombre, du service armé : y avait rien qu'exclusivement des vieux, avec en plus quéqu' jeunes assis par-ci par-là.

« J'ai commencé à m' marrer quand un d' ces manches a dit : « Faut fermer les volets, c'est plus prudent. » Mon vieux, on était à une pièce de deux cents kilomètres de la ligne de feu, mais c' vérolé-là, i' voulait faire croire qu'y aurait danger d' bombardement d'aéro...

— J'ai bien mon cousin, dit Tirloir en se fouillant, qui m'écrit... Tiens, v'là c' qu'i' m'écrit : « Mon cher Adolphe, me voilà définitivement maintenu à Paris, comme attaché à la Boîte 60. Pendant qu' t'es là-bas, je reste donc dans la capitale à la merci d'un taube ou d'un zeppelin ! »

— Ah ! Hi ! Ho !

Cette phrase répand une douce joie et on la digère comme une friandise.

— Après, reprit Volpatte, je m' suis marré plus encore pendant cette croûte d'embusqués. Comme dîner, ça f'sait bon : d' la morue, vu qu' c'était vendredi ; mais préparée comme les soles Marguerite, est-ce que je sais ? Mais comme parlement...

— I's appellent la baïonnette Rosalie, pas ?

— Oui, ces empaillés-là. Mais pendant l' dîner, ces messieurs parlaient surtout d'eux. Chacun, pour expliquer qu'i' n'était pas ailleurs, disait, en somme, tout en disant aut' chose et tout en mangeant comme un ogre : « Moi, j' suis malade ; moi, j' suis affaibli, r'gardez-moi c'te ruine ; moi, j' suis gaga. » I's allaient chercher des maladies dans l' fond d'eux pour s'en affubler : « J' voulais partir pour la guerre, mais j'ai une hernie, deux hernies, trois hernies. » Ah ! non, c' gueuleton ! Les circulaires qui parlent d'expédier tout le monde, expliquait un loustic, c'est comme les vaudevilles, qu'il expliquait : y a toujours un dernier acte qui vient r'arranger tout le mic-mac du reste. C' troisième acte, c'est le paragraphe : « ... à moins que les besoins du service s'y opposent... » Y en a un qui racontait : « J'avais trois amis sur qui j' comptais pour un coup d'épaule. Je voulais m'adresser à eux : l'un après l'autre un peu avant que j' fasse la demande, i's ont été tués à l'ennemi ; croyez-vous, qu'i' disait, que j'ai pas de chance ! » Un autre expliquait à un autre que, quant à lui, il aurait bien voulu partir, mais que le médecin-major l'avait pris à bras-le-corps pour le retenir de force au dépôt dans l'auxiliaire. « Eh bien, qu'i' disait, j' me suis résigné. Après tout, j' rendrai plus d' services en mettant mon intelligence au service du pays qu'en portant l' sac. » Et c'lui qu'était à côté faisait : « Oui », avec sa tirelire qu'était plumée en haut. Il avait bien consenti à aller à Bordeaux pendant l' moment où les Boches approchaient de Paris et où alors Bordeaux était devenu la ville chic, mais après il était carrément revenu en avant, à Paris, et disait quéqu' chose comme ça : « Moi, j' suis utile à la France avec mon talent qu'i' faut absolument que j' conserve à la France. »

« I's parlaient d'autres qu'étaient pas là : du commandant qui s' mettait à avoir un caractère impossible et i's expliquaient que tant plus i' d'venait ramolli, tant plus i' d'venait dur ; d'un général qui faisait des inspections inattendues à cette fin de débusquer le monde, mais qui, depuis huit jours, était au pieu, très malade. « Il va mourir sûrement ; son état n'inspire plus aucune inquiétude », qu'i's disaient, en fumant des cigarettes que des poires de la haute envoient aux dépôts pour les soldats du front. « Tu sais, qu'on disait, le tout p'tit Frazy, qui est si mignon, c' Chérubin, il a enfin trouvé un filon pour rester : on a demandé des tueurs de bœufs à l'abattoir, et il s'est fait embaucher là-dedans par protection, quoique licencié en droit et malgré qu'i' soit clerc de notaire. Quant au fils Frandrin, il a réussi à s' faire nommer cantonnier. — Cantonnier, lui ? tu crois qu'on va l' laisser ? — Bien sûr, répond un d' ces couillons, cantonnier c'est pour longtemps... »

— Tu parles d'imbéciles, gronde Marthereau.

— Et ils étaient tous jaloux, je n' sais pas pourquoi, d'un nommé Bourin : « Autrefois i' m'nait la grande vie parisienne : i' déjeunait et dînait en ville. I' faisait dix-huit visites par jour. I' papillonnait dans les salons depuis five o'clock jusqu'à l'aube. Il était infatigable pour conduire les cotillons, organiser des fêtes, avaler des pièces de théâtre, sans compter les parties d'auto, le tout plein d' champagne. Mais v'là la guerre. Alors il n'est plus capable, le pauvre petit, de veiller un peu tard à un créneau et d' couper du fil de fer. Il lui faut rester tranquillement au chaud. Et puis, lui, un Parisien, aller en province, s'enterrer dans la vie des tranchées ? Jamais de la vie ! » « J' comprends, moi, répondait un mec, qu'ai trente-sept ans, j' suis arrivé à l'âge de m' soigner ! » Et pendant que c't' individu disait ça, j' pensais à Dumont, l' garde-chasse, qu'avait quarante-deux, qui a été défoncé auprès d' moi sur la cote 132, si près, qu'après que l' paquet de balles qui lui est entré dans la tête, mon corps remuait du tremblement du sien.

— Et comment qu'i's étaient avec toi, ces gibiers ?

— I's foutaient d' moi, mais ne l' montraient pas trop : de temps en temps seulement, quand i's pouvaient pus s' r'tenir. I's me r'gardaient du coin de l'œil et faisaient surtout attention de n' pas m' toucher en passant, parce que j'étais encore sale de la guerre.

« Ça m' dégoûtait un peu d'être au milieu de c't'amoncellement de g'noux creux, mais je m' disais : « Allons, t'es d' passage, Firmin. » Y a qu'une fois j'ai failli m' fout' en rogne, c'est quand un a dit : « Plus tard, quand on r'viendra, si on r'vient. » Ça non ! Il n'avait pas le droit de dire ça. Des phrases comme ça, pour les avoir au bec, i' faut les mériter : c'est comme une décoration. J' veux bien qu'on filoche, mais pas qu'on joue à l'homme exposé quand on a foutu l' camp, avant d' partir. Et tu les entendais aussi raconter des batailles, car i's sont au courant mieux qu' toi des grands machins et d' la façon dont s' goupille la guerre, et après, quand tu r'viendras, si tu r'viens, c'est toi qu'auras tort au milieu de toute cette foule de blagueurs, avec ta p'tite vérité.

« Ah ! ce soir-là, mon vieux, ces têtes dans la fumée des lumières, la ribouldingue de ces gens qui jouissaient de la vie, qui profitaient de la paix ! On aurait dit un ballet d' théâtre, une fantasmagorie. Y en avait, y en avait... Y en a encore des cent mille, conclut enfin Volpatte, ébloui.

Mais les hommes qui payaient de leur force et de leur vie la sécurité des autres s'amusaient de la colère qui l'étouffait, l'acculait dans son coin et le submergeait sous des spectres embusqués.

— Heureusement qu'i' nous parle pas des ouvriers d'usine, qu'ont fait leur apprentissage à la guerre et d' tous ceux qui sont restés chez eux sous des prétextes de défense nationale mis sur pattes en cinq sec !

murmura Tirette. I' nous jamberait avec ça jusqu'à la Saint-Saucisson.

— Tu dis qu'y en a des cent mille, peau d' mouche, railla Barque. Eh bien, en 1914, t'entends bien ? Millerand, le ministre de la Guerre, a dit aux députés : « Il n'y a pas d'embusqués. »

— Millerand, grogna Volpatte, mon vieux, je l' connais pas, c't'homme-là, mais s'il a dit ça, c'est vraiment un salaud !

*

— Mon vieux, les autres, i's font c' qui veul't dans leur pays, mais chez nous, et même dans un régiment en ligne, y a des filons, des inégalités.

— On est toujours, dit Bertrand, l'embusqué de quelqu'un.

— Ça c'est vrai : n'importe comment tu t'appelles, tu trouves toujours, toujours, moins crapule et plus crapule que toi.

— Tous ceux qui chez nous ne montent pas aux tranchées, ou ceux qui ne vont jamais en première ligne ou même ceux qui n'y vont que de temps en temps, c'est, si tu veux, des embusqués et tu verrais combien y en a, si on ne donnait des brisques qu'aux vrais combattants.

— Y en a deux cent cinquante par régiment de deux bataillons, dit Cocon.

— Y a les ordonnances, et à un moment, y avait même les tampons des adjudants.

— Les cuistots et les sous-cuistots.

— Les sergents-majors et le plus souvent les fourriers.

— Les caporaux d'ordinaire et les corvées d'ordinaire.

— Qué'ques piliers de bureau et la garde du drapeau.

— Les vaguemestres.

— Les conducteurs, les ouvriers et toute la section, avec tous ses gradés, et même les sapeurs.

— Les cyclistes.
— Pas tous.
— Presque tout le service de santé.
— Pas des brancardiers, bien entendu, puisque non seulement i's font un foutu métier, mais qu'i's s' logent avec les compagnies et en cas d'assaut, chargent avec leur brancard ; mais les infirmiers.
— C'est presque tous curés, surtout à l'arrière. Parce que, tu sais, les curés qui portent le sac, j'en ai pas vu lourd, et toi ?
— Moi non plus. Dans les journaux, mais pas ici.
— Y en a eu, i' paraît.
— Ah !
— C'est égal ! L' fantassin i' prend qu'èque chose dans c'te guerre-là.
— Y en a d'autres aussi qui sont exposés. Y en a pas qu' pour nous !
— Si ! dit âprement Tulacque, y en a presque que pour nous !

*

Il ajouta :
— Tu m' diras — j' sais bien c' que tu vas m' dire — que les automobilistes et les artilleurs lourds ont pris à Verdun. C'est vrai, mais i's ont tout d'même le filon à côté d' nous. Nous, on est exposés toujours comme eux l'ont été une fois (et même on a en plus les balles et les grenades qu'i's n'ont pas). Les artilleurs lourds, i's ont élevé des lapins près d' leurs guitounes, et i's ont fait des omelettes pendant dix-huit mois. Nous, on est vraiment au danger ; ceux qui y sont en partie, ou une fois, n'y sont pas. Alors, comme ça, tout le monde y serait : la bonne d'enfants qui navigue dans les rues d' Paris l'est aussi, pisqu'y a les taubes et les zeppelins, comme disait c't'andouille que parlait l' copain tout à l'heure.
— A la première expédition des Dardanelles, y a bien eu un pharmacien blessé par un éclat. Tu m' crois

pas ? C'est vrai pourtant, un officier à bordure verte, blessé !

— C'est l'hasard, comme j' l'écrivais à Mangouste, conducteur d'un cheval haut-le-pied à la section, et qui a été blessé, mais lui c'était par un camion.

— Mais oui, c'est tel que ça. Après tout, une bombe peut dégringoler sur une promenade à Paris, ou à Bordeaux.

— Oui, oui. Alors c'est trop facile de dire : « Faisons pas d' différence entre les dangers ! » Minute. Depuis le commencement, y en a quelques-uns d'eux autres qui ont été tués par un malheureux hasard : de nous, y en a qué'qu's-uns qui vivent encore, par un hasard heureux. C'est pas pareil, ça, vu qu' quand on est mort c'est pour longtemps.

— Voui, dit Tirette, mais vous d'venez empoisonnants avec vos histoires d'embusqués. Du moment qu'on n'y peut rien, faudrait voir à tourner la page. Ça me fait penser à un ancien garde champêtre de Cherey, où on était l' mois dernier, qui marchait dans les rues de la ville en zyeutant partout pour dégoter un civil en âge de porter les armes, et qui flairait les fricoteurs comme un dogue. V'là-t-i' pas qu'i' s'arrête devant une forte commère qu'avait d' la moustache, et ne r'garde plus que c'te moustache et il l'engueule : « Tu n' pourrais pas être sur le front, toi ? »

— Moi, dit Pépin, j' m'en fais pas pour les embusqués ou les demi-embusqués, pisque c'est perdre le temps qu'on a, mais où j' les ai à la caille, c'est quand i' crânent. J' suis d' l'avis d' Volpatte : qu'i's filonnent, bon, c'est humain, mais qu'après i' viennent pas dire : « J'ai été un guerrier. » Tiens, les engagés, par exemple...

— Ça dépend des engagés. Ceux qui se sont engagés sans conditions, dans l'infanterie, moi, j' m'incline devant ces hommes-là, autant que d'vant ceux qui sont tués ; mais les engagés dans les services ou les armes spéciales, même l'artillerie lourde, i' commencent à m'taper sur l'os. On les connaît, ceux-là ! I's diront, en f'sant l' gracieux dans leur monde : « J' m'ai engagé pour la guerre. — Ah ! comme c'est beau, c' que vous avez fait ; vous avez, de votre propre volonté, affronté la mitraille ! — Mais oui, madame la marquise, j' suis comme ça. » Eh, va donc, fumiste !

— J' connais un monsieur qui s'est engagé dans les parcs d'aviation. Il avait un bel uniforme : il aurait mieux fait de s'engager à l'Opéra-Comique.

— Oui, mais c'est toujours la même histoire, l' n'aurait pas pu dire après dans les salons : « Tenez, me v'là : regardez ma gueule d'engagé volontaire ! »

— Qu'est-ce que j' dis « il aurait aussi bien fait ! » Il aurait beaucoup mieux fait, oui. Au moins il aurait carrément fait rigoler les autres, au lieu d' les faire rire jaune.

— Tout ça, c'est d' la bath potiche peinte à neuf et bien décorée, de toutes sortes de décorations, mais qui ne va pas au feu.

— Si n'y avait qu' des gars comme ça, les Boches s'raient à Bayonne.

— Quand y a la guerre, on doit risquer sa peau, pas, caporal ?

— Oui, dit Bertrand. Il y a des moments où le devoir et le danger c'est exactement la même chose. Quand le pays, quand la justice et la liberté sont en danger, ce n'est pas en se mettant à l'abri qu'on les défend. La guerre signifie au contraire danger de mort et sacrifice de la vie pour tout le monde, pour tout le monde : personne n'est sacré. Il faut donc y aller tout droit, jusqu'au bout, et non pas faire semblant de le faire, avec un uniforme de fantaisie. Les services de l'arrière, qui sont nécessaires, doivent être assurés automatiquement par les vrais faibles et les vrais vieux.

— Vois-tu, y a eu trop d' gens riches et à relations qui ont crié : « Sauvons la France ! — et commençons par nous sauver ! » A la déclaration de la guerre, y a eu un grand mouvement pour essayer de se défiler, voilà c' qu'y a eu. Les plus forts ont réussi. J'ai remarqué, moi, dans mon p'tit coin, qu' c'étaient surtout ceux qui gueulaient le plus, avant, au patriotisme... — En tout cas — comme ils disaient tout à l'heure, eux autres — si on s' carre à l'abri, la dernière vacherie qu'on puisse faire c'est d' faire croire qu'on a risqué. Pa'c' que ceux qui risquent vraiment, j' te l' redis, méritent le même hommage que les morts.

— Et pis après ? C'est toujours comme ça, mon vieux. Tu changeras pas l'homme.

— Rien à faire. Rouspéter, t' plaindre ? Tiens, en fait d' plainte, t'as connu Margoulin ?

— Margoulin, c' bon type de chez nous qu'on a laissé mourir sur le Crassier parc' qu'on l'a cru mort ?

— Eh ben, lui voulait s' plaindre. Tous les jours i' parlait d' faire une réclamation sur tout ça là-dessus au capitaine, au commandant, et de d'mander qu'i' soit établi que chacun montera à son tour aux tranchées. Tu l'entendais dire après la croûte : « J'y dirai, vrai comme v'là un quart de vin là. » Et l'instant d'après : « Si j'y dis pas, c'est qu' jamais y a un quart de vin là. » Et si tu r'passais, tu l' r'entendais : « Tiens, c'est-i' un quart de vin, ça ? Eh bien, tu verras si j'y dirai ! » Total : i' n'a rien dit du tout. Tu m' diras : « Il a été tué. » C'est vrai, mais avant, il avait eu largement le temps de le faire deux mille fois s'il avait osé.

— Tout ça, ça m'emmerde, gronda Blaire, sombre, avec un éclair de fureur.

— Nous autres, on n'a rien vu — vu qu'on voit rien. Mais si on voyait !...

— Mon vieux, s'écria Volpatte, les dépôts, écoute bien c' que j'vais t' dire : faudrait détourner dans eux tous, tout partout, la Seine, la Garonne, le Rhône et la Loire pour les nettoyer. En attendant là-dedans, i's vivent, et même i's vivent bien, et i's vont roupiller tranquillement, chaque nuit, chaque nuit !

Le soldat se tut. Au loin, il voyait, lui, la nuit qu'on passe, recroquevillé, palpitant d'attention et tout noir, au fond du trou d'écoute dont se silhouette, tout autour, la mâchoire déchiquetée, chaque fois qu'un coup de canon jette son aube dans le ciel.

Cocon fit amèrement :

— Ça ne donne pas envie de mourir.

— Mais si, reprend placidement quelqu'un, mais si... N'exagère pas, voyons, peau d'hareng saur.

X

ARGOVAL

Le crépuscule du soir arrivait du côté de la campagne. Une brise douce, douce comme des paroles, l'accompagnait.

Dans les maisons posées le long de cette voie villageoise — grande route habillée sur quelques pas en grande rue — les chambres, que leurs fenêtres blafardes n'alimentaient plus de la clarté de l'espace, s'éclairaient de lampes et de chandelles, de sorte que le soir en sortait pour aller dehors, et qu'on voyait l'ombre et la lumière changer graduellement de place.

Au bord du village, vers les champs, des soldats déséquipés erraient, le nez au vent. Nous finissions la journée en paix. Nous jouissions de cette oisiveté vague dont on éprouve la bonté quand on est vraiment las. Il faisait beau ; l'on était au commencement du repos, et on rêvait. Le soir semblait aggraver les figures avant de les assombrir, et les fronts réfléchissaient la sérénité des choses.

Le sergent Suilhard vint à moi et me prit par le bras. Il m'entraîna.

— Viens, me dit-il, je vais te montrer quelque chose.

Les abords du village abondaient en rangées de grands arbres calmes, qu'on longeait, et, de temps en temps, les vastes ramures, sous l'action de la brise, se décidaient à quelque lent geste majestueux.

Suilhard me précédait. Il me conduisit dans un chemin creux qui tournait, encaissé ; de chaque côté, poussait une bordure d'arbustes dont les faîtes se rejoignaient étroitement. Nous marchâmes quelques instants environnés de verdure tendre. Un dernier reflet de lumière, qui prenait ce chemin en écharpe, accumulait dans les feuillages des points jaune clair ronds comme des pièces d'or.

— C'est joli, fis-je.

Il ne disait rien. Il jetait les yeux de côté. Il s'arrêta.

— Ça doit être là.

Il me fit grimper par un petit bout de chemin dans un champ entouré d'un vaste carré de grands arbres, et bondé d'une odeur de foin coupé.

— Tiens ! remarquai-je en observant le sol, c'est tout piétiné par ici. Il y a eu une cérémonie.

— Viens, me dit Suilhard.

Il me conduisit dans le champ, non loin de l'entrée. Il y avait là un groupe de soldats qui parlaient à voix baissée. Mon compagnon tendit la main.

— C'est là, dit-il.

Un piquet très bas — un mètre à peine — était planté à quelques pas de la haie, faite à cet endroit de jeunes arbres.

— C'est là, dit-il, qu'on a fusillé le soldat du 204, ce matin.

« On a planté le poteau dans la nuit. On a amené le bonhomme à l'aube, et ce sont les types de son escouade qui l'ont tué. Il avait voulu couper aux tranchées ; pendant la relève, il était resté en arrière, puis était rentré en douce au cantonnement. Il n'a rien fait autre chose ; on a voulu, sans doute, faire un exemple.

Nous nous approchâmes de la conversation des autres.

— Mais non, pas du tout, disait l'un. C'était pas un bandit ; c'était pas un de ces durs cailloux comme tu en vois. Nous étions partis ensemble. C'était un bonhomme comme nous, ni plus, ni moins — un peu flemme, c'est tout. Il était en première ligne depuis le commencement, mon vieux, et j' l'ai jamais vu soûl, moi.

— Faut tout dire : malheureusement pour lui, qu'il avait de mauvais antécédents. Ils étaient deux, tu sais, à faire le coup. L'autre a pigé deux ans de prison. Mais

Cajard[1], à cause d'une condamnation qu'il avait eue dans le civil, n'a pas bénéficié de circonstances atténuantes. Il avait, dans le civil, fait un coup de tête étant soûl.

— On voit un peu d' sang par terre quand on r'garde, dit un homme penché.

— Y a tout eu, reprit un autre, la cérémonie depuis A jusqu'à Z, le colonel à cheval, la dégradation ; puis on l'a attaché, à c' petit poteau bas, c' poteau d' bestiaux. Il a dû être forcé de s' mettre à genoux ou de s'asseoir par terre avec un petit poteau pareil.

— Ça s' comprendrait pas, fit un troisième après un silence, s'il n'y avait pas cette chose de l'exemple que disait le sergent.

Sur le poteau, il y avait, gribouillées par les soldats, des inscriptions et des protestations. Une croix de guerre grossière, découpée en bois, y était clouée et portait : « A Cajard, mobilisé depuis août 1914, la France reconnaissante. »

En rentrant au cantonnement, je vis Volpatte, entouré, qui parlait. Il racontait quelque nouvelle anecdote de son voyage chez les heureux.

XI

LE CHIEN

Il faisait un temps épouvantable. L'eau et le vent assaillaient les passants, criblaient, inondaient et soulevaient les chemins.

De retour de corvée, je regagnais notre cantonnement, à l'extrémité du village. A travers la pluie épaisse, le paysage de ce matin-là était jaune sale, le

1. J'ai changé le nom de ce soldat, ainsi que celui du village. (H. B.)

ciel tout noir — couvert d'ardoises. L'averse fouettait l'abreuvoir avec ses verges. Le long des murs, des formes se rapetissaient et filaient, pliées, honteuses, en barbotant.

Malgré la pluie, la basse température et le vent aigu, un attroupement s'agglomérait devant la poterne de la ferme où nous logions. Les hommes serrés là, dos à dos, formaient, de loin, comme une vaste éponge grouillante. Ceux qui voyaient, par-dessus les épaules et entre les têtes, écarquillaient les yeux et disaient :

— Il en a du fusil, le gars !

— Pour n'avoir pas les grolles, i' n'a point les grolles !

Puis les curieux s'éparpillèrent, le nez rouge et la face trempée, dans l'averse qui cinglait et la bise qui pinçait, et, laissant retomber leurs mains qu'ils avaient levées au ciel d'étònnement, ils les enfonçaient dans leurs poches.

Au centre, demeura, strié de pluie, le sujet du rassemblement : Fouillade, le torse nu, qui se lavait à grande eau.

Maigre comme un insecte, agitant de longs bras minces, frénétique et tumultueux, il se savonnait et s'aspergeait la tête, le cou et la poitrine jusqu'au grillage proéminent de ses côtes. Sur sa joue creusée en entonnoir l'énergique opération avait étalé une floconneuse barbe de neige, et elle accumulait sur le sommet de son crâne une visqueuse toison que la pluie perforait de petits trous.

Le patient utilisait, en guise de baquet, trois gamelles qu'il avait remplies d'eau trouvée on ne savait où dans ce village où il n'y en avait pas, et, comme il n'existait nulle part, dans l'universel ruissellement céleste et terrestre, de place propre pour poser quoi que ce fût, il fourrait, après usage, sa serviette dans la ceinture de son pantalon, et mettait, chaque fois qu'il s'en était servi, son savon dans sa poche.

Ceux qui étaient encore là admiraient cette gesticulation épique au sein des intempéries, et répétaient en hochant la tête :

— C'est une maladie de propreté qu'il a.

— Tu sais qu'i' va avoir une citation, qu'on dit, pour l'affaire du trou d'obus avec Volpatte.

— Ben, mon vieux cochon, les a pas volées, ses citations !

Et on mêlait, sans bien s'en rendre compte, les deux exploits, celui de la tranchée et celui-là, et on le regardait comme le héros du jour, tandis qu'il soufflait, reniflait, haletait, rauquait, crachait, essayait de s'essuyer sous la douche aérienne, par coups rapides et comme par surprise, puis, enfin, se rhabillait.

*

Une fois lavé, il a froid.

Il tourne sur place et se poste, debout, à l'entrée de la grange où l'on gîte. La bise glaciale tache et placarde la peau de sa longue face creuse et basanée, tire des larmes de ses yeux et les éparpille sur ses joues grillées jadis par le mistral ; et son nez aussi pleure et pleuvote.

Vaincu par la morsure continue du vent qui l'attrape aux oreilles, malgré son cache-nez noué autour de sa tête, et aux mollets malgré les bandes jaunes dont ses jambes de coq sont écaillées, il rentre dans la grange, mais il en ressort aussitôt, en roulant des yeux féroces et en murmurant : « Pute de moine ! » et : « Voleur ! » avec l'accent qui éclôt aux gosiers à mille kilomètres d'ici, dans le coin de terre d'où la guerre l'exila.

Et il reste debout, dehors, dépaysé plus qu'il ne le fut jamais dans ce décor septentrional. Et le vent vient, se glisse en lui, et revient, avec de brusques mouvements, secouer et malmener ses formes décharnées et légères d'épouvantail.

C'est qu'elle est quasi inhabitable — coquine de Dious ! — la grange qu'on nous a assignée pour vivre pendant cette période de repos. Cet asile s'enfonce, ténébreux, suintant et étroit comme un puits. Toute une moitié en est inondée — on y voit surnager des rats — et les hommes sont massés dans l'autre moitié.

Les murs, faits de lattes agglutinées par de la boue séchée, sont cassés, fendus, percés, sur tout le pourtour, et largement troués dans le haut. On a bouché tant bien que mal, la nuit où l'on est arrivés — jusqu'au matin —, les lézardes qui sont à portée de la main, en y fourrant des branches feuillues et des claies. Mais les ouvertures du haut et du toit sont toujours béantes. Alors qu'un faible jour impuissant y demeure suspendu, le vent, au contraire, s'y engouffre, s'y aspire de tous côtés, de toute sa force, et l'escouade subit la poussée d'un éternel courant d'air.

Et quand on est là, on demeure planté debout, dans cette pénombre bouleversée, à tâtonner, à grelotter et à geindre.

Fouillade, qui est rentré encore une fois, aiguillonné par le froid, regrette de s'être lavé. Il a mal aux reins et dans le côté. Il voudrait faire quelque chose, mais quoi ?

S'asseoir ? Impossible. C'est trop sale, là-dedans : la terre et les pavés sont enduits de boue, et la paille disposée pour le couchage est tout humide à cause de l'eau qui s'y infiltre et des pieds qui s'y décrottent. De plus, si l'on s'assoit, on gèle, et si on s'étend sur la paille, on est incommodé par l'odeur du fumier et égorgé par les émanations ammoniacales... Fouillade se contente de regarder sa place en bâillant à décrocher sa longue mâchoire qu'allonge une barbiche où l'on verrait des poils blancs si le jour était vraiment le jour.

— Les autres copains et poteaux, dit Marthereau, faut pas croire qu'i' soyent mieux ni plus bien que nous. Après la soupe, j'ai été voir un gibier à la onzième, dans la ferme, près de l'infirmerie. Il faut enjamber de l'autre côté d'un mur par une échelle trop courte — tu parles d'un coup de ciseaux, remarque Marthereau qui est court sur pattes — et une fois qu' t'es dans c' poulailler et c' clapier, t'es bousculé et pigné par tout un chacun et tu gênes tout un chacun. Tu sais pas où mett' tes pommes. J' suis filé de là en ripant.

— J'ai voulu, moi, dit Cocon, quand on a été quittes

de becqueter, entrer chez l' forgeron pomper quelque chose de chaud, en l'achetant. Hier, i' vendait du jus, mais des cognes sont passés là ce matin : le bonhomme a la tremblote et il a fermé sa porte à clef.

Fouillade les a vus rentrer la tête basse et venir s'échouer au pied de leur litière.

Lamuse a essayé de nettoyer son fusil. Mais on ne peut pas nettoyer son fusil ici, même en s'installant par terre, près de la porte, même en soulevant la toile de tente mouillée, dure et glacée, qui pend devant comme une stalactite : il fait trop sombre.

— Et pis, ma vieille, si tu laisses tomber une vis, tu peux t' mettre la corde pour la retrouver, surtout qu'on est bête de ses pattes quand on a froid.

— Moi, j'aurais des choses à coudre, mais, salut !

Reste une alternative : s'étendre sur la paille, en s'enveloppant la tête dans un mouchoir ou une serviette pour s'isoler de la puanteur agressive qu'exhale la fermentation de la paille, et dormir. Fouillade qui n'est, aujourd'hui, ni de corvée, ni de garde, et est maître de tout son temps, s'y décide. Il allume une bougie pour chercher dans ses affaires, dévide le boyau d'un cache-nez, et on voit ses formes étiques, découpées en noir, qui se plient et se déplient.

— Aux patates, là-dedans, mes petits agneaux ! brame à la porte, dans une forme encapuchonnée, une voix sonore.

C'est le sergent Henriot. Il est bonhomme et malin et, tout en plaisantant avec une grossièreté sympathique, il surveille l'évacuation du cantonnement à cette fin que personne ne tire au flanc. Dehors, dans la pluie infinie, sur la route coulante, s'égrène la deuxième section, racolée, elle aussi, et poussée au travail par l'adjudant. Les deux sections se mêlent. On grimpe la rue, on gravit le monticule de terre glaise où fume la cuisine roulante.

— Allons, mes enfants, jetons-en un coup, c'est pas long quand tout le monde s'y met... Allons, qu'est-ce t'as à rouspéter encore, toi ? Ça sert à rien.

Vingt minutes après, on rentre au trot. Dans la

grange, on ne touche plus en tâtonnant que des choses et des formes trempées, humides et frigides, et une âcre senteur de bête mouillée s'ajoute aux exhalaisons du purin que renferment nos lits.

On se rassemble, debout, autour des madriers qui soutiennent la grange, et autour des filets d'eau qui tombent verticalement des trous du toit — vagues colonnes au vague piédestal d'éclaboussements.

— Les voilà ! crie-t-on.

Deux masses, successivement, bouchent la porte, saturées d'eau et qui s'égouttent : Lamuse et Barque sont allés à la recherche d'un brasero. Ils reviennent de cette expédition, complètement bredouilles, hargneux et farouches : « Pas l'ombre d'un fourneau. D'ailleurs ni bois ni charbon, même en se ruinant pour. »

Impossible d'avoir du feu.

— La commande, elle est loupée, et là où j'ai pas réussi, personne réussira, dit Barque avec un orgueil que cent exploits justifient.

On reste immobiles, on se déplace lentement, dans le peu d'espace qu'on a, assombris par tant de misère.

— A qui c' journal ?

— Ch'est à mi, dit Bécuwe.

— Qu'est-c' qui chante ? Ah ! zut, on peut pas lire dans c'te nuit !

— I's disent comme cha, qu'à ch't'heure, on a fait tout ch' qu'i' fallait pour l' soldats, et les récaufir dans s' tranchées. I's ont toudi ch' qu'i leur faut, et d' lainages, et d' kemises, d' fourneaux, d' brasos et d' carbon à pleins tubins. Et qu' ch'est comme cha dans l' tranchées d' première ligne.

— Ah ! tonnerre de Dieu ! ronchonnent quelques-uns des pauvres prisonniers de la grange, et ils montrent le poing au vide du dehors et au papier journal.

Mais Fouillade se désintéresse de ce qu'on dit. Il a plié dans l'ombre sa grande carcasse de don Quichotte bleuâtre et tendu son cou sec tressé de cordes à violon. Quelque chose est là, par terre, qui l'attire.

C'est Labri, le chien de l'autre escouade.

Labri, vague berger mâtiné à queue coupée, est couché en rond sur une toute petite litière de poussière de paille.

Il le regarde et Labri le regarde.

Bécuwe s'approche et, avec son accent chantant des environs de Lille :

— Il minge pas s' pâtée. Il va pas, ch'tiot kien. Eh ! Labri, qu'ch' qu'to as ? V'là tin pain, tin viande. R'vêt' cha. Cha est bon, deslo qu'est dans t' tubin... I' s'ennuie, i' souffre. Un d' ch' matin, on l' r'trouvera, ilo, crévé.

Labri n'est pas heureux. Le soldat à qui il est confié est dur pour lui et le malmène volontiers et, par ailleurs, ne s'en préoccupe guère. L'animal est attaché toute la journée. Il a froid, il est mal, il est abandonné. Il ne vit pas sa vie. Il a, de temps en temps, des espoirs de sortie en voyant qu'on s'agite autour de lui, il se lève en s'étirant et ébauche un frétillement de queue. Mais c'est une illusion, et il se recouche, en regardant exprès à côté de sa gamelle presque pleine.

Il s'ennuie, il se dégoûte de l'existence. Même s'il évite la balle ou l'éclat auquel il est tout aussi exposé que nous, il finira par mourir ici.

Fouillade étend sa maigre main sur la tête du chien ; celui-ci le dévisage à nouveau. Leurs deux regards sont pareils, avec cette différence que l'un vient d'en haut et l'autre d'en bas.

Fouillade s'est assis tout de même — tant pis ! — dans un coin, les mains protégées par les plis de sa capote, ses longues jambes refermées comme un lit pliant.

Il songe, les yeux clos sous ses paupières bleutées. Il revoit. C'est un de ces moments où le pays dont on est séparé prend, dans le lointain, des douceurs de créature. L'Hérault parfumé et coloré, les rues de Cette. Il voit si bien, de si près, qu'il entend le bruit des péniches du canal du Midi et des déchargements des docks, et que ces bruits familiers l'appellent distinctement.

En haut du chemin qui sent le thym et l'immortelle si fort que cette odeur vient dans la bouche et est presque un goût, au milieu du soleil, dans une bonne brise toute parfumée et chauffée, qui n'est que le coup d'aile des rayons, sur le mont Saint-Clair, fleurit et verdoie la baraquette des siens. De là, on voit en même temps, se rejoignant, l'étang de Thau, qui est vert bouteille, et la mer Méditerranée, qui est bleu ciel, et on aperçoit aussi quelquefois, au fond du ciel indigo, le fantôme découpé des Pyrénées.

C'est là qu'il est né, qu'il a grandi, heureux, libre. Il jouait, sur la terre dorée et rousse, et même il jouait au soldat. L'ardeur de manier un sabre de bois animait ses joues rondes qui sont maintenant ravinées et comme cicatrisées... Il ouvre les yeux, regarde autour de lui, hoche la tête, et s'adonne au regret du temps où il avait un sentiment pur, exalté, ensoleillé de la guerre et de la gloire.

L'homme met sa main devant ses yeux, pour retenir la vision intérieure.

Maintenant, c'est autre chose.

C'est là-haut, au même endroit, que, plus tard, il a connu Clémence. La première fois, elle passait, luxueuse de soleil. Elle portait dans ses bras une javelle de paille et elle lui est apparue si blonde qu'à côté de sa tête la paille avait l'air châtain. La seconde fois, elle était accompagnée d'une amie. Elles s'étaient arrêtées toutes les deux pour l'observer. Il les entendit chuchoter et se tourna vers elles. Se voyant découvertes, les deux jeunes filles se sauvèrent en froufroutant, avec un rire de perdrix.

Et c'est là aussi qu'ils ont, tous les deux, ensuite, établi leur maison. Sur le devant court une vigne qu'il soigne en chapeau de paille, quelle que soit la saison. A l'entrée du jardin se tient le rosier qu'il connaît bien et qui ne se sert de ses épines que pour essayer de le retenir un peu quand il passe.

Retournera-t-il près de tout cela ? Ah ! il a vu trop loin au fond du passé, pour ne pas voir l'avenir dans son épouvantable précision. Il songe au régiment décimé à chaque relève, aux grands coups durs qu'il y a eu et qu'il y aura, et aussi à la maladie, et aussi à l'usure...

Il se lève, s'ébroue, pour se débarrasser de ce qui fut et de ce qui sera. Il retombe au milieu de l'ombre glacée et balayée par le vent, au milieu des hommes épars et décontenancés qui, à l'aveugle, attendent le soir, il retombe dans le présent et continue à frissonner.

Deux pas de ses longues jambes le font buter sur un groupe où, pour se distraire et se consoler, à mi-voix on parle mangeaille.

— Chez moi, dit quelqu'un, on fait des pains immenses, des pains ronds, grands comme des roues de voiture, tu parles !

Et l'homme se donne la joie d'écarquiller les yeux tout grands, pour voir les pains de chez lui.

— Chez nous, intervient le pauvre Méridional, les repas de fête sont si longs, que le pain, frais au commencement, est rassis à la fin !

— Y a un p'tit vin... I' n'a l'air de rien, ce p'tit vin d' chez nous, eh bien, mon vieux, s'i n'a pas quinze degrés, il n'en a pa' un !

Fouillade parle alors d'un rouge presque violet, qui supporte bien le coupage, comme s'il avait été mis au monde pour ça.

— Nous, dit un Béarnais, y a l' jurançon ; mais l' vrai, pas c' qu'on t' vend pour jurançon et qui vient d' Paris. Moi, j' connais un des propriétaires justement.

— Si tu vas par là, dit Fouillade, j'ai chez moi les muscats de tout genre, de toutes les couleurs de la gamme, tu croirais des échantillons d'étoffes de soie. Tu viendrais chez moi un mois d' temps que j' t'en f'rais goûter chaque jour du pas pareil, mon pitchoun.

— Tu parles d'une noce ! dit le soldat reconnaissant.

Et il arrive que Fouillade s'émotionne à ces souvenirs de vin où il se plonge et qui lui rappellent aussi la lumineuse odeur d'ail de sa table lointaine. Les émanations du gros bleu et des vins de liqueur délicatement nuancés lui montent à la tête, parmi la lente et triste tempête qui sévit dans la grange.

Il se remémore brusquement qu'établi dans le village où l'on cantonne est un cabaretier originaire de Béziers. Magnac lui a dit : « Viens donc me voir, mon camarade, un de ces quatre matins, on boira du vin de là-bas, macarelle ! J'en ai quelques bouteilles que tu m'en diras des nouvelles. »

Cette perspective, tout d'un coup, éblouit Fouillade. Il est parcouru dans toute sa longueur d'un tressaillement de plaisir, comme s'il avait trouvé sa voie... Boire du vin du Midi et même de son Midi spécial, en boire beaucoup... Ce serait si bon de revoir la vie en rose, ne serait-ce qu'un jour ! Hé oui, il a besoin de vin, et il rêve de se griser.

Incontinent, il quitte les parleurs pour aller de ce pas s'attabler chez Magnac.

Mais il se cogne à la sortie, à l'entrée — contre le caporal Broyer, qui va galopant dans la rue comme un camelot en criant à chaque ouverture :

— Au rapport !

La compagnie se rassemble et se forme en carré, sur la butte glaiseuse où la cuisine roulante envoie de la suie à la pluie.

« J'irai boire après le rapport », se dit Fouillade.

Et il écoute distraitement, tout à son idée, la lecture du rapport. Mais si distraitement qu'il écoute, il entend le chef qui lit : « Défense absolue de sortir des cantonnements avant dix-sept heures, et après vingt heures », et le capitaine qui, sans relever le murmure circulaire des poilus, commente cet ordre supérieur :

— C'est ici le Quartier Général de la Division. Tant que vous y serez, ne vous montrez pas. Cachez-vous. Si le général de Division vous voit dans la rue, il vous fera immédiatement mettre de corvée. Il ne veut pas voir un soldat. Restez cachés toute la journée au fond de vos cantonnements. Faites ce que vous voudrez, à condition qu'on ne vous voie pas, personne !

Et l'on rentre dans la grange.

*

Il est deux heures. Ce n'est que dans trois heures, quand il fera tout à fait nuit, que l'on pourra se risquer dehors sans être puni.

Dormir en attendant ? Fouillade n'a plus sommeil ; son espoir de vin l'a secoué. Et puis, s'il dort le jour, il ne dormira pas la nuit. Ça non ! Rester les yeux ouverts, la nuit, c'est pire que le cauchemar.

Le temps s'assombrit encore. La pluie et le vent redoublent, dehors et dedans...

Alors quoi ? si on ne peut ni rester immobile, ni s'asseoir, ni se coucher, ni se balader, ni travailler, quoi ?

Une détresse grandissante tombe sur ce groupe de soldats fatigués et transis, qui souffrent dans leur chair et ne savent vraiment pas quoi faire de leur corps.

— Nom de Dieu, c' qu'on est mal !

Ces abandonnés crient cela comme une lamentation, un appel au secours.

Puis, instinctivement, ils se livrent à la seule occupation possible ici-bas pour eux : faire les cent pas sur place pour échapper à l'ankylose et au froid.

Et les voilà qui se mettent à déambuler très vite, de long en large, dans ce local exigu qu'on a parcouru en trois enjambées, qui tournent en rond, se croisant, se frôlant, penchés en avant, les mains dans les poches, en tapant la semelle par terre. Ces êtres que cingle la bise jusque sur leur paille, semblent un assemblage de miséreux déchus des villes qui attendent, sous un ciel bas d'hiver, que s'ouvre la porte de quelque institution charitable. Mais la porte ne s'ouvrira pas pour ceux-là, sinon dans quatre jours, à la fin du repos, un soir, pour remonter aux tranchées.

Seul dans un coin, Cocon est accroupi. Il est dévoré de poux, mais, affaibli par le froid et l'humidité, il n'a pas le courage de changer de linge, et il reste là, sombre, immobile et mangé...

A mesure qu'on approche, malgré tout, de cinq heures du soir, Fouillade recommence à s'enivrer de son rêve de vin, et il attend, avec cette lueur à l'âme.

— Quelle heure est-il ?... Cinq heures moins un quart... Cinq heures moins cinq... Allons !

Il est dehors dans la nuit noire. Par grands sautillements clapotants, il se dirige vers l'établissement de Magnac, le généreux et loquace Biterrois. Il a grand-peine à trouver la porte dans le noir et la pluie d'encre. Bou Diou, elle n'est pas éclairée ! Bou Diou d' bou Diou, elle est fermée ! La lueur d'une allumette, qu'abrite sa grande main maigre comme un abat-jour, lui montre la pancarte fatidique : *Etablissement consigné à la troupe.* Magnac, coupable de quelque infraction, a été exilé dans l'ombre et l'inaction !

Et Fouillade tourne le dos à l'estaminet devenu la prison du cabaretier solitaire. Il ne renonce pas à son rêve. Il ira ailleurs, ce sera du vin ordinaire, et il paiera, voilà tout.

Il met la main dans sa poche pour tâter son porte-monnaie. Il est là.

Il doit avoir trente-sept sous. Ce n'est pas le Pérou, mais...

Mais subitement, il sursaute et s'arrête net en s'envoyant une claque sur le front. Son interminable figure fait une affreuse grimace, masquée par l'ombre.

Non, il n'a plus trente-sept sous ! Hé, couillon qu'il est ! Il avait oublié la boîte de sardines qu'il a achetée la veille, tellement les macaronis gris de l'ordinaire le dégoûtaient, et les chopes qu'il a payées aux cordonniers qui lui ont remis des clous à ses brodequins.

Misère ! Il ne doit plus avoir que treize sous !

Pour arriver à s'exciter comme il convient et à se venger de la vie présente, il lui faudrait bien un litre et demi, foutre ! Ici, le litre de rouge coûte vingt et un sous. Il est loin de compte.

Il promène ses yeux dans les ténèbres autour de lui. Il cherche quelqu'un. Il existe peut-être un camarade qui lui prêterait de l'argent, ou bien qui lui paierait un litre.

Mais qui, qui ? Pas Bécuwe, qui n'a qu'une marraine pour lui envoyer, tous les quinze jours, du tabac et du papier à lettres. Pas Barque, qui ne marcherait pas ; pas Blaire qui, avare, ne comprendrait pas. Pas Biquet, qui a l'air de lui en vouloir ; pas Pépin, qui mendigote lui-même et ne paie jamais, même quand il invite. Ah ! si Volpatte était avec eux !... Il y a bien Mesnil André, mais il est justement en dette avec lui pour plusieurs tournées. Le caporal Bertrand ? Il l'a envoyé coucher brutalement à la suite d'une observation, et ils se regardent de travers. Farfadet ? Il ne lui adresse guère la parole d'ordinaire... Non, il sent bien qu'il ne peut pas demander ça à Farfadet. Et puis, mille dious ! à quoi bon chercher des messies dans son imagination ? Où sont-ils, tous ces gens, à cette heure ?

Lent, il revient en arrière, vers le gîte. Puis, machinalement il se retourne et repart en avant, à pas hésitants. Il va essayer tout de même. Peut-être, sur place, des camarades attablés... Il aborde la partie centrale du village à l'heure où la nuit vient d'enterrer la terre.

Les portes et les fenêtres éclairées des estaminets se reflètent dans la boue de la rue principale. Il y en a tous les vingt pas. On entrevoit les spectres lourds des soldats, la plupart en bandes, qui descendent la rue. Quand une automobile arrive, on se range, et on la laisse passer, ébloui par les phares et éclaboussé par la vase liquide que les roues projettent sur toute la largeur du chemin.

Les estaminets sont pleins. Par les vitres embuées, on les voit bondés d'un nuage compact d'hommes casqués.

Fouillade entre dans l'un d'eux, au hasard. Dès le seuil, l'haleine tiède du caboulot, la lumière, l'odeur et le brouhaha l'attendrissent. Cet attablement est tout de même un morceau de passé dans le présent.

Il regarde, de table en table, s'avance en dérangeant les installations pour vérifier tous les convives de cette salle. Aïe ! Il ne connaît personne.

Autre part, c'est pareil. Il n'a pas de chance. Il a beau tendre le cou et quêter éperdument de l'œil une tête de connaissance parmi ces uniformes qui, par masses ou par couples, boivent en conversant, ou, solitaires, écrivent. Il a l'air d'un mendiant et personne n'y fait attention.

Ne trouvant nulle âme pour venir à son aide, il se décide à dépenser au moins ce qu'il a dans sa poche. Il se glisse jusqu'au comptoir...

— Une chopine de ving et du bonn...

— Du blanc ?

— Eh oui !

— Vous, mon garçon, vous êtes du Midi, dit la patronne en lui remettant une petite bouteille pleine et un verre et en encaissant ses douze sous.

Il s'installe sur le coin d'une table déjà encombrée par quatre buveurs qu'une manille attache les uns aux autres ; il remplit la chope à ras et la vide, puis la remplit de nouveau.

— Hé, à ta santé, n' casse pas le verre ! lui glapit dans le nez un arrivant en bourgeron bleu charbonneux, porteur d'une épaisse barre de sourcils au milieu de sa face blême, d'une tête conique et d'une demi-livre d'oreilles.

C'est Harlingue, l'armurier.

Il n'est pas très glorieux d'être installé seul devant une chopine en présence d'un camarade qui donne les signes de la soif. Mais Fouillade fait semblant de ne pas comprendre le desideratum du sire qui se dandine devant lui avec un sourire engageant, et il vide précipitamment son verre. L'autre tourne le dos, non sans grommeler qu'ils sont « pas beaucoup partageux et plutôt goulafes, ceuss du Midi ».

Fouillade a posé son menton sur ses poings et regarde sans le voir un angle de l'estaminet où les poilus s'entassent, se coudoient, se pressent et se bousculent pour passer.

C'était assez bon, évidemment, ce petit blanc, mais que peuvent ces quelques gouttes dans le désert de Fouillade ? Le cafard n'a pas beaucoup reculé, et il est revenu.

Le Méridional se lève, s'en va, avec ses deux verres

de vin dans le ventre et un sou dans son porte-monnaie. Il a le courage de visiter encore un estaminet, de le sonder des yeux et de quitter l'endroit en marmottant pour s'excuser : « Hildepute ! I' n'est jamais là, c't' animau-là ! »

Puis il rentre au cantonnement. Celui-ci est toujours aussi bruissant de rafales et de gouttes. Fouillade allume sa chandelle et, à la lueur de la flamme qui s'agite désespérément comme si elle voulait s'envoler, il va voir Labri.

Il s'accroupit, le lumignon à la main, devant le pauvre chien qui mourra peut-être avant lui. Labri dort, mais faiblement, car il ouvre aussitôt un œil et remue la queue.

Le Cettois le caresse et lui dit tout bas :

— Y a rienn à faire. Rienn...

Il ne veut pas en dire davantage à Labri pour ne pas l'attrister ; mais le chien approuve en hochant la tête avant de refermer les yeux.

Fouillade se lève un peu péniblement à cause de ses articulations rouillées, et va se coucher. Il n'espère plus qu'une chose maintenant : dormir, pour que meure ce jour lugubre, ce jour de néant, ce jour comme il y en aura encore tant à subir héroïquement, à franchir, avant d'arriver au dernier de la guerre ou de sa vie.

XII

LE PORTIQUE

— Y a du brouillard. Veux-tu qu'on y aille ?

C'est Poterloo qui m'interroge, tournant vers moi sa bonne tête blonde, que ses deux yeux bleu clair semblent rendre transparente.

Poterloo est de Souchez et, depuis que les Chasseurs ont enfin repris Souchez, il a envie de revoir le village où il vivait heureux, jadis, quand il était homme.

Pèlerinage dangereux. Ce n'est pas que nous soyons loin! Souchez est là. Depuis six mois, nous avons vécu et manœuvré dans les tranchées et les boyaux, quasi à portée de voix du village. Il n'y a qu'à grimper directement, d'ici même, sur la route de Béthune, le long de laquelle rampe la tranchée et sous laquelle fouillent les alvéoles de nos abris — et qu'à descendre pendant quatre ou cinq cents mètres cette route, qui s'enfonce vers Souchez. Mais tous ces endroits-là sont régulièrement et terriblement repérés. Depuis leur recul, les Allemands ne cessent d'y envoyer de vastes obus qui tonitruent de temps en temps en nous secouant dans notre sous-sol et dont on aperçoit, dépassant les talus, tantôt ici, tantôt là, les grands geysers noirs, de terre et de débris, et les amoncellements verticaux de fumée, hauts comme des églises. Pourquoi bombardent-ils Souchez ? On ne sait pas, car il n'y a plus personne ni plus rien dans le village pris et repris, et qu'on s'est si fort arraché les uns aux autres.

Mais ce matin, en effet, un brouillard intense nous enveloppe, et, à la faveur de ce grand voile que le ciel jette sur la terre, on peut se risquer... On est sûr, tout au moins, de ne pas être vu. Le brouillard obstrue hermétiquement la rétine perfectionnée de la saucisse qui doit être quelque part là-haut ensevelie dans l'ouate, et il interpose son immense paroi légère et opaque entre nos lignes et les observatoires de Lens et d'Angres d'où l'ennemi nous épie.

— Ça colle ! dis-je à Poterloo.

L'adjudant Barthe, mis au courant, remue la tête de haut en bas, et il abaisse les paupières pour indiquer qu'il ferme les yeux.

Nous nous hissons hors de la tranchée, et nous voilà tous les deux debout sur la route de Béthune.

C'est la première fois que je marche là pendant le jour. Nous ne l'avons jamais vue que de très loin, cette route terrible, que nous avons si souvent parcourue ou traversée par bonds, courbés dans l'ombre et sous les sifflements.

— Eh bien, tu viens, vieux frère ?

Au bout de quelques pas, Poterloo s'est arrêté au milieu de la route où le coton du brouillard s'effiloche en longueur ; il est là à écarquiller ses yeux bleu horizon, à entrouvrir sa bouche écarlate.

— Ah ! là là, ah ! là là !... murmure-t-il.

Tandis que je me tourne vers lui, il me montre la route et me dit en hochant la tête :

— C'est elle. Bon Dieu, dire que c'est elle !... C' bout où nous sommes, j' le connais si bien qu'en fermant les yeux, j' le r'vois tel que, exact, et même i' s' revoit tout seul. Mon vieux, c'est affreux, d' la r'voir comme ça. C'était une belle route, plantée, tout au long, de grands arbres...

« Et maintenant, qu'est-ce que c'est ? Regarde-moi ça : une espèce de longue chose crevée, triste, triste... Regarde-moi ces deux tranchées de chaque côté, tout du long à vif, c' pavé labouré, troué d'entonnoirs, ces arbres déracinés, sciés, roussis, cassés en bûchers, jetés dans tous les sens, percés par des balles — tiens, c't' écumoire, ici ! — Ah ! mon vieux, mon vieux, tu peux pas t'imaginer c' qu'elle est défigurée, cette route !

Et il s'avance, en regardant à chaque pas, avec de nouvelles stupeurs.

Le fait est qu'elle est fantastique, la route de chaque côté de laquelle deux armées se sont tapies et cramponnées, et sur qui se sont mêlés leurs coups pendant un an et demi. Elle est la grande voie échevelée parcourue seulement par les balles et par des rangs et des files d'obus, qui l'ont sillonnée, soulevée, recouverte de la terre des champs, creusée et retournée jusqu'aux os. Elle semble un passage maudit, sans couleur, écorchée et vieille, sinistre et grandiose à voir.

— Si tu l'avais connue ! Elle était propre et unie, dit Poterloo. Tous les arbres étaient là, toutes les feuilles, toutes les couleurs, comme des papillons, et il y avait toujours dessus quelqu'un à dire bonjour en passant :

une bonne femme ballottant entre deux paniers ou des gens parlant haut sur une carriole, dans l' bon vent, avec leurs blouses en ballons. Ah ! comme la vie était heureuse autrefois !

Il s'enfonce vers les bords du fleuve brumeux qui suit le lit de la route, vers la terre des parapets. Il se penche et s'arrête à des renflements indistincts sur lesquels se précisent des croix, des tombes, encastrées de distance en distance dans le mur du brouillard, comme des chemins de croix dans une église.

Je l'appelle. On n'arrivera pas si on marche comme ça d'un pas de procession. Allons !

Nous arrivons, moi en avant et Poterloo qui, la tête brouillée et alourdie de pensées, se traîne derrière, essayant vainement d'échanger des regards avec les choses, à une dépression de terrain. Là, la route est en contrebas, un pli la cache du côté du Nord. En cet endroit abrité, il y a un peu de circulation.

Sur le terrain vague, sale et malade, où de l'herbe desséchée s'envase dans du cirage, s'alignent des morts. On les transporte là lorsqu'on en a vidé les tranchées ou la plaine, pendant la nuit. Ils attendent — quelques-uns depuis longtemps — d'être nocturnement amenés aux cimetières de l'arrière.

On s'approche d'eux doucement. Ils sont serrés les uns contre les autres ; chacun ébauche avec les bras ou les jambes un geste pétrifié d'agonie différent. Il en est qui montrent des faces demi-moisies, la peau rouillée, jaune avec des points noirs. Plusieurs ont la figure complètement noircie, goudronnée, les lèvres tuméfiées et énormes : des têtes de nègres soufflées en baudruche. Entre deux corps, sortant confusément de l'un ou de l'autre, un poignet coupé et terminé par une boule de filaments.

D'autres sont des larves informes, souillées, d'où pointent de vagues objets d'équipement ou des morceaux d'os. Plus loin, on a transporté un cadavre dans un état tel qu'on a dû, pour ne pas le perdre en chemin, l'entasser dans un grillage de fil de fer qu'on a fixé ensuite aux deux extrémités d'un pieu. Il a été ainsi porté en boule dans ce hamac métallique, et déposé là. On ne distingue ni le haut, ni le bas de ce corps ; dans le tas qu'il forme, seule se reconnaît la poche béante d'un pantalon. On voit un insecte qui en sort et y rentre.

Autour des morts volettent des lettres qui, pendant qu'on les disposait par terre, se sont échappées de leurs poches ou de leurs cartouchières. Sur l'un de ces bouts de papier tout blanc, qui battent de l'aile à la bise, mais que la boue englue, je lis, en me penchant un peu, une phrase : « Mon cher Henri, comme il fait beau temps pour le jour de ta fête ! » L'homme est sur le ventre ; il a les reins fendus d'une hanche à l'autre par un profond sillon ; sa tête est à demi retournée ; on voit l'œil creux et sur la tempe, la joue et le cou, une sorte de mousse verte a poussé.

Une atmosphère écœurante rôde avec le vent autour de ces morts et de l'amoncellement de dépouilles qui les avoisine : toiles de tentes ou vêtements en espèce d'étoffe maculée, raidie par le sang séché, charbonnée par la brûlure de l'obus, durcie, terreuse et déjà pourrie, où grouille et fouille une couche vivante. On en est incommodé. Nous nous regardons en hochant la tête et n'osant pas avouer tout haut que ça sent mauvais. On ne s'éloigne pourtant que lentement.

Voici poindre dans la brume des dos courbés d'hommes qui sont joints par quelque chose qu'ils portent. Ce sont des brancardiers territoriaux chargés d'un nouveau cadavre. Ils avancent, avec leurs vieilles têtes hâves, ahanant, suant et faisant la grimace sous l'effort. Porter un mort dans des boyaux, à deux, lorsqu'il y a de la boue, c'est une besogne presque surhumaine.

Ils déposent le mort qui est habillé de neuf.

— Y a pas longtemps, va, qu'il était d'bout, dit un des porteurs. V'là deux heures qu'il a reçu sa balle dans la tête pour avoir voulu chercher un fusil boche dans la plaine : il partait mercredi en permission et voulait l'apporter chez lui. C'est un sergent du 405e, de la classe 14. Un gentil p'tit gars, avec ça.

Il nous le montre : il soulève le mouchoir qui est sur la figure ; il est tout jeune et a l'air de dormir ; seulement, la prunelle est révulsée, la joue est cireuse, et une eau rose baigne les narines, la bouche et les yeux.

Ce corps qui met une note propre dans ce charnier, qui, encore souple, penche la tête sur le côté quand on le remue, comme pour être mieux, donne l'illusion puérile d'être moins mort que les autres. Mais, moins défiguré, il est, semble-t-il, plus pathétique, plus proche, plus attaché à qui le regarde. Et si nous disions quelque chose devant tout ce monceau d'êtres anéantis, nous dirions : « Le pauvre gars ! »

On reprend la route qui, à partir de là, commence à descendre vers le fond où est Souchez. Cette route apparaît sous nos pas, dans les blancheurs du brouillard, comme une effrayante vallée de misère. L'amas des débris, des restes et des immondices s'accumule sur l'échine fracassée de son pavé et sur ses bords fangeux, devient inextricable. Les arbres jonchent le sol ou ont disparu, arrachés, leurs moignons déchiquetés. Les talus sont renversés ou bouleversés par les obus. Tout le long, de chaque côté de ce chemin où seules sont debout les croix des tombes, des tranchées vingt fois obstruées et recreusées, des trous, des passages sur des trous, des claies sur des fondrières.

A mesure qu'on avance, tout apparaît retourné, terrifiant, plein de pourriture, et sent le cataclysme. On marche sur un pavage d'éclats d'obus. A chaque pas, le pied en heurte ; on se prend comme à des pièges, et on trébuche dans la complication des armes rompues, des machines à coudre, parmi les paquets de fils électriques, les équipements allemands et français, déchirés dans leur écorce de boue sèche, les monceaux suspects de vêtements englués d'un mastic brun rouge. Et il faut veiller aux obus non éclatés qui, partout, sortent leur pointe ou présentent leurs culots ou leurs flancs, peints en rouge, en bleu, en bistre.

— Ça, c'est l'ancienne tranchée boche, qu'ils ont fini par lâcher...

Elle est par endroits bouchée ; à d'autres, criblée de trous de marmite. Les sacs de terre ont été déchirés, éventrés, se sont écroulés, vidés, secoués au vent, les boiseries d'étai ont éclaté et pointent dans tous les sens. Les abris sont remplis jusqu'au bord par de la terre et par on ne sait quoi. On dirait, écrasé, élargi et limoneux, le lit à demi desséché d'une rivière abandonnée par l'eau et par les hommes. A un endroit, la tranchée est vraiment effacée par le canon ; le fossé évasé s'interrompt et n'est plus qu'un champ de terre fraîche formé de trous placés symétriquement à côté les uns des autres en longueur et en largeur.

J'indique à Poterloo ce champ extraordinaire où une charrue gigantesque semble avoir passé.

Mais il est préoccupé jusqu'au fond des entrailles par le changement de face du paysage.

*

Il désigne du doigt un espace dans la plaine, d'un air stupéfait, comme s'il sortait d'un songe.

— Le Cabaret Rouge !

C'est un champ plat dallé de briques cassées.

— Et qu'est-ce que c'est que ça ?

Une borne ? Non, ce n'est pas une borne. C'est une tête, une tête noire, tannée, cirée. La bouche est toute de travers, et on voit la moustache qui se hérisse de chaque côté : une grosse tête de chat carbonisé. Le cadavre — un Allemand — est dessous, enterré en hauteur.

— Et ça ?

C'est un lugubre ensemble formé d'un crâne tout blanc, puis à deux mètres du crâne, une paire de bottes, et, entre les deux, un monceau de cuirs effilochés et de chiffons cimentés par une boue brune.

— Viens. Il y a déjà moins de brouillard. Dépêchons-nous.

A cent mètres en avant de nous, dans les ondes plus

transparentes du brouillard, qui se déplacent avec nous et nous voilent de moins en moins, un obus siffle et éclate... Il est tombé à l'endroit où nous allons passer.

On descend. La pente s'atténue.

Nous allons côte à côte. Mon compagnon ne dit rien, regarde à droite, à gauche.

Puis il s'arrête encore, comme sur le haut de la route. J'entends sa voix balbutier, presque basse :

— Ben quoi ! on y est... C'est qu'on y est...

En effet, nous n'avons pas quitté la plaine, la vaste plaine stérilisée, cautérisée — et cependant nous sommes dans Souchez !

*

Le village a disparu. Jamais je n'ai vu une pareille disparition de village. Ablain-Saint-Nazaire et Carency gardent encore une forme de localité, avec leurs maisons défoncées et tronquées, leurs cours comblées de plâtras et de tuiles. Ici, dans le cadre des arbres massacrés — qui nous entourent, au milieu du brouillard, d'un spectre de décor —, plus rien n'a de forme : il n'y a pas même un pan de mur, de grille, de portail, qui soit dressé, et on est étonné de constater qu'à travers l'enchevêtrement de poutres, de pierres et de ferraille, sont des pavés : c'était, ici, une rue !

On dirait un terrain vague et sale, marécageux, à proximité d'une ville, et sur lequel celle-ci aurait déversé pendant des années régulièrement, sans laisser de place vide, ses décombres, ses gravats, ses matériaux de démolition et ses vieux ustensiles : une couche uniforme d'ordures et de débris parmi laquelle on plonge et l'on avance avec beaucoup de difficulté, de lenteur. Le bombardement a tellement modifié les choses qu'il a détourné le cours du ruisseau du moulin et que le ruisseau court au hasard et forme un étang sur les restes de la petite place où il y avait la croix.

Quelques trous d'obus où pourrissent des chevaux gonflés et distendus, d'autres où sont éparpillés les restes, déformés par la blessure monstrueuse de l'obus, de ce qui était des êtres humains.

Voici, en travers de la piste qu'on suit et qu'on gravit comme une débâcle, comme une inondation de débris sous la tristesse dense du ciel, voici un homme étendu comme s'il dormait, mais il a cet aplatissement étroit contre la terre qui distingue un mort d'un dormeur. C'est un homme de corvée de soupe, avec son chapelet de pains enfilés dans une sangle, la grappe des bidons des camarades retenus à son épaule par un écheveau de courroies. Ce doit être cette nuit qu'un éclat d'obus lui a creusé puis troué le dos. Nous sommes sans doute les premiers à le découvrir, obscur soldat mort obscurément. Peut-être sera-t-il dispersé avant que d'autres le découvrent. On cherche sa plaque d'identité, elle est collée dans le sang caillé où stagne sa main droite. Je copie le nom écrit en lettres de sang.

Poterloo m'a laissé faire tout seul. Il est comme un somnambule. Il regarde, regarde éperdument, partout ; il cherche à l'infini parmi ces choses éventrées, disparues, parmi ce vide, il cherche jusqu'à l'horizon brumeux.

Puis il s'assoit sur une poutre qui est là, en travers, après avoir, d'un coup de pied, fait sauter une casserole tordue posée sur la poutre. Je m'assois à côté de lui. Il bruine légèrement. L'humidité du brouillard se résout en gouttelettes et met un léger vernis sur les choses.

Il murmure :

— Ah zut !... zut !...

Il s'éponge le front : il lève sur moi des yeux de suppliant. Il essaye de comprendre, d'embrasser cette destruction de tout ce coin de monde, de s'assimiler ce deuil. Il bafouille des propos sans suite, des interjections. Il ôte son vaste casque et on voit sa tête qui fume. Puis il me dit, péniblement :

— Mon vieux, tu peux pas te figurer, tu peux pas, tu peux pas...

Il souffle :

— Le Cabaret Rouge, où c'est qu'il y a c'te tête de

Boche et, tout autour, des fouillis d'ordures... c't' espèce de cloaque, c'était... sur le bord de la route, une maison en brique et deux bâtiments bas, à côté... Combien de fois, mon vieux, à la place même où on s'est arrêtés, combien de fois, là, à la bonne femme qui rigolait sur le pas de sa porte, j'ai dit au revoir en m'essuyant la bouche et en regardant du côté de Souchez où je rentrais ! Et après quelques pas, on se retournait pour lui crier une blague ! Oh ! tu peux pas te figurer...

« Mais ça, alors, ça !...

Il fait un geste circulaire pour me montrer toute cette absence qui l'entoure...

— Faut pas rester ici trop longtemps, mon vieux. Le brouillard se lève, tu sais.

Il se met debout avec un effort.

— Allons...

Le plus grave est à faire. Sa maison...

Il hésite, s'oriente, va...

— C'est là... Non, j'ai dépassé. C'est pas là. J' sais pas où c'est — où c' que c'était. Ah ! malheur, misère !

Il se tord les mains, en proie au désespoir, se tient difficilement debout au milieu des plâtras et des madriers. A un moment, perdu dans cette plaine encombrée, sans repères, il regarde en l'air pour chercher, comme un enfant inconscient, comme un fou. Il cherche l'intimité de ces chambres éparpillées dans l'espace infini, la forme et le demi-jour intérieurs jetés au vent !

Après plusieurs va-et-vient, il s'arrête à un endroit, se recule un peu.

— C'était là. Y a pas d'erreur. Vois-tu : c'est c'te pierre-là qui m' fait reconnaître. Il y avait un soupirail. On voit la trace d'une barre de fer du soupirail avant qu'i' se soit envolé.

Il renifle, pense, hochant lentement la tête sans pouvoir s'arrêter.

— C'est quand y a plus rien qu'on comprend bien qu'on était heureux. Ah ! était-on heureux !

Il vient à moi, rit nerveusement.

— C'est pas ordinaire, ça, hein ? J' suis sûr que tu n'as jamais vu ça ; ne pas retrouver sa maison où on a toujours vécu d'puis toujours...

Il fait demi-tour, et c'est lui qui m'entraîne.

— Ben, fichons l' camp, puisqu'y a plus rien. Quand on regard'ra la place des choses pendant une heure ! Mettons-les, mon pauv' vieux.

On s'en va. Nous sommes les deux vivants faisant tache dans ce lieu illusoire et vaporeux, ce village qui jonche la terre, et sur lequel on marche.

On remonte. Le temps s'éclaircit. La brume se dissipe très rapidement. Mon camarade, qui fait de grandes enjambées, en silence, le nez par terre, me montre un champ.

— Le cimetière, dit-il. Il était là avant d'être partout, avant d'avoir tout pris à n'en plus finir, comme une maladie du monde.

A mi-côte, on avance plus lentement. Poterloo s'approche de moi.

— Tu vois, c'est trop, tout ça. C'est trop effacé, toute ma vie jusqu'ici. J'ai peur, tellement c'est effacé.

— Voyons : ta femme est en bonne santé, tu le sais ; ta petite fille aussi.

Il prend une drôle de tête :

— Ma femme... J' vas t' dire une chose : ma femme...

— Eh bien ?

— Eh bien, mon vieux, je l'ai r'vue.

— Tu l'as vue ? Je croyais qu'elle était en pays envahi ?

— Oui, elle est à Lens, chez mes parents. Eh bien, je l'ai vue... Ah ! et puis, après tout, zut !... Je vais tout te raconter ! Eh bien, j'ai été à Lens, il y a trois semaines. C'était le 11. Y a vingt jours, quoi.

Je le regarde, abasourdi... Mais il a bien l'air de dire la vérité. Il bredouille, tout en marchant à côté de moi dans la clarté qui s'étend :

— On a dit, tu t' rappelles p't'êt... Mais t'étais pas là, j' crois... On a dit : faut renforcer le réseau de fils de fer en avant de la parallèle Billard. Tu sais c' que ça veut dire, ça. On n'avait jamais pu le faire jusqu'ici : dès qu'on sort de la tranchée, on est en vue sur la descente, qui s'appelle d'un drôle de nom.

— Le toboggan.

— Oui, tout juste, et l'endroit est aussi difficile la nuit ou par la brume, que par le plein jour, à cause des fusils braqués d'avance sur des chevalets et des mitrailleuses qu'on pointe pendant le jour. Quand i's n' voient pas, les Boches arrosent tout.

« On a pris les pionniers de la compagnie hors rang, mais y en a qui ont filoché et on les a remplacés par quéqu' poilus choisis dans les compagnies. J'en ai été. Bon. On sort. Pas un seul coup de fusil ! « Quoi qu' ça veut dire ? », qu'on disait. Voilà-t-il pas qu'on voit un Boche, deux Boches, dix Boches, qui sortent de terre — ces diables gris-là ! — et nous font des signes en criant : « Kamarad ! Nous sommes des Alsaciens », qu'i' disent en continuant de sortir de leur Boyau International. « On vous tirera pas dessus, qu'i's disent. Ayez pas peur, les amis. Laissez-nous seulement enterrer nos morts. » Et v'là qu'on travaille chacun de son côté, et même qu'on parle ensemble, parce que c'étaient des Alsaciens. En réalité, i' disaient du mal de la guerre et de leurs officiers. Not' sergent savait bien qu' c'est défendu d'entrer en conversation avec l'ennemi et même on nous a lu qu'il fallait causer avec eux qu'à coups de flingue. Mais l' sergent s' disait que c'était une occasion unique de renforcer les fils de fer, et pisqu'ils nous laissaient travailler contre eux, y avait qu'à en profiter...

« Or, voilà un des Boches qui s' met à dire : « Y aurait-i' pas quelqu'un d'entre vous qui soye des pays envahis et qui voudrait avoir des nouvelles de sa famille ? »

« Mon vieux, ça a été plus fort que moi. Sans savoir si c'était bien ou mal, j' m'ai avancé, et j'ai dit : « Ben, y a moi. » Le Boche me pose des questions. J'y réponds que ma femme est à Lens, chez ses parents, avec la p'tite. I' m' demande où elle loge. J'y explique, et i' dit qu'i voit ça d'ici. « Ecoute, qu'i' m' dit, j' vas y porter une lettre, et non seul'ment une lettre, mais même la réponse j' te porterai. » Puis, tout d'un coup, i' s' frappe son front, c' Boche, et i' s' rapproche d' moi : « Ecoute, mon vieux, bien mieux encore. Si tu veux faire c' que j' te dis, tu la verras, ta femme, et aussi tes gosses, et tout, comme j' te vois. » I' m' raconte que pour ça, y a qu'à aller avec lui, à telle heure, avec une capote boche et un calot qu'i' m'aura. I' m' mêlerait à la corvée de charbon de Lens ; on irait jusqu'à chez nous. J' pourrais voir, à condition de m' planquer et de n' pas m' faire voir, attendu qu'i' répond des hommes qui s'ront d' la corvée, mais qu'y a, dans la maison, des sous-offs dont il n' répondait pas... Eh bien, mon vieux, j'ai accepté !

— C'était grave !

— Bien sûr, oui, c'était grave. Je m' suis décidé tout d'un coup, sans réfléchir, sans vouloir réfléchir, vu qu' j'étais ébloui à l'idée que j'allais revoir mon monde, et si après j'étais fusillé, eh bien, tant pis : donnant donnant. C'est l'offre de la loi et de la d'mande, comme dit l'autre, pas ?

« Mon vieux, ça n'a pas fait une arnicoche. L' seul avatar, c'est qu'ils ont eu du boulot à m' trouver un calot assez large, parce que, tu sais, j'ai la tête très forte. Mais ça, même ça, s'est arrangé : on m'a déniché, à la fin, une boîte à poux assez grande pour que ma tête puisse y contenir. J'ai justement des bottes boches, celles à Caron, tu sais. Alors, nous v'là partis dans les tranchées boches (même qu'elles sont salement pareilles aux nôtres) avec ces espèces de camarades boches qui m' disaient en très bon français — comme çui que j' cause — de n' pas m'en faire.

« Y a pas eu d'alerte, rien. Pour aller, ça a été. Tout s'est passé si en douce et si simplement que je m' figurais pas qu' j'étais un Boche à la manque. On est arrivés à Lens à la nuit tombante. J' m' rappelle avoir passé devant la Perche et avoir pris la rue du Quatorze-Juillet. J' voyais des gens de la ville qui naviguaient dans les rues comme dans nos cantonnements. J' les r'connaissais pas à cause du soir ; eux non plus, à cause du soir aussi, et aussi à cause de l'énormité de la chose... I f'sait noir à n' pas pouvoir s' mett' l' doigt dans l'œil quand j' suis arrivé dans l' jardin d' mes parents.

« Le cœur me battait ; j'en étais tout tremblant des pieds à la tête comme si je n'étais plus qu'une espèce de cœur. Et je me r'tenais pour ne pas rigoler tout haut, et en français, encore, tellement j'étais heureux, ému. Le kamarade me dit : « Tu vas passer une fois, puis une autre fois, en regardant dans la porte et la fenêtre. Tu r'gard'ras sans en avoir l'air... Méfie-toi... » Alors, je m' ressaisis, j'avale mon émotion, v'lan, d'un seul coup. C'était un chic type, ce bougre-là, parce qu'il écopait salement si je m' faisais poisser, hé ?

« Tu sais, chez nous, comme tout partout dans le Pas-de-Calais, les portes d'entrée des maisons sont divisées en deux : en bas, ça forme une sorte de barrière jusqu'à mi-corps, et en haut ça forme comme qui dirait volet. Comme ça, on peut fermer seulement la moitié d'en bas de la porte et être à moitié chez soi.

« Le volet était ouvert, la chambre, qui est la salle à manger et aussi la cuisine bien entendu, était éclairée, on entendait des voix.

« J'ai passé en tendant l' cou de côté. Il y avait, rosées, éclairées, des têtes d'hommes et de femmes autour de la table ronde et de la lampe. Mes yeux se sont jetés sur elle, sur Clotilde. Je l'ai bien vue. Elle était assise entre deux types, des sous-offs, je crois, qui lui parlaient. Et quoi qu'elle faisait ? Rien ; elle souriait, en penchant gentiment sa figure entourée d'un léger petit cadre de cheveux blonds où la lampe mettait de la dorure.

« Elle souriait. Elle était contente. Elle avait l'air d'être bien, à côté de cette gradaille boche, de cette lampe et de ce feu qui me soufflait une tiédeur que je reconnaissais. J'ai passé, puis je me suis r'tourné, et j'ai repassé. Je l'ai revue, toujours avec son sourire. Pas un sourire forcé, pas un sourire qui paye, non, un vrai sourire, qui venait d'elle, et qu'elle donnait. Et pendant l' temps d'éclair que j'ai passé dans les deux sens, j'ai pu voir aussi ma gosse qui tendait les mains vers un gros bonhomme galonné et essayait de lui monter sur les genoux, et puis, à côté, qui donc ça que j' reconnaissais ? C'était Madeleine Vandaërt, la femme de Vandaërt, mon copain de la 19e, qui a été tué à la Marne, à Montyon.

« Elle le savait qu'il avait été tué, puisqu'elle était en deuil. Et elle, elle rigolait, elle riait carrément, j' te l' dis... et elle regardait l'un et l'autre avec un air de dire : « Comme j' suis bien ici ! »

« Ah ! mon vieux, j' suis sorti d' là et j'ai buté dans les kamarades qui attendaient pour me ram'ner. Comment je suis revenu, je pourrais pas le dire. J'étais assommé. J' suis marché en trébuchant comme un maudit. I' n'aurait pas fallu m'emmerder, à ce moment-là ! J'aurais gueulé tout haut ; j'aurais fait un escandale pour me faire tuer et qu' ce soye fini de cette sale vie !

« Tu saisis ? Elle souriait, ma femme, ma Clotilde, ce jour-là de la guerre ! Alors quoi ? Il suffit qu'on soit pas là pendant un temps pour qu'on ne compte plus ? Tu fous le camp de chez toi pour aller à la guerre, et tout a l'air cassé ; et pendant que tu l' crois, on se fait à ton absence, et peu à peu tu deviens comme si tu n'étais pas, vu qu'on s' passe de toi pour être heureuse comme avant et pour sourire. Ah ! bon sang ! Je ne parle pas de l'autre garce qui riait, mais ma Clotilde, à moi, qui, à ce moment-là que j'ai vu par hasard, à c' moment-là, qu'on dise ce qu'on voudra, se fichait pas mal de moi !

« Et encore si elle avait été avec des amis, des parents ; mais non, justement avec des sous-offs boches. Dis-moi, y avait-il pas de quoi sauter dans la chambre, lui foutre une paire de gifles et tordre le cou à c't' aut' poule en deuil !

« Oui, oui, j'ai pensé à l' faire. J' sais bien que j'allais fort... J'étais emballé, quoi.

« Note que j' veux pas en dire plus que je ne dis. C'est une bonne fille, Clotilde. J' la connais et j'ai confiance en elle : pas d'erreur, tu sais, si j'étais bousillé, elle pleurerait toutes les larmes de son corps pour commencer. Elle me croit vivant, j' l'accorde, mais s'agit pas d' ça. Elle ne peut pas s'empêcher d'être bien, et satisfaite, et s'épanouir, dès lors qu'elle a un bon feu, une bonne lampe et de la compagnie, que j'y soye ou que j'y soye pas...

J'entraînai Poterloo.

— Tu exagères, mon vieux. Tu te fais des idées absurdes, voyons...

On avait marché tout doucement. On était encore au bas de la côte. Le brouillard s'argentait avant de s'en aller tout à fait. Il allait y avoir du soleil. Il y avait du soleil.

*

Poterloo regarda et dit :

— On va faire le tour par la route de Carency et remonter par-derrière.

Nous obliquâmes dans les champs. Au bout de quelques instants, il me dit :

— J'exagère, tu crois ? Tu dis que j'exagère ?

Il réfléchit :

— Ah !

Puis il ajouta avec ce hochement de tête qui ne l'avait pas beaucoup quitté ce matin-là :

— Mais enfin ! Tout d' même, y a un fait...

Nous grimpâmes la pente. Le froid s'était changé en tiédeur. Arrivés à une plate-forme de terrain :

— Asseyons-nous encore un petit coup avant de rentrer, proposa-t-il.

Il s'assit, lourd d'un monde de réflexions qui s'enchevêtraient. Son front se plissait. Puis il se tourna vers moi d'un air embarrassé comme s'il avait un service à me demander :

— Dis donc, vieux, je m' demande si j'ai raison.

Mais après m'avoir regardé, il regardait les choses comme s'il voulait les consulter plus que moi.

Une transformation se faisait dans le ciel et sur la terre. Le brouillard n'était presque plus qu'un rêve.

Les distances se dévoilaient. La plaine étroite, morne, grise, s'agrandissait, chassait ses ombres et se colorait. La clarté la couvrait peu à peu, de l'est à l'ouest, comme deux ailes.

Et voilà que là-bas, à nos pieds, on a vu Souchez entre les arbres. A la faveur de la distance et de la lumière, la petite localité se reconstituait aux yeux, neuve de soleil !

— Est-ce que j'ai raison ? répéta Poterloo, plus vacillant, plus incertain.

Avant que j'aie pu parler, il se répondit à lui-même, d'abord presque à voix basse, dans la lumière :

— Elle est toute jeune, tu sais ; ça a vingt-six ans. Elle ne peut pas r'tenir sa jeunesse ; ça lui sort de partout et, quand elle se repose à la lampe et au chaud, elle est bien obligée de sourire ; et, même si elle riait aux éclats, ce serait tout bonnement sa jeunesse qui lui chant'rait dans la gorge. C'est point à cause des autres, à vrai dire, c'est à cause d'elle. C'est la vie. Elle vit. Eh oui, elle vit, voilà tout. C'est pas d' sa faute si elle vit. Tu voudrais pas qu'elle meure ? Alors, qu'est-ce que tu veux qu'elle fasse ? Qu'elle pleure, rapport à moi et aux Boches, tout le long du jour ? Qu'elle rouspète ? On peut pas pleurer tout le temps ni rouspéter pendant dix-huit mois. C'est pas vrai. Il y a trop longtemps, que j' te dis. Tout est là.

Il se tait pour regarder le panorama de Notre-Dame-de-Lorette, maintenant tout illuminé.

— C'est kif-kif la gosse qui, quand elle se trouve à côté d'un bonhomme qui ne parle pas de l'envoyer baller, finit par chercher à lui monter sur les genoux. Elle aimerait p't'êt' mieux que ce soit son oncle ou un ami de son père — p't'êt' — mais elle essaie tout de même auprès de celui qui est seul à être toujours là, même si c'est un gros cochon à lunettes.

« Ah ! s'écrie-t-il en se levant et en venant gesticuler devant moi, on pourrait m' répondre une bonne chose : si je revenais pas de la guerre, j' dirais : « Mon vieux, t'es fichu, plus de Clotilde, plus d'amour ! Tu vas être remplacé un jour ou l'autre dans son cœur. Y a pas à tourner : ton souvenir, le portrait de toi qu'elle porte en elle, il va s'effacer peu à peu et un autre se mettra dessus et elle recommencera une autre vie. » Ah ! si j' rev'nais pas !

Il a un bon rire.

— Mais j'ai bien l'intention de revenir ! Ah ! ça oui, faut être là ! Sans ça !... Faut être là, vois-tu, reprend-il plus grave. Sans ça, si tu n'es pas là, même si tu as affaire à des saints ou à des anges, tu finiras par avoir tort. C'est la vie. Mais j' suis là.

Il rit.

— J' suis même un peu là, comme on dit !

Je me lève aussi et lui frappe sur l'épaule.

— Tu as raison, mon vieux frère. Tout ça finira.

Il se frotte les mains. Il ne s'arrête plus de parler :

— Oui, bon sang, tout ça finira. T'en fais pas.

« Oh ! je sais bien qu'il y aura du boulot pour que ça finisse, et plus encore après. Faudra bosser. Et j' dis pas seulement bosser avec les bras.

« Faudra tout r'faire. Eh bien, on refera. La maison ? Partie. Le jardin ? Plus nulle part. Eh bien, on refera la maison. On refera le jardin. Moins y aura et plus on refera. Après tout, c'est la vie, et on est fait pour refaire, pas ? On r'fera aussi la vie ensemble et le bonheur ; on refera les jours, on refera les nuits.

« Et les autres aussi. Ils referont leur monde. Veux-tu que je te dise ? Ça sera peut-être moins long qu'on croit...

« Tiens, j' vois très bien Madeleine Vandaërt épousant un autre gars. Elle est veuve ; mais, mon vieux, y a dix-huit mois qu'elle est veuve. Crois-tu qu' c'est pas une tranche, ça, dix-huit mois ? On n' porte même plus l' deuil, j' crois, autour de c' temps-là ! On ne fait pas attention à ça quand on dit : « C'est une garce ! » et quand on voudrait, en somme, qu'elle se suicide ! Mais, mon vieux, on oublie, on est forcé d'oublier. C'est pas les autres qui font ça ; c'est même pas nous-mêmes ; c'est l'oubli, voilà. Je la retrouve tout d'un coup et de la voir rigoler, ça m'a chamboulé, tout comme si son mari venait d'être tué d'hier — c'est humain — mais quoi ! Y a une paye qu'il est clamsé, le pauv' gars. Y a longtemps ; y a trop longtemps. On n'est plus les mêmes. Mais attention, faut r'venir, faut être là ! On y sera et on s'occupera de redevenir !

En chemin, il me regarde, cligne de l'œil et, ragaillardi d'avoir trouvé une idée où appuyer ses idées :

— J' vois ça d'ici, après la guerre, tous ceux de Souchez se remettant au travail et à la vie... Quelle affaire ! Tiens, le père Ponce, mon vieux, ce numéro-là ! Il était si tellement méticuleux que tu l' voyais balayer l'herbe de son jardin avec un balai d' crin, ou, à genoux sur sa pelouse, couper le gazon avec une paire d' ciseaux. Eh bien, il s' paiera ça encore ! Et Mme Imaginaire, celle qu'habitait une des dernières maisons du côté du château de Carleur, une forte femme qu'avait l'air de rouler par terre comme si elle avait eu des roulettes sous le gros rond de ses jupes. Elle pondait un enfant tous les ans. Réglé, recta : une vraie mitrailleuse à gosses ! Eh bien, a r'prendra c't' occupation à tour d' bras.

Il s'arrête, réfléchit, sourit à peine, presque en lui-même :

— ... Tiens, j' vais t' dire, j'ai r'marqué... Ça n'a pas grande importance, ça, insiste-t-il, comme gêné subitement par la petitesse de cette parenthèse — mais j'ai r'marqué (on r'marque ça d'un coup d'œil en r'marquant aut' chose), que c'était plus propre chez nous que d' mon temps...

On rencontre par terre de petits rails qui rampent perdus dans le foin séché sur pied. Poterloo me montre, de sa botte, ce bout de voie abandonné, et sourit :

— Ça, c'est notre chemin de fer. C'est un tortillard, qu'on appelle. Ça doit vouloir dire « qui se grouille pas ». Il n'allait pas vite ! Un escargot y aurait tenu le pied ! On le refera. Mais il n'ira pas plus vite, certainement. Ça lui est défendu !

Quand nous arrivâmes en haut de la côte, il se retourna et jeta un dernier coup d'œil sur les lieux massacrés que nous venions de visiter. Plus encore que tout à l'heure, la distance recréait le village à travers les restes d'arbres qui, diminués et rognés, semblaient de jeunes pousses. Mieux encore que tout à l'heure, le beau temps disposait sur ce groupement blanc et rose de matériaux une apparence de vie et même un semblant de pensée. Les pierres subissaient la transfiguration du renouveau. La beauté des rayons annonçait ce qui serait, et montrait l'avenir. La figure du soldat qui contemplait cela s'éclairait aussi d'un reflet de résurrection. Le printemps et l'espoir y déteignaient en sourire ; et ses joues roses, ses yeux bleus si clairs et ses sourcils jaune d'or avaient l'air peints de frais.

*

On descend dans le boyau. Le soleil y donne. Le boyau est blond, sec et sonore. J'admire sa belle profondeur géométrique, ses parois lisses polies par la pelle, et j'éprouve de la joie à entendre le bruit franc et net que font nos semelles sur le fond de terre dure ou sur les caillebotis, petits bâtis de bois posés bout à bout et formant plancher.

Je regarde ma montre. Elle me fait voir qu'il est neuf heures ; et elle me montre aussi un cadran délicatement colorié où se reflète un ciel bleu et rose, et la fine découpure des arbustes qui sont plantés là, au-dessus des bords de la tranchée.

Et Poterloo et moi nous nous regardons également, avec une sorte de joie confuse ; on est contents de se voir, comme si on se revoyait ! Il me parle, et moi qui suis bien habitué pourtant à son accent du Nord qui chante, je découvre qu'il chante.

Nous avons eu de mauvais jours, des nuits tragiques, dans le froid, dans l'eau et la boue. Maintenant, bien que ce soit encore l'hiver, une première belle matinée nous apprend et nous convainc qu'il va y avoir bientôt, encore une fois, le printemps. Déjà le haut de la tranchée s'est orné d'herbe vert tendre et il y a, dans les frissons nouveau-nés de cette herbe, des fleurs qui s'éveillent. C'en sera fini des jours rapetissés et étroits. Le printemps vient d'en haut et d'en bas. Nous respirons à cœur joie, nous sommes soulevés.

Oui, les mauvais jours vont finir. La guerre aussi finira, que diable ! Et elle finira sans doute dans cette belle saison qui vient et qui déjà nous éclaire et commence à nous caresser avec sa brise.

Un sifflement. Tiens, une balle perdue...

Une balle ? Allons donc ! C'est un merle !

C'est drôle comme c'était pareil... Les merles, les oiseaux qui crient doucement, la campagne, les cérémonies des saisons, l'intimité des chambres, habillées de lumière... Oh ! La guerre va finir, on va revoir à jamais les siens : la femme, les enfants, ou celle qui est à la fois la femme et l'enfant, et on leur sourit dans cet éclat jeune qui, déjà, nous réunit.

... A la fourche des deux boyaux, sur le champ, au bord, voici comme un portique. Ce sont deux poteaux appuyés l'un sur l'autre avec, entre eux, un enchevêtrement de fils électriques qui pendent comme des lianes. Cela fait bien. On dirait un arrangement, un décor de théâtre. Une mince plante grimpante enlace l'un des poteaux et, en la suivant des yeux, on voit qu'elle a déjà osé aller de l'un à l'autre.

Bientôt, à longer ce boyau dont le flanc herbeux frissonne comme les flancs d'un beau cheval vivant, nous aboutissons dans notre tranchée de la route de Béthune.

Voici notre emplacement. Les camarades sont là, groupés. Ils mangent, jouissent de la bonne température.

Le repas fini, on nettoie les gamelles ou les assiettes en aluminium avec un bout de pain...

— Tiens, y a plus de soleil !

C'est vrai. Un nuage s'étend et l'a caché.

— I' va même flotter, mes petits gars, dit Lamuse.

— Voilà bien notre veine ! Justement pour le départ.

— Sacré pays, milédi ! dit Fouillade.

Le fait est que ce climat du Nord ne vaut pas grand-chose. Ça bruine, ça brouillasse, ça fume, ça pleut. Et, quand il y a du soleil, le soleil s'éteint vite au milieu de ce grand ciel humide.

Nos quatre jours de tranchées sont finis. La relève aura lieu à la tombée du soir. On se prépare lentement au départ. On remplit et on range le sac, les musettes. On donne un coup au fusil et on l'enveloppe.

Il est déjà quatre heures. La brume tombe vite. On devient indistincts les uns aux autres.

— Bon sang, la voici, la pluie !

Quelques gouttes. Puis c'est l'averse. Oh ! là là là ! On ajuste des capuchons, des toiles de tente. On rentre dans l'abri en pataugeant et en se mettant de la boue aux genoux, aux mains et aux coudes, car le fond de la tranchée commence à être gluant. Dans la guitoune, on a à peine le temps d'allumer une bougie posée sur un bout de pierre, et de grelotter autour.

— Allons, en route !

On se hisse dans l'ombre mouillée et venteuse du dehors. J'entrevois la puissante carrure de Poterloo : nous sommes toujours à côté l'un de l'autre dans le rang. Je lui crie quand on se met en marche :

— Tu es là, mon vieux ?

— Oui, d'vant toi ! me crie-t-il en se retournant.

Il reçoit dans ce mouvement une gifle de vent et de pluie, mais il rit. Il a toujours sa bonne figure heureuse de ce matin. Ce n'est pas une averse qui lui ôtera le contentement qu'il emporte dans son cœur ferme et solide, et ce n'est pas une maussade soirée qui éteindra le soleil que j'ai vu, il y a quelques heures, entrer dans sa pensée.

On marche. On se bouscule. On fait quelques faux pas... La pluie ne cesse pas et l'eau ruisselle dans le fond de la tranchée. Les caillebotis branlent sur le sol devenu mou : quelques-uns penchent à droite ou à gauche et on y glisse. Et puis, dans le noir, on ne les voit pas, et il arrive qu'aux tournants on met le pied à côté, dans les trous d'eau.

Je ne perds pas des yeux, dans le gris de la nuit, le

poil ardoisé du casque de Poterloo, ruisselant comme un toit sous l'averse, et son large dos garni d'un carré de toile cirée qui miroite. Je lui emboîte le pas et, de temps en temps, je l'interpelle et il me répond — toujours de bonne humeur, toujours calme et fort.

Quand il n'y a plus de caillebotis, on piétine dans la boue épaisse. Il fait noir, maintenant. On s'arrête brusquement, et je suis jeté sur Poterloo. On entend, en avant, une invective demi-furieuse :

— Ben quoi, vas-tu avancer ? On va être coupés !

— J' peux pas décoller mes reposoirs ! répond une voix piteuse.

L'enlisé arrive enfin à se dégager, et il nous faut courir pour rattraper le reste de la compagnie. On commence à haleter et à geindre et à pester contre ceux qui sont en tête. On pose les pieds au petit bonheur : on fait des faux pas, on se retient aux parois, et on a les mains enduites de boue. La marche devient une débandade pleine de bruit de ferraille et de jurons.

La pluie redouble. Second arrêt subit. Il y en a un qui est tombé ! Brouhaha.

Il se relève. On repart. Je m'évertue à suivre de tout près le casque de Poterloo, qui luit faiblement dans la nuit devant mes yeux, et je lui crie de temps en temps :

— Ça va ?

— Oui, oui, ça va, me répond-il en reniflant et en soufflant, mais de sa voix toujours sonore et chantante.

Le sac tire et fait mal aux épaules, secoué dans cette course houleuse sous l'assaut des éléments. La tranchée est bouchée par un éboulement frais dans lequel on s'enfonce... On est obligé d'arracher ses pieds de la terre molle et adhérente, en les levant très haut à chaque pas. Puis, ce paysage laborieusement franchi, on redégringole tout de suite dans le ruisseau glissant. Les souliers ont tracé au fond deux ornières étroites où le pied se prend comme dans un rail, ou bien il y a des flaques où il entre à grand floc. Il faut, à un endroit, se baisser très bas pour passer au-dessous du pont massif et gluant qui franchit le boyau, et ce n'est pas sans peine qu'on y arrive. On est forcé de s'agenouiller dans la boue, de s'écraser par terre et de ramper à quatre pattes pendant quelques pas. Un peu plus loin, il nous faut évoluer en empoignant un piquet que le détrempage du sol a fait pencher de travers juste au milieu du passage.

On parvient à un carrefour.

— Allons, en avant ! maniez-vous, les gars ! dit l'adjudant, qui s'est plaqué dans une encoignure pour nous laisser passer et nous parler. L'endroit n'est pas bon.

— On est éreintés, meugle une voix si enrouée et si haletante que je ne reconnais pas le parleur.

— Zut ! J'en ai marre, j' reste là, gémit un autre à bout de souffle et de force.

— Que voulez-vous que j'y fasse ? répond l'adjudant. C'est pas d' ma faute, hé ? Allons, grouillez-vous, l'endroit est mauvais. Il a été marmité à la dernière relève !

On va au milieu de la tempête d'eau et de vent. Il semble qu'on descende, qu'on descende, dans un trou. On glisse, on tombe et on bute contre la paroi, on se rejette debout. Notre marche est une espèce de longue chute où l'on se retient comme on peut et où on peut. Il s'agit de trébucher devant soi et le plus droit possible.

Où sommes-nous ? Je lève la tête, malgré les vagues de pluie, hors de ce gouffre où nous nous débattons. Sur le fond à peine distinct du ciel couvert, je découvre le rebord de la tranchée, et voici tout d'un coup apparaître à mes yeux, dominant ce bord, une espèce de poterne sinistre faite de deux poteaux noirs penchés l'un sur l'autre, au milieu desquels pend comme une chevelure arrachée. C'est le portique.

— En avant ! En avant !

Je baisse la tête et je ne vois plus rien ; mais j'entends à nouveau les semelles entrer dans la vase et en sortir, le cliquetis des fourreaux de baïonnette, les exclamations sourdes et le halètement précipité des poitrines.

Encore une fois, remous violent. On stoppe brusquement et comme tout à l'heure je suis jeté sur Poterloo et m'appuie sur son dos, son dos fort, solide comme une colonne d'arbre, comme la santé et l'espoir. Il me crie :

— Courage, vieux, on arrive !

On s'immobilise. Il faut reculer... Nom de Dieu !... Non, on avance à nouveau !...

Tout à coup, une explosion formidable tombe sur nous. Je tremble jusqu'au crâne, une résonance métallique m'emplit la tête, une odeur brûlante de soufre me pénètre les narines et me suffoque. La terre s'est ouverte devant moi. Je me sens soulevé et jeté de côté, plié, étouffé et aveuglé à demi dans cet éclair de tonnerre... Je me souviens bien pourtant : pendant cette seconde où, instinctivement, je cherchais, éperdu, hagard, mon frère d'armes, j'ai vu son corps monter, debout, noir, les deux bras étendus de toute leur envergure, et une flamme à la place de la tête !

XIII

LES GROS MOTS

Barque me voit écrire. Il vient vers moi à quatre pattes à travers la paille, et me présente sa figure éveillée, ponctuée par son toupet roussâtre de Paillasse, ses petits yeux vifs au-dessus desquels se plissent et se déplissent des accents circonflexes. Il a la bouche qui tourne dans tous les sens à cause d'une tablette de chocolat qu'il croque et mâche, et dont il tient dans son poing l'humide moignon.

Il bafouille, la bouche pleine, en me soufflant une odeur de boutique de confiserie.

— Dis donc, toi qui écris, tu écriras plus tard sur les soldats, tu parleras de nous, pas ?

— Mais oui, fils, je parlerai de toi, des copains, et de notre existence.

— Dis-moi donc...

Il indique de la tête les papiers où j'étais en train de prendre des notes. Le crayon en suspens, je l'observe et l'écoute. Il a envie de me poser une question.

— Dis donc, sans t' commander... Y a quéqu' chose que j' voudrais te d'mander. Voilà la chose : si tu fais parler les troufions dans ton livre, est-ce que tu les f'ras parler comme ils parlent, ou bien est-ce que tu arrangeras ça, en lousdoc ? C'est rapport aux gros mots qu'on dit. Car, enfin, pas, on a beau être très camarades et sans qu'on s'engueule pour ça, tu n'entendras jamais deux poilus l'ouvrir pendant une minute sans qu'i's disent et qu'i's répètent des choses que les imprimeurs n'aiment pas besef imprimer. Alors, quoi ? Si tu ne le dis pas, ton portrait ne sera pas r'ssemblant : c'est comme qui dirait que tu voudrais les peindre et que tu n' mettes pas une des couleurs les plus voyantes partout où elle est. Mais pourtant ça s' fait pas.

— Je mettrai les gros mots à leur place, mon petit père, parce que c'est la vérité.

— Mais dis-moi, si tu l' mets, est-ce que des types de ton bord, sans s'occuper de la vérité, ne diront pas que t'es un cochon ?

— C'est probable, mais je le ferai tout de même sans m'occuper de ces types.

— Veux-tu mon opinion ? Quoique je ne m'y connais pas en livres, c'est courageux, ça, parce que ça s' fait pas, et ce sera très chic si tu l'oses, mais t'auras de la peine au dernier moment, t'es trop poli !... C'est même un des défauts que j' te connais depuis qu'on s' connaît. Ça, et aussi cette sale habitude que tu as quand on nous distribue de la gniole, sous prétexte que tu crois que ça fait du mal, au lieu de donner ta part à un copain, de t' la verser sur la tête pour te nettoyer les tifs.

XIV

LE BARDA

La grange s'ouvre au bout de la cour de la ferme des Muets, dans la construction basse, comme une caverne. Toujours des cavernes pour nous, même dans les maisons ! Quand on a traversé la cour où le fumier cède sous les semelles avec un bruit spongieux, ou bien qu'on l'a contournée en se tenant difficilement en équilibre sur l'étroite bordure de pavés, et qu'on se présente devant l'ouverture de la grange, on ne voit rien du tout...

Puis, en insistant, on perçoit un enfoncement brumeux où de brumeuses masses noires sont accroupies, sont étendues ou bien évoluent d'un coin à un autre. Au fond, à droite et à gauche, deux pâles lueurs de bougies, aux halos ronds comme de lointaines lunes rousses, permettent enfin de distinguer la forme humaine de ces masses dont la bouche émet soit de la buée, soit de la fumée épaisse.

Ce soir, notre vague repaire, où je m'engouffre avec précaution, est en proie à l'agitation. Le départ aux tranchées a lieu demain matin et les nébuleux locataires de la grange commencent à faire leurs paquets.

Assailli par l'obscurité qui, au sortir du soir pâle, me bouche les yeux, j'évite néanmoins le piège des bidons, des gamelles et des équipements qui traînent par terre, mais je bute en plein dans les boules entassées juste au milieu, tels des pavés dans un chantier... J'atteins mon coin. Un être, à l'énorme dos laineux et sphérique, est là, à cropetons, penché sur une série de petites choses qui miroitent par terre. Je donne une tape sur son épaule matelassée d'une peau de mouton. Il se retourne et, à la lueur brouillée et saccadée de la bougie que supporte une baïonnette plantée par terre, je vois la moitié de la figure, un œil, un bout de moustache et un coin de la bouche entrouverte. Il grogne, amicalement, et se remet à regarder son fourbi.

— Qu'est-ce que tu fabriques là ?

— Je range. Je m' range.

Le simili-brigand qui semble inventorier son butin est mon camarade Volpatte. Je vois ce qu'il en est : il a étendu sa toile de tente pliée en quatre par-dessus son lit — c'est-à-dire la bande de paille à lui réservée — et, sur ce tapis, il a vidé et étalé le contenu de ses poches.

Et c'est tout un magasin qu'il couve des yeux avec une sollicitude de ménagère, tout en veillant, attentif et agressif, à ce qu'on ne lui marche pas dessus... J'épèle de l'œil l'abondante exposition.

Autour du mouchoir, de la pipe, de la blague à tabac, laquelle renferme aussi le cahier de feuilles, du couteau, du porte-monnaie et du briquet (le fonds nécessaire et indispensable), voici deux bouts de lacets de cuir emmêlés comme des vers de terre autour d'une montre incluse dans une boîte en celluloïd transparent qui se ternit et blanchit singulièrement en vieillissant. Puis une petite glace ronde et une autre carrée ; celle-ci est cassée, mais de plus belle qualité, taillée en biseau. Un flacon d'essence de térébenthine, un flacon d'essence minérale presque vide, et un troisième flacon, vide. Une plaque de ceinturon allemand portant cette devise : *Gott mit uns,* un gland de dragonne de même provenance ; enveloppée à demi dans du papier, une fléchette d'aéro qui a la forme d'un crayon d'acier et est pointue comme une aiguille ; des ciseaux pliants et une cuiller-fourchette également pliante ; un bout de crayon et un bout de bougie ; un tube d'aspirine contenant aussi des comprimés d'opium, plusieurs boîtes de fer-blanc.

Voyant que j'inspecte en détail sa fortune personnelle, Volpatte m'aide à identifier certains articles :

— Ça, c'est un vieux gant d'officier en peau. J' coupe les doigts pour boucher l' canon d' mon arbalète ; ça, c'est du fil téléphonique, la seule affaire avec quoi tu attaches tes boutons d' capote si tu veux qu'ils tiennent. Et ici, là-dedans, tu t' demandes c' qu'y est ? Du fil blanc, solide, et pas d' celui-là qu' t'es cousu quand on te livre des effets neufs, et qu'on r'tire avec la fourchette, du macaroni au fromage, et là, un jeu d'aiguilles sur une carte postale. Les épingles de nourrice, a sont là, à part...

« Et ici, c'est les papyrus. Tu parles d'une biothèque.

Il y a, en effet, dans l'étalage des objets issus des poches de Volpatte, un étonnant amoncellement de papiers : c'est la pochette violette de papier à lettres dont la mauvaise enveloppe imprimée est éculée ; c'est un livret militaire dont la couverture, racornie et poussiéreuse comme la peau d'un vieux routier, s'effrite et diminue de partout ; c'est un carnet en moleskine éraillée bondé de papiers et de portraits : au milieu trône l'image de la femme et des petits.

Hors de la liasse des papiers jaunis et noircis, Volpatte extrait la photographie et me la montre une fois de plus. Je refais connaissance avec Mme Volpatte, une femme au buste opulent, aux traits doux et mous, entourée de deux garçonnets à col blanc, l'aîné mince, le cadet rond comme une balle.

— Moi, dit Biquet, qui a vingt ans, je n'ai que des photos de vieux.

Et il nous fait voir, en la plaçant tout près de la bougie, l'image d'un couple de vieillards qui nous regardent, l'air bien sage comme les petits enfants de Volpatte.

— J'ai les miens aussi avec moi, dit un autre. J' quitte jamais la photographie de la nichée.

— Dame ! chacun emporte son monde, ajoute un autre.

— C'est drôle, constate Barque, un portrait, ça s'use à force d'être regardé. Il ne faut pas le zyeuter trop souvent et être trop longtemps dessus : à la longue, j' sais pas c' qui s' passe, mais le rapprochement fiche le camp.

— T'as raison, dit Blaire. Moi, j' trouve ça comme ça aussi, exactement.

— J'ai aussi dans mes papelards une carte de la région, continue Volpatte.

Il la déplie devant la lumière. Elimée et transparente aux plis, elle a l'air de ces stores faits de carrés cousus l'un à l'autre.

— J'ai encore du journal (il déroule un article de journal sur les poilus), et un livre (un roman à vingt-cinq centimes, *Deux fois vierge*)... Tiens, un autre morceau de journal : *L'Abeille d'Etampes*. J' sais pas pourquoi j'ai gardé ça. I' doit y avoir une raison d'ssous. J' voirai à tête reposée. Et puis, mon jeu de cartes, et un jeu d' dames en papier avec des pions en espèce de pain à cacheter.

Barque, qui s'est approché, regarde la scène et dit :

— Moi, j'ai plus d' choses encore qu' ça dans mes profondes.

Il s'adresse à Volpatte :

— As-tu un soldbuch boche, crâne de pou, des ampoules d'iode, un browning ? Moi, j'ai ça et j'ai deux couteaux.

— Moi, dit Volpatte, j'ai pas d' revolver, ni de livret boche, mais j'aurais pu avoir deux couteaux ou même dix couteaux ; mais j' n'ai besoin que d'un.

— Ça dépend, dit Barque. Et as-tu des boutons mécaniques, face de dos ?

— Moi, j' n'ai dans m' poch' ! s'écrie Bécuwe.

— L' troufion, il n' peut pas s'en passer, assure Lamuse. Sans ça pour faire t'nir les bertelles au froc, c'est pas vrai.

— Moi, dit Blaire, j'ai toujours dans la poche, pour être à portée de ma main, ma trousse à bagues.

Il la sort, enveloppée dans un sachet à masque, et il la secoue. Le tiers-point et la lime sonnent, et on entend aussi le cliquetis des anneaux bruts d'aluminium.

— Moi, j'ai toujours de la ficelle, c'est ça qu'est utile ! dit Biquet.

— Pas tant que des clous, dit Pépin, et il en fait voir trois dans sa main : un gros, un petit et un moyen.

Un à un, les autres viennent participer à la conversation, tout en bricolant. On s'habitue à la demi-obscurité. Mais le caporal Salavert, qui a la juste réputation de n'être pas bête de ses mains, adapte une bougie dans la suspension qu'il a fabriquée avec une boîte de camembert et du fil de fer. On allume, et autour de ce lustre chacun raconte avec des partialités et des préférences de mère ce qu'il a dans ses poches.

— D'abord, combien en a-t-on ?

— D' poches ? Dix-huit, dit quelqu'un, qui est naturellement Cocon, l'homme-chiffres.

— Dix-huit poches ! Tu charries, nez d' rat ! fait le gros Lamuse.

— Parfaitement, dix-huit, réplique Cocon. Compte-les, si t'es si malin qu' ça.

Lamuse veut se faire une raison là-dessus, et, plaçant ses deux mains près du lumignon pour compter plus juste, il énumère sur ses gros doigts de brique poussiéreuse : deux poches dans la capote derrière qui pendent, la poche à paquet à pansement qui sert pour le tabac, deux à l'intérieur de la capote, devant ; les deux poches extérieures de chaque côté avec patte. Trois dans le pantalon et même trois et demi, parce qu'il y a la pochette de devant.

— J'y mets une boussole, dit Farfadet.

— Moi, mon rabiot d'amadou.

— Moi, dit Tirloir, un tit sifflet qu' ma femme m'a envoyé en m' disant comme ça : « Si t'es blessé dans la bataille, tu siffleras pour que les camarades viennent t' sauver la vie. »

On rit de la phrase naïve.

Tulacque intervient, indulgent, et dit à Tirloir :

— Ça sait pas c' que c'est qu' la guerre, à l'arrière. Si tu voulais parler de l'arrière, c'est toi qui en dirais des conneries !

— Ne la comptons pas, elle est trop petite, dit Salavert. Ça fait dix.

— Dans la veste, quatre. Ça ne fait toujours que quatorze.

— Y a les deux poches à cartouches : ces deux poches nouvelles qui tiennent avec des sangles.

— Seize, dit Salavert.

— Tiens, enfant de malheur, tête de pied, rechasse ma veste. Ces deux poches-là, tu les as pas comptées !

Eh bien alors, qu'est-ce qu'i' t' faut ! C'est pourtant les poches à la place ordinaire. C'est les poches civiles où c' que tu fourres, dans l' civil, ton tire-jus, ton tabac et l'adresse où tu vas livrer.

— Dix-huit ! fait Salavert, grave comme un fonctionnaire. Y en a dix-huit, pas d'erreur, adjugé.

A ce moment de la conversation, quelqu'un fait sur les pavés du seuil une série de faux pas sonores, tel un cheval qui piafferait — et blasphémerait.

Puis après un silence, une voix bien timbrée glapit avec autorité :

— Eh, là-dedans, on s' prépare ? Il faut que tout soye prêt à c' soir, et, vous savez, des paxons bien solides. On va en première ligne, cette fois, et même, ça va p't'êt' chauffer.

— Ça va, ça va, mon adjudant, répondent distraitement des voix.

— Comment ça s'écrit, Arnesse ? demande Benech qui, à quatre pattes, travaille par terre une enveloppe avec un crayon.

Tandis que Cocon lui épèle « Ernest » et que l'adjudant, éclipsé, répète son boniment qu'on entend plus lointain, à la porte d'à côté, Blaire prend la parole et dit :

— Faut toujours, mes enfants — écoutez c' que j' vous dis — mett' vot' quart dans vot' poche. Moi, j'ai essayé de l' coller partout autrement, mais y a qu' la poche que c'est vraiment pratique, crois-moi. Si t'es en marche, équipé, ou bien si t'es déséquipé à naviguer dans la tranchée, tu l'as toujours sous la pince des fois qu'i' s' produit une occase : un copain qu'a du pinard et qui t' veut du bien et qui t' dit : « Donne ton quart », ou bien un marchand qui baguenaude. Mes vieux cerfs, écoutez c' que j' dis, vous vous en trouv'rez toujours bath : mets ton quart é' d'dans ta poche.

— Plus souvent, dit Lamuse, que tu m' voiras mett' mon quart dans m' poche. S' t' une idée à la graisse d'hérisson et à la mords-moi le doigt, ni plus ni moins, j' préfère beaucoup mieux l'armurer à ma bretelle de suspension avec un crochet.

— Attaché à un bouton d' la capote, comme le sachet à masque, c'est plus mieux. Pa'ce que suppose que t'ôtes ton équipement, alors t'es vert si justement i' passe du vin.

— Moi, j'ai un quart boche, dit Barque. C'est plat, ça s' met dans la poche de côté si on veut, et ça entre très bien dans la cartouchière, un coup qu' t'as foutu tes cartouches en l'air, ou qu' tu les as carrées dans ta musette.

— Un quart boche, c'est ça qu'est pas extra, dit Pépin. Ça tient pas d'bout. Ça sert juste à encombrer.

— Attends voir, bec d'asticot, dit Tirette qui ne manque pas de psychologie ; cette fois-ci, si on attaque, comme le juteux a eu l'air de nous l' casser, tu en trouv'ras p't'êt' un, d' quart boche, et alors, c'est ça qui s'ra extra !

— L' juteux a dit ça, observe Eudore, mais i' sait pas.

— Ça contient plus qu'un quart, l' quart boche, remarque Cocon, vu qu' la contenance du quart juste, elle est marquée d'un trait aux trois quarts du quart. Et t'es toujours avantageux d'en avoir un grand, parce que si t'as un quart qui tient juste un quart, pour qu' tu ayes un quart de jus, de vin, ou d'eau bénite ou d' n'importe quoi, i' faut qu'on l'emplisse rasibus et on l' fait jamais dans les distrib, et, si on l' fait, tu l' renverses.

— J' te crois qu'on l' fait plutôt pas, dit Paradis, outré quand il évoquait ces procédés. L' fourrier, i' sert en foutant l' doigt dans l' quart, et il a collé deux gnons sur l' cul du quart. Total, t'es fabriqué du tiers, et tu t'accroches trois belles ceintures l'une sur l'autre.

— Oui, dit Barque, c'est vrai. Mais faut pas non plus un quart trop grand, parc' qu'alors celui qui t' sert, i' s' méfie ; i' t'en fout une goutte avec la tremblote, et pour ne pas t'en donner plus que la m'sure, i' t'en donne moins, et tu t' mets la tringle, avec ta soupière dans les pattes.

Cependant, Volpatte remettait un à un dans ses poches les objets dont il avait composé un étalage.

Arrivé au porte-monnaie, il le considéra d'un air plein de pitié.

— Il est salement plat, le frère.

Il compta :

— Trois francs ! Mon vieux, faudrait voir à m' remplumer, sans ça, en r'descendant, j' suis verdure.

— T'es pas l' seul à avoir pas lourd dans son morlingue.

— L' soldat dépense plus qu' n' gagne, y a pas d'erreur. Je m' demande c' que d'viendrait celui qui n'aurait que son prêt.

Paradis répondit avec une simplicité cornélienne :

— I' crèv'rait.

— Et tenez, moi, voilà ce que j'ai dans ma poche, qui ne me quitte pas.

Et Pépin, l'œil émerillonné, montra un couvert en argent.

— Il appartenait, dit-il, à la guenon où on a logé à Grand-Rozoy.

— Il lui appartient peut-être bien encore ?

Pépin eut un geste vague où l'orgueil se mêlait à la modestie, puis il s'enhardit, sourit et dit :

— J' la connais, la vieille fouineuse. Sûr qu'elle va passer le restant de sa vie à le chercher partout, dans chaque coin, son couvert d'argent.

— Moi, dit Volpatte, je n'ai jamais pu faucher qu'une paire de ciseaux. Y en a qui ont la veine. Pas moi. Aussi, nature si j' les garde précieusement, ces ciseaux, et pourtant j' peux dire qu'i's n' me serv'nt pas de rien.

— Moi, j'ai bien chapardé quéqu' petits machins par-ci par-là, mais qu'est-ce que c'est qu' ça ? Les sapeurs, i's m'ont toujours grillé pour la chose du fauchage, alors quoi ?

— On a beau faire c' qu'on veut, on est toujours grillé par quelqu'un, pas, vieux frère ! T'en fais pas.

— Eh là-d'dans, qui qui veut d' la teinturiotte ? cria l'infirmier Sacron.

— Moi, j' garde les lettres de ma femme, dit Blaire.

— Moi, j' les lui renvoie.

— Moi, j' les garde. Les v'là.

Eudore exhibe un paquet de papiers usés, luisants, dont la pénombre voile pudiquement la noirceur.

— J' les garde. Quelquefois, j' les relis. Quand on a froid et qu'on a mal, j' les r'lis. Ça vous réchauffe pas, mais ça fait semblant.

Cette drôle de phrase doit avoir un sens profond, car plusieurs ont relevé la tête et disent : « Oui, c'est ça. »

La conversation continue à bâtons rompus au sein de cette grange fantastique, traversée de grandes ombres mouvantes, avec des entassements de nuit aux coins et les points souffreteux de quelques chandelles disséminées.

Je les vois aller et venir, se profiler étrangement, puis s'abaisser, s'affaler sur le sol, ces déménageurs affairés et encombrés, qui soliloquent ou s'interpellent, les pieds empêtrés dans les choses. Ils se montrent l'un à l'autre leurs richesses.

— Tiens, r'garde !

— Tu parles ! répond-on avec envie.

On voudrait avoir tout ce qu'on n'a pas. Et il y a dans l'escouade des trésors légendairement enviés par tous : par exemple, le bidon de deux litres détenu par Barque et qu'un talentueux coup de fusil à blanc a dilaté jusqu'à la contenance de deux litres et demi ; le célèbre grand couteau à manche de corne de Bertrand.

Dans le fourmillement tumultueux, des regards de côté effleurent ces objets de musée, puis chacun se remet à regarder devant soi, chacun se consacre à sa « camelote » et s'acharne à la mettre en ordre.

Triste camelote, en effet. Tout ce qui est fabriqué pour le soldat est commun, laid, et de mauvaise qualité, depuis leurs souliers en carton découpé, aux pièces attachées ensemble par des grillages de méchant fil, jusqu'à leurs vêtements mal taillés, mal bâtis, mal cousus, mal teints, en drap cassant et transparent — du papier buvard — qu'un jour de soleil fait passer, qu'une heure de pluie transperce, jusqu'à leurs cuirs amincis à l'extrême, friables comme des copeaux et que déchirent les tenons, leur linge de flanelle plus maigre que du coton, leur tabac qui ressemble à de la paille.

Marthereau est à côté de moi. Il me désigne les camarades :

— R'garde-les, ces pauv' vieux qui ar'gardent leur capharnion. Tu croirais une flopée d' mères zyeutant leurs p'tits. Coute-les. I's appellent leurs trucs. Tiens, çui-là, dès lors qu'i' dit : « Mon couteau ! » C'est kif comme s'i' disait : « Léon, ou Charles, ou Dolphe. » Et, tu sais, impossible pour eux de diminuer son chargement. C'est pas vrai. C'est pas qu'i' veul'tent pas — vu que l' métier c'est pas ça qui vous renfortifie, pas ? C'est qu'i's peuv'tent pas. Ils ont trop d'amour pour.

Le chargement ! Il est formidable, et on sait bien, parbleu, que chaque objet le rend un peu plus méchant, que chaque petite chose est une meurtrissure de plus.

Car il n'y a pas que ce qu'on fourre dans ses poches et dans ses musettes. Il y a, pour compléter le barda, ce qu'on porte sur son dos.

Le sac, c'est la malle et même c'est l'armoire. Et le vieux soldat connaît l'art de l'agrandir quasi miraculeusement par le placement judicieux de ses objets et provisions de ménage. En plus du bagage réglementaire et obligatoire — les deux boîtes de singe, les douze biscuits, les deux tablettes de café et les deux paquets de potage condensé, le sachet de sucre, le linge d'ordonnance et les brodequins de rechange — nous trouvons bien moyen d'y mettre quelques boîtes de conserve, du tabac, du chocolat, des bougies et des espadrilles, voire du savon, une lampe à alcool, et de l'alcool solidifié et des lainages. Avec la couverture, le couvre-pieds, la toile de tente, l'outil portatif, la gamelle et l'ustensile de campement, il grossit, grandit et s'élargit, et devient monumental et écrasant. Et mon voisin dit vrai : chaque fois, quand il arrive à son poste après des kilomètres de route et des kilomètres de boyaux, le poilu se jure bien que, la prochaine fois, il se débarrassera d'un tas de choses et se délivrera un peu les épaules du joug du sac. Mais chaque fois qu'il se prépare à repartir, il reprend cette même charge épuisante et presque surhumaine ; et il ne la quitte jamais, bien qu'il l'injurie toujours.

— Y a des malins gars qu'ont l' filon, dit Lamuse, et qui trouv'nt l' joint pour coller quéqu' chose dans la voiture de compagnie ou la voiture médicale. J'en connais un qu'a deux liquettes neuves et un can'çon dans la cantine d'un adjupette — mais, tu comprends, t'es tout d' suite deux cent cinquante bonhommes à la compagnie, et l' truc est connu et y en a pas besef qui peuv'nt le profiter : surtout des gradés ! tant pus i' sont sous-offs, tant pus i' sont sucrés pour carrer leur fourbi. Sans compter que l' commandant, i' visite les voitures, des fois, sans t'avertir et i' t' fout tes frusques au beau milieu de la route s'il les trouve dans une bagnole où c'est pas vrai : allez, partez ! sans compter l'engueulade et la tôle.

— Dans les premiers temps, c'était franc, mon vieux. Y en avait, j' l'ai vu, qui collaient leurs musettes et même leur armoire dans une voiture de gosse qu'i's poussaient sur la route.

— Ah ! tu parles ! c'était l' bon temps d' la guerre ! Mais on a changé tout ça.

Sourd à tous les discours, Volpatte, affublé de sa couverture comme d'un châle, ce qui lui donne l'air d'une vieille sorcière, tourne autour d'un objet qui gît par terre.

— J' m' demande, dit-il en ne s'adressant à personne, si j' vas emporter ce sale bouteillon-là. C'est l' seul de l'escouade et j' l'ai toujours porté. Oui, mais i' fuit comme un panier à salade.

Il ne peut pas prendre une décision, et c'est une vraie scène de séparation.

Barque le considère de côté et se moque de lui. On l'entend qui dit : « Gaga, maladif. » Mais il s'arrête dans son persiflage :

— Après tout, on s'rait à sa place, qu'on s'rait aussi con qu' lui.

Volpatte remet sa décision à plus tard :

— J' verrai ça demain au matin, quand j' mont'rai Philibert.

Après l'inspection et le remplissage des poches, c'est au tour des musettes, puis des cartouchières, et Barque disserte sur le moyen de faire entrer les deux cents cartouches réglementaires dans les trois cartouchières. En paquets, c'est impossible. Il faut les dépaqueter et les placer l'une à côté de l'autre debout, têtebêche. On arrive ainsi à bonder chaque cartouchière sans laisser de vide et à se faire une ceinture qui pèse dans les six kilos.

Le fusil est nettoyé déjà. On vérifie l'emmaillotage de la culasse et le bouchage — précautions indispensables à cause de la terre des tranchées.

Il s'agit de reconnaître facilement chaque fusil.

— Moi, j'ai fait des entailles dans la bretelle. Tu vois, j'ai découpé l' bord.

— Moi, j'y ai enroulé, en haut, à la bretelle, un cordon de soulier — et comme ça, je l' reconnais à la main comme avec l'œil.

— Moi, un bouton mécanique. Pas d'erreur. Dans l' noir je l' sens tout de suite et j' dis : « C'est ma carabine. » Pa'ce que, tu comprends, y a des gars qui s'en font pas, i's s' les roulent pendant que l' copain nettèye, pis i' s' foulent l' poignet en douce sur la clarinette de la poire qu'a nettéyé ; pis même i's n'ont pas la trouille ed' dire, après : « Mon capitaine, j'ai un fusil qu'est olrède. » Moi, j' marche pas dans la combine. C'est l' système D, et l' système D, mon vieux phénomène, y a des fois où c' que j'en ai pus que marre.

Et les fusils, tout en se ressemblant, diffèrent comme les écritures.

*

— C'est curieux et bizarre, me dit Marthereau, on monte demain aux tranchées, et il n'y a pas encore de viande soûle ni d' futur bois, ce soir, et — coute ! — pas de disputes encore. Tant qu'à moi...

« Ah ! j' dis pas, concède-t-il tout de suite, que ces deux-là, n' soient pas un peu garnis, ni un peu vaseux... Sans être tout à fait mûrs, ils ont l' nez sale, quoi...

— C'est Poitron et Poilpot, de l'escouade à Broyer.

Ils sont couchés et parlent bas. On distingue le nez rond de l'un qui brille comme sa bouche, juste à côté d'une bougie, et sa main qui fait, un doigt levé, de petits gestes explicatifs suivis fidèlement par une ombre portée.

— J' sais allumer le feu, mais j' sais pas l' rallumer quand il est éteint, déclare Poitron.

— Ballot ! dit Poilpot, si tu sais l'allumer, tu sais l' rallumer, vu qu' si tu l'allumes, c'est qu'il a été éteint, et tu peux dire que tu l' rallumes quand tu l'allumes.

— Tout ça c'est du bourre-mou. J' sais pas calculer et je m' fous des boniments que tu m' balances. J' te dis et j' te répète que, pour allumer un feu, j' suis là, mais pour l' rallumer quand i' s'a éteint, ça, n'a rien à faire. J' peux pas mieux dire.

Je n'entends pas l'insistance de Poilpot.

— Mais bougre de nom de Dieu d'entêté, râle Poitron, pis que j' te dis trente fois que j' sais pas. Faut-i' qu'i' soye tête de cochon, tout de même !

— C'est marrant, c't' écoutation-là, me confie Marthereau.

En vérité, tout à l'heure il a parlé trop vite.

Une certaine fièvre, provoquée par les libations des adieux, règne dans le taudis plein de paille nuageuse où la tribu — les uns debout et hésitants, les autres à genoux et tapant comme des mineurs — répare, empile, assujettit ses provisions, ses hardes et ses outils. Un grondement de paroles, un désordre de gestes. On voit saillir dans les lueurs enfumées, des reliefs de trognes, et des mains sombres remuer au-dessus de l'ombre, comme des marionnettes.

De plus, dans la grange attenante à la nôtre, et qui n'en est séparée que par un mur à hauteur d'homme, s'élèvent des cris avinés. Deux hommes, là, se prennent à partie avec une violence et une rage désespérées. L'air vibre des plus grossiers accents qui soient ici-bas. Mais l'un d'eux, un étranger d'une autre escouade, est expulsé par les locataires, et le jet d'injures de l'autre s'affaiblit et s'éteint.

— Tant qu'à nous, on s' tient ! remarque Marthereau avec une certaine fierté.

C'est vrai. Grâce à Bertrand, obsédé par la haine de l'alcoolisme, de cette fatalité empoisonnée qui joue avec les multitudes, notre escouade est une de celles qui sont le moins viciées par le vin et la gniole.

... Ils crient, ils chantent, ils extravaguent tout autour. Et ils rient sans fin ; dans l'organisme humain, le rire fait un bruit de rouage et de chose.

On essaye d'approfondir certaines physionomies qui se présentent avec un relief de touche émouvant dans cette ménagerie d'ombres, cette volière de reflets. Mais on ne peut pas. On les voit, mais on ne voit rien au fond d'elles.

*

— Déjà dix heures, les amis, dit Bertrand. On finira de monter Azor demain. Il est temps de mettre la viande en torchon.

Chacun, alors, se couche, lentement. Le bavardage ne cesse guère. Le soldat prend toutes ses aises chaque fois qu'il n'est pas absolument obligé de se dépêcher. Chacun va, vient, un objet à la main — et je vois glisser sur le mur l'ombre démesurée d'Eudore qui passe devant une chandelle, en balançant au bout de ses doigts deux sachets de camphre.

Lamuse s'agite à la recherche d'une position. Il semble mal à l'aise : quelle que soit sa capacité aujourd'hui, manifestement, il a trop mangé.

— Y en a qui veulent dormir ! Vos gueules, bande de vaches ! crie Mesnil Joseph, de sa couche.

Cette exhortation calme un moment, mais n'arrête pas le brouhaha des voix ni les allées et venues.

— C'est vrai qu'on monte demain, dit Paradis, et que, le soir, on file en première ligne. Mais personne n'y pense. On le sait, voilà tout.

Petit à petit chacun a rejoint sa place. Je me suis étendu sur la paille, Marthereau s'emmaillote à côté de moi.

Une masse colossale entre en prenant des précautions pour ne point faire de bruit. C'est le sergent infirmier, un frère mariste, énorme bonhomme à barbe et à lunettes, qu'on sent, lorsqu'il a ôté sa capote et qu'il est en veste, gêné de montrer ses jambes. On voit se hâter discrètement cette silhouette d'hippopotame barbu. Il souffle, soupire, marmotte.

Marthereau me le désigne de la tête, et me dit tout bas :

— Regarde-le. C' gens-là, il faut toujours qu'i's disent des blagues. Quand on lui d'mande ce qu'i' fait dans l' civil, i' n' dit pas : « J' suis frère des écoles » ; i' dit, en vous r'luquant par en dessous ses lunettes avec la moitié d' ses yeux : « J' suis professeur. » Quand i' s' lève très tôt pour aller à la messe, et qu'il voit qu'il vous réveille, il n' dit pas : « J' vais à la messe », i' dit : « J'ai mal au ventre. Faut que j'aille faire un tour aux feuillées, y a pas d'erreur. »

Un peu plus loin, le père Ramure parle du pays.

— Chez nous, c'est un petit patelin qu'est pas grand. Tout l' jour il y a mon vieux qui culotte des pipes ; qu'i' travaille ou qu'i' s' r'pose, i' pousse sa fumée dans l' grand air ou dans la fumée d' la marmite...

J'écoute cette évocation champêtre, qui prend soudain un caractère spécialisé et technique :

— Pour ça, i' prépare un paillon. Tu sais c' que c'est qu'un paillon ? Tu prends la tige du blé vert, t'ôtes la peau. Tu fends en deux, pis encore en deux, et tu as des grandeurs différentes, comme qui dirait des numéros différents. Pis avec un fil et les quatre brins de paille, il entoure la verge de la pipe.

Cette leçon s'interrompt, aucun auditeur ne s'étant manifesté.

Il n'y a plus que deux bougies allumées. Une grande aile d'ombre couvre l'amas gisant des hommes.

Des conversations particulières voltigent encore

dans le primitif dortoir. Il m'en arrive des bribes aux oreilles.

Le père Ramure, à présent, déblatère contre le commandant :

— L' commandant, mon vieux, avec ses quat' ficelles, j'ai remarqué qu'i' n' savait pas fumer. I' tire à tour de bras sur ses pipes, et il les brûle. C'est pas une bouche qu'il a dans la tête, c'est une gueule. Le bois se fend, se grille et, au lieu d'être du bois, c'est du charbon. Les pipes en terre, elles résistent mieux, mais tout de même, il les rissole. Tu parles d'une gueule ! Aussi, mon vieux, écoute-moi bien c' que j' te dis : il arrivera ce qui n'est pas souvent arrivé jamais : à force d'être poussée à blanc et cuite jusqu'aux moelles, sa pipe lui pétera dans le bec, devant tout l' monde. Tu voiras.

Peu à peu, le calme, le silence et l'obscurité s'établissent dans la grange et ensevelissent les soucis et les espoirs de ses habitants. L'alignement de paquets pareils que forment ces êtres enroulés côte à côte dans leurs couvertures semble une espèce d'orgue gigantesque d'où s'élèvent des ronflements divers.

Déjà le nez dans la couverture, j'entends Marthereau qui me parle de lui-même.

— J' suis marchand de chiffons, tu sais, dit-il, chiffonnier, pour mieux dire, mais tant qu'à moi, je l' suis en gros ; j'achète aux petits chiffonniers d' la rue, et j'ai un magasin — un grenier, quoi ! — qui m' sert de dépôt. J' fais tout l' chiffon, à dater du linge jusqu'à la boîte de conserve, mais principalement le manche de brosse, le sac et la savate ; et, naturellement, j'ai la spécialité des peaux d' lapin.

Et je l'entends encore, un peu plus tard, qui me dit :

— Tant qu'à moi, tout petit et mal foutu que je suis, je porte encore un curond de cent kilos au grenier, à l'échelle, et avec des sabots aux pieds... Une fois, j'ai eu affaire à une espèce d'individu interloque, vu qu'i' s'occupait, qu'on disait, à traire les blanches, eh bien...

— Milédi, c' que j' peux pas blairer, hé, s'écrie tout d'un coup Fouillade, c'est c't' exercice et ces marches qu'on nous esquinte pendant le repos, j'en ai l' rein hachuré, et j' peux pas roupiller, courbaturé comme je le suis.

Bruit de ferraille du côté de Volpatte. Il s'est décidé à monter son bouteillon, tout en le gourmandant d'avoir ce funeste défaut d'être troué.

— Oh là là, quand ce s'ra-t-i' fini, toute c'te guerre ! gémit un demi-dormeur.

Un cri de révolte entêté et incompréhensif jaillit :

— I's veul'nt not' peau !

Puis c'est un : « T'en fais pas ! » aussi obscur que le cri de révolte.

... Je me réveille longtemps après, tandis que deux heures sonnent et je vois dans une blafarde clarté, sans doute lunaire, la silhouette agitée de Pinégal. Un coq, au loin, a chanté. Pinégal se soulève à moitié sur son séant. J'entends sa voix éraillée :

— Ben quoi, c'est la pleine nuit, et v'là un coq qui pousse son gueulement. Il est mûr, c' coq.

Et il rit, en répétant : « Il est mûr, c' coq », et il se rentortille dans la laine et se rendort avec un gargouillis où le rire se mêle de ronflements.

Cocon a été réveillé par Pinégal. Alors, l'homme-chiffre pense tout haut et dit :

— L'escouade avait dix-sept hommes quand elle est partie pour la guerre. Elle en a, à présent, dix-sept aussi, avec les bouchages de trous. Chaque homme a déjà usé quatre capotes, une du premier bleu, trois bleu fumée de cigare, deux pantalons, six paires de brodequins. Il faut compter par bonhomme deux fusils : mais on ne peut pas compter les salopettes. On a renouvelé vingt-trois fois nos vivres de réserve. A nous dix-sept, nous avons eu quatorze citations, dont deux à la brigade, quatre à la division et une à l'armée. On est restés une fois seize jours dans les tranchées sans arrêt. On a été cantonnés et logés dans quarante-sept villages différents jusqu'ici. Depuis le commencement de la campagne, douze mille hommes sont passés par le régiment, qui en a deux mille.

Un étrange zézaiement l'interrompt. C'est Blaire que son râtelier neuf empêche de parler, comme il l'empêche aussi de manger. Mais il le met chaque soir, et il le garde toute la nuit avec un courage acharné, car on lui a promis qu'il finirait par s'habituer à cet objet qu'on lui a inséré dans la tête.

Je me soulève à demi comme sur un champ de bataille. Je contemple encore une fois ces créatures qui ont roulé ici l'une sur l'autre parmi les régions et les événements. Je les regarde tous, enfoncés dans le gouffre d'inertie et d'oubli, au bord duquel quelques-uns semblent se cramponner encore, avec leurs préoccupations pitoyables, avec leurs instincts d'enfants et leur ignorance d'esclaves.

L'ivresse du sommeil me gagne. Mais je me rappelle ce qu'ils ont fait et ce qu'ils feront. Et devant cette profonde vision de pauvre nuit humaine qui remplit cette caverne sous son linceul de ténèbres, je rêve à je ne sais quelle grande lumière.

XV

L'ŒUF

On était désemparés. On avait faim, on avait soif et dans ce malheureux cantonnement, rien !

Le ravitaillement, d'ordinaire régulier, avait fait défaut, alors la privation arrivait à l'état aigu.

Un groupe hâve grinçait des dents, et la maigre place faisait cercle tout autour, avec ses poternes décharnées, avec ses ossements de maisons, et ses poteaux télégraphiques chauves. Le groupe constatait l'absence de tout :

— L' caoutchouc a fait l' mur, nib de bidoche, et on s' met la ceinture d'électrique.

— Quant au fromgi, macache, et pas pu d' confiture que d' beurre en broche.

— On n'a rien, sans fifrer, on n'a rien, et toute la rouscaillure n'y f'ra pas rien.

— Aussi, tu parles d'un cantonnement à la manque ! trois canfouines avec rien d'dans, que des courants d'air et d' la flotte !

— Ça n' sert à rien d'être aux as, ta blanche, c'est comme si t'avais peau d' balle dans ton morlingue, pisqu'y a pas d' marchands.

— Tu s'rais Rothschild ou bien un tailleur militaire, ta fortune servirait à quoi ?

— Hier, y avait un p'tit macaou qui ronronnait du côté de la 7e. J' suis sûr qu'ils ont croûté c' macaou.

— Oui, j' sais, et encore, on lui voyait les côtes comme au bord de la mer.

— Y a pas à s' démieller, c'est comme ça.

— Y en a, dit Blaire, qui ont fait vite en arrivant, et i's s' sont vus trouver à acheter quéqu' bidons d' pinard chez l' quénaupier qu'est au coinsteau d' la rue.

— Ah ! les vaches ! I's sont vernis, ceux-là, d' pouvoir s' glisser ça le long du cou !

— Faut dire que c'était d' la saloperie : du vin à culotter les quarts comme des pipes.

— Y en a même, qu'on dit, qui ont voracé un piquenterre !

— Hildepute ! dit Fouillade.

— Moi, j' m'ai presque pas cogné la tête : i' m' restait une sardine, et, dans l' fond d'un sachet, du thé qu' j'ai mâché avec du sucre.

— L' fait est qu' pour prendre une muffée, c'est pas vrai.

— C'est pas assez, tout ça, même si tu manges pas beaucoup, et qu' t'as l' boyau plat.

— D'puis deux jours, une soupe : un trucmuche jaune, brillant comme de l'or. Pas du bouillon, d' la friture ! Tout est resté.

— On l'a coulé en chandelles, faut croire.

— L' pus pire, c'est qu'on n' peut pas allumer sa pipe.

— C'est vrai, c'est la misère ! J'ai pus d' mèche. J'en avais quéqu' bouts, mais, allez, partez ! J'ai beau fouiller toutes les poches de mon étui à puces, rien. Et pour en acheter, comme tu dis, c'est midi.

— Moi, j'ai un tout p'tit bout d' mèche que j' garde.

Ça, c'est dur, en effet, et il est pitoyable de voir les poilus qui ne peuvent pas allumer leur pipe ou leur cigarette et qui, résignés, les mettent dans la poche et se promènent. Par bonheur, Tirloir a son briquet à essence avec encore un peu d'essence dedans. Ceux qui le savent s'accumulent autour de lui, porteurs de leur pipe bourrée et froide. Et même pas de papier qu'on allumerait à la flamme du briquet : il faut se servir de la flamme même de la mèche et user le liquide qui reste dans son maigre ventre d'insecte.

... Moi, j'ai eu de la chance... Je vois Paradis qui erre, sa bonne face au vent, en ronchonnant et en mâchant un bout de bois.

— Tiens, lui dis-je, prends ça !

— Une boîte d'allumettes ! s'exclame-t-il, émerveillé, en regardant l'objet comme on regarde un bijou. Ah, zut ! c'est chic, ça ! Des allumettes !

Un instant après, on le voit qui allume sa pipe, sa figure en cocarde magnifiquement empourprée par le reflet de la flamme, et tout le monde se récrie et dit :

— Paradis qu'a des allumettes !

Vers le soir, je rencontre Paradis près des restes triangulaires d'une façade, à l'angle des deux rues de ce village misérable entre les villages. Il me fait signe :

— Psst !...

Il a un drôle d'air, un peu gêné.

— Dis donc, tout à l'heure, me dit-il d'une voix attendrie, en regardant ses pieds, tu m'as balancé une boîte de flambantes. Eh ben, tu s'ras récompensé d' ça. Tiens !

Et il me met quelque chose dans la main.

— Attention ! me souffle-t-il. C'est fragile !

Ebloui de la splendeur et de la blancheur de son présent, osant à peine le croire, je reconnais... un œuf !

XVI

IDYLLE

— De vrai, me dit Paradis qui était mon voisin de marche, tu m' croiras si tu voudras, mais j' suis éreinté, j' suis surmonté... J'ai jamais eu marre d'une marche comme j'ai de celle-là.

Il tirait le pied et penchait dans le soir son buste carré embarrassé d'un sac dont le profil élargi et compliqué et la hauteur paraissaient fantastiques. A deux reprises, il buta et trébucha.

Paradis est dur. Mais il avait toute la nuit couru dans la tranchée en qualité d'homme de liaison pendant que les autres dormaient, et il avait des raisons d'être rendu.

Aussi grognait-il :

— Quoi ? Ils sont en caoutchouc, ces kilomètres, c'est pas possible autrement.

Et il rehaussait brusquement son sac tous les trois pas, d'un coup de reins, et ça tirait et il soufflait, et tout l'ensemble qu'il formait avec ses paquets ballottait et geignait comme une vieille patache surchargée.

— On arrive, dit un gradé.

Les gradés disent toujours cela, à tout propos. Or, — nonobstant cette affirmation du gradé, — on arrivait, en effet, dans le village vespéral où les maisons semblaient dessinées à la craie et à gros traits d'encre sur le papier bleuté du ciel, et où la silhouette noire de l'église — au clocher pointu, flanqué de deux tourelles plus fines et plus pointues — était celle d'un grand cyprès.

Mais quand il fait son entrée dans le village où il doit

cantonner, le troupier n'est pas au bout de ses peines. Il est rare que l'escouade ou la section arrivent à se loger dans le local qui leur a été assigné : malentendus et doubles emplois, qui s'embrouillent et se débrouillent sur place, et ce n'est qu'au bout de plusieurs quarts d'heure de tribulations que chacun est mené à son définitif gîte provisoire.

Nous fûmes donc, après les errements habituels, admis à notre cantonnement de nuit : un hangar soutenu par quatre madriers et ayant pour murs les quatre points cardinaux. Mais ce hangar était bien couvert : avantage appréciable. Il était occupé déjà par une carriole et une charrue, à côté desquelles on se casa. Paradis, qui n'avait cessé de maugréer et de geindre pendant l'heure des piétinements et allées et venues, jeta son sac, puis se jeta lui-même à terre, et resta là un bout de temps, assommé, se plaignant qu'il avait les membres sans connaissance et que la semelle de ses pieds lui faisait mal ; et toutes ses coutures aussi, du reste.

Mais voici que la maison dont dépendait le hangar, et qui s'élevait juste devant nos yeux, s'éclaira. Rien n'attire le soldat comme, dans le gris monotone du soir, une fenêtre derrière laquelle il y a l'étoile d'une lampe.

— Si on faisait une virée ! proposa Volpatte.

— Tout de même, dit Paradis.

Il se soulève, se lève. Boitant de fatigue, il se dirige vers la fenêtre dorée qui a fait son apparition dans l'ombre ; puis vers la porte.

Volpatte le suit et moi je viens après.

On entre, et on demande au vieux bonhomme qui nous a ouvert et qui présente une tête clignotante, aussi usée qu'un vieux chapeau, s'il a du vin à vendre.

— Non, répond le vieux en secouant son crâne où un peu d'ouate blanche pousse par places.

— Pas de bière, du café ? quelque chose, quoi...

— Non, mes amis, rien de rien. On n'est pas d'ci, on est des réfugiés, vous savez...

— Alors, pisqu'il n'y a rien, mettons-les.

On fait demi-tour. On a tout de même, pendant un moment, profité de la chaleur qui règne dans la pièce, et de la vue de la lampe... Déjà, Volpatte a gagné le seuil et son dos disparaît dans les ténèbres.

Cependant, j'avise la vieille, affaissée au fond d'une chaise, dans l'autre coin de la cuisine, et qui a l'air très occupée à un travail.

Je pince le bras de Paradis :

— Voilà la belle du logis. Va lui faire la cour !

Paradis a un geste superbe d'indifférence. Il se fiche pas mal des femmes, depuis un an et demi que toutes celles qu'il voit ne sont pas pour lui. Du reste, quand bien même elles seraient pour lui, il s'en fiche aussi.

— Jeune ou vieille, peuh ! me dit-il en commençant à bâiller.

Par désœuvrement, par paresse de partir, il va à la bonne femme.

— Bonsoir, grand-mère, marmonne-t-il en finissant de bâiller.

— Bonsoir, mes enfants, chevrote la vieille.

De près, on la voit en détail. Elle est ratatinée, pliée et repliée dans ses vieux os, et elle a la figure toute blanche d'un cadran d'horloge.

Et que fait-elle ? Calée entre sa chaise et le bord de la table, elle s'escrime à nettoyer des chaussures. C'est une grosse besogne pour ses mains d'enfant : ses gestes ne sont pas sûrs et elle lance parfois un coup de brosse à côté ; de plus, les chaussures sont fort sales.

Voyant qu'on la considère, elle nous chuchote qu'il lui faut bien cirer, ce soir même, les bottines de sa petite-fille, qui est modiste à la ville, et s'y rend dès le matin.

Paradis s'est penché pour regarder mieux les bottines et, tout à coup, il tend la main vers elles.

— Laissez ça, grand-mère, j' vas vous les astiquer en trois temps, les p'tits croqu'nots de vot' jeune fille.

La vieille fait signe que non, en secouant sa tête et ses épaules.

Mais mon Paradis prend d'autorité les chaussures,

tandis que la grand-mère, paralysée par sa faiblesse, se débat, et nous montre un fantôme de protestation.

Il a saisi une bottine dans chaque main, il les tient doucement et les contemple un instant, et même on dirait qu'il les serre un peu.

— Sont-elles petites ! fait-il avec une voix qui n'est pas la voix ordinaire qu'il a avec nous.

Il s'est emparé aussi des brosses, et se met à frotter avec ardeur et avec précaution, et je vois que, les yeux fixés sur son travail, il sourit.

Puis, quand la boue est enlevée des bottines, il prend du cirage à l'extrémité de la brosse double pointue, et il les caresse avec, très attentif.

Les chaussures sont fines. Ce sont bien des chaussures de jeune fille coquette : une rangée de petits boutons y brille.

— Il n'en manque pas un, de bouton, me souffle-t-il, et il y a de la fierté dans son accent.

Il n'a plus sommeil, il ne bâille plus. Au contraire, ses lèvres sont serrées ; un rayon jeune et printanier éclaire sa physionomie, et lui qui allait s'endormir, on dirait qu'il vient de s'éveiller.

Et il promène ses doigts, où le cirage a mis du beau noir, sur la tige qui, s'évasant largement du haut, décèle un tout petit peu la forme du bas de la jambe. Ses doigts, si adroits pour cirer, ont tout de même quelque chose de maladroit tandis qu'il tourne et retourne les souliers, et qu'il leur sourit, et qu'il pense — au fond, au loin, — et que la vieille lève les bras en l'air et me prend à témoin :

— Voilà un soldat bien obligeant !

C'est fini. Les bottines sont cirées, et fignolées. Elles miroitent. Plus rien à faire...

Il les pose sur le bord de la table, en faisant bien attention, comme si c'étaient des reliques ; puis, enfin, il en sépare ses mains.

Il ne les quitte pas tout de suite des yeux, il les regarde, puis, baissant le nez, regarde ses brodequins, à lui. Je me souviens qu'en faisant ce rapprochement, ce gros garçon à destinée de héros, de bohémien et de moine, sourit encore une fois de tout son cœur.

... La vieille s'agita dans le fond de sa chaise. Elle avait une idée.

— J' vais lui dire ! Elle vous remerciera, monsieur. Eh ! Joséphine ! cria-t-elle en se retournant dans la direction d'une porte qui était là.

Mais Paradis l'arrêta d'un large geste que je trouvai magnifique :

— Non. C'est pas la peine, l'ancienne, laissez-la où elle est. On s'en va, nous autres. C'est pas la peine, allez !

Il pensait si fort ce qu'il disait que son accent avait de l'autorité, et la vieille, obéissante, s'immobilisa et se tut.

Nous nous en allâmes nous coucher dans le hangar, entre les bras de la charrue qui nous attendait.

Et Paradis se remit alors à bâiller, mais, à la lueur de la chandelle, dans la crèche, un bon moment après, on voyait qu'il lui restait encore du sourire heureux sur la face.

XVII

LA SAPE

Dans le fouillis d'une distribution de lettres dont les hommes reviennent, qui avec la joie d'une lettre, qui avec la demi-joie d'une carte postale, qui avec un nouveau fardeau, vite reconstitué, d'attente et d'espoir, un camarade, brandissant un papier, nous apprend une extraordinaire histoire :

— Tu sais, l' père la Fouine, de Gauchin ?

— C' vieux ticket qui cherchait un trésor ?

— Eh bien, il l'a trouvé !

— Non ! Tu charries...

— Pisque j' te l' dis, espèce de gros morceau. Qu'est-ce que tu veux que j' te dise ? La messe ? J' la sais pas... La cour de sa piaule a été marmitée et, près du mur, une caisse pleine de monnaie en a été déterrée : il a reçu son trésor en plein sur le râble. Même que l' curé s'est aboulé en douce et parlait d' prendre c' miracle à leur compte.

On reste bouche bée.

— Un trésor... Ah ! vrai... Ah ! tout d' même, c' vieux manche à poils !

Cette révélation inattendue nous plonge dans un abîme de réflexions.

— Comme quoi on n' sait jamais !

— S'est-on jamais assez foutu de c' vieux pétard, quand il en f'sait un saladier à propos de son trésor, et qu'i' nous t'nait la jambe et nous cassait l' bonnet avec ça !

— On l' disait bien, là-bas, on n' sait jamais, tu t' rappelles ! On n' se doutait pas comme on avait raison, tu t' rappelles !

— Tout de même, y a des choses dont on est sûr, dit Farfadet qui, depuis qu'on parlait de Gauchin, restait songeur, l'air absent, comme si une figure adorable lui souriait. Mais ça, ajouta-t-il, je l'aurais pas cru non plus, moi !... Ce que je vais le trouver fier, le vieux, quand je retournerai là-bas, après la guerre !

*

— On demande un homme de bonne volonté pour aider les sapeurs à faire un travail, dit le grand adjudant.

— Plus souvent ! grognent les hommes sans bouger.

— C'est utile pour dégager les camarades, reprend l'adjudant.

Alors, on cesse de grogner, quelques têtes se lèvent.

— Présent ! dit Lamuse.

— Harnache-toi, mon gros, et viens avec moi.

Lamuse boucle son sac, roule sa couverture, assujettit ses musettes.

Il est devenu, depuis le temps que sa crise d'amour malheureux s'est calmée, plus sombre qu'autrefois, et bien qu'il continue à engraisser par une sorte de fatalité, il s'absorbe, s'isole et ne parle plus guère.

Le soir, quelque chose approche, dans la tranchée, montant et descendant selon les bosses et les trous du fond : une forme qui semble nager dans l'ombre, et tendre à certains moments les bras, comme un appel au secours.

C'est Lamuse. Il nous rejoint. Il est plein de terreau et de boue. Frémissant, ruisselant de sueur, il a l'air d'avoir peur. Ses lèvres remuent et il marmotte : « Meuh... Meuh... » avant de pouvoir dire une parole qui ait une forme.

— Eh ben quoi ? lui demande-t-on vainement.

Il s'affale dans un coin, entre nous, et s'étend.

On lui offre du vin. Il refuse d'un signe. Puis il se tourne vers moi, un geste de sa tête m'appelle. Quand je suis près de lui, il me souffle, tout bas, comme dans une église :

— J'ai revu Eudoxie.

Il cherche sa respiration ; sa poitrine siffle et il reprend, les prunelles fixées sur un cauchemar :

— Elle était pourrie.

— C'était l'endroit qu'on avait perdu, poursuit Lamuse, et que les coloniaux ont r'pris à la fourchette y a dix jours.

« On a d'abord creusé le trou pour la sape. J'en mettais. Comme j' foutais plus d'ouvrage que les autres, j' m'ai vu en avant. Les autres élargissaient et consolidaient derrière. Mais voilà que j' trouve des fouillis d' poutres : j'avais tombé dans une ancienne tranchée comblée, videmment. A d'mi comblée : y avait du vide et d' la place. Au milieu des bouts de bois tout enchevêtrés et qu' j'ôtais un à un de d'vant moi, y avait quéqu'chose comme un grand sac de terre en hauteur, tout droit, avec quéqu' chose dessus qui pendait.

« Voilà une poutrelle qui cède, et c' drôle de sac qui m' tombe et me pèse dessus. J'étais coincé et une odeur de macchabée qui m'entre dans la gorge... En haut de c' paquet, il y avait une tête et c'étaient les cheveux que j'avais vus qui pendaient.

« Tu comprends, on n'y voyait pas beaucoup clair. Mais j'ai r'connu les cheveux qu'y en a pas d'autres comme ça sur la terre, puis le reste de figure, toute crevée et moisie, le cou en pâte, le tout mort depuis un mois, p'têtre. C'était Eudoxie, j' te dis.

« Oui, c'était c'te femme que j'ai jamais su approcher avant, tu sais — que j' voyais d' loin, sans pouvoir jamais y toucher, comme des diamants. Elle courait tout partout, tu sais. Elle bagotait dans les lignes. Un jour, elle a dû r'cevoir une balle, et rester là, morte et perdue, jusqu'au hasard de c'te sape.

« Tu saisis la position. J'étais obligé de la soutenir d'un bras comme je pouvais, et de travailler de l'autre. Elle essayait d' me tomber d'ssus de tout son poids. Mon vieux, elle voulait m'embrasser, je n' voulais pas, c'étai' affreux. Elle avait l'air de m' dire : "Tu voulais m'embrasser, eh bien, viens, viens donc !" Elle avait sur le... elle avait là, attaché, un reste de bouquet de fleurs, qu'était pourri aussi et, à mon nez, c' bouquet fouettait comme le cadavre d'une petite bête.

« Il a fallu la prendre dans mes bras, et tous les deux, tourner doucement pour la faire tomber de l'autre côté. C'était si étroit, si pressé, qu'en tournant, à un moment, j' l'ai serrée contre ma poitrine sans le vouloir, de toute ma force, mon vieux, comme je l'aurais serrée autrefois, si elle avait voulu...

« J'ai été une demi-heure à me nettoyer de son toucher et de c't' odeur qu'elle me soufflait malgré moi et malgré elle. Ah ! heureusement que j' suis esquinté comme une pauv' bête de somme. »

Il se retourne sur le ventre, ferme ses poings et s'endort, la face enfoncée dans la terre, en son espèce de rêve d'amour et de pourriture.

XVIII

LES ALLUMETTES

Il est cinq heures du soir. On les voit tous les trois remuer au fond de la tranchée sombre.

Ils sont épouvantables, noirs et sinistres, dans l'excavation terreuse, autour du foyer éteint. La pluie et la négligence ont fait mourir le feu, et les quatre cuisiniers regardent les cadavres des tisons ensevelis dans la cendre et ces restes du bûcher d'où la flamme s'est envolée, s'est enfuie, et qui refroidissent là.

Volpatte chancelle jusqu'au groupe, et jette un bloc noir qu'il avait sur l'épaule.

— J' l'ai arraché à une guitoune sans que ça se voie trop.

— On a du bois, dit Blaire, mais faut l'allumer. Autrement, comment faire cuire c'te dure ?

— C'est un beau morceau, gémit un homme noir. D' la hampe. Pour moi, v'là le meilleur morceau de bœuf : la hampe.

— Du feu ! réclame Volpatte. Y a pus d'allumettes, y a pus rien.

— I' faut du feu, grognonne Poupardin, dont l'incertitude roule et balance, dans le fond de cette espèce de cage obscure, la stature d'ours.

— Y a pas à tourner, l'en faut, souligne Pépin qui émerge de sa guitoune, tel un ramoneur d'une cheminée. Il sort, apparaît, masse grise, comme de la nuit dans le soir.

— T'en fais pas, j'en aurai, déclare Blaire d'un accent où se concentrent la fureur et la résolution.

Il n'y a pas longtemps qu'il est cuisinier, et il tient à se montrer à la hauteur des circonstances difficiles dans l'exercice de ses fonctions.

Il a parlé comme parlait Martin César, du temps qu'il existait. Il vit à l'imitation de la grande figure légendaire du cuisinier qui trouvait toujours du feu, comme d'autres, parmi les gradés, essayent d'imiter Napoléon.

— J'irai, s'il le faut, déboiser jusqu'à l'os la camigeotte du poste de commandement. J'irai réquisitionner les allumettes du colon. J'irai...

— Allons chercher du feu.

Poupardin marche en tête. Sa figure est ténébreuse, pareille à un fond de casserole où, peu à peu, le feu s'est imprimé en sale. Comme il fait cruellement froid, il est enveloppé de toutes parts. Il porte une pelisse moitié peau de bique et moitié peau de mouton : mi-brune, mi-blanchâtre, et cette double dépouille aux teintes géométriquement tranchées le fait ressembler à quelque étrange animal cabalistique.

Pépin a un bonnet de coton si noirci et si luisant de crasse que c'est le fameux bonnet de coton en soie noire. Volpatte, à l'intérieur de ses passe-montagnes et lainages, ressemble à un tronc d'arbre ambulant : une découpure en carré présente une face jaune, en haut de l'épaisse et massive écorce du bloc qu'il forme, fourchu de deux jambes.

— Allons du côté de la 10e. Ils ont toujours ce qu'il faut. C'est sur la route des Pylônes, plus loin que le Boyau-Neuf.

Les quatre magots effrayants se mettent en marche, tel un nuage, dans la tranchée qui se déploie sinueusement devant eux comme une ruelle borgne, peu sûre, pas éclairée et pas pavée. Elle est d'ailleurs inhabitée en cet endroit, constituant un passage entre les secondes et les premières lignes.

Les cuisiniers partis à la recherche du feu rencontrent deux Marocains dans la poussière crépusculaire. L'un a un teint de botte noire, l'autre un teint de soulier jaune. Une lueur d'espoir brille au fond du cœur des cuisiniers.

— Allumettes, les gars ?

— Macache ! répond le noir, et son rire exhibe ses longues dents de faïence dans la maroquinerie havane de sa bouche.

Le jaune s'avance et demande à son tour :

— Tabac ? Un chouia de tabac ?

Et il tend sa manche réséda et son battoir de chêne frotté d'un brou de noix qui s'est déposé dans les plis de la paume, — et terminé par des ongles violâtres.

Pépin grommelle, se fouille, et tire de sa poche une pincée de tabac mêlée de poussière qu'il donne au tirailleur.

Un peu plus loin, on rencontre une sentinelle qui dort à moitié au milieu du soir, dans des éboulis de terre. Ce soldat à moitié éveillé dit :

— C'est à droite, puis encore à droite, et alors tout droit. Ne vous gourez pas.

Ils marchent. Ils marchent longtemps.

— On doit être loin, dit Volpatte au bout d'une demi-heure de pas inutiles et de solitude encaissée.

— Dis donc, ça descend bougrement, vous ne trouvez pas ? fait Blaire.

— T'en fais pas, vieux panneau, raille Pépin. Mais si t'as les grelots, tu peux nous laisser tomber.

On marche encore dans la nuit qui tombe... La tranchée toujours déserte — un terrible désert en longueur — a pris un aspect délabré et bizarre. Les parapets sont en ruine ; des éboulements font onduler le sol comme des montagnes russes.

Une appréhension vague s'empare des quatre énormes chasseurs de feu, à mesure qu'ils s'enfoncent avec la nuit dans cette sorte de chemin monstrueux.

Pépin, qui est à présent en tête, s'arrête, et tend la main pour qu'on s'arrête.

— Un bruit de pas..., disent-ils à voix contenue, dans l'ombre.

Alors, au fond d'eux, ils ont peur. Ils ont eu tort de quitter tous leur abri depuis si longtemps. Ils sont en faute. Et on ne sait jamais.

— Entrons là, vite, dit Pépin, vite !

Il désigne une fente rectangulaire, à niveau du sol.

Tâtée avec la main, cette ombre rectangulaire s'avère pour être l'entrée d'un abri. Ils s'y introduisent l'un après l'autre : le dernier, impatient, pousse les autres, et ils se tapissent, à force, dans l'ombre massive du trou.

Un bruit de pas et de voix se précise et se rapproche.

Du bloc des quatre hommes qui bouche étroitement le terrier, sortent et se hasardent des mains tâtonnantes. Tout à coup, voici Pépin qui murmure d'une voix étouffée :

— Qu'est-ce que c'est que ça ?

— Quoi ? demandent les autres, serrés et calés contre lui.

— Des chargeurs ! dit à voix basse Pépin... Des chargeurs boches sur la planchette ! Nous sommes dans le boyau boche !

— Mettons-les !

Il y a un élan des trois hommes pour sortir.

— Attention, bon Dieu ! Bougez pas !... Les pas...

On entend marcher. C'est le pas assez rapide d'un homme seul.

Ils ne bougent pas, retiennent leur souffle. Leurs yeux braqués à ras de terre voient la nuit remuer, à droite, puis une ombre avec des jambes se détache, approche, passe... Cette ombre se silhouette. Elle est surmontée d'un casque recouvert d'une housse sous laquelle on devine la pointe. Aucun autre bruit que celui de la marche de ce passant.

A peine l'Allemand est-il passé que les quatre cuisiniers, d'un seul mouvement, sans s'être concertés, s'élancent, se bousculent, courent comme des fous, et se jettent sur lui.

— Kamerad, messieurs ! dit-il.

Mais on voit briller et disparaître la lame d'un couteau. L'homme s'affaisse comme s'il s'enfonçait par terre. Pépin saisit le casque tandis qu'il tombe et le garde dans sa main.

— Foutons le camp, gronde la voix de Poupardin.

— Faut l' fouiller, quoi !

On le soulève, on le tourne, on relève ce corps mou, humide et tiède. Tout à coup, il tousse.

— Il n'est pas mort.

— Si il est mort. C'est l'air.

On le secoue par les poches. On entend les souffles précipités des quatre hommes noirs penchés sur leur besogne.

— A moi l' casque, dit Pépin. C'est moi qui l'ai saigné. J' veux l' casque.

On arrache au corps son portefeuille avec des papiers encore chauds, ses jumelles, son porte-monnaie et ses guêtres.

— Des allumettes ! s'écrie Blaire en secouant une boîte. Il en a !

— Ah ! la rosse ! crie Volpatte, tout bas.

— Maintenant, donnons-nous de l'air en vitesse...

Ils tassent le cadavre dans un coin et s'élancent au galop, en proie à une espèce de panique, sans se préoccuper du vacarme que fait leur course désordonnée.

— C'est par ici !... Par ici !... Eh ! les gars, faites vinaigre !

On se précipite, sans parler, à travers le dédale du boyau extraordinairement vide, et qui n'en finit plus.

— J'ai pus d' vent, dit Blaire, j' suis foutu...

Il titube et s'arrête.

— Allons ! mets-en un coup, vieux machin, grince Pépin d'une voix rauque et essoufflée.

Il le prend par la manche et le tire en avant, comme un limonier rétif.

— Nous y v'là ! dit tout d'un coup Poupardin.

— Oui, j' r'connais c't' arbre.

— C'est la route des Pylônes !

— Ah ! gémit Blaire, que sa respiration secoue comme un moteur.

Et il se jette en avant d'un dernier élan, et vient s'asseoir par terre.

— Halte-là ! crie une sentinelle.

— Ben quoi ! balbutie ensuite cet homme en voyant les quatre poilus. D'où c'est-i' que vous venez, par là ?

Ils rient, sautent comme des pantins, ruisselants de sueur et pleins de sang, ce qui dans le soir les fait paraître encore plus noirs ; le casque de l'officier allemand brille dans les mains de Pépin.

— Ah ! merde alors ! marmonne la sentinelle, béante. Mais quoi ?...

Une réaction d'exubérance les agite et les affole.

Tous parlent à la fois. On reconstitue confusément, à la hâte, le drame dont ils s'éveillent sans bien savoir encore. En quittant la sentinelle à moitié endormie ils se sont trompés et ont pris le Boyau International, dont une partie est à nous et une partie aux Allemands. Entre le tronçon français et le tronçon allemand, pas de barricade, de séparation. Il y a seulement une sorte de zone neutre aux deux extrémités de laquelle veillent perpétuellement deux guetteurs. Sans doute le guetteur allemand n'était pas à son poste, ou bien il s'est caché en voyant quatre ombres, ou bien s'est replié et n'a pas eu le temps de ramener du renfort. Ou bien encore l'officier allemand s'est fourvoyé trop en avant dans la zone neutre... Enfin, bref, on comprend ce qui s'est passé sans bien comprendre.

— Le plus rigolo, dit Pépin, c'est qu'on savait tout ça et qu'on n'a pas songé à s'en méfier quand on est partis.

— On cherchait du feu ! dit Volpatte.

— Et on en a ! crie Pépin. T'as pas perdu les flambantes, vieux manche ?

— Y a pas d' pet ! dit Blaire. Les allumettes boches, c'est d' meilleure qualité qu' les nôtres. Et pis c'est tout c' qu'on a pour allumer ! Perd' ma boîte ! Faudrait un qui vienne m'en amputer !

— On est en r'tard. L'eau d' la croûte est en train d' g'ler. Mettons-en un coup jusque-là. Après, on ira raconter c'te bonne blague qu'on a faite aux Boches, dans l'égout où sont les copains.

XIX

BOMBARDEMENT

En rase campagne, dans l'immensité de la brume.

Il fait bleu foncé. Un peu de neige tombe à la fin de cette nuit ; elle poudre les épaules et les plis des manches. Nous marchons par quatre, encapuchonnés. Nous avons l'air, dans la pénombre opaque, de vagues populations décimées qui émigrent d'un pays du Nord vers un autre pays du Nord.

On a suivi une route, traversé Ablain-Saint-Nazaire en ruine. On a entrevu confusément les tas blanchâtres des maisons et les obscures toiles d'araignée des toitures suspendues. Ce village est si long qu'engouffrés dedans en pleine nuit, on en a vu les dernières bâtisses qui commençaient à blêmir du gel de l'aube. On a discerné, dans un caveau, à travers une grille, au bord des flots de cet océan pétrifié, le feu entretenu par les gardiens de la ville morte. On a pataugé dans des champs marécageux ; on s'est perdus dans des zones silencieuses où la vase nous saisissait par les pieds ; puis on s'est remis vaguement en équilibre sur une autre route, celle qui mène de Carency à Souchez. Les grands peupliers de bordure sont fracassés, les troncs déchiquetés ; à un endroit, c'est une colonnade énorme d'arbres cassés. Puis, nous accompagnant, de chaque côté, dans l'ombre, on aperçoit des fantômes nabots d'arbres, fendus en palmiers ou tout bousillés en charpie de bois, en ficelle, repliés sur eux-mêmes et comme agenouillés. De temps en temps, des fondrières bouleversent et font cahoter la marche. La route devient une mare qu'on franchit sur les talons, en faisant avec les pieds un bruit de rames. Des madriers ont été disposés, là-dedans, de place en place. On glisse dessus quand, envasés, ils se présentent de travers. Parfois, il y a assez d'eau pour qu'ils flottent ; alors, sous le poids de l'homme, ils font « flac ! » et s'enfoncent, et l'homme tombe ou trébuche en jurant frénétiquement.

Il doit être cinq heures du matin. La neige a cessé, le décor nu et épouvanté se débrouille aux yeux, mais on est encore entourés d'un grand cercle fantastique de brume et de noir.

On va, on va toujours. On parvient à un endroit où se discerne un monticule sombre au pied duquel semble grouiller une agitation humaine.

— Avancez par deux, dit le chef du détachement. Que chaque équipe de deux prenne, alternativement, un madrier et une claie.

Le chargement s'opère. Un des deux hommes prend avec le sien le fusil de son co-équipier. Celui-ci remue et dégage, non sans peine, du tas, un long madrier boueux et glissant qui pèse bien quarante kilos, ou bien une claie de branchages feuillus, grande comme une porte et qu'on peut tout juste maintenir sur son dos, les mains en l'air et cramponnées sur les bords en se pliant.

On se remet en marche, parsemés sur la route maintenant grisâtre, très lentement, très pesamment, avec des geignements et de sourdes malédictions que l'effort étrangle dans les gorges. Au bout de cent mètres, les deux hommes formant équipe changent leurs fardeaux, de sorte qu'au bout de deux cents mètres, malgré la bise aigre et blanchissante du petit matin, tout le monde, sauf les gradés, ruisselle de sueur.

Tout à coup une étoile intense s'épanouit là-bas, vers les lieux vagues où nous allons : une fusée. Elle éclaire toute une portion du firmament de son halo laiteux, en effaçant les constellations, et elle descend gracieusement avec des airs de fée.

Une rapide lumière en face de nous, là-bas ; un éclair, une détonation.

C'est un obus.

Au reflet horizontal que l'explosion a instantanément répandu dans le bas du ciel, on voit nettement que, devant nous, à un kilomètre peut-être, se profile, de l'est à l'ouest, une crête.

Cette crête est à nous dans toute la partie visible d'ici, jusqu'au sommet, que nos troupes occupent. Sur l'autre versant, à cent mètres de notre première ligne, est la première ligne allemande.

L'obus est tombé sur le sommet, dans nos lignes. Ce sont eux qui tirent.

Un autre obus. Un autre, un autre, plantent, vers le haut de la colline, des arbres de lumière violacée dont chacun illumine sourdement tout l'horizon.

Et bientôt, il y a un scintillement d'étoiles éclatantes et une forêt subite de panaches phosphorescents sur la colline : un mirage de féerie bleu et blanc se suspend légèrement à nos yeux dans le gouffre entier de la nuit.

Ceux d'entre nous qui consacrent toutes les forces arc-boutées de leurs bras et de leurs jambes à empêcher leurs vaseux fardeaux trop lourds de leur glisser du dos et à s'empêcher eux-mêmes de glisser par terre, ne voient rien et ne disent rien. Les autres, tout en frissonnant de froid, en grelottant, en reniflant, en s'épongeant le nez avec des mouchoirs mouillés qui pendent de l'aile, en maudissant les obstacles de la route en lambeaux, regardent et commentent.

— C'est comme si tu vois un feu d'artifice, disent-ils.

Complétant l'illusion de grand décor d'opéra féerique et sinistre devant lequel rampe, grouille et clapote notre troupe basse, toute noire, voici une étoile rouge, une verte ; une gerbe rouge, beaucoup plus lente.

On ne peut s'empêcher, dans nos rangs, de murmurer avec un confus accent d'admiration populaire, pendant que la moitié disponible des paires d'yeux regardent :

— Oh ! une rouge !... Oh ! une verte !...

Ce sont les Allemands qui font des signaux, et aussi les nôtres qui demandent de l'artillerie.

La route tourne et remonte. Le jour s'est enfin décidé à poindre. On voit les choses en sale. Autour de la route couverte d'une couche de peinture gris perle avec des empâtements blancs, le monde réel fait tristement son apparition. On laisse derrière soi Souchez détruit dont les maisons ne sont que des plates-formes pilées de matériaux, et les arbres des espèces de ronces déchiquetées bossuant la terre. On s'enfonce, sur la gauche, dans un trou qui est là. C'est l'entrée du boyau.

On laisse tomber le matériel dans une enceinte circulaire qui est faite pour ça, et, échauffés à la fois et glacés, les mains mouillées, crispées de crampes et écorchées, on s'installe dans le boyau, on attend.

Enfouis dans nos trous jusqu'au menton, appuyés de la poitrine sur la terre dont l'énormité nous protège, on regarde se développer le drame éblouissant et profond. Le bombardement redouble. Sur la crête, les arbres lumineux sont devenus, dans les blêmeurs de l'aube, des espèces de parachutes vaporeux, des méduses pâles avec un point de feu ; puis, plus précisément dessinés à mesure que le jour se diffuse, des panaches de plumes de fumée : des plumes d'autruche blanches et grises qui naissent soudain sur le sol brouillé et lugubre de la cote 119, à cinq ou six cents mètres devant nous, puis, lentement, s'évanouissent. C'est vraiment la colonne de feu et la colonne de nuée qui tourbillonnent ensemble et tonnent à la fois. A ce moment, on voit, sur le flanc de la colline, un groupe d'hommes qui courent se terrer. Ils s'effacent un à un, absorbés par les trous de fourmis semés là.

On discerne mieux maintenant la forme des « arrivés » : à chaque coup, un flocon blanc soufré, souligné de noir, se forme en l'air, à une soixantaine de mètres de hauteur, se dédouble, se pommelle, et, dans l'éclatement, l'oreille perçoit le sifflement du paquet de balles que le flocon jaune envoie furieusement sur le sol.

Cela explose par rafales de six, en file : pan, pan, pan, pan, pan, pan. C'est du 77.

On les méprise, les shrapnells de 77 — ce qui n'empêche pas que Blesbois ait justement été tué, il y a trois jours, par l'un d'eux. Ils éclatent presque toujours trop haut.

Barque nous l'explique, bien que nous le sachions :

— Le pot de chambre te protège suffisamment l'caberlot contre les billes de plomb. Alors, ça t' démolit l'épaule et ça t' fout par terre, mais ça t'bousille pas. Naturellement, faut t' coqter tout d' même. Avise-toi pas de l'ver la trompe en l'air pendant l' moment que dure la chose, ou de tendre la main pour voir s'il pleut. Tandis que le 75 à nous !...

— Y a pas qu' des 77, interrompit Mesnil André. Y en a de tout poil. Allume-moi ça...

Des sifflements aigus, tremblotants ou grinçants, des cinglements. Et sur les pentes dont l'immensité transparaît là-bas, et où les nôtres sont au fond des abris, des nuages de toutes les formes s'amoncellent. Aux colossales plumes incendiées et nébuleuses, se mêlent des houppes immenses de vapeur, des aigrettes qui jettent des filaments droits, des plumeaux de fumée s'élargissant en retombant — le tout blanc ou gris vert, charbonné ou cuivré, à reflets dorés, ou comme taché d'encre.

Les deux dernières explosions étaient toutes proches ; elles forment, au-dessus du terrain battu, des énormes boules de poussière noires et fauves qui, lorsqu'elles se déplient et s'en vont sans hâte, au gré du vent, leur besogne faite, ont des silhouettes de dragons fabuleux.

Notre file de faces à ras du sol se tourne de ce côté et les suit des yeux, du fond de la fosse, au milieu de ce pays peuplé d'apparitions lumineuses et féroces, de ces campagnes écrasées par le ciel.

— Ça, c'est des 150 fusants.

— C'est même des 210, bec de veau !

— Y a des percutants aussi. Les vaches ! Vise un peu ç'ui-là !

On a vu un obus éclater sur le sol et soulever, dans un éventail de nuée sombre, de la terre et des débris. On dirait, à travers la glèbe fendue, le crachement effroyable d'un volcan qui s'amassait dans les entrailles du monde.

Un bruit diabolique nous entoure. On a l'impression inouïe d'un accroissement continu, d'une multiplication incessante de la fureur universelle. Une tempête de battements rauques et sourds, de clameurs furibondes, de cris perçants de bêtes s'acharne sur la terre toute couverte de loques de fumée, et où nous sommes enterrés jusqu'au cou, et que le vent des obus semble pousser et faire tanguer.

— Dis donc, braille Barque, je m' suis laissé dire qu'i's n'ont plus de munitions !

— Oh là là ! on la connaît, celle-là ! Ça et les aut' bobards qu' les journaux nous balancent par s'ringuées.

Un tic-tac mat s'impose au milieu de cette mêlée de bruits. Ce son de crécelle lente est de tous les bruits de la guerre celui qui vous point le plus le cœur.

— Le moulin à café ! Un des nôtres, écoute voir : les coups sont réguliers tandis que ceux des Boches n'ont pas le même temps entre les coups ; ils font tac... tac-tac-tac... tac-tac... tac...

— Tu t' goures, fil à trous ! C'est pas la machine à découdre : c'est une motocyclette qui radine sur le chemin de l'Abri 31, tout là-bas.

— Moi, j' crois plutôt que ce soit, tout là-haut, un client qui s' paye le coup d'œil sur son manche à balai, ricane Pépin qui, levant le nez, inspecte l'espace en quête d'un aéro.

Une discussion s'établit. On ne peut savoir ! C'est comme ça. Au milieu de tous ces fracas divers, on a beau être habitué, on se perd. Il est bien advenu à toute une section, l'autre jour, dans le bois, de prendre, un instant, pour le bruissement rauque d'une arrivée les premiers accents de la voix d'un mulet qui, non loin, se mettait à pousser son braiment-hennissement.

— Dis donc, y a quelque chose en fait d' saucisses én'air, c' matin, remarque Lamuse.

Les yeux levés, on les compte.

— Y a huit saucisses chez nous et huit chez les Boches, dit Cocon, qui avait déjà compté.

En effet, au-dessus de l'horizon, à intervalles réguliers, en face du groupe des ballons captifs ennemis, plus petits dans la distance, planent les huit longs yeux légers et sensibles de l'armée, reliés aux centres de commandement par des filaments vivants.

— I's nous voient comme on les voit. Comment veux-tu leur z'y échapper, à ces espèces de grands bons dieux-là ?

— Voilà not' réponse !

En effet, tout d'un coup, derrière notre dos, éclate le fracas net, strident, assourdissant du 75. Ça crépite sans arrêt.

Ce tonnerre nous soulève, nous enivre. Nous crions en même temps que les pièces et nous nous regardons sans nous entendre — sauf la voix extraordinairement perçante de cette « grande gueule » de Barque — au milieu de ce roulement de tambour fantastique dont chaque coup est un coup de canon.

Puis nous tournons les yeux en avant, le cou tendu, et nous voyons, en haut de la colline, la silhouette supérieure d'une rangée noire d'arbres d'enfer dont les racines terribles s'implantent dans le versant invisible où se tapit l'ennemi.

— Qu'est-ce que c'est qu' ça ?

Pendant que la batterie de 75 qui est à cent mètres derrière nous continue ses glapissements — coups nets d'un marteau démesuré sur une enclume, suivis d'un cri, vertigineux de force et de furie — un gargouillement prodigieux domine le concert. Ça vient aussi de chez nous.

— Il est pépère, celui-là !

L'obus fend l'air à mille mètres peut-être au-dessus de nos têtes. Son bruit couvre tout comme d'un dôme sonore. Son souffle est lent ; on sent un projectile plus bedonnant, plus énorme que les autres. On l'entend passer, descendre en avant avec une vibration pesante et grandissante de métro entrant en gare ; ensuite son lourd sifflement s'éloigne. On observe, en face, la colline. Au bout de quelques secondes, elle se couvre d'un nuage couleur saumon que le vent développe sur toute une moitié de l'horizon.

— C'est un 220 de la batterie du point gamma.

— On les voit, ces h'obus, affirme Volpatte, quand c'est qu'ils sortent du canon. Et si t'es bien dans la direction du tir, tu les vois d' l'œil, même loin de la pièce.

Un autre succède.

— Là ! Tiens ! Tiens ! T'l'as vu, c'ti-là ? T'as pas r'gardé assez vite, la commande est loupée. Faut s' manier la fraise. Tiens, un autre ! Tu l'as vu ?

— J' l'ai pas vu.

— Paquet ! Faut-i' qu' t'en tiennes une couche ! Ton père, il était peintre ! Tiens, vite, ç'ui-là, là ! Tu l' vois bien, guignol, raclure ?

— J' l'ai vu. C'est tout ça ?

Quelques-uns ont aperçu une petite masse noire, fine et pointue comme un merle aux ailes repliées qui, du zénith, pique le bec en avant, en décrivant une courbe.

— Ça pèse cent dix-huit kilos, ça, ma vieille punaise, dit fièrement Volpatte, et quand ça tombe sur une guitoune, ça tue tout le monde qu'y a dedans. Ceux qui ne sont pas arrachés par les éclats sont assommés par le vent du machin, ou clabottent asphyxiés sans avoir le temps de souffler ouf.

— On voit aussi très bien l'obus de 270 — tu parles d'un bout de fer — quand le mortier le fait sauter en l'air : allez, partez !

— Et aussi le 155 Rimailho, mais celui-là, on le perd de vue parce qu'il file droit et trop loin : tant plus tu le r'gardes, tant plus i' s' fond devant tes lotos.

Dans une odeur de soufre, de poudre noire, d'étoffes brûlées, de terre calcinée, qui rôde en nappes sur la campagne, toute la ménagerie donne, déchaînée. Meuglements, rugissements, grondements farouches et étranges, miaulements de chat qui vous déchirent férocement les oreilles et vous fouillent le ventre, ou bien le long ululement pénétrant qu'exhale la sirène d'un bateau en détresse sur la mer. Parfois même des espèces d'exclamations se croisent dans les airs, auxquelles des changements bizarres de ton communiquent comme un accent humain. La campagne, par places, se lève et retombe ; elle figure devant nous, d'un bout de l'horizon à l'autre, une extraordinaire tempête de choses.

Et les très grosses pièces, au loin, propagent des grondements très effacés et étouffés, mais dont on sent la force au déplacement de l'air qu'ils vous tapent dans l'oreille.

... Voici fuser et se balancer sur la zone bombardée un lourd paquet d'ouate verte qui se délaie en tous sens. Cette touche de couleur nettement disparate dans le tableau attire l'attention, et toutes nos faces de prisonniers encagés se tournent vers le hideux éclatement.

— C'est des gaz asphyxiants, probable. Préparons nos sacs à figure !

— Les cochons !

— Ça, c'est vraiment des moyens déloyaux, dit Farfadet.

— Des quoi ? dit Barque, goguenard.

— Ben oui, des moyens pas propres, quoi, des gaz...

— Tu m' fais marrer, riposte Barque, avec tes moyens déloyaux et tes moyens loyaux... Quand on a vu des hommes défoncés, sciés en deux, ou séparés du haut en bas, tendus en gerbes par l'obus ordinaire, des ventres sortis jusqu'au fond et éparpillés comme à la fourche, des crânes rentrés tout entiers dans l' poumon comme à coups de masse, ou, à la place de la tête, un p'tit cou d'où une confiture de groseille de cervelle tombe tout autour, sur la poitrine et le dos. Quand on l'a vu et qu'on vient dire : « Ça, c'est des moyens propres, parlez-moi d' ça ! »

— N'empêche que l'obus, c'est permis, c'est accepté...

— Ah là là ! Veux-tu que j' te dise ? Eh bien, tu m' f'ras jamais tant pleurer que tu m' fais rire !

Et il tourne le dos.

— Hé ! gare, les enfants !

On tend l'oreille ; l'un de nous s'est jeté à plat ventre ; d'autres regardent instinctivement, en sourcillant, du côté de l'abri qu'ils n'ont pas le temps d'atteindre ; pendant ces deux secondes, chacun plie le cou. C'est un crissement de cisailles gigantesques qui approche de nous, qui approche, et qui, enfin, aboutit à un tonitruant fracas de déballages de tôles.

Il n'est pas tombé loin de nous, celui-là : à deux cents mètres peut-être. Nous nous baissons dans le fond de la tranchée et restons accroupis jusqu'à ce que l'endroit où nous sommes soit cinglé par l'ondée des petits éclats.

— Faudrait pas encore recevoir ça dans l' vasistas, même à cette distance, dit Paradis en extrayant de la paroi de terre de la tranchée un fragment qui vient de s'y ficher et qui semble un petit morceau de coke hérissé d'arêtes coupantes et de pointes, et il le fait sauter dans sa main pour ne pas se brûler.

Il courbe brusquement la tête ; nous aussi.

Bsss, bss...

— La fusée !... Elle est passée.

La fusée du shrapnell monte, puis retombe verticalement ; celle du percutant, après l'explosion, se détache de l'ensemble disloqué et reste ordinairement enterrée au point d'arrivée ; mais, d'autres fois, elle s'en va où elle veut, comme un gros caillou incandescent. Il faut s'en méfier. Elle peut se jeter sur vous très longtemps après le coup, et par des chemins invraisemblables, passant par-dessus les talus et plongeant dans les trous.

— Rien de vache comme une fusée. Ainsi il m'est arrivé à moi...

— Y a pire que tout ça, interrompit Bags, de la onzième ; les obus autrichiens : le 130 et le 74. Ceux-là i'm' font peur. I' sont nickelés, qu'on dit, mais c' que j'sais, vu qu' j'y étais, c'est qu'i' font si vite qu'y a jamais rien d' fait pour se garer d'eux ; sitôt qu' tu l'entends ronfler, sitôt i' t'éclate dedans.

— Le 105 allemand non plus, tu n'as pas guère l' temps d' t'écraser et d'planquer tes côtelettes. C'est c' que j' me suis laissé expliquer une fois par des artiflots.

— J' vas te dire : les obus des canons d' marine, t'as pas l' temps d' les entendre, faut qu' tu les encaisses avant.

— Et y a aussi ce salaud d'obus nouveau qui pète après avoir ricoché dans la terre et en être sorti et rentré une fois ou deux, sur des six mètres... Quand j' sais qu'y en a en face, j'ai les colombins. Je m' souviens qu'une fois...

— C'est rien d' tout ça, mes fieux, dit le nouveau sergent, qui passait et s'arrêta. I' fallait voir c' qui nous ont balancé à Verdun, là d'où je reviens justement. Et rien que des maous : des 380, des 420, des deux 44. C'est quand on a été sonné là-bas qu'on peut dire : « J' sais c' que c'est d'êt' sonné ! » Les bois fauchés comme du blé, tous les abris repérés et crevés même avec trois épaisseurs de rondins, tous les croisements de route arrosés, les chemins fichus en l'air et changés en des espèces de longues bosses de convois cassés, de pièces amochées, de cadavres tortillés l'un dans l'autre comme entassés à la pelle. Tu voyais des trente types rester sur le carreau, d'un coup, aux carrefours ; tu voyais des bonshommes monter en tourniquant, toujours bien à des quinze mètres dans l'air du temps, et des morceaux de pantalon rester accrochés tout en haut des arbres qu'il y avait encore. Tu voyais de ces 380-là entrer dans une cambuse, à Verdun, par le toit, trouer deux ou trois étages, éclater en bas, et toute la grande niche être forcée de sauter ; et, dans les campagnes, des bataillons entiers se disperser et s' planquer sous la rafale comme un pauv' petit gibier sans défense. T'avais par terre, à chaque pas, dans les champs, des éclats épais comme le bras, et larges comme ça, et i' fallait quatre poilus pour soulever ce bout de fer. Les champs, t'aurais dit des terrains pleins d' rochers !... Et, pendant des mois, ça n'a pas décessé. Ah ! tu parles ! tu parles ! répéta le sergent en s'éloignant pour aller sans doute recommencer ailleurs ce résumé de ses souvenirs.

— Tiens, r'gard' donc, caporal, ces gars, là-bas, i' sont mabouls ?

On voyait, sur la position canonnée, des petitesses humaines se déplacer en hâte, et se presser vers les explosions.

— Ce sont des artiflots, dit Bertrand, qui aussitôt qu'une marmite a éclaté, courent fouiner pour chercher la fusée dans le trou, parce que la fusée, de la manière qu'elle est enfoncée, donne la direction de la batterie, tu comprends ; et la distance, on n'a qu'à la lire : elle se marque sur les divisions gravées autour de la fusée au moment qu'on débouche l'obus.

— Ça n' fait rien, i's sont culottés, ces zigues-là, d' sortir par un marmitage pareil.

— Les artieurs, mon vieux, vient nous dire un bonhomme d'une autre compagnie qui se promenait dans la tranchée, les artieurs, c'est tout bon ou tout mauvais. Ou c'est des as, ou c'est de la roustissure. Ainsi, moi qui t' parle...

— C'est vrai de tous les troufions, ça qu' tu dis.

— Possible. Mais j' te cause pas d' tous les troufions. J' te cause des artieurs, et j' te dis aussi que...

— Hé ! les enfants, est-ce qu'on cherche une calebasse pour planquer ses os ? On pourrait peut-être bien finir par attraper un éclat en poire.

Le promeneur étranger remporta son histoire, et Cocon, qui avait l'esprit de contradiction, déclara :

— On s'y fera des cheveux, dans ta cagna, puisque déjà, dehors, on s'amuse pas besef.

— Tenez, là-bas, i's envoient des torpilles ! dit Paradis en désignant nos positions dominant sur la droite.

Les torpilles montent tout droit, ou presque, comme des alouettes, en se trémoussant et froufroutant, puis s'arrêtent, hésitent et retombent droit en annonçant aux dernières secondes leur chute par un

« cri d'enfant » qu'on reconnaît bien. D'ici, les gens de la crête ont l'air d'invisibles joueurs alignés qui jouent à la balle.

— Dans l'Argonne, dit Lamuse, mon frère m'a écrit qu'i's r'çoivent des tourterelles, qu'i's disent. C'est des grandes machines lourdes, lancées de près. Ça arrive en roucoulant, de vrai, qu'i' m' dit, et quand ça pète, tu parles d'un baroufe, qu'i' m' dit.

— Y a pas pire que l' crapouillot, qui a l'air de courir après vous et de vous sauter dessus, et qui éclate dans la tranchée même, rasoche du talus.

— Tiens, tiens, t'as entendu ?

Un sifflement arrivait vers nous, puis brusquement il s'est éteint. L'engin n'a pas éclaté.

— C'est un obus qui dit merde, constate Paradis.

Et on prête l'oreille pour avoir la satisfaction d'en entendre — ou de ne pas en entendre — d'autres.

Lamuse dit :

— Tous les champs, les routes, les villages, ici, c'est couvert d'obus non éclatés, de tous calibres ; des nôtres aussi, faut l' dire. Il doit y en avoir plein la terre, qu'on n' voit pas. Je m' demande comment on fera, plus tard, quand viendra le moment qu'on dira : « C'est pas tout ça, mais faut s' remettre à labourer. »

Et toujours, dans sa monotonie forcenée, la rafale de feu et de fer continue : les shrapnells avec leur détonation sifflante, bondée d'une âme métallique et furibonde, et les gros percutants, avec leur tonnerre de locomotive lancée, qui se fracasse subitement contre un mur, et de chargements de rails ou de charpentes d'acier qui dégringolent une pente. L'atmosphère finit par être opaque et encombrée, traversée de souffles pesants ; et, tout autour, le massacre de la terre continue, de plus en plus profond, de plus en plus complet.

Et même d'autres canons se mettent de la partie. Ce sont des nôtres. Ils ont une détonation semblable à celle du 75, mais plus forte, et avec un écho prolongé et retentissant comme de la foudre qui se répercute en montagne.

— C'est les 120 longs. Ils sont sur la lisière du bois, à un kilomètre. Des baths canons, mon vieux, qui ressemblent à des lévriers gris. C'est mince et fin du bec, ces pièces-là. T'as envie de leur dire « madame ». C'est pas comme le 220 qui n'est qu'une gueule, un seau à charbon, qui crache son obus de bas en haut. Ça fait du boulot, mais ça ressemble, dans les convois d'artillerie, à des culs-de-jatte sur leur petite voiture.

La conversation languit. On bâille, par-ci par-là.

La grandeur et la largeur de ce déchaînement d'artillerie lassent l'esprit. Les voix s'y débattent, noyées.

— J'en ai jamais vu comme ça, d' bombardement ! crie Barque.

— On dit toujours ça, remarque Paradis.

— Tout d' même, braille Volpatte. On a parlé d'attaque ces jours-ci. J' te dis, moi, qu' c'est l' commencement de quelque chose.

— Ah ! font simplement les autres.

Volpatte manifeste l'intention de « piquer un roupillon » et il s'installe par terre, adossé à une paroi, les semelles butées contre l'autre paroi.

On s'entretient de choses diverses. Biquet raconte l'histoire d'un rat qu'il a vu.

— Il était pépère et comaco, tu sais... J'avais ôté mes croquenots, et c' rat, i' parlait-i' pas de mettre tout l' bord de la tige en dentelles ! Faut dire que j'les avais graissés.

Volpatte, qui s'immobilisait, se remue et dit :

— Vous m'empêchez de dormir, les jaspineurs !

— Tu vas pas m' faire croire, vieille doublure, qu' tu s'rais fichu d' dormir et d' faire schloff avec un bruit et un papafard pareils comme celui qu'y a tout partout là ici, dit Marthereau.

— Crôô, répondit Volpatte, qui ronflait.

*

ment de place en place — ce sont nos batteries qui tirent — et je l'ai vu à un moment, tout entier pailleté d'éclats brefs. A un autre moment, une partie des campagnes s'est estompée sous une taie vaporeuse et blanchâtre : une sorte de tourmente de neige.

Au loin, sur les sinistres champs interminables, à demi effacés et couleur de haillons, et troués autant que des nécropoles, on remarque, comme un morceau de papier déchiré, le fin squelette d'une église et, d'un bord à l'autre du tableau, de vagues rangées de traits verticaux rapprochés et soulignés, comme les bâtons des pages d'écriture : des routes avec leurs arbres. De minces sinuosités rayent la plaine en long et en large, la quadrillent, et ces sinuosités sont pointillées d'hommes.

On discerne des fragments de lignes formées de ces points humains qui, sorties des raies creuses, bougent sur la plaine à la face de l'horrible ciel déchaîné.

On a peine à croire que chacune de ces taches minuscules est un être de chair frissonnante et fragile, infiniment désarmé dans l'espace, et qui est plein d'une pensée profonde, plein de longs souvenirs et plein d'une foule d'images ; on est ébloui par ce poudroiement d'hommes aussi petits que les étoiles du ciel.

Pauvres semblables, pauvres inconnus, c'est votre tour de donner ! Une autre fois, ce sera le nôtre. A nous demain, peut-être, de sentir les cieux éclater sur nos têtes ou la terre s'ouvrir sous nos pieds, d'être assaillis par l'armée prodigieuse des projectiles, et d'être balayés par des souffles d'ouragan cent mille fois plus forts que l'ouragan.

On nous pousse dans les abris d'arrière. A nos yeux, le champ de la mort s'éteint. A nos oreilles, le tonnerre s'assourdit sur l'enclume formidable des nuages. Le bruit d'universelle destruction fait silence. L'escouade s'enveloppe égoïstement des bruits familiers de la vie, s'enfonce dans la petitesse caressante des abris.

XX

LE FEU

Réveillé brusquement, j'ouvre les yeux dans le noir.

— Quoi ? Qu'est-ce qu'il y a ?

— C'est ton tour de garde. Il est deux heures du matin, me dit le caporal Bertrand que j'entends, sans le voir, à l'orifice du trou au fond duquel je suis étendu.

Je grogne que je viens, je me secoue, bâille dans l'étroit abri sépulcral ; j'étends les bras et mes mains touchent la glaise molle et froide. Puis je rampe au milieu de l'ombre lourde qui obstrue l'abri, en fendant l'odeur épaisse, entre les corps intensément affalés des dormeurs. Après quelques accrochages et faux pas sur des équipements, des sacs, et des membres étirés dans tous les sens, je mets la main sur mon fusil et je me trouve debout à l'air libre, mal réveillé et mal équilibré, assailli par la bise aiguë et noire.

Je suis, en grelottant, le caporal qui s'enfonce entre de hauts entassements sombres dont le bas se resserre étrangement sur notre marche. Il s'arrête. C'est là. Je perçois une grosse masse se détacher à mi-hauteur de la muraille spectrale, et descendre. Cette masse hennit un bâillement. Je me hisse dans la niche qu'elle occupait.

La lune est cachée dans la brume, mais il y a, répandue sur les choses, une très confuse lueur à laquelle l'œil s'habitue à tâtons. Cet éclairement s'éteint à cause d'un large lambeau de ténèbres qui plane et glisse là-haut. Je distingue à peine, après l'avoir touché, l'encadrement et le trou du créneau devant ma figure, et ma main avertie rencontre, dans un enfoncement aménagé, un fouillis de manches de grenades.

— Ouvre l'œil, hein, mon vieux, me dit Bertrand à voix basse. N'oublie pas qu'il y a notre poste d'écoute, là en avant, sur la gauche. Allons, à tout à l'heure.

Son pas s'éloigne, suivi du pas ensommeillé du veilleur que je relève.

Les coups de fusil crépitent de tous côtés. Tout à coup, une balle claque net dans la terre du talus où je m'appuie. Je mets la face au créneau. Notre ligne serpente dans le haut du ravin : le terrain est en contrebas devant moi, et on ne voit rien dans cet abîme de ténèbres où il plonge. Toutefois, les yeux finissent par discerner la file régulière des piquets de notre réseau plantés au seuil des flots d'ombre et, çà et là, les plaies rondes d'entonnoirs d'obus, petits, moyens ou énormes ; quelques-uns, tout près, peuplés d'encombrements mystérieux. La bise me souffle dans la figure. Rien ne bouge, que le vent qui passe et que l'immense humidité qui s'égoutte. Il fait froid à frissonner sans fin. Je lève les yeux : je regarde ici, là. Un deuil épouvantable écrase tout. J'ai l'impression d'être tout seul, naufragé, au milieu d'un monde bouleversé par un cataclysme.

Rapide illumination de l'air : une fusée. Le décor où je suis perdu s'ébauche et pointe autour de moi. On voit se découper la crête, déchirée, échevelée, de notre tranchée, et j'aperçois, collés sur la paroi d'avant, tous les cinq pas, comme des larves verticales, les ombres des veilleurs. Leur fusil s'indique, à côté d'eux, par quelques gouttes de lumière. La tranchée est étayée de sacs de terre ; elle est élargie de partout et, en maints endroits, éventrée par des éboulements. Les sacs de terre, aplatis les uns sur les autres et disjoints, ont l'air, à la lueur astrale de la fusée, de ces vastes dalles démantelées d'antiques monuments en ruine. Je regarde au créneau. Je distingue, dans la vaporeuse atmosphère blafarde qu'a épandue le météore, les piquets rangés et même les lignes ténues des fils de fer barbelés qui s'entrecroisent d'un piquet à l'autre. C'est, devant ma vue, comme des traits à la plume qui gribouillent et raturent le champ blême et troué. Plus bas, dans l'océan nocturne qui remplit le ravin, le silence et l'immobilité s'accumulent.

Je descends de mon observatoire et me dirige au jugé vers mon voisin de veille. De ma main tendue, je l'atteins.

— C'est toi ? lui dis-je à voix basse, sans le reconnaître.

— Oui, répond-il sans savoir non plus qui je suis, aveugle comme moi.

« C'est calme, à c't'heure, ajoute-t-il. Tout à l'heure, j'ai cru qu'ils allaient attaquer ; ils ont peut-être bien essayé, sur la droite, où ils ont lancé une chiée de grenades. Il y a eu un barrage de 75, vrrrran... vrrr-ran... Mon vieux, je m' disais : « Ces 75-là, c'est pas possible, i' sont payés pour tirer ! S'ils sont sortis, les Boches, i's ont dû prendre quéque chose ! » Tiens, écoute, là-bas, les boulettes qui r'biffent ! T'entends ?

Il s'arrête, débouche son bidon, boit un coup, et sa dernière phrase, toujours à voix basse, sent le vin :

— Ah ! là là ! tu parles d'une sale guerre ! Tu crois qu'on s'rait pas mieux chez soi ? Eh bien, quoi ! Qu'est-ce qu'il a, c' ballot ?

Un coup de feu vient de retentir à côté de nous, traçant un court et brusque trait phosphorescent. D'autres partent, çà et là, sur notre ligne : les coups de fusil sont contagieux la nuit.

Nous allons nous enquérir, à tâtons, dans l'ombre épaisse retombée sur nous comme un toit, auprès d'un des tireurs. Trébuchant et jetés parfois l'un sur l'autre, on arrive à l'homme, on le touche.

— Eh bien, quoi ?

Il a cru voir remuer, puis plus rien. Nous revenons, mon voisin inconnu et moi, dans l'obscurité dense et sur l'étroit chemin de boue grasse, incertains, avec effort, pliés, comme si nous portions chacun un fardeau écrasant.

A un point de l'horizon, puis à un autre, tout autour de nous, le canon tonne, et son lourd fracas se mêle aux rafales d'une fusillade qui tantôt redouble et tantôt s'éteint, et aux grappes de coups de grenades, plus sonores que les claquements du lebel et du mauser et qui ont à peu près le son des vieux coups de fusil classiques. Le vent s'est encore accru, il est si violent qu'il faut se défendre dans l'ombre contre lui : des chargements de nuages énormes passent devant la lune.

Nous sommes là, tous les deux, cet homme et moi, à nous rapprocher et nous heurter sans nous connaître, montrés puis interceptés l'un à l'autre, en brusques à-coups, par le reflet du canon ; nous sommes là, pressés par l'obscurité, au centre d'un cycle immense d'incendies qui paraissent et disparaissent, dans ce paysage de sabbat.

— On est maudits, dit l'homme.

Nous nous séparons et nous allons chacun à notre créneau nous fatiguer les yeux sur l'immobilité des choses.

Quelle effroyable et lugubre tempête va éclater ?

La tempête n'éclata pas cette nuit-là. A la fin de ma longue attente, aux premières traînées du jour, il y eut même accalmie.

Tandis que l'aube s'abattait sur nous comme un soir d'orage, je vis encore une fois émerger et se recréer sous l'écharpe de suie des nuages bas, les espèces de rives abruptes, tristes et sales, infiniment sales, bossuées de débris et d'immondices, de la croulante tranchée où nous sommes.

La lividité de la nue blêmit et plombe les sacs de terre aux plans vaguement luisants et bombés, tel un long entassement de viscères et d'entrailles géantes mises à nu sur le monde.

Dans la paroi, derrière moi, se creuse une excavation, et là un entassement de choses horizontales se dresse comme un bûcher.

Des troncs d'arbres ? Non : ce sont les cadavres.

*

A mesure que les cris d'oiseaux montent des sillons, que les champs vagues recommencent, que la lumière éclôt et fleurit en chaque brin d'herbe, je regarde le ravin. Plus bas que le champ mouvementé avec ses hautes lames de terre et ses entonnoirs brûlés, au-delà du hérissement des piquets, c'est toujours un lac d'ombre qui stagne et, devant le versant d'en face, c'est toujours un mur de nuit qui s'érige.

Puis je me retourne et je contemple ces morts qui peu à peu s'exhument des ténèbres, exhibant leurs formes raidies et maculées. Ils sont quatre. Ce sont nos compagnons Lamuse, Barque, Biquet et le petit Eudore. Ils se décomposent là, tout près de nous, obstruant à moitié le large sillon tortueux et boueux que les vivants s'intéressent encore à défendre.

On les a posés tant bien que mal ; ils se calent et s'écrasent, l'un sur l'autre. Celui d'en haut est enveloppé d'une toile de tente. On avait mis sur les autres figures des mouchoirs, mais en les frôlant, la nuit, sans les voir, ou bien le jour, sans faire attention, on a fait tomber les mouchoirs, et nous vivons face à face avec ces morts, amoncelés là comme un bûcher vivant.

*

Il y a quatre nuits qu'ils ont été tués ensemble. Je me souviens mal de cette nuit, comme d'un rêve que j'ai eu. Nous étions de patrouille, eux, moi, Mesnil André et le caporal Bertrand. Il s'agissait de reconnaître un nouveau poste d'écoute allemand signalé par les observateurs d'artillerie. Vers minuit, on est sortis de la tranchée, et on a rampé sur la descente, en ligne, à trois ou quatre pas les uns des autres, et on est descendus ainsi très bas dans le ravin, jusqu'à voir, gisant devant nos yeux, comme l'aplatissement d'une bête échouée, le talus de leur Boyau International. Après avoir constaté qu'il n'y avait pas de poste dans cette tranche de terrain, on a remonté, avec des précautions infinies ; je voyais confusément mon voisin de droite et mon voisin de gauche, comme des sacs d'ombre, se traîner, glisser lentement, onduler, se rouler dans la boue, au fond des ténèbres, poussant devant eux l'aiguille de leur fusil. Des balles sifflaient au-dessus de nous, mais elles nous ignoraient, ne nous cherchaient pas. Arrivés en vue de la bosse de notre ligne, on a soufflé un instant ; l'un de nous a poussé un soupir, un autre a parlé. Un autre s'est retourné, en bloc, et son fourreau de baïonnette a sonné contre une pierre. Aussitôt une fusée a jailli en rugissant du Boyau International. On s'est plaqués par terre, étroitement, éperdument, on a gardé une immobilité absolue, et on a attendu là, avec cette étoile terrible suspendue au-dessus de nous et qui nous baignait d'une clarté de jour, à vingt-cinq ou trente mètres de notre tranchée. Alors une mitrailleuse placée de l'autre côté du ravin a balayé la zone où nous étions. Le caporal Bertrand et moi avons eu la chance de trouver devant nous, au moment où la fusée montait, rouge, avant d'éclater en lumière, un trou d'obus où un chevalet cassé tremblait dans la boue ; on s'est aplatis tous les deux contre le rebord de ce trou, on s'est enfoncés dans la boue autant qu'on a pu et le pauvre squelette de bois pourri nous a cachés. Le jet de la mitrailleuse a repassé plusieurs fois. On entendait un sifflement perçant au milieu de chaque détonation, les coups secs et violents des balles dans la terre, et aussi des claquements sourds et mous suivis de geignements, d'un petit cri, et, soudain, d'un gros ronflement de dormeur qui s'est élevé puis a graduellement baissé. Bertrand et moi, frôlés par la grêle horizontale des balles qui, à quelques centimètres au-dessus de nous, traçaient un réseau de mort et écorchaient parfois nos vêtements, nous écrasant de plus en plus, n'osant risquer un mouvement qui aurait haussé un peu une partie de notre corps, nous avons attendu. Enfin, la mitrailleuse s'est tue, dans un énorme silence. Un quart d'heure après, tous les deux, nous nous sommes glissés hors du trou d'obus en rampant sur les coudes et nous sommes enfin tombés, comme des paquets, dans notre poste d'écoute. Il était temps, car en ce moment le clair de lune a brillé. On a dû demeurer dans le fond de la tranchée jusqu'au matin, puis jusqu'au soir. Les mitrailleuses en arrosaient sans discontinuer les abords. Par les créneaux du poste, on ne voyait pas les corps étendus, à cause de la déclivité du terrain, sinon, tout à ras du champ visuel, une masse qui paraissait être le dos de l'un d'eux. Le soir, on a creusé une sape pour atteindre l'endroit où ils étaient tombés. Ce travail n'a pu être exécuté en une nuit ; il a été repris la nuit suivante par les pionniers, car, brisés de fatigue, nous ne pouvions plus ne pas nous endormir.

En me réveillant d'un sommeil de plomb, j'ai vu les quatre cadavres que les sapeurs avaient atteints par-dessous, dans la plaine, et qu'ils avaient accrochés et halés avec des cordes dans leur sape. Chacun d'eux contenait plusieurs blessures à côté l'une de l'autre, les trous des balles distants de quelques centimètres : la mitrailleuse avait tiré serré. On n'avait pas retrouvé le corps de Mesnil André. Son frère Joseph a fait des folies pour le chercher ; il est sorti tout seul dans la plaine constamment balayée, en large, en long et en travers par les tirs croisés des mitrailleuses. Le matin, se traînant comme une limace, il a montré une face noire de terre et affreusement défaite, en haut du talus.

On l'a rentré, les joues égratignées aux ronces des fils de fer, les mains sanglantes, avec de lourdes mottes de boue dans les plis de ses vêtements et puant la mort. Il répétait comme un maniaque : « Il n'est nulle part. » Il s'est enfoncé dans un coin avec son fusil, qu'il s'est mis à nettoyer, sans entendre ce qu'on lui disait, et en répétant : « Il n'est nulle part. »

Il y a quatre nuits de cette nuit-là et je vois les corps se dessiner, se montrer, dans l'aube qui vient encore une fois laver l'enfer terrestre.

Barque, raidi, semble démesuré. Ses bras sont collés le long de son corps, sa poitrine est effondrée, son ventre creusé en cuvette. La tête surélevée par un tas de boue, il regarde venir par-dessus ses pieds ceux qui arrivent par la gauche, avec sa face assombrie, souillée de la tache visqueuse des cheveux qui retombent, et où d'épaisses croûtes de sang noir sont sculptées, ses yeux ébouillantés : saignants et comme cuits.

Eudore, lui, paraît au contraire tout petit, et sa petite figure est complètement blanche, si blanche qu'on dirait une face enfarinée de Pierrot, et c'est poignant de la voir faire tache comme un rond de papier blanc parmi l'envechêtrement gris et bleuâtre des cadavres. Le Breton Biquet, trapu, carré comme une dalle, apparaît tendu dans un effort énorme : il a l'air d'essayer de soulever le brouillard, cet effort profond déborde en grimace sur sa face bossuée par les pommettes et le front saillant, la pétrit hideusement, semble hérisser par places ses cheveux terreux et desséchés, fend sa mâchoire pour un spectre de cri, écarte toutes grandes ses paupières sur ses yeux ternes et troubles, ses yeux de silex ; et ses mains sont contractées d'avoir griffé le vide.

Barque et Biquet sont troués au ventre, Eudore à la gorge. En les traînant et en les transportant, on les a encore abîmés. Le gros Lamuse, vide de sang, avait une figure tuméfiée et plissée dont les yeux s'enfonçaient graduellement dans leurs trous, l'un plus que l'autre. On l'a entouré d'une toile de tente qui se trempe d'une tache noirâtre à la place du cou. Il a eu l'épaule droite hachée par plusieurs balles et le bras ne tient plus que par des lanières d'étoffe de la manche et des ficelles qu'on y a mises. La première nuit qu'on l'a placé là, ce bras pendait hors du tas des morts et sa main jaune, recroquevillée sur une poignée de terre, touchait les figures des passants. On a épinglé le bras à la capote.

Un nuage de pestilence commence à se balancer sur les restes de ces créatures avec lesquelles on a si étroitement vécu, si longtemps souffert.

Quand nous les voyons, nous disons : « Ils sont morts tous les quatre. » Mais ils sont trop déformés pour que nous pensions vraiment : « Ce sont eux. » Et il faut se détourner de ces monstres immobiles pour éprouver le vide qu'ils laissent entre nous et les choses communes qui sont déchirées.

Ceux des autres compagnies ou des autres régiments, les étrangers, qui passent ici le jour — la nuit, on s'appuie inconsciemment sur tout ce qui est à portée de la main, mort ou vivant —, ont un haut-le-corps devant ces cadavres plaqués l'un sur l'autre en pleine tranchée. Parfois ils se mettent en colère :

— A quoi qu'on pense, de laisser là ces macchabs ?

— C'est t'honteux !

Puis ils ajoutent :

— C'est vrai qu'on ne peut pas les ôter de là.

En attendant, ils ne sont enterrés que dans la nuit.

Le matin est venu. On découvre, en face, l'autre versant du ravin : la cote 119, une colline rasée, pelée, grattée — veinée de boyaux tremblés et striée de tranchées parallèles montrant à vif la glaise et la terre crayeuse. Rien n'y bouge et nos obus qui y déferlent çà et là, avec de larges jets d'écume comme des vagues immenses, semblent frapper leurs coups sonores contre un grand môle ruineux et abandonné.

Mon tour de veille est terminé, et les autres veilleurs, enveloppés de toiles de tente humides et coulantes, avec leurs zébrures et leurs plaquages de boue, et leurs gueules livides, se dégagent de la terre où ils sont encastrés, se meuvent et descendent. Le deuxième peloton vient occuper la banquette de tir et les créneaux. Pour nous, repos jusqu'au soir.

On bâille, on se promène. On voit passer un camarade, puis un autre. Des officiers circulent, munis de périscopes et de longues-vues. On se retrouve ; on se remet à vivre. Les propos habituels se croisent et se choquent. Et n'étaient l'aspect délabré, les lignes défaites du fossé qui nous ensevelit sur la pente du ravin, et aussi la sourdine imposée aux voix, on se croirait dans les lignes d'arrière. De la lassitude pèse pourtant sur tous, les faces sont jaunies, les paupières rougies ; à force de veiller, on a la tête des gens qui ont pleuré. Tous, depuis quelques jours, nous nous courbons et nous avons vieilli.

L'un après l'autre, les hommes de mon escouade ont conflué à un tournant de la tranchée. Ils se tassent à l'endroit où le sol est tout crayeux et où, au-dessous de la croûte de terre hérissée de racines coupées, le terrassement a mis à jour des couches de pierres blanches qui étaient étendues dans les ténèbres depuis plus de cent mille ans.

C'est là, dans le passage élargi, qu'échoue l'escouade de Bertrand. Elle est bien diminuée à cette heure, puisque, sans parler des morts de l'autre nuit, nous n'avons plus Poterloo, tué dans une relève, ni Cadilhac, blessé à la jambe par un éclat le même soir que Poterloo (comme cela paraît loin, déjà !), ni Tirloir, ni Tulacque qui ont été évacués, l'un pour dysenterie, et l'autre pour une pneumonie qui prend une vilaine tournure — écrit-il dans les cartes postales qu'il nous adresse pour se désennuyer, de l'hôpital du centre où il végète.

Je vois encore une fois se rapprocher et se grouper, salies par le contact de la terre, salies par la fumée grise de l'espace, les physionomies et les poses familières de ceux qui ne se sont pas encore quittés depuis le début — fraternellement rivés et enchaînés les uns aux autres. Moins de disparate, pourtant, qu'au commencement, dans les mises des hommes des cavernes...

Le père Blaire présente dans sa bouche usée une rangée de dents neuves, éclatantes — si bien que, de tout son pauvre visage, on ne voit plus que cette mâchoire endimanchée. L'événement de ses dents étrangères, que peu à peu il apprivoise, et dont il se sert maintenant, parfois, pour manger, a modifié profondément son caractère et ses mœurs : il n'est presque plus barbouillé de noir, il est à peine négligé. Devenu beau, il éprouve le besoin de devenir coquet. Pour l'instant, il est morne, peut-être — ô miracle ! — parce qu'il ne peut pas se laver. Renfoncé dans un coin, il entrouvre un œil atone, mâche et rumine sa moustache de grognard, naguère la seule garniture de son visage, et crache de temps en temps un poil.

Fouillade grelotte, enrhumé, ou bâille, déprimé, déplumé. Marthereau n'a point changé : toujours tout barbu, l'œil bleu et rond, avec ses jambes si courtes que son pantalon semble continuellement lui lâcher la ceinture et lui tomber sur les pieds. Cocon est toujours Cocon par sa tête sèche et parcheminée, à l'intérieur de laquelle travaillent des chiffres ; mais depuis une huitaine, une recrudescence de poux, dont on voit les ravages déborder à son cou et à ses poignets, l'isole dans de longues luttes et le rend farouche quand il revient ensuite parmi nous. Paradis garde intégralement la même dose de belle couleur et de bonne humeur ; il est invariable, inusable. On sourit quand il apparaît de loin, placardé sur le fond de sacs de terre comme une affiche neuve. Rien n'a modifié non plus Pépin qu'on entrevoit errer, de dos avec sa pancarte de damiers rouges et blancs en toile cirée, de face avec son visage en lame de couteau et son regard gris froid comme le reflet d'un flingue ; ni Volpatte avec ses guêtrons, sa couverture sur les épaules et sa face d'Annamite tatouée de crasse, ni Tirette qui depuis quelque temps, pourtant, est excité — on ne sait par quelle source mystérieuse —, des filets sanguinolents dans l'œil. Farfadet se tient à l'écart, pensif, dans l'attente. Aux distributions de lettres, il se réveille de sa rêverie pour y aller, puis il rentre en lui-même. Ses mains de bureaucrate écrivent de multiples cartes postales, soigneusement. Il ne sait pas la fin d'Eudoxie. Lamuse n'a plus parlé à personne de la suprême et terrifiante étreinte dont il a embrassé ce corps. Lamuse — je l'ai compris — regrettait de m'avoir un soir chuchoté cette confidence à l'oreille, et jusqu'à sa mort il a caché l'horrible chose virginale en lui, avec une pudeur tenace. C'est pourquoi on voit Farfadet continuer à vivre vaguement avec la vivante image aux cheveux blonds, qu'il ne quitte que pour prendre contact avec nous par de rares monosyllabes. Autour de nous, le caporal Bertrand a toujours la même attitude martiale et sérieuse, toujours prêt à nous sourire avec tranquillité, à donner sur ce qu'on lui demande des explications claires, à aider chacun à faire son devoir.

On cause comme autrefois, comme naguère. Mais

l'obligation de parler à voix contenue raréfie nos propos et y met un calme endeuillé.

*

Il y a un fait anormal : depuis trois mois, le séjour de chaque unité aux tranchées de première ligne était de quatre jours. Or, voilà cinq jours qu'on est ici, et on ne parle pas de relève. Quelques bruits d'attaque prochaine circulent, apportés par les hommes de liaison et la corvée qui, une nuit sur deux — sans régularité ni garantie — amène le ravitaillement. D'autres indices s'ajoutent à ces rumeurs d'offensive : la suppression des permissions, les lettres qui n'arrivent plus ; les officiers qui, visiblement, ne sont plus les mêmes : sérieux et rapprochés. Mais les conversations sur ce sujet se terminent toujours par un haussement d'épaules : on n'avertit jamais le soldat de ce qu'on va faire de lui ; on lui met sur les yeux un bandeau qu'on n'enlève qu'au dernier moment. Alors :

— On voira bien.

— Y a qu'à attendre !

On se détache du tragique événement pressenti. Est-ce impossibilité de le comprendre tout entier, découragement de chercher à démêler des arrêts qui sont lettre close pour nous, insouciance résignée, croyance vivace qu'on passera à côté du danger cette fois encore ? Toujours est-il que, malgré les signes précurseurs, et la voix des prophéties qui semblent se réaliser, on tombe machinalement et on se cantonne dans les préoccupations immédiates : la faim, la soif, les poux dont l'écrasement ensanglante tous les ongles, et la grande fatigue par laquelle nous sommes tous minés.

— T'as vu Joseph, ce matin ? dit Volpatte. I' n'en mène pas large, le pauvre p'tit gars.

— I' va faire un coup de tête, c'est sûr. L'est condamné, c' garçon-là, vois-tu. A la première occase, i' s'foutra dans une balle, comme j' te vois.

— Y a aussi d' quoi vous rendre piqué pour le restant d' tes jours ! I's étaient six frères, tu sais. Y en a eu quatre de clam'cés : deux en Alsace, un en Champagne, un en Argonne. Si André est tué, c'est l' cintième.

— S'il avait été tué, on lui aurait trouvé son corps, on l'aurait eu vu d' l'observatoire. Y a pas à tortiller du cul et des fesses. Moi, mon idée, c'est qu' la nuit où euss i's ont été en patrouille, il s'est égaré pour rentrer. L'a rampé d' travers, le pauv' bougre — et l'est tombé dans les lignes boches.

— I' s'est p'têt' bien fait déglinguer sur leurs fils de fer.

— On l'aurait r'trouvé, j' te dis, s'il était crampsé, car tu penses bien que si ça était, les Boches ne l'auraient pas rentré, son corps. On a cherché partout, en somme. Pisqu'i' s'est pas vu r'trouvé, faut bien que, blessé ou pas blessé, i's' soye fait faire aux pattes.

Cette hypothèse, qui est si logique, s'accrédite — et maintenant qu'on sait qu'André Mesnil est prisonnier, on s'en désintéresse. Mais son frère continue à faire pitié :

— Pauv' vieux, il est si jeune !

Et les hommes de l'escouade le regardent à la dérobée.

— J'ai la dent ! dit tout d'un coup Cocon.

Comme l'heure de la soupe est passée, on la réclame. Elle est là, puisque c'est le reste de ce qui a été apporté la veille.

— A quoi que l' caporal pense de nous faire claquer du bec ? Le v'là. J' vais l'agrafer. Hé ! caporal, à quoi qu' tu penses d' pas nous faire croûter ?

— Oui, oui, la croûte ! répète le lot des éternels affamés.

— Je viens, dit Bertrand, affairé, et qui, le jour et la nuit, n'arrête pas.

— Alors quoi ! fait Pépin, toujours mauvaise tête, j' m'en ressens pas pour encore becqueter des clarinettes ; j' vais ouvrir une boîte de singe en moins de deux.

La comédie quotidienne de la soupe recommence, à la surface de ce drame.

— Ne touchez pas à vos vivres de réserve ! dit Bertrand. Aussitôt revenu de voir le capitaine, je vais vous servir.

De retour, il apporte, il distribue et on mange la salade de pommes de terre et d'oignons et, à mesure qu'on mâche, les traits se détendent, les yeux se calment.

Paradis a arboré pour manger un bonnet de police. Ce n'est guère le lieu ni le moment, mais ce bonnet est tout neuf et le tailleur, qui le lui a promis depuis trois mois, ne le lui a donné que le jour où on est montés. La souple coiffure biscornue de drap colorié en bleu vif, posée sur sa bonne balle florissante, lui donne l'aspect d'un gendarme en carton-pâte aux joues enluminées. Cependant, tout en mangeant, Paradis me regarde fixement. Je m'approche de lui :

— Tu as une bonne tête.

— T'occupe pas, répond-il. J' voudrais t' causer. Viens voir par ici.

Il tend la main vers son quart demi-plein, posé près de son couvert et de ses affaires, hésite, puis se décide à mettre en sûreté le vin dans son gosier et le quart dans sa poche. Il s'éloigne.

Je le suis. Il prend en passant son casque qui bée sur la banquette de terre. Au bout d'une dizaine de pas, il se rapproche de moi et me dit tout bas, avec un drôle d'air, sans me regarder, comme il fait quand il est ému :

— Je sais où est Mesnil André. Veux-tu le voir ? Viens.

En disant cela, il ôte son bonnet de police, le plie et l'empoche, met son casque. Il repart. Je le suis sans mot dire.

Il me conduit à une cinquantaine de mètres de là, vers l'endroit où se trouve notre guitoune commune et la passerelle de sacs sous laquelle on se glisse, avec, chaque fois, l'impression que cette arche de boue va vous tomber sur les reins. Après la passerelle, un creux se présente dans le flanc de la tranchée, avec une marche faite d'une claie engluée de glaise. Paradis monte là, et me fait signe de le suivre sur cette étroite plate-forme glissante. Il y avait en ce point, naguère, un créneau de veilleur qui a été démoli. On a refait le créneau plus bas avec deux pare-balles. On est obligé de se plier pour ne pas dépasser cet agencement avec la tête.

Paradis me dit, à voix toujours très basse :

— C'est moi qui ai arrangé ces deux boucliers-là, pour voir — parce que j'avais mon idée, et j'ai voulu voir. Mets ton œil au trou de çui-là.

— Je ne vois rien. La vue est bouchée. Qu'est-ce que c'est que ce paquet d'étoffes ?

— C'est lui, dit Paradis.

Ah ! c'était un cadavre, un cadavre assis dans un trou, épouvantablement proche...

Ayant aplati ma figure contre la plaque d'acier, et collé ma paupière au trou de pare-balles, je le vis tout entier. Il était accroupi, la tête pendante en avant entre les jambes, les deux bras posés sur les genoux, les mains demi-fermées, en crochets — et tout près, tout près ! — reconnaissable, malgré ses yeux exorbités et opaques qui louchaient, le bloc de sa barbe vaseuse et sa bouche tordue qui montrait les dents. Il avait l'air, à la fois, de sourire et de grimacer à son fusil, embourbé, debout, devant lui. Ses mains tendues en avant étaient toutes bleues en dessus et écarlates en dessous, empourprées par un humide reflet d'enfer.

C'était lui, lavé de pluie, pétri de boue et d'une espèce d'écume, souillé et horriblement pâle, mort depuis quatre jours, tout contre notre talus, que le trou d'obus où il était terré avait entamé. On ne l'avait pas trouvé parce qu'il était trop près !

Entre ce mort abandonné dans sa solitude surhumaine, et les hommes qui habitent la guitoune, il n'y a qu'une mince cloison de terre, et je me rends compte que l'endroit où je pose la tête pour dormir correspond à celui où ce corps terrible est buté.

Je retire ma figure de l'œilleton.

Paradis et moi nous échangeons un regard.

— Faut pas lui dire encore, souffle mon camarade.

— Non, n'est-ce pas, pas tout de suite...

— J'ai parlé au capitaine pour qu'on le fouille ; et il a dit aussi : « Faut pas le dire tout de suite au petit. »

Un léger souffle de vent a passé.

— On sent l'odeur !

— Tu parles !

On la renifle, elle nous entre dans la pensée, nous chavire l'âme.

— Alors, comme ça, dit Paradis, Joseph reste tout seul sur six frères. Et j' vas t' dire une chose, moi : j' crois qu'i' rest'ra pas longtemps. C' gars-là s' ménagera pas, i' s' f'ra zigouiller. I' faudrait qu'i' lui tombe du ciel une bonne blessure, autrement il est foutu. Six frères, c'est trop ça. Tu trouves pas qu' c'est trop ?

Il ajouta :

— C'est épatant c' qu'il était près de nous.

— Son bras est posé juste contre l'endroit où je mets ma tête.

— Oui, dit Paradis, son bras droit où il y a la montre au poignet.

La montre... Je m'arrête... Est-ce une idée, est-ce un rêve ?... Il me semble, oui, il me semble bien, en ce moment, qu'avant de m'endormir, il y a trois jours, la nuit où on était si fatigués, j'ai entendu comme un tic-tac de montre et que même je me suis demandé d'où cela sortait.

— C'était p't'êt' ben tout d' même c'te montre que t'entendais à travers la terre, dit Paradis, à qui j'ai fait part de mes réflexions. Ça continue à réfléchir et à tourner, même quand l' bonhomme s'arrête. Dame, ça vous connaît pas, c'te mécanique ; ça survit tout tranquillement en rond son p'tit temps.

Je demandai :

— Il a du sang aux mains ; mais où a-t-il été touché ?

— Je n' sais pas. Au ventre, je crois, il me semble qu'il y avait du noir au fond d' lui. Ou bien à la figure. T'as pas remarqué une petite tache sur la joue ?

Je me remémore la face glauque et hirsute du mort.

— Oui, en effet, il y a quelque chose sur la joue, là. Oui, peut-être elle est entrée là...

— Attention ! me dit précipitamment Paradis. Le voilà ! Il n'aurait pas fallu rester ici.

Mais nous restons quand même, irrésolus, balancés, tandis que Joseph Mesnil s'avance droit sur nous. Jamais il ne nous a paru si frêle. On voit de loin sa pâleur, ses traits serrés, forcés, il se voûte en marchant et va doucement, accablé par la fatigue infinie et l'idée fixe.

— Qu'est-ce que vous avez à la figure ? me demande-t-il.

Il m'a vu montrer à Paradis la place de la balle.

Je feins de ne pas comprendre, puis je lui fais une réponse évasive quelconque.

— Ah ! répond-il d'un air distrait.

A ce moment, j'ai une angoisse : l'odeur. On la sent et on ne peut pas s'y tromper : elle décèle un cadavre. Et peut-être qu'il va se figurer justement...

Il me semble qu'il a tout d'un coup senti le signe, le pauvre appel lamentable du mort.

Mais il ne dit rien, il va, il continue sa marche solitaire, et disparaît au tournant.

— Hier, me dit Paradis, il est venu ici même avec sa gamelle pleine de riz qu'i' n' voulait plus manger. Comme par un fait exprès, c' couillon-là, il s'est arrêté là et zig !... le v'là qui fait un geste et parle de jeter le reste de son manger par-dessus le talus, juste à l'endroit où était l'autre. C'te chose-là, j'ai pas pu l'encaisser, mon vieux, j'y ai empoigné l'abattis au moment où i' foutait son riz en l'air et l' riz a dégouliné ici, dans la tranchée. Mon vieux, il s'est r'tourné vers moi, furieux, tout rouge : « Qu'est-ce qui t' prend ? t'es pas en rupture, des fois ? » qu'i' m' dit. J'avais l'air d'un con, et j'y ai bafouillé j' sais pas quoi, que j' l'avais pas fait exprès. Il a haussé les épaules et m'a regardé comme un p'tit coq. Il est parti en ram'nant. « Non, mais tu l'as vu, qu'il a dit à Montreuil qui était là, tu parles d'un gourdé ! » Tu sais qu'i' n'est pas patient le p'tit client, et j'avais beau grogner : « Ça va, ça va », i' ram'nait ; et j'étais pas content, tu comprends, parce que dans tout ça j'avais tort, tout en ayant raison.

Nous remontons ensemble en silence.

Nous rentrons dans la guitoune où les autres sont réunis. C'est un ancien poste de commandement, et elle est spacieuse.

Au moment de s'y enfoncer, Paradis prête l'oreille.

— Nos batteries donnent bougrement depuis une heure, tu trouves pas, hein ?

Je comprends ce qu'il veut dire, j'ai un geste vague :

— On verra, mon vieux, on verra bien !

Dans la guitoune, en face de trois auditeurs, Tirette dévide des histoires de caserne. Dans un coin, Marthereau ronfle ; il est près de l'entrée, et il faut enjamber, pour descendre, ses courtes jambes qui semblent rentrées dans son torse. Un groupe de joueurs à genoux autour d'une couverture pliée joue à la manille.

— A moi d' faire !

— 40, 42 ! — 48 ! — 49 ! — C'est bon !

— En a-t-il de la veine, c' gibier-là. C'est pas possible, t'es cocu trois fois ! J' veux pus y faire avec toi. Tu m' pèles, c' soir, et l'aut' jour aussi, tu m'as biglé, espèce de tarte aux frites !

— Pourquoi tu t'es pas défaussé, bec de moule ?

— J' n'avais que l' roi, j'avais l' roi sec.

— L'avait l' manillon de pique.

— C'est bien rare, peau d' crachat, qu'i' l'avait !

— Tout de même, murmure, dans un coin, un être qui mangeait... C' camembert, i' coûte vingt-cinq sous, mais aussi tu parles d'une saleté : dessus c'est une couche de mastic qui pue, et dedans c'est du plâtre qui s' casse.

Cependant, Tirette raconte les avanies que lui a fait subir, pendant ses vingt et un jours, l'humeur agressive d'un certain commandant-major :

— C' gros cochon, c'était, mon vieux, tout c' qu'y a d' plus carne sur la terre. Tous qu' nous étions n'en m'nait pas large quand i' croisait c' tas qu'i' l' voyait au burlingue du doublard, étalé sur une chaise qu'on n' voyait pas d'ssous, avec son bide énorme et son immense képi, encerclé de galons du haut en bas, comme un tonneau. Il était dur pour le griffeton. Il s'appelait Loeb — un Boche, quoi !

— J' l'ai connu ! s'écria Paradis. Quand la guerre elle s'est produit, il a été déclaré inapte au service armé, naturellement. Pendant que je faisais ma période, i' savait déjà s'embusquer, mais c'était à tous les coins de rue pour te poisser ; un jour d' prison, i' t' collait par bouton non boutonné, et i' t'en f'sait pardessus le marché quinze grammes devant tout le monde si t'avais un p'tit quéqu'chose dans la mise qui bichait pas avec le règlement — et le monde rigolait ; lui croyait que c'était d' toi, mais toi tu savais qu' c'était d' lui ; mais t'avais beau l' savoir, t'étais bon jusqu'au trognon pour la tôle.

— Il avait une femme, reprend Tirette. C'te vieille...

— J' m'en rappelle aussi, exclama Paradis, tu parles d'un choléra !

— Y en a qui traînent un roquet, lui, i' traînait partout c'te poison qu'était jaune, tu sais, comme y a d' ces pommes, avec des hanches de sac à brosse, et l'air mauvais. C'est elle qui excitait c' vieux nœud contre nous : sans elle, il était plus bête que méchant, mais du coup qu'elle était là, i' d'venait plus méchant qu' bête. Alors, tu parles si ça bardait...

A ce moment, Marthereau qui dormait près de l'entrée se réveille dans un vague gémissement. Il se redresse, assis sur sa paille comme un prisonnier, et on voit sa silhouette barbue se profiler en ombre chinoise et son œil rond qui roule, qui tourne, dans la pénombre. Il regarde ce qu'il vient de rêver.

Puis, il passe sa main sur ses yeux et, comme si cela avait un rapport avec son rêve, il évoque la vision de la nuit où l'on est montés aux tranchées.

— Tout de même, dit-il d'une voix embarrassée de sommeil et de songe, y en avait du vent dans les voiles cette nuit-là ! Ah ! quelle nuit ! Toutes ces troupes, des compagnies, des régiments entiers qui hurlaient et chantaient en montant tout le long de la route ! On voyait dans l' clair de l'ombre le fouillis des poilus qui montaient, qui montaient — t'aurais dit d' l'eau d' la mer — et gesticulaient à travers tous les convois d'artillerie et d'autos d'ambulance qu'on a croisés cette nuit-là. Jamais j'en avais tant vu, d' convois dans la nuit, jamais !

Puis il s'assène un coup de poing sur la poitrine, se rassoit d'aplomb, grogne, et ne dit plus rien.

La voix de Blaire s'élève, traduisant la hantise qui veille au fond des hommes :

— Il est quatre heures. C'est trop tard pour qu'il y ait aujourd'hui quelque chose de notre côté.

Un des joueurs, dans l'autre coin, en interpelle un autre en glapissant :

— Ben quoi ! Tu joues ou tu n' joues-t-i' pas, face de ver ?

Tirette continue l'histoire de son commandant :

— Voilà-t-i' pas qu'un jour, on nous avait servi à la caserne de la soupe au suif. Mon vieux, une infestion. Alors un bonhomme demande à parler au capitaine et lui porte sa gamelle sous l' nez.

— Espèce ed' pied ! exclame-t-on dans l'autre coin, très en colère. Pourquoi qu' t'as pas joué atout, alors ?

— « Ah, zut alors ! que dit l' capiston. Otez-moi ça d' mon nez. Ça empeste positivement. »

— C'était pas mon jeu, chevrote une voix mécontente, mais mal assurée.

— « Et l' pitaine fait un rapport au commandant. Mais v'là que l'commandant, furieux, i' s'aboule en s'couant le rapport dans sa patte. « De quoi, qu'i' dit, où elle est c'te soupe qui fait cette révolte, que j'y goûte ? » On y en apporte dans une gamelle propre. I' r'nifle. « Ben quoi, qu'i'i dit, ça sent bon ! On vous en foutra, d' la soupe riche comme ça !... »

— Pas ton jeu ! Pisqu'il était maître, lui. Sabot ! Volaille ! C'est malheureux, t' sais !

— Or, à cinq heures, à la sortie d' la caserne, mes deux phénomènes se raboulent et s' plantent devant les biffins qui sortent, en essayant de voir s'ils n'avaient pas quelque chose qui collochait pas, et i' disait : « Ah ! mes gaillards, vous avez voulu vous payer ma tête en vous plaignant d'une soupe excellente que j' m'ai régalé, et la commandante aussi, attendez voir un peu si j' vais vous rater !... Hé ! là-bas, l'homme aux cheveux longs, l' grand artiste, v'nez donc un peu ici ! » Et pendant que l' rossard i' parlait comme ça, la rossinante, droite, raide comme un piquet, faisait : oui, oui, de la tête.

— ... Ça dépend, pisque lui n'avait pas d' manillon, c'est un cas t'à part.

— Mais tout d'un coup, on la voit qui d'vient blanc comme linge, elle s' pose sa main sur son magasin, est secouée d'un je ne sais quoi et, tout d'un coup, au milieu de la place et de tous les fantaboches qui l'emplissent, la v'là qui laisse tomber son parapluie, et elle se met à dégobiller !

— Hé, attention ! fait brusquement Paradis. V'là qu'on crie dans la tranchée. Vous entendez pas ? C'est-i' pas « alerte ! » qu'on crie ?

— Alerte ! T'es pas fou ?

A peine a-t-on dit cela qu'une ombre s'insinue dans l'entrée basse de notre guitoune et crie :

— Alerte, la 22e ! En armes !

Un coup de silence. Puis quelques exclamations.

— Je l' savais bien, murmure Paradis entre ses dents, et il se traîne sur les genoux, vers l'orifice de la taupinière où nous gisons.

Ensuite, les paroles s'arrêtent. On est devenus muets. A la hâte, on se redresse à demi. On s'agite, pliés ou agenouillés ; on boucle les ceinturons ; des ombres de bras se lancent de côté et d'autre ; on fourre des objets dans les poches. Et on sort pêle-mêle, en tirant derrière soi les sacs par les courroies, les couvertures, les musettes.

Dehors, on est assourdis. Le vacarme de la fusillade a centuplé, et nous enveloppe, sur la gauche, sur la droite et devant nous. Nos batteries tonnent sans discontinuer.

— Tu crois qu'ils attaquent ? hasarde une voix.

— Est-ce que j' sais ! répond une autre voix, brièvement, avec irritation.

Les mâchoires sont serrées. On avale ses réflexions. On se dépêche, on se bouscule, on se cogne, en grognant sans parler.

Un ordre se propage :

— Sac au dos !

— Il y a contrordre !... crie un officier qui parcourt la tranchée à grandes enjambées, en jouant des coudes.

Le reste de sa phrase disparaît avec lui.

Contrordre ! Un frisson visible a parcouru les files, un choc au cœur fait relever les têtes, arrête tout le monde dans une attente extraordinaire.

Mais non : c'est contrordre seulement pour les sacs. Pas de sac ; la couverture roulée autour du corps, l'outil à la ceinture.

On déboucle les couvertures, on les arrache, on les roule. Toujours pas de paroles, chacun a l'œil fixe, la bouche comme impétueusement fermée.

Les caporaux et les sergents, un peu fébriles, vont çà et là, bousculant la hâte muette où les hommes se penchent :

— Allons, dépêchez-vous ! Allons, allons, qu'est-ce que vous foutez ! Voulez-vous vous dépêcher, oui ou non ?

Un détachement de soldats portant comme insigne des haches croisées sur la manche, se frayent passage et, rapidement, creusent des trous dans la paroi de la tranchée. On les regarde de côté en achevant de s'équiper.

— Qu'est-ce qu'ils font, ceux-là ?

— C'est pour monter.

On est prêts. Les hommes se rangent, toujours en silence, avec leur couverture en sautoir, la jugulaire du casque au menton, appuyés sur leurs fusils. Je regarde leurs faces crispées, pâlies, profondes.

Ce ne sont pas des soldats : ce sont des hommes. Ce ne sont pas des aventuriers, des guerriers, faits pour la boucherie humaine — bouchers ou bétail. Ce sont des laboureurs et des ouvriers qu'on reconnaît dans leurs uniformes. Ce sont des civils déracinés. Ils sont prêts. Ils attendent le signal de la mort et du meurtre ; mais on voit, en contemplant leurs figures entre les rayons verticaux des baïonnettes, que ce sont simplement des hommes.

Chacun sait qu'il va apporter sa tête, sa poitrine, son ventre, son corps tout entier, tout nu, aux fusils braqués d'avance, aux obus, aux grenades accumulées et prêtes, et surtout à la méthodique et presque infaillible mitrailleuse — à tout ce qui attend et se tait effroyablement là-bas — avant de trouver les autres soldats qu'il faudra tuer. Ils ne sont pas insouciants de leur vie comme des bandits, aveuglés de colère comme des sauvages. Malgré la propagande dont on les travaille, ils ne sont pas excités. Ils sont au-dessus de tout emportement instinctif. Ils ne sont pas ivres, ni matériellement, ni moralement. C'est en pleine conscience, comme en pleine force et en pleine santé, qu'ils se massent là, pour se jeter une fois de plus dans cette espèce de rôle de fou imposé à tout homme par la folie du genre humain. On voit ce qu'il y a de songe et de peur, et d'adieu dans leur silence, leur immobilité, dans le masque de calme qui leur étreint surhumainement le visage. Ce ne sont pas le genre de héros qu'on croit, mais leur sacrifice a plus de valeur que ceux qui ne les ont pas vus ne seront jamais capables de le comprendre.

Ils attendent. L'attente s'allonge, s'éternise. De temps en temps, l'un ou l'autre, dans la rangée, tressaille un peu lorsqu'une balle, tirée d'en face, frôlant le talus d'avant qui nous protège, vient s'enfoncer dans la chair flasque du talus d'arrière.

La fin du jour répand une sombre lumière grandiose sur cette masse forte et intacte de vivants dont une partie seulement vivra jusqu'à la nuit. Il pleut — toujours de la pluie qui se colle dans mes souvenirs à toutes les tragédies de la grande guerre. Le soir se prépare, ainsi qu'une vague menace glacée ; il va tendre devant les hommes son piège grand comme le monde.

*

De nouveaux ordres se colportent de bouche en bouche. On distribue des grenades enfilées dans des cercles de fil de fer. « Que chaque homme prenne deux grenades ! »

Le commandant passe. Il est sobre de gestes, en petite tenue, sanglé, simplifié. On l'entend qui dit :

— Y a du bon, mes enfants. Les Boches foutent le camp. Vous allez bien marcher, hein ?

Des nouvelles passent à travers nous, comme du vent :

— Il y a les Marocains et la 21e Compagnie devant nous. L'attaque est déclenchée à notre droite.

On appelle les caporaux chez le capitaine. Ils reviennent avec des brassées de ferraille. Bertrand me palpe. Il accroche quelque chose à un bouton de ma capote. C'est un couteau de cuisine.

— Je mets ça à ta capote, me dit-il.

Il me regarde, puis s'en va, cherchant d'autres hommes.

— Moi ! dit Pépin.

— Non, dit Bertrand. C'est défendu de prendre des volontaires pour ça.

— Va t' faire fout'! grommelle Pépin.

On attend, au fond de l'espace pluvieux, martelé de coups, et sans bornes autres que la lointaine canonnade immense. Bertrand a achevé sa distribution et revient. Quelques soldats se sont assis, et il en est qui bâillent.

Le cycliste Billette se faufile devant nous, en portant sur son bras le caoutchouc d'un officier, et détournant visiblement la tête.

— Ben quoi, tu marches pas, toi ? lui crie Cocon.

— Non, j' marche pas, dit l'autre. J' suis de la 17ᵉ. L' cinquième Bâton n'attaque pas !

— Ah ! Il est toujours verni, l' 5ᵉ Bâton. Jamais i' donne comme nous !

Billette est déjà loin, et les figures grimacent un peu en le regardant disparaître.

Un homme arrive en courant et parle à Bertrand. Bertrand se tourne alors vers nous.

— Allons-y, dit-il, c'est à nous.

Tous s'ébranlent à la fois. On pose le pied sur les degrés préparés par les sapeurs et, coude à coude, on s'élève hors de l'abri de la tranchée et on monte sur le parapet.

*

Bertrand est debout sur le champ en pente. D'un coup d'œil rapide, il nous embrasse. Quand nous sommes tous là, il dit :

— Allons, en avant !

Les voix ont une drôle de résonance. Ce départ s'est passé très vite, inopinément on dirait, comme dans un songe. Pas de sifflements dans l'air. Parmi l'énorme rumeur du canon, on distingue très bien ce silence extraordinaire des balles autour de nous...

On descend sur le terrain glissant et inégal, avec des gestes automatiques, en s'aidant parfois du fusil agrandi de la baïonnette. L'œil s'accroche machinalement à quelque détail de la pente, à ses terres détruites qui gisent, à ses rares piquets décharnés qui pointent, à ses épaves dans des trous. C'est incroyable de se trouver debout en plein jour sur cette descente où quelques survivants se rappellent s'être collés dans l'ombre avec tant de précautions, où les autres n'ont hasardé que des coups d'œil furtifs à travers les créneaux. Non... il n'y a pas de fusillade contre nous. La large sortie du bataillon hors de la terre a l'air de passer inaperçue ! Cette trêve est pleine d'une menace grandissante, grandissante. La clarté pâle nous éblouit.

Le talus, de tous côtés, s'est couvert d'hommes qui se mettent à dévaler en même temps que nous. A droite se dessine la silhouette d'une compagnie qui gagne le ravin par le boyau 97, un ancien ouvrage allemand en ruine.

Nous traversons nos fils de fer par les passages. On ne tire encore pas sur nous. Des maladroits font des faux pas et se relèvent. On se reforme de l'autre côté du réseau, puis on se met à dégringoler la pente un peu plus vite : une accélération instinctive s'est produite dans le mouvement. Quelques balles arrivent alors entre nous. Bertrand nous crie d'économiser nos grenades, d'attendre au dernier moment.

Mais le son de sa voix est emporté. Brusquement, devant nous, sur toute la largeur de la descente, de sombres flammes s'élancent en frappant l'air de détonations épouvantables. En ligne, de gauche à droite, des fusants sortent du ciel, des explosifs sortent de la terre. C'est un effroyable rideau qui nous sépare du monde, nous sépare du passé et de l'avenir. On s'arrête, plantés au sol, stupéfiés par la nuée soudaine qui tonne de toutes parts ; puis un effort simultané soulève notre masse et la rejette en avant, très vite. On trébuche, on se retient les uns aux autres, dans de grands flots de fumée. On voit, avec de stridents fracas et des cyclones de terre pulvérisée, vers le fond, où nous nous précipitons pêle-mêle, s'ouvrir des cratères çà et là, à côté les uns des autres, les uns dans les autres. Puis on ne sait plus où tombent les décharges. Des rafales se déchaînent si monstrueusement retentissantes qu'on se sent annihilé par le seul bruit de ces averses de tonnerre, de ces grandes étoiles de débris qui se forment en l'air. On voit, on sent passer près de sa tête des éclats avec leur cri de fer rouge dans l'eau. A un coup, je lâche mon fusil, tellement le souffle d'une explosion m'a brûlé les mains. Je le ramasse en chancelant et repars tête baissée dans la tempête à lueurs fauves, dans la pluie écrasante des laves, cinglé par des jets de poussier et de suie. Les stridences des éclats qui passent vous font mal aux oreilles, vous frappent sur la nuque, vous traversent les tempes, et on ne peut retenir un cri lorsqu'on les subit. On a le cœur soulevé, tordu par l'odeur soufrée. Les souffles de la mort nous poussent, nous soulèvent, nous balancent. On bondit ; on ne sait pas où on marche. Les yeux clignent, s'aveuglent et pleurent. Devant nous, la vue est obstruée par une avalanche fulgurante, qui tient toute la place.

C'est le barrage. Il faut passer dans ce tourbillon de flammes et ces horribles nuées verticales. On passe. On est passé, au hasard ; j'ai vu, çà et là, des formes tournoyer, s'enlever et se coucher, éclairées d'un brusque reflet d'au-delà. J'ai entrevu des faces étranges qui poussaient des espèces de cris, qu'on apercevait sans les entendre dans l'anéantissement du vacarme. Un brasier avec d'immenses et furieuses masses rouges et noires tombait autour de moi, creusant la terre, l'ôtant de dessous mes pieds, et me jetant de côté comme un jouet rebondissant. Je me rappelle avoir enjambé un cadavre qui brûlait, tout noir, avec une nappe de sang vermeil qui grésillait sur lui, et je me souviens aussi que les pans de la capote qui se déplaçait près de moi avaient pris feu et laissaient un sillon de fumée. A notre droite, tout au long du boyau 97 on avait le regard attiré et ébloui par une file d'illuminations affreuses, serrées l'une contre l'autre comme des hommes.

— En avant !

Maintenant, on court presque. On en voit qui tombent tout d'une pièce, la face en avant, d'autres qui échouent, humblement, comme s'ils s'asseyaient par terre. On fait de brusques écarts pour éviter les morts allongés, sages et raides, ou bien cabrés, et aussi, pièges plus dangereux, les blessés qui se débattent et qui s'accrochent.

Le Boyau International !

On y est. Les fils de fer ont été déterrés avec leurs longues racines en vrille, jetés ailleurs et enroulés, balayés, poussés en vastes monceaux par le canon.

Entre ces grands buissons de fer humides de pluie, la terre est ouverte, libre.

Le boyau n'est pas défendu. Les Allemands l'ont abandonné, ou bien une première vague est déjà passée... L'intérieur est hérissé de fusils posés le long du talus. Au fond, des cadavres éparpillés. Du fouillis de la longue fosse émergent des mains tendues hors de manches grises à parements rouges et des jambes bottées. Par places, le talus est renversé, la boiserie hachée ; tout le flanc de la tranchée crevé, submergé d'un indescriptible mélange. En d'autres endroits, béent des puits ronds. J'ai gardé surtout de ce moment-là la vision d'une tranchée bizarrement en guenilles, recouverte de loques multicolores : pour confectionner leurs sacs de terre, les Allemands s'étaient servis de draps, de cotonnades, de lainages à dessins bariolés, pillés dans quelque magasin de tissus d'ameublement. Tout ce méli-mélo de lambeaux de couleurs, déchiquetés, effilochés, pend, claque, flotte et danse aux yeux.

On s'est répandu dans le boyau. Le lieutenant, qui a sauté de l'autre côté, se penche et nous appelle en criant et en faisant des signes :

— Ne restons pas là ! En avant ! Toujours en avant !

On escalade le talus du boyau en s'aidant des sacs, des armes, des dos qui y sont entassés. Dans le fond du ravin, le sol est labouré de coups, comblé d'épaves, fourmillant de corps couchés. Les uns ont l'immobilité des choses ; les autres sont agités de remuements doux ou convulsifs. Le tir de barrage continue à accumuler ses infernales décharges en arrière de nous, à l'endroit où nous l'avons franchi. Mais là où nous sommes, au pied de la butte, c'est un point mort pour l'artillerie.

Vague et brève accalmie. On cesse un peu d'être sourds. On se regarde. Il y a de la fièvre aux yeux, du sang aux pommettes. Les souffles ronflent et les cœurs tapent dans les poitrines.

On se reconnaît confusément, à la hâte, comme si dans un cauchemar on se retrouvait un jour face à face, au fond des rivages de la mort. On se jette, dans cette éclaircie d'enfer, quelques paroles précipitées :

— C'est toi !

— Oh ! là là ! qu'est-ce qu'on prend !

— Où est Cocon ?

— J' sais pas.

— T'as vu l' capitaine ?

— Non...

— Ça va ?

— Oui...

Le fond du ravin est traversé. L'autre versant se dresse. On l'escalade à la file indienne, par un escalier ébauché dans la terre.

— Attention !

C'est un soldat qui, arrivé à la moitié de l'escalier, frappé aux reins par un éclat d'obus venu de là-bas, tombe, comme un nageur, décoiffé, les deux bras en avant. On distingue la silhouette informe de cette masse qui plonge dans le gouffre ; j'entrevois le détail de ses cheveux épars au-dessus du profil noir de sa figure.

On débouche sur la hauteur.

Un grand vide incolore s'étend devant nous. On ne voit rien d'abord qu'une steppe crayeuse et pierreuse, jaune et grise à perte de vue. Aucun flot humain ne précède le nôtre ; en avant de nous, personne de vivant, mais le sol est peuplé de morts : des cadavres récents qui imitent encore la souffrance ou le sommeil, des débris anciens déjà décolorés et dispersés au vent, presque digérés par la terre.

Dès que notre file lancée, cahotée, émerge, je sens que deux hommes près de moi sont frappés, deux ombres sont précipitées à terre, roulent sous nos pieds, l'une avec un cri aigu, l'autre en silence comme un bœuf. Un autre disparaît dans un geste de fou, comme s'il avait été emporté. On se resserre instinctivement en se bousculant en avant, toujours en avant ; la plaie, dans notre foule, se referme toute seule. L'adjudant s'arrête, lève son sabre, le lâche, et s'agenouille ; son corps agenouillé se penche en arrière par saccades, son casque lui tombe sur les talons, et il reste là, la tête nue, face au ciel. La file s'est fendue précipitamment dans son élan, pour respecter cette immobilité.

Mais on ne voit plus le lieutenant. Plus de chefs, alors... Une hésitation retient la vague humaine qui bat le commencement du plateau. On entend dans le piétinement le souffle rauque des poumons.

— En avant ! crie un soldat quelconque.

Alors tous reprennent en avant, avec une hâte croissante, la course à l'abîme.

*

— Où est Bertrand ? gémit péniblement une des voix qui courent en avant.

— Là ! Ici...

Il s'était, en passant, penché sur un blessé, mais il quitte rapidement cet homme qui lui tend les bras et a l'air de sangloter.

C'est au moment où il nous rejoint qu'on entend devant nous, sortant d'une espèce de bosse, le tac-tac de la mitrailleuse. C'est un moment angoissant, plus grave encore que celui où nous avons traversé le tremblement de terre incendié du barrage. Cette voix bien connue nous parle nettement et effroyablement dans l'espace. Mais on ne s'arrête plus.

— Avancez ! Avancez !

L'essoufflement se traduit en gémissements rauques et on continue à se jeter sur l'horizon.

— Les Boches ! J' les vois ! dit tout à coup un homme.

— Oui... Leurs têtes, là, au-dessus de la tranchée... C'est là qu'est la tranchée, c'te ligne. C'est tout près. Ah ! les vaches !

On distingue en effet de petites calottes grises qui montent puis s'interceptent au ras du sol, à une cinquantaine de mètres, au-delà d'une bande de terre noire sillonnée et bossuée.

Un sursaut soulève ceux qui forment à présent le

groupe où je suis. Si près du but, indemnes jusque-là, n'y arrivera-t-on pas ? Si, on y arrivera ! On fait de grandes enjambées. On n'entend plus rien. Chacun se lance devant soi, attiré par le fossé terrible, raidi en avant, presque incapable de tourner la tête à droite ou à gauche.

On a la notion que beaucoup perdent pied et s'affaissent à terre. Je fais un saut de côté pour éviter la baïonnette brusquement érigée d'un fusil qui dégringole. Tout près de moi, Farfadet, la figure en sang, se dresse, me bouscule, se jette sur Volpatte qui est à côté de moi et se cramponne à lui ; Volpatte plie et, continuant son élan, le traîne quelques pas avec lui, puis il le secoue et s'en débarrasse, sans le regarder, sans savoir qui il est, en lui jetant d'une voix entrecoupée, presque asphyxiée par l'effort :

— Lâche-moi, lâche-moi, nom de Dieu !... Tout à l'heure, on t' ramassera. T'en fais pas.

L'autre s'effondre, et sa figure enduite d'un masque vermillon, d'où toute expression a été arrachée, se tourne de côté et d'autre — tandis que Volpatte, déjà loin, répète machinalement entre ses dents : « T'en fais pas », l'œil fixé en avant, sur la ligne.

Une nuée de balles gicle autour de moi, multipliant les arrêts subits, les chutes retardées, révoltées, gesticulantes, les plongeons faits d'un bloc avec tout le fardeau du corps, les cris, les exclamations sourdes, rageuses, désespérées, ou bien les « han ! » terribles et creux où la vie entière s'exhale d'un coup. Et nous qui ne sommes pas encore atteints, nous regardons en avant, nous marchons, nous courons, parmi les jeux de la mort qui frappe au hasard dans toute notre chair.

Les fils de fer. Il y en a une zone intacte. On la tourne. Elle est éventrée d'un large passage profond : c'est un colossal entonnoir formé d'entonnoirs juxtaposés, une fantastique bouche de volcan creusée là par le canon.

Le spectacle de ce bouleversement est stupéfiant. Il semble vraiment que cela est venu du centre de la terre. L'apparition d'une pareille déchirure des couches du sol aiguillonne notre ardeur d'assaillants, et d'aucuns ne peuvent s'empêcher de s'écrier, avec un sombre hochement de tête, en ce moment où les paroles s'arrachent difficilement des gorges :

— Ah ! zut alors, qu'est-ce qu'on leur a foutu là ! ah ! zut !

Poussés comme par le vent, on monte et on descend, au gré des vallonnements et des monceaux terreux, dans cette brèche démesurée du sol qui fut souillé, noirci, cautérisé par les flammes acharnées. La glèbe se colle aux pieds. On s'en arrache avec rage. Les équipements, les étoffes qui tapissent le sol mou, le linge qui s'y est répandu hors des musettes éventrées, empêchent qu'on ne s'embourbe et on a soin de jeter le pied sur ces dépouilles quand on saute dans les trous ou qu'on escalade les monticules.

Derrière nous, des voix nous poussent :

— En avant, les gars, en avant ! Nom de Dieu !

— Tout le régiment est derrière nous ! crie-t-on.

On ne se retourne pas pour voir, mais cette assurance électrise encore notre ruée.

Il n'y a plus de casquettes visibles derrière les talus de la tranchée dont on approche. Des cadavres d'Allemands s'égrènent devant — entassés comme des points ou étendus comme des lignes. On arrive. Le talus se précise avec ses formes sournoises, ses détails : les créneaux... On en est prodigieusement, incroyablement près...

Quelque chose tombe devant nous. C'est une grenade. D'un coup de pied, le caporal Bertrand la renvoie si bien qu'elle saute en avant et va éclater juste dans la tranchée.

C'est sur ce coup heureux que l'escouade aborde le fossé.

Pépin s'est précipité à plat ventre. Il évolue autour d'un cadavre. Il atteint le bord, il s'y enfonce. C'est lui qui est entré le premier. Fouillade, qui fait de grands gestes et crie, bondit dans le creux presque au moment où Pépin s'y coule... J'entrevois — le temps d'un éclair — toute une rangée de démons noirs, se baissant et s'accroupissant pour descendre, sur le faîte du talus, au bord du piège noir.

Une salve terrible nous éclate à la figure, à bout portant, jetant devant nous une subite rampe de flammes tout le long de la bordure. Après un coup d'étourdissement, on se secoue et on rit aux éclats, diaboliquement : la décharge a passé trop haut. Et aussitôt, avec des exclamations et des rugissements de délivrance, nous glissons, nous roulons, nous tombons vivants dans le ventre de la tranchée !

*

Une fumée incompréhensible nous submerge. Dans le gouffre étranglé, je ne vois d'abord que des uniformes bleus. On va dans un sens puis dans l'autre, poussés les uns par les autres, en grondant, en cherchant. On se retourne et, les mains embarrassées par le couteau, les grenades et le fusil, on ne sait pas d'abord quoi faire.

— I's sont dans leurs abris, les vaches ! vocifère-t-on.

De sourdes détonations ébranlent le sol : ça se passe sous terre, dans les abris. On est tout à coup séparé par des masses monumentales d'une fumée si épaisse qu'elle vous applique un masque et qu'on ne voit plus rien. On se débat comme des noyés, au travers de cette atmosphère ténébreuse et âcre, dans un morceau de nuit. On bute contre des récifs d'êtres accroupis, pelotonnés, qui saignent et crient, au fond. On entrevoit à peine les parois, toutes droites ici, et faites de sacs de terre en toile blanche — qui est déchirée partout comme du papier. Par moments, la lourde buée tenace se balance et s'allège, et on revoit grouiller la cohue assaillante... Arrachée au poussiéreux tableau, une silhouette de corps à corps se dessine sur le talus, dans une brume, et s'affaisse, s'enfonce. J'entends quelques grêles « Kamerad ! » émanant d'une bande à têtes hâves et à vestes grises acculée dans un coin qu'une déchirure immensifie. Sous le nuage d'encre, l'orage d'hommes reflue, monte dans le même sens, vers la droite, avec des ressauts et des tourbillonnements, le long de la sombre jetée défoncée.

*

Et soudain, on sent que c'est fini. On voit, on entend, on comprend que notre vague qui a roulé ici à travers les barrages n'a pas rencontré une vague égale, et qu'on s'est replié à notre venue. La bataille humaine a fondu devant nous. Le mince rideau de défenseurs s'est émietté dans les trous où on les prend comme des rats ou bien on les tue. Plus de résistance : du vide, un grand vide. On avance, entassés, comme une file terrible de spectateurs.

Et ici, la tranchée est toute foudroyée. Avec ses murs blancs écroulés, elle semble en cet endroit l'empreinte vaseuse, amollie, d'un fleuve anéanti dans ses berges pierreuses avec, par places, le trou plat et arrondi d'un étang tari aussi ; et au bord, sur le talus et sur le fond, traîne un long glacier de cadavres — et tout cela s'emplit et déborde des flots nouveaux de notre troupe déferlante. Dans la fumée vomie par les abris et l'air ébranlé par les explosions souterraines, je parviens sur une masse compacte d'hommes accrochés les uns aux autres qui tournaient dans un cirque élargi. Au moment où nous arrivons, la masse tout entière s'effondre, ce reste de bataille agonise ; je vois Blaire s'en dégager, le casque pendant au cou par la jugulaire, la figure écorchée, et il pousse un hurlement sauvage. Je heurte un homme qui est cramponné là à l'entrée d'un abri. S'effaçant devant la trappe noire béante et traîtresse, il se retient de la main gauche au montant. De la droite, il balance pendant plusieurs secondes une grenade. Elle va éclater... Elle disparaît dans le trou. L'engin a explosé aussitôt arrivé, et un horrible écho humain lui a répondu dans les entrailles de la terre. L'homme saisit une autre grenade.

Un autre, avec une pioche ramassée là, frappe et

fracasse les montants de l'entrée d'un autre abri. Un affaissement de la terre se produit et l'entrée se trouve obstruée. On voit plusieurs ombres qui piétinent et gesticulent sur ce tombeau.

L'un, l'autre... Dans la bande vivante qui jusqu'ici, jusqu'à cette tranchée tant poursuivie, est arrivée en lambeaux, après s'être heurtée aux obus et aux balles invincibles lancées à sa rencontre, je reconnais mal ceux que je connais, comme si tout le reste de la vie était devenu tout d'un coup très lointain. Quelque chose les pétrit et les change. Une frénésie les agite tous et les fait sortir d'eux-mêmes.

— Pourquoi qu'on s'arrête ici ? dit l'un, grinçant des dents.

— Pourquoi qu'on s'en va pas jusqu'à l'autre ? me demande le deuxième plein de fureur. Maintenant qu'on est v'nu, en quelques bonds, on y s'rait !

— Moi aussi, j' veux continuer.

— Moi aussi. Ah ! les vaches !...

Ils se secouent comme des drapeaux, portant comme de la gloire leur chance d'avoir survécu, implacables, débordants, enivrés d'eux-mêmes.

On stagne, on piétine dans l'ouvrage conquis, cette étrange voie en démolition qui serpente dans la plaine et qui va de l'inconnu à l'inconnu.

— Avancez à droite !

Alors on continue à s'écouler dans un sens. Sans doute, c'est un mouvement combiné là-haut, là-bas, par les chefs. On foule des corps mous dont quelques-uns remuent et changent lentement de place, et d'où sortent à la hâte des ruisseaux et des cris. Des cadavres sont entassés en long, en travers, comme des poutres et des décombres, sur des blessés, font effort sur eux, les étouffent, les étranglent et leur prennent leur vie. Je pousse, pour passer, un torse égorgé dont le cou est une source de sang gémissant.

On ne rencontre plus, dans le cataclysme des terres effondrées ou dressées et des débris massifs, par-dessus le grouillement des blessés et des morts qui bougent ensemble, à travers la mouvante forêt de fumée implantée dans la tranchée et sur toute la zone environnante, que des faces enflammées, sanglantes de sueur, aux yeux étincelants. Des groupes ont l'air de danser en brandissant leurs couteaux. Ils sont joyeux, immensément rassurés, féroces.

L'action s'éteint insensiblement. Un soldat dit :

— Alors, qu'est-ce qu'on a à faire, maintenant ?

Elle se rallume soudain en un point : à une vingtaine de mètres dans la plaine, vers un circuit que fait le talus gris, un paquet de coups de fusil crépite et jette ses brûlures éparses autour d'une mitrailleuse qui, enterrée, crache par intermittence et semble se débattre.

Sous l'aile charbonneuse d'une sorte de nimbus bleuâtre et jaune, on voit des hommes qui cernent la fulgurante machine et se resserrent sur elle. Je distingue, près de moi, la silhouette de Mesnil Joseph qui, tout debout, sans chercher à se dissimuler, se dirige sur le point où des suites saccadées d'explosions aboient.

Une détonation jaillit d'un coin de la tranchée, entre nous deux. Joseph s'arrête, oscille, se baisse, et s'abat sur un genou. Je cours à lui, il me regarde venir.

— Ce n'est rien : la cuisse... Je peux ramper tout seul.

Il semble devenu sage, enfantin, docile. Il ondule doucement vers le creux...

J'ai encore dans les yeux, exactement, le point d'où s'est allongé le coup de feu qui l'a atteint. Je me glisse là, par la gauche, en faisant un détour.

Personne. Je ne rencontre qu'un des nôtres qui cherche comme moi. C'est Paradis.

Nous sommes bousculés par des hommes qui portent sur l'épaule ou sous le bras des pièces de fer de toutes formes. Ils encombrent la sape et nous séparent.

— La mitrailleuse est prise par la septième ! crie-t-on. A n' gueul'ra plus. Elle était enragée : sale bête ! sale bête !

— Qu'est-c' qu'il y a à faire, maintenant ?

— Rien.

On demeure là, pêle-mêle. On s'assoit. Les vivants ont cessé de haleter, les mourants finissent de râler, environnés de fumées et de lumières, et du fracas du canon, roulant à tous les bouts du monde. On ne sait plus où on en est. Il n'y a plus de terre, ni de ciel, il n'y a toujours qu'une espèce de nuage. Un premier temps d'arrêt se dessine dans le drame du chaos. Il se fait un ralentissement universel des mouvements et des bruits. Et la canonnade diminue, et c'est plus loin, maintenant, qu'elle secoue le ciel comme une toux. L'exaltation s'apaise, il ne reste plus que l'infinie fatigue qui remonte et nous noie, et l'attente infinie qui recommence.

*

Où est l'ennemi ? Il a laissé des corps partout et on a vu des rangées de prisonniers : là-bas, encore, il s'en profile une, monotone, indéfinie et toute fumeuse sur le ciel sale. Mais le gros semble s'être dissipé au loin. Quelques obus nous arrivent ici, là, maladroitement ; on s'en moque. On est délivrés, on est tranquilles, on est seuls, dans cette sorte de désert où des immensités de cadavres aboutissent à une ligne de vivants.

La nuit est venue. La poussière s'est envolée, mais elle a fait place à la pénombre et à l'ombre, sur le désordre de la foule étirée en longueur. Les hommes se rapprochent, s'asseyent, se lèvent, marchent, appuyés ou accrochés les uns aux autres. Entre les abris, bloqués par des mêlées de morts, on se groupe, on s'accroupit. Quelques-uns ont posé leur fusil par terre et vaguent aux abords de la fosse, les bras ballants ; de près, on voit qu'ils sont noircis, brûlés, les yeux rouges, et balafrés de boue. On ne parle guère, mais on commence à chercher.

On aperçoit des brancardiers dont les silhouettes

découpées cherchent, s'inclinent, s'avancent, cramponnés deux à deux à leurs longs fardeaux. Là-bas, à notre droite, on entend des coups de pioche et de pelle.

J'erre au milieu de ce sombre tohu-bohu.

Dans un endroit où le talus de la tranchée, écrasé par le bombardement, forme une pente douce, quelqu'un est assis. Un vague éclairement règne encore. La calme attitude de cet homme, qui regarde devant lui et pense, me semble sculpturale et me frappe. Je le reconnais en me penchant. C'est le caporal Bertrand.

Il tourne la figure vers moi et je sens qu'il me sourit dans l'ombre avec son sourire réfléchi.

— J'allais te chercher, me dit-il. On organise la garde de la tranchée, en attendant qu'on ait des nouvelles de ce qu'ont fait les autres et de ce qui se passe en avant. Je vais te mettre en sentinelle double, avec Paradis, dans un trou d'écoute que les sapeurs viennent de creuser.

Nous contemplons les ombres des passants et des immobiles, qui se profilent en taches d'encre, courbés, pliés dans diverses poses, sur la grisaille du ciel, tout le long du parapet en ruine. Ils font un étrange remuement ténébreux, rapetissés comme des insectes et des vers, parmi ces campagnes cachées d'ombre, pacifiées par la mort, où les batailles font, depuis deux ans, errer et stagner des villes de soldats sur des nécropoles démesurées et profondes.

Deux êtres obscurs passent dans l'ombre, à quelques pas de nous ; ils s'entretiennent à demi-voix.

— Tu parles, mon vieux, qu'au lieu de l'écouter, j'y ai foutu ma baïonnette dans l' ventre que j' pouvais plus la déclouer.

— Moi, i's étaient quat' dans l' fond du trou. J'les ai appelés pour les faire sortir ; à mesure qu'un sortait, j'y ai crevé la peau. J'avais du rouge qui me descendait jusqu'au coude. J'en ai les manches collées.

— Ah ! reprit le premier, quand on racont'ra ça plus tard, si on r'vient, à eux autres chez nous, près du fourneau de la chandelle, qui voudra y croire ? C'est-i' pas malheureux, s' pas ?

— J' m'en fous, pourvu qu'on r'vienne, fit l'autre. Vitement, la fin, et qu' ça.

Bertrand parlait peu, d'ordinaire, et ne parlait jamais de lui-même. Il dit pourtant :

— J'en ai eu trois sur les bras. J'ai frappé comme un fou. Ah ! nous étions tous comme des bêtes quand nous sommes arrivés ici !

Sa voix s'élevait avec un tremblement contenu.

— Il le fallait, dit-il. Il le fallait — pour l'avenir.

Il croisa les bras, hocha la tête.

— L'avenir ! s'écria-t-il tout d'un coup comme un prophète. De quels yeux ceux qui vivront après nous et dont le progrès — qui vient comme la fatalité — aura enfin équilibré les consciences, regarderont-ils ces tueries et ces exploits dont nous ne savons pas même, nous qui les commettons, s'il faut les comparer à ceux des héros de Plutarque et de Corneille, ou à des exploits d'apaches !

« Et pourtant, continua Bertrand, regarde ! Il y a une figure qui s'est élevée au-dessus de la guerre et qui brillera pour la beauté et l'importance de son courage...

J'écoutais, appuyé sur un bâton, penché sur lui, recueillant cette voix qui sortait, dans le silence du crépuscule, d'une bouche presque toujours silencieuse. Il cria d'une voix claire :

— Liebknecht !

Il se leva, les bras toujours croisés. Sa belle face, aussi profondément grave qu'une face de statue, retomba sur sa poitrine. Mais il sortit encore une fois de son mutisme marmoréen pour répéter :

— L'avenir ! L'avenir ! L'œuvre de l'avenir sera d'effacer ce présent-ci, et de l'effacer plus encore qu'on ne pense, de l'effacer comme quelque chose d'abominable et de honteux. Et pourtant, ce présent, il le fallait, il le fal'ait ! Honte à la gloire militaire, honte aux armées, honte au métier de soldat, qui change les hommes tour à tour en stupides victimes et en ignobles bourreaux. Oui, honte : c'est vrai, mais c'est trop vrai, c'est vrai dans l'éternité, pas encore pour nous. Attention à ce que nous pensons maintenant ! Ce sera vrai, lorsqu'il y aura toute une vraie bible. Ce sera vrai lorsque ce sera écrit parmi d'autres vérités que l'épuration de l'esprit permettra de comprendre en même temps. Nous sommes encore perdus et exilés loin de ces époques-là. Pendant nos jours actuels, en ces moments-ci, cette vérité n'est presque qu'une erreur, cette parole sainte n'est qu'un blasphème !

Il eut une sorte de rire plein de résonances et de rêves.

— Une fois, je leur ai dit que je croyais aux prophéties — pour les faire marcher.

Je m'assis à côté de Bertrand. Ce soldat qui avait toujours fait plus que son devoir et pourtant survivait encore, — revêtait en ce moment à mes yeux l'attitude de ceux qui incarnent une haute idée morale et ont la force de se dégager de la bousculade des contingences, et qui sont destinés, pour peu qu'ils passent dans un éclat d'événement, à dominer leur époque.

— J'ai toujours pensé toutes ces choses, murmurai-je.

— Ah ! fit Bertrand.

Nous nous regardâmes sans un mot, avec un peu de surprise et de recueillement. Après ce grand silence, il reprit :

— Il est temps de commencer le service. Prends ton fusil et viens.

*

... De notre trou d'écoute, nous voyons vers l'est une lueur d'incendie se propager, plus bleue, plus triste qu'un incendie. Elle raye le ciel au-dessous d'un long nuage noir qui s'étend, suspendu, comme la fumée d'un grand feu éteint, comme une tache immense sur le monde. C'est le matin qui revient.

Il fait un froid tel qu'on ne peut rester immobile malgré l'enchaînement de la fatigue. On tremble, on frissonne, on claque des dents, on larmoie. Peu à peu, avec une lenteur désespérante, le jour s'échappe du ciel dans la maigre charpente des nuages noirs. Tout est glacé, incolore et vide ; un silence de mort règne partout. Du givre, de la neige, sous un fardeau de brume. Tout est blanc. Paradis remue, c'est un épais fantôme blafard. Nous sommes tout blancs aussi, nous. J'avais placé ma musette sur le revers du parapet de l'écoute, et on la dirait enveloppée dans du papier. Au fond du trou, un peu de neige surnage, rongée, teintée en gris, sur le bain de pieds noir. Hors du trou, sur les entassements, dans les excavations, par-dessus la cohue des morts, une mousseline de neige est posée.

Deux masses baissées s'estompent, mamelonnées, au travers du brouillard : elles se foncent et arrivent à nous, nous hèlent. Ces hommes viennent nous relever. Ils ont la face brun rouge et humide de froid, les pommettes comme des tuiles émaillées, mais leurs capotes ne sont pas poudrées : ils ont dormi sous la terre.

Paradis se hisse dehors. Je suis dans la plaine son dos de bonhomme Hiver, et la marche de canard de ses souliers qui ramassent de blancs paquets de semelles feutrées. Nous regagnons, pliés en deux, la tranchée : les pas de ceux qui nous ont remplacés sont marqués en noir sur la mince blancheur qui recouvre le sol.

Dans la tranchée au-dessus de laquelle, par endroits, des bâches brochées de velours blanc ou moirées de givre sont tendues à l'aide de piquets, en vastes tentes irrégulières, s'érigent, çà et là, des veilleurs. Entre eux, des formes accroupies, qui geignent, essayent de se débattre contre le froid, d'en défendre le pauvre foyer de leur poitrine, ou qui sont glacées. Un mort est affalé, debout, à peine de travers, les pieds dans la tranchée, la poitrine et les deux bras couchés sur le talus. Il brassait la terre quand il s'est éteint. Sa face, dirigée vers le ciel, est recouverte d'une lèpre de verglas, la paupière blanche comme l'œil, la moustache enduite d'une bave dure.

D'autres corps dorment, moins blanchis que les

autres : la couche de neige n'est intacte que sur les choses : objets et morts.

— Faut dormir.

Paradis et moi, nous cherchons un gîte, un trou où l'on puisse se cacher et fermer les yeux.

— Tant pis s'il y a des macchabées dans une guitoune, marmotte Paradis. Par ce froid-là, i' s' retiendront, i' s'ront pas méchants.

Nous nous avançons, si las que nos regards traînent à terre.

Je suis seul. Où est Paradis ? Il a dû se coucher dans quelque fond. Peut-être m'a-t-il appelé sans que je l'aie entendu.

Je rencontre Marthereau.

— J' cherche où dormir ; j'étais d'garde, me dit-il.

— Moi aussi. Cherchons.

— Qu'est-ce que c'est de c' bruit et de c' shproum ? dit Marthereau.

Un murmure de piétinements et de voix, tassés, déborde du boyau qui débouche là.

— Les boyaux sont pleins d' bonhommes et d' types... Qui c'est qu' vous êtes ?

Un de ceux auxquels on se trouve tout d'un coup mêlé, répond :

— On est le 5e Bâton.

Les nouveaux venus font la pause. Ils sont en tenue. Celui qui a parlé s'assoit, pour souffler, sur les rotondités d'un sac de terre qui dépasse l'alignement, et pose ses grenades à ses pieds. Il s'essuie le nez du revers de sa manche.

— Quoi qu' vous v'nez faire par ici ? On vous l'a dit ?

— Plutôt, qu'on nous l'a dit : nous v'nons pour attaquer. On va là-bas, jusqu'au bout.

De la tête, il indique le Nord.

La curiosité qui les contemple s'accroche à un détail :

— Vous avez emporté tout vot' bordel ?

— Nous avons mieux' aimé l' garder, et voilà.

— En avant ! leur commande-t-on.

Ils se lèvent et s'avancent, mal réveillés, les yeux

bouffis, les rides soulignées. Il y a des jeunes au cou mince et aux yeux vides, et des vieux, et, au milieu, des hommes ordinaires. Ils marchent d'un pas ordinaire et pacifique. Ce qu'ils vont faire nous semble, à nous qui l'avons fait la veille, au-dessus des forces humaines. Et pourtant ils s'en vont vers le Nord.

— Le réveil des condamnés, dit Marthereau.

On s'écarte devant eux, avec une espèce d'admiration et une espèce de terreur.

Quand ils sont passés, Marthereau hoche la tête et murmure :

— De l'aut' côté, y en a qui s'apprêtent aussi, avec leur uniforme gris. Tu crois qu'i's s'en ressentent pour l'assaut, ceux-là ? T'es pas fou ? Alors, pourquoi qu'i' sont venus ? C'est pas eux, j' sais bien, mais c'est euss tout de même pisqu'ils sont ici... J' sais bien, j' sais bien, mais tout ça, c'est bizarre.

La vue d'un passant change le cours de ses idées :

— Tiens, v'là Truc, Machin, l' grand, tu sais ? C' qu'il est immense, c' qu'il est pointu, c't'être-là ! Tant qu'à moi, j' sais bien que j' suis pas grand tout à fait assez, mais lui, i' va trop haut. Il est toujours au courant de tout, c' double-mètre ! Comme savement de tout, y en a pas un qui lui fasse la grille. On va y demander pour une cagna.

— S'il y a des gourbis ? répond le passant surélevé en se penchant sur Marthereau comme un peuplier. Pour sûr, mon vieux Caparthe. Y a qu' ça. Tiens, là — et, déployant son coude, il fait un geste indicateur de télégraphe à signaux — villa von Hindenburg, et ici, là : villa Glücks auf. Si vous n'êtes pas contents, c'est qu' ces messieurs sont difficiles. Y a p' t' êtr' quéqu' locataires dans l'fond, mais des locataires pas remuants, et tu peux parler tout haut d'vant eux, tu sais !

— Ah, nom de Dieu !... s'écria Marthereau un quart d'heure après que nous fûmes installés dans unc de ces fosses équarries, y a des locataires qu'i' nous disait pas, c' t'affreux grand paratonnerre, c' t'infini !

Ses paupières se fermaient, mais se rouvraient, et il se grattait les bras et les flancs.

— J'ai la lourde ! Pourtant, pour ronfler, c'est pas vrai. C'est pas résistable.

Nous nous mîmes à bâiller, à soupirer, et finalement nous allumâmes un petit bout de bougie qui résistait, mouillé, bien qu'on le couvât des mains. Et nous nous regardâmes bâiller.

L'abri allemand comprenait plusieurs compartiments. Nous étions contre une cloison de planches mal ajustées et, de l'autre côté, dans la cave n° 2 des hommes veillaient aussi : on voyait de la lumière filtrer dans les interstices des planches, et on entendait des voix bruisser.

— C'est de l'autre section, dit Marthereau.

Puis on écouta, machinalement.

— Quand j' suis t'été en permission, bourdonnait un invisible parleur, on a été tristes d'abord, parce qu'on pensait à mon pauv' frère qu'a disparu en mars, mort sans doute, et à mon pauv' petit Julien, de la classe 15, qu'a été tué aux attaques d'octobre. Et puis, peu à peu, elle et moi, on s'est remis à être heureux d'être ensemble, que veux-tu ? Not' petit loupiot, le dernier, qui a cinq ans, nous a bien distraits. I' voulait jouer au soldat avec moi. J'y ai fabriqué un petit flingot. J'y ai expliqué les tranchées, et lui, tout freluquant de joie comme un z'oiseau, i'm'tirait d'ssus en gueulant. Ah ! le sacré p'tit mec, il en mettait ! Ça fera un fameux poilu plus tard. Mon vieux, il a tout à fait l'esprit militaire !

Silence. Ensuite, vague brouhaha de conversations au milieu desquelles on entend le mot de « Napoléon », puis une autre voix — ou la même — qui dit :

— Guillaume, c'est une bête puante d'avoir voulu c'te guerre. Mais Napoléon, ça, c'est un grand homme !

Marthereau est à genoux devant moi dans le chétif et étroit rayonnement de notre chandelle, au fond de ce trou obscur et mal bouché où passent par moments des frissonnements de froid, où grouille la vermine et où l'entassement des pauvres vivants entretient un vague relent de sarcophage... Marthereau me regarde ;

il entend encore, comme moi, l'anonyme soldat qui a dit : « Guillaume est une bête puante, mais Napoléon est un grand homme », et qui célébrait l'ardeur guerrière du petit qui restait encore. Il laisse tomber ses bras, hoche sa tête lassée — et la lumière légère jette sur la cloison l'ombre de ce double geste, en fait une brusque caricature.

— Ah ! dit mon humble compagnon, nous sommes tous des pas mauvais types, et aussi des malheureux et des pauv' diables. Mais nous sommes trop bêtes, nous sommes trop bêtes !

Il tourne à nouveau son regard sur moi. Dans sa face toute plantée de poils, dans sa face de barbet, on voit luire deux beaux yeux de chien qui s'étonne, songe, très confusément encore, à des choses, et qui, dans la pureté de son obscurité, se met à comprendre.

On sort de l'abri inhabitable. Le temps s'est un peu adouci : la neige a fondu et tout s'est resali.

— L' vent a léché l' sucre, dit Marthereau.

*

Je suis désigné pour accompagner Joseph Mesnil au Poste de Secours des Pylônes. Le sergent Henriot me donne livraison du blessé et me remet le billet d'évacuation.

— Si vous rencontrez Bertrand en route, nous dit Henriot, faudrait voir d'avoir à y dire de s' grouiller, hé ? Bertrand est parti en liaison cette nuit et on l'attend depuis une heure — même que l' vieux s'impatiente et parle de s' foutre en colère d'un moment à l'autre.

Je m'achemine avec Joseph qui, un peu plus pâle que de coutume et toujours taciturne, marche tout doucement. De temps en temps, on le voit s'arrêter, la figure crispée. Nous suivons les boyaux.

Un bonhomme paraît tout d'un coup. C'est Volpatte, qui dit :

— J' vais aller avec vous jusqu'au bas de la côte.

Désœuvré, il manie une magnifique canne torse et

secoue dans sa main comme des castagnettes la précieuse paire de ciseaux qui ne le quitte jamais.

Nous sortons tous trois du boyau quand la pente du terrain permet de le faire sans danger de balles — puisque le canon ne donne pas. Aussitôt dehors, nous heurtons un rassemblement. Il pleut. A travers les jambes lourdes plantées comme des arbres tristes, dans la brume, sur la plaine bise, on aperçoit un mort.

Volpatte se faufile jusqu'à la forme horizontale autour de laquelle attendent ces formes verticales. Alors, il se retourne violemment et nous crie :

— C'est Pépin !

— Ah ! dit Joseph, qui est déjà presque défaillant.

Il s'appuie sur moi. Nous nous approchons. Pépin, allongé, a les pieds et les mains tendus, crispés, et sa figure sur qui coule la pluie est tuméfiée, talée et affreusement grise.

Un homme qui tient une pioche et dont la face en sueur est pleine de petites tranches noirâtres, nous raconte la mort de Pépin :

— L'était entré dans une calebasse où des Boches s'étaient planqués. Et v'là qu'on ne l' savait pas et qu'on a enfumé la niche pour nettoyer, et l' pauv' petit frère, on l'a r' trouvé après l'opération, crampsé, et tout étiré comme un boyau d' chat, au milieu de la viande des Boches qu'il avait saignés avant — et bien proprement saignés, j' peux l' dire, moi que j' suis établi boucher dans la banlieue parisienne.

— Un de moins à l'escouade ! dit Volpatte, tandis que nous nous en allons.

Nous nous trouvons maintenant en haut du ravin, à l'endroit où commence le plateau que notre charge a parcouru éperdument, hier au soir, et qu'on ne reconnaît pas.

Cette plaine, qui m'avait alors donné l'impression d'être toute de niveau et qui, en réalité, se penche, est un extraordinaire charnier. Les cadavres y foisonnent. C'est comme un cimetière dont on aurait enlevé le dessus.

Des bandes le parcourent, identifiant les morts de la

veille et de la nuit, retournant les restes, les reconnaissant à quelque détail, malgré leurs figures. Un de ces chercheurs, agenouillé, retire de la main d'un mort une photographie déchiquetée, effacée, un portrait tué.

Des fumées noires d'obus montent en volutes, puis détonent sur les horizons, au loin ; des armées de corbeaux balayent le ciel de leur vaste geste pointillé.

En bas, parmi la multitude des immobiles, voici, reconnaissables à leur usure et leur effacement, des zouaves, des tirailleurs et des légionnaires de l'attaque de mai. L'extrême bord de nos lignes se trouvait alors au bois de Berthonval, à cinq ou six kilomètres d'ici. Dans cet assaut, qui a été un des plus formidables de la guerre et de toutes les guerres, ils étaient parvenus d'un seul élan, en courant, jusqu'ici. Ils formaient alors un point trop avancé sur l'onde d'attaque et ils ont été pris de flanc par les mitrailleuses qui se trouvaient à droite et à gauche des lignes dépassées. Il y a des mois que la mort leur a crevé les yeux et dévoré les joues — mais même dans leurs restes disséminés, dispersés par les intempéries et déjà presque en cendres, on reconnaît les ravages des mitrailleuses qui les ont détruits, leur trouant le dos et les reins, les hachant en deux par le milieu. A côté de têtes noires et cireuses de momies égyptiennes, grumeleuses de larves et de débris d'insectes, où des blancheurs de dents pointent dans des creux ; à côté de pauvres moignons assombris qui pullulent là, comme un champ de racines dénudées, on découvre des crânes nettoyés, jaunes, coiffés de chéchias de drap rouge dont la housse grise s'effrite comme du papyrus. Des fémurs sortent d'amas de loques agglutinées par de la boue rougeâtre, ou bien, d'un trou d'étoffes effilochées et enduites d'une sorte de goudron, émerge un fragment de colonne vertébrale. Des côtes parsèment le sol comme de vieilles cages cassées et, auprès, surnagent des cuirs mâchurés, des quarts et des gamelles transpercés et aplatis. Autour d'un sac haché, posé sur des ossements et sur une touffe de morceaux de drap et d'équipements, des points blancs sont régulièrement semés : en se baissant, on voit que ce sont les phalanges de ce qui, là, fut un cadavre.

Parfois, des renflements allongés — car tous ces morts sans sépulture finissent tout de même par entrer dans le sol — un bout d'étoffe seulement sort — indiquent qu'un être humain s'est anéanti en ce point du monde.

Les Allemands qui, hier, étaient ici, ont abandonné sans les ensevelir leurs soldats à côté des nôtres — ainsi qu'en témoignent ces trois cadavres putrifiés l'un sur l'autre, l'un dans l'autre — avec leurs calottes grises dont le bord rouge est caché par une sangle grise, leurs vestes gris-jaune, leurs figures vertes. Je cherche les traits de l'un d'eux : depuis les profondeurs de son cou jusqu'aux touffes de cheveux collés au bord de son calot, il présente une masse terreuse, la figure changée en fourmilière — et deux fruits pourris à la place des yeux. L'autre, vide, sec, est aplati sur le ventre, le dos en loques quasi flottant, les mains, les pieds et la face enracinés dans le sol.

— Regardez ! Il est récent, celui-ci...

Au milieu de la plaine, au fond de l'air pluvieux et glacé, au milieu de ce lendemain blême d'une orgie de massacre, c'est une tête plantée par terre, une tête exsangue et humide, avec une lourde barbe.

Un des nôtres : le casque est à côté. Les paupières enflées laissent voir un peu de la morne faïence de ses yeux et une lèvre luit comme une limace dans la barbe obscure. Sans doute, il est tombé dans un trou d'obus qu'un autre obus à comblé, l'enterrant jusqu'au cou comme l'Allemand à tête de chat du Cabaret Rouge.

— Je ne le reconnais pas, dit Joseph qui s'avance très lentement et s'exprime avec peine.

— Moi, je le reconnais, répond Volpatte.

— C' barbu-là ? fait la voix blanche de Joseph.

— I' n'a pas de barbe. Tu vas voir.

Accroupi, Volpatte passe l'extrémité de sa canne sous le menton du cadavre et détache une sorte de pavé de boue où la tête s'enchâssait et qui semblait une barbe. Puis il ramasse le casque du mort, l'en coiffe, et il lui tient un instant devant les yeux les deux anneaux de ses fameux ciseaux, de manière à imiter des lunettes.

— Ah ! nous écrions-nous alors, c'est Cocon !

— Ah !

Quand on apprend ou qu'on voit la mort d'un de ceux qui faisaient la guerre à côté de vous et qui vivaient exactement de la même vie, on reçoit un choc direct dans la chair avant même de comprendre. C'est vraiment presque un peu son propre anéantissement qu'on apprend tout d'un coup. Ce n'est qu'après qu'on se met à regretter.

Nous regardons cette tête hideuse de jeu de massacre, cette tête massacrée qui déjà efface cruellement le souvenir. Encore un compagnon de moins... On reste là autour de lui, intimidés.

— C'était...

On voudrait parler un peu. On ne sait pas quoi dire qui soit assez grave, assez important, assez vrai.

— Venez, articule avec effort Joseph, accaparé tout entier par sa brutale souffrance physique. J'ai pas assez de force pour m'arrêter tout le temps.

Nous quittons le pauvre Cocon, l'ex-homme-chiffre, avec un dernier regard écourté, presque distrait.

— On peut pas s' figurer... dit Volpatte.

... Non, on ne peut pas se figurer. Toutes ces disparitions à la fois excèdent l'esprit. Il n'y a plus assez de survivants. Mais on a une vague notion de la grandeur de ces morts. Ils ont tout donné ; ils ont donné, petit à petit, toute leur force, puis, finalement, ils se sont donnés, en bloc. Ils ont dépassé la vie ; leur effort a quelque chose de surhumain et de parfait.

*

— Tiens, il vient d'être attigé, celui-là, et pourtant...

Une blessure fraîche mouille le cou d'un corps presque squelettique.

— C'est un rat, dit Volpatte. Les macchabées sont anciens, mais les rats les entretiennent... Tu vois des rats crevés — empoisonnés p' têt' bien — près ou d'ssous chaque corps. Tiens, c' pauv' vieux va nous montrer les siens.

Il soulève du pied la dépouille aplatie et on trouve, en effet, deux rats morts enfoncés là.

— J' voudrais r'trouver Farfadet, dit Volpatte. J'y ai dit d'attendre au moment où on courait et qu'i' m'a agrafé. L' pauv' gars, pourvu qu'il ait attendu !

Alors il va et vient, poussé vers les morts par une étrange curiosité. Indifférents, ils se le renvoient l'un à l'autre, et à chaque pas il regarde par terre. Tout à coup, il pousse un cri de détresse. Il nous appelle de la main et s'agenouille devant un mort.

— Bertrand !

Une émotion aiguë, tenace, nous empoigne. Ah ! il a été tué, lui aussi, comme les autres, celui qui nous dominait le plus par son énergie et sa lucidité ! Il s'est fait tuer, il s'est fait enfin tuer, à force de faire toujours son devoir. Il a enfin trouvé la mort là où elle était !

Nous le regardons, puis nous nous détournons de cette vision et nous nous considérons entre nous.

— Ah !...

C'est que le choc de sa disparition s'aggrave du spectacle qu'offre sa dépouille. Il est abominable à voir. La mort a donné l'air et le geste d'un grotesque à cet homme qui fut si beau et si calme. Les cheveux éparpillés sur les yeux, la moustache bavant dans la bouche, la figure bouffie, il rit. Il a un œil grand ouvert, l'autre fermé, et tire la langue. Les bras sont étendus en croix, les mains ouvertes, les doigts écartés. Sa jambe droite se tend d'un côté ; la gauche, qui est cassée par un éclat et d'où est sortie l'hémorragie qui l'a fait mourir, est tournée tout en cercle, disloquée, molle, sans charpente. Une lugubre ironie a donné aux derniers sursauts de cette agonie l'allure d'une gesticulation de paillasse.

On le dispose, on le couche droit, on calme ce masque effrayant. Volpatte a retiré un portefeuille de la poche de Bertrand et, pour le porter jusqu'au bureau, il le place religieusement dans ses propres papiers, à côté du portrait de sa femme et de ses enfants. Cela fait, il secoue la tête :

— Celui-là, c'était vraiment un bonhomme, mon vieux. Quand i' disait quéqu' chose, ç'ui-là, c'était la preuve que c'était vrai. Ah ! on avait pourtant bien besoin d' lui !

— Oui, dis-je, on aurait eu besoin de lui, toujours.

— Ah ! là là !... murmure Volpatte, et il tremble.

Joseph répète tout bas :

— Ah ! nom de Dieu ! Ah nom de Dieu !

La plaine est couverte de monde comme une place publique. Des corvées en détachements, des isolés. Les brancardiers commencent patiemment et petitement, ici, là, leur immense besogne démesurée.

Volpatte nous quitte pour retourner à la tranchée annoncer nos nouveaux deuils et surtout la grande absence de Bertrand. Il dit à Joseph :

— On s' perdra pas d' vue, pas ? Ecris de temps en temps un simple mot : « Tout va bien ; signé : Camembert », pas ?

Il disparaît parmi tous ces gens qui se croisent dans l'étendue dont une morne pluie infinie s'est entièrement emparée.

Joseph s'appuie sur moi. Nous descendons dans le ravin.

Le talus par lequel nous descendons s'appelle les Alvéoles des Zouaves... Les zouaves de l'attaque de mai avaient commencé à s'y creuser des abris individuels autour desquels ils ont été exterminés. On en voit qui, abattus au bord d'un trou ébauché, tiennent encore leur pelle-bêche dans leurs mains décharnées ou la regardent avec leurs orbites profondes où se racornissent des entrailles d'yeux. La terre est tellement pleine de morts que les éboulements découvrent des hérissements de pieds, de squelettes à demi vêtus et des ossuaires de crânes placés côte à côte sur la paroi abrupte, comme des bocaux de porcelaine.

Il y a dans le sol, ici, plusieurs couches de morts, et en beaucoup d'endroits l'affouillement des obus a sorti les plus anciennes et les a disposées et étalées par-dessus les nouvelles. Le fond du ravin est complètement tapissé de débris d'armes, de linge, d'ustensiles. On foule des éclats d'obus, des ferrailles, des pains et même des biscuits échappés des sacs et pas encore dissous par la pluie. Les gamelles, les boîtes de conserve, les casques sont criblés et troués par les balles, on dirait des écumoires de toutes les espèces de formes ; et les piquets disloqués qui subsistent sont pointillés de trous.

Les tranchées qui courent dans ce vallon ont l'air de crevasses sismiques, et il semble que sur les ruines d'un tremblement de terre on ait déversé des tombereaux d'objets hétéroclites. Et là où il n'y a pas de morts, la terre elle-même est cadavéreuse.

Nous traversons le Boyau International, toujours frissonnant de hardes omnicolores — cette tranchée informe à laquelle le désordre d'étoffes arrachées donne l'air d'avoir été assassinée — à un endroit où l'inégal fossé tortueux est en coude. Tout au long, jusqu'à une barricade terreuse formant barrage, des cadavres allemands y sont enchevêtrés et noués comme des torrents de damnés, quelques-uns émergeant de grottes boueuses au milieu d'une incompréhensible agglomération de poutres, de cordages, de lianes de fer, de gabions, de claies et de boucliers ; au barrage, on voit un cadavre debout planté dans les autres ; planté à la même place, un autre est oblique dans l'espace lugubre : cet ensemble paraît un grand morceau de roue envasé, une aile démantelée de moulin à vent ; et sur tout cela, sur cette débâcle d'ordures et de chairs, sont semées des profusions d'images religieuses, de cartes postales, de brochures pieuses, de feuillets où des prières sont écrites en gothique, et qui se sont répandus à flots hors des vêtements éventrés. Ces paroles font semblant de fleurir de leurs mille blancheurs de mensonge et de stérilité ces rives pestiférées, cette vallée d'anéantissement.

Je cherche un passage solide pour y guider Joseph, que sa blessure paralyse graduellement : il la sent s'étendre dans tout son corps. Tandis que je le soutiens et qu'il ne regarde rien, je regarde le bouleversement macabre par-dessus lequel nous fuyons.

Un feldwebel est assis, appuyé aux planches déchirées qui formaient, là où nous mettons le pied, une guérite de guetteur. Un petit trou sous l'œil : un coup de baïonnette l'a cloué aux planches par la figure. Devant lui, assis aussi, les coudes sur les genoux, les poings au cou, un homme a tout le dessus du crâne enlevé comme un œuf à la coque... A côté d'eux, veilleur épouvantable, la moitié d'un homme est debout : un homme, coupé, tranché en deux depuis le crâne jusqu'au bassin, est appuyé, droit, sur la paroi de terre. On ne sait pas où est l'autre moitié de cette sorte de piquet humain dont l'œil pend en haut, dont les entrailles bleuâtres tournent en spirale autour de la jambe.

Par terre, le pied décollé d'une gangue de sang durci, des baïonnettes françaises faussées, pliées, tordues par la puissance du choc.

Par une brèche du talus tailladé, on découvre un fond où se trouvent des corps de soldats de la garde prussienne agenouillés, semble-t-il, dans des poses de suppliants, et qui sont troués par-derrière, de trous sanglants, empalés. On a tiré hors du groupe de ceux-là, sur le bord, un tirailleur sénégalais énorme qui, pétrifié dans la position où il est mort, tordu, s'appuie sur le vide, y cramponne ses pieds, et qui fixe ses deux poignets coupés, sans doute, par l'explosion d'une grenade qu'il tenait : toute la face remuante, il semble mâcher des vers.

— Ici, nous dit un alpin qui passe, ils ont fait le coup du drapeau blanc — et comme i's avaient affaire à des Bicots, tu parles si on les a ratés !... Tiens, v'là l'drapeau blanc, justement, qu' ces fumiers se sont servis.

Il empoigne et secoue une longue hampe qui gît là,

et sur laquelle est cloué un carré d'étoffe blanche — qui se déploie innocemment.

... Une théorie de porteurs de pelles s'avance le long du boyau démantelé. Ils ont l'ordre de faire tomber la terre dans les restes des tranchées, de boucher tout, pour enterrer les corps sur place. Ainsi, ces travailleurs casqués vont accomplir, en cet endroit, œuvre de justiciers, en restituant leurs pleines formes à ces campagnes, en nivelant ces trous déjà à demi comblés par des chargements d'envahisseurs.

*

De l'autre côté du boyau, on m'appelle : un homme assis par terre, appuyé à un piquet. C'est le père Ramure. Par sa capote et sa veste déboutonnée, on voit des bandages qui lui entourent la poitrine.

— Les infirmiers sont venus me panser, me dit-il d'une voix creuse et légère, pleine de souffles, mais on ne pourra pas m'emporter d'ici avant ce soir. Mais, j' le sais bien, j' vas passer d'un moment à l'autre.

Il hoche la tête.

— Reste un peu, me demande-t-il.

Il s'attendrit. Des larmes coulent de ses yeux. Il me tend la main et retient la mienne. Il voudrait me parler longuement et presque se confesser.

— J'ai été honnête homme avant la guerre, fait-il, tout en bavant ses larmes. J' travaillais du matin au soir pour nourrir la smala. Et puis, j' suis v'nu ici pour tuer des Boches. Et maintenant, j'ai été tué... Ecoute, écoute, écoute, ne t'en va pas, écoute-moi...

— Il faut que j'emmène Joseph qui n'en peut plus. Après, je reviendrai.

Ramure leva ses yeux ruisselants sur le blessé.

— Non seulement vivant, mais blessé ! Débarrassé de la mort ! Ah ! il y a des femmes et des enfants qui ont de la chance. Eh bien, conduis-le, et reviens... j'espère que je t'attendrai...

Maintenant, il faut gravir l'autre versant du ravin.

Nous nous engageons dans la dépression difforme et malmenée du vieux boyau 97.

Tout à coup, des sifflements forcenés déchirent l'atmosphère. Une rafale de shrapnells, là-haut, sur nous... Au sein de nuages d'ocre des aérolithes fulgurent et se dispersent en nuées épouvantables. Des charges roulantes se ruent dans le ciel, pour aller déflagrer et se broyer sur la pente, fouiller la colline et y déterrer les vieux ossements du monde. Et les flamboiements tonitruants se multiplient sur une ligne régulière.

C'est un tir de barrage qui recommence.

On crie comme des enfants :

— Assez ! assez !

Dans cet acharnement des machines de mort, de ce cataclysme mécanique qui nous poursuit à travers l'espace, il y a quelque chose qui excède les forces et la volonté, quelque chose de surnaturel. Joseph, sa main dans la mienne, debout, regarde, par-dessus son épaule, l'averse d'éclatements qui crève. Il plie le cou, comme une bête traquée, affolée.

— Eh quoi ! encore ! Toujours, alors ! gronde-t-il. Tout ce qu'on a fait, tout ce qu'on a vu... Et voilà que ça recommence ! Ah ! non, non !

Il tombe sur les genoux, halète, jette un vain regard chargé de haine devant lui et derrière lui. Il répète :

— Ça n'est donc jamais fini, jamais !

Je le prends par le bras, je le relève :

— Viens, ça va être fini pour toi.

*

Il faut patienter là, avant de monter. Je songe à aller retrouver Ramure agonisant qui m'attend. Mais Joseph se cramponne à moi, et puis je vois une agitation d'hommes autour de l'endroit où j'ai laissé le mourant. Je crois deviner : ce n'est plus la peine d'y aller.

La terre du ravin où nous sommes tous les deux groupés étroitement à nous tenir, sous la tempête, frémit, et on sent, à chaque coup, le sourd simoun des obus. Mais dans le creux où nous sommes, nous n'avons guère de risque d'être atteints. Dès la première accalmie, des hommes, qui attendaient comme nous, se détachent et se mettent à monter : des brancardiers, qui multiplient des efforts inouïs pour grimper en portant un corps et font penser à des fourmis obstinées repoussées par des successions de grains de sable ; et d'autres, accouplés et isolés : des blessés ou des hommes de liaison.

— Allons-y, dit Joseph, les épaules fléchissantes, en mesurant de l'œil la côte, la dernière étape de son calvaire.

Des arbres sont là : une file de troncs de saules écorchés, quelques-uns larges comme des faces, d'autres creusés, béants, semblables à des cercueils debout. Le décor au milieu duquel nous nous débattons, est déchiré et bouleversé, avec des collines, des gouffres et des ballonnements sombres, comme si tous les nuages de la tempête avaient roulé ici-bas. Par-dessus cette nature suppliciée et noire, la débandade des troncs se profile sur un ciel brun, strié, laiteux par places et obscurément scintillant — un ciel d'onyx.

A l'entrée du boyau 97, en travers, un chêne terrassé tord son grand corps.

Un cadavre bouche le boyau. Il a la tête et les jambes enfouies. L'eau vaseuse qui ruisselle dans le boyau a couvert le reste d'un glacis sablonneux. On voit se bomber à travers ce voile humide la poitrine et le ventre couverts d'une chemise.

On enjambe cette dépouille glacée, visqueuse et claire comme le ventre d'un vague saurien échoué — et cela est ardu à cause du terrain mou et glissant. On est obligé de s'enfoncer les mains jusqu'aux poignets dans la boue du talus.

A ce moment, un sifflement infernal nous tombe dessus. On plie comme des roseaux. Le shrapnell éclate, assourdissant et aveuglant, dans l'air, en avant de nous, et nous ensevelit sous une montagne de fumée sombre horriblement sifflante. Un soldat qui montait a battu l'espace de ses bras et a disparu, lancé dans quelque bas-fond. Des clameurs se sont élevées et sont retombées comme des débris. Tandis qu'on voit, à travers le grand voile noir que le vent arrache du sol et renvoie dans le ciel, les brancardiers déposer le brancard, courir vers le point de l'explosion et soulever quelque chose d'inerte — j'évoque l'inoubliable image de la nuit où mon frère d'armes Poterloo, qui avait le cœur plein d'espoir, s'est comme envolé, les deux bras étendus, dans la flamme d'un obus.

Et nous parvenons enfin sur la hauteur que marque, comme un signal, un blessé effarant : il est là, debout dans le vent ; secoué, mais debout, enraciné là ; dans son capuchon tout relevé qui bat l'air, on voit sa figure convulsée et hurlante, et on passe devant cette espèce d'arbre qui crie.

*

Nous sommes arrivés à notre ancienne première ligne, celle d'où nous sommes partis pour l'attaque. Nous nous asseyons sur une banquette de tir, adossés aux degrés que les sapeurs ont creusés au dernier moment pour le départ des nôtres. Le cycliste Euterpe, que nous avons revu depuis, passe et nous dit bonjour. Une fois passé, il revient sur ses pas et tire du parement de sa manche une enveloppe dont le bord dépassant lui faisait un galon blanc.

— C'est toi, n'est-ce pas, me dit-il, qui prends les lettres de Biquet qui est décédé ?

— Oui.

— Voilà un retour. L'adresse a fichu l' camp.

L'enveloppe, exposée sans doute à la pluie sur le dessus d'un paquet, s'est lavée, et sur le papier séché et effrité on ne peut plus lire l'adresse parmi les moirures d'eau violacée. Seule a subsisté, lisible dans l'angle, l'adresse de l'expéditeur... J'en tire doucement la lettre : « Ma chère maman... »

— Ah ! je me rappelle !...

Biquet, qui gît en plein air, dans cette tranchée

même où nous faisons en ce moment la pause, a écrit cette lettre il n'y a pas longtemps, au cantonnement de Gauchin-l'Abbé, par un après-midi flamboyant et splendide, en réponse à une lettre de sa mère, dont les alarmes tombaient à faux et l'avaient fait rire...

« Tu crois que je suis au froid, à la pluie, au danger. Pas du tout, au contraire. C'est fini, tout ça. Il fait chaud, on sue et on n'a rien à faire qu'à se balader au soleil. J'ai ri de ta lettre... »

Je replace dans l'enveloppe abîmée et fragile cette lettre qui, si le hasard n'avait pas évité cette nouvelle ironie des choses, aurait été lue par la vieille paysanne au moment où le corps de son fils n'est plus, dans le froid et la tempête, qu'un peu de cendre mouillée qui filtre et coule comme une source sombre sur le talus de la tranchée.

*

Joseph a posé sa tête en arrière. A un moment ses yeux se ferment, sa bouche s'entrouvre et laisse passer un souffle saccadé.

— Courage ! lui dis-je.

Il rouvre les yeux.

— Ah ! me répond-il, ce n'est pas à moi qu'il faut dire ça. Regardez ceux-là, ils retournent là-bas, et vous aussi vous allez retourner. Ça va continuer pour vous autres. Ah ! il faut être vraiment fort pour continuer, continuer !

XXI

LE POSTE DE SECOURS

A partir d'ici, on est en vue des observatoires ennemis et il ne faut plus quitter les boyaux. On suit d'abord celui de la route des Pylônes. La tranchée est creusée sur le côté de la route, et la route s'est effacée : les arbres en ont été extirpés ; la tranchée l'a, tout au long, à moitié rongée et avalée ; et ce qui restait a été envahi par la terre et par l'herbe, et mêlé aux champs par la longueur des jours. A certains endroits de la tranchée, là où un sac de terre a crevé en laissant un alvéole boueux, on retrouve, à hauteur de ses yeux, l'empierrage de l'ex-route rogné à vif, ou bien les racines des arbres de bordure qui ont été abattus et incorporés à la substance du talus. Celui-ci est découpé et inégal comme une vague de terre, de débris et d'écume sombre, crachée et poussée par l'immense plaine jusqu'au bord du fossé.

On parvient à un nœud de boyaux ; au sommet du tertre bousculé qui se profile sur la nuée grise, un lugubre écriteau est piqué obliquement dans le vent. Le réseau des boyaux devient de plus en plus étroit ; et les hommes qui, de tous les points du secteur, s'écoulent vers le Poste de Secours, se multiplient et s'accumulent dans les chemins profonds.

Les mornes ruelles sont jalonnées de cadavres. Le mur est interrompu à intervalles irréguliers, jusqu'en bas, par des trous tout neufs, des entonnoirs de terre fraîche, qui tranchent sur le terrain malade d'alentour, et là, des corps terreux sont accroupis, les genoux aux dents, ou appuyés sur la paroi, muets et debout comme leurs fusils qui attendent à côté d'eux. Quelques-uns de ces morts restés sur pied tournent vers les survivants leurs faces éclaboussées de sang, ou, orientés ailleurs, échangent leur regard avec le vide du ciel.

Joseph s'arrête pour souffler. Je lui dis, comme à un enfant :

— Nous approchons, nous approchons.

La voie de désolation, aux remparts sinistres, se rétrécit encore. On a une sensation d'étouffement, un cauchemar de descente qui se resserre, s'étrangle et dans ces bas-fonds dont les murailles semblent aller se rapprochant, se refermant, on est obligé de s'arrêter, de se faufiler, de peiner et de déranger les morts et d'être bousculés par la file désordonnée de ceux qui, sans fin, inondent l'arrière : des messagers, des estropiés, des gémisseurs, des crieurs, frénétiquement hâtés, empourprés par la fièvre, ou blêmes et secoués visiblement par la douleur.

*

Toute cette foule vient enfin déferler, s'amonceler et geindre dans le carrefour où s'ouvrent les trous du Poste de Secours.

Un médecin gesticule et vocifère pour défendre un peu de place libre contre cette marée montante qui bat le seuil de l'abri. Il pratique, en plein air, à l'entrée, des pansements sommaires, et on dit qu'il ne s'est pas arrêté, non plus que ses aides, de toute la nuit et de toute la journée, et qu'il fait une besogne surhumaine.

En sortant de ses mains, une partie des blessés est absorbée par le puits du Poste, une autre est évacuée à l'arrière sur le Poste de Secours plus vaste aménagé dans la tranchée de la route de Béthune.

Dans ce creux étroit que dessine le croisement des fossés, comme au fond d'une espèce de cour des miracles, nous avons attendu deux heures, ballottés, serrés, étouffés, aveuglés, nous montant les uns sur les autres comme du bétail, dans une odeur de sang et de viande de boucherie. Des faces s'altèrent, se creusent, de minute en minute. Un des patients ne peut plus retenir ses larmes, les lâche à flots et, secouant la tête, en arrose ses voisins. Un autre, qui saigne comme une fontaine, crie : « Hé là ! attention à moi ! » Un jeune, les yeux allumés, lève les bras et hurle d'un air de damné : « J' brûle ! » et il gronde et souffle comme un bûcher.

*

Joseph est pansé. Il se fraye un passage jusqu'à moi et me tend la main.

— Ce n'est pas grave, paraît-il ; adieu, me dit-il.

Nous sommes tout de suite séparés par la cohue. Le dernier regard que je lui jette me le montre, la figure défaite, mais absorbé par son mal, distrait, se laissant conduire par un brancardier divisionnaire qui a posé sa main sur son épaule. Soudain, je ne le vois plus.

A la guerre, la vie, comme la mort, vous sépare sans même qu'on ait le temps d'y penser.

On me dit de ne pas rester là, de descendre dans le poste de secours pour me reposer avant de repartir.

Il y a deux entrées, très basses, très étroites, à ras du sol. A celle-ci affleure la bouche d'une galerie en pente, étroite comme une conduite d'égout. Pour pénétrer dans le poste, il faut d'abord se retourner et s'engager à reculons en pliant le corps dans ce tube rétréci où le pied sent se dessiner des marches : tous les trois pas, une marche haute.

Quand on est entré là-dedans, on est comme pris, et on a d'abord l'impression qu'on n'aura pas la place, ni de descendre, ni de remonter. En s'enfonçant dans ce gouffre, on continue le cauchemar d'étouffement qu'on a subi graduellement à mesure qu'on avançait dans les entrailles des tranchées avant de sombrer jusqu'ici. De tous côtés, on se cogne, on frotte, on est empoigné par l'étroitesse du passage, on est arrêté, coincé. Il faut changer de place ses cartouchières en les faisant glisser sur son ceinturon, et prendre ses musettes dans ses bras, contre sa poitrine. A la quatrième marche, l'étranglement augmente encore et on a un moment d'angoisse : si peu qu'on lève le genou pour avancer en arrière, le dos porte contre la voûte. A cet endroit-là, il faut se traîner à quatre pattes, toujours à reculons. A mesure qu'on descend dans la profondeur, une atmosphère empestée et lourde comme de la terre, vous ensevelit. La main éprouve le contact, froid, gluant, sépulcral, de la paroi d'argile. Cette terre vous pèse de tous côtés, vous enlinceule dans une lugubre solitude, et vous touche la figure de son souffle aveugle et moisi. Aux dernières marches, qu'on met longtemps à gagner — on est assailli par la rumeur ensorcelée qui monte du trou, chaude comme d'une espèce de cuisine.

Quand on arrive enfin en bas de ce boyau à échelons, qui vous coudoie et vous étreint à chaque pas, le mauvais rêve n'est pas terminé : on se trouve dans une cave où règne l'obscurité, très longue, mais étroite, qui n'est qu'un couloir, et qui n'a pas plus d'un mètre cinquante de hauteur. Si on cesse de se plier et de marcher les genoux fléchis, on se heurte violemment la tête aux madriers qui plafonnent l'abri et, invariablement, on entend les arrivants grogner — plus ou moins fort, selon leur humeur et leur état : « Ben, heureusement que j'ai mon casque ! »

Dans une encoignure, on distingue le geste d'un être accroupi. C'est un infirmier de garde qui, monotone, dit à chaque arrivant : « Otez la boue de vos souliers avant d'entrer. » C'est ainsi qu'un tas de boue s'accumule, dans lequel on bute et on s'empêtre, au bas des marches, au seuil de cet enfer.

*

Dans le brouhaha des lamentations et des grondements, dans l'odeur forte qu'un foyer innombrable de plaies entretient là, dans ce décor papillotant de caverne, peuplé d'une vie confuse et inintelligible, je cherche d'abord à m'orienter. De faibles flammes de chandelles luisent le long de l'abri, n'effaçant l'obscurité qu'aux places où elles la piquent. Au fond, au loin, comme au bout des oubliettes d'un souterrain, apparaît une vague lumière de jour ; ce trouble soupirail permet d'apercevoir de grands objets rangés le long du couloir : des brancards bas comme des cercueils. Puis on entrevoit se déplacer, autour et par-dessus, des ombres penchées et cassées et, contre les murs, grouiller des files et des grappes de spectres.

Je me retourne. Du côté opposé à celui où filtre la lointaine lumière, une cohue est massée devant une toile de tente tendue de la voûte jusqu'au sol. Cette toile de tente forme, de la sorte, un réduit dont on voit l'éclairement transparaître à travers le tissu ocre, d'aspect huilé. Dans ce réduit, à la clarté d'une lampe à acétylène, on pique contre le tétanos. Quand la toile se soulève pour faire sortir puis pour laisser entrer quelqu'un, on voit s'éclabousser brutalement de lumière les mises débraillées et haillonneuses des blessés qui stationnent devant, attendant la piqûre, et qui, courbés par le plafond bas, assis, agenouillés ou rampants, se poussent pour ne pas perdre leur tour ou prendre celui d'un autre, en criant : « Moi ! », « Moi ! », « Moi ! », comme des abois. Dans ce coin où remue cette lutte contenue, les puanteurs tièdes de l'acétylène et des hommes sanglants sont terribles à avaler.

Je m'en écarte. Je cherche ailleurs où me caser, où m'asseoir. J'avance un peu, tâtonnant, toujours penché, recroquevillé, et les mains en avant.

A la faveur d'une pipe qu'un fumeur incendie, je vois devant moi un banc chargé d'êtres.

Mes yeux s'habituent à la pénombre qui stagne dans la cave, et je discerne à peu près cette rangée de personnages dont des bandages et des emmaillotements tachent pâlement les têtes et les membres.

Eclopés, balafrés, difformes — immobiles ou agités — cramponnés sur cette espèce de barque, ils figurent, clouée là, une collection disparate de souffrances et de misères.

L'un d'eux, tout d'un coup, crie, se lève à demi, et se rassoit. Son voisin, dont la capote est déchirée et la tête nue, le regarde et lui dit :

— Quand tu te désoleras !

Et il redit cette phrase plusieurs fois, au hasard, les yeux fixés devant lui, les mains sur les genoux.

Un jeune homme assis au milieu du banc parle tout seul. Il dit qu'il est aviateur. Il a des brûlures sur un côté du corps et à la figure. Il continue à brûler dans la fièvre, et il lui semble qu'il est encore mordu par les flammes aiguës qui jaillissaient du moteur. Il marmotte : « *Gott mit uns !* », puis : « Dieu est avec nous ! »

Un zouave, au bras en écharpe, et qui, incliné de côté, porte son épaule comme un fardeau déchirant, s'adresse à lui :

— T'es l'aviateur qu'est tombé, s' pas ?

— J'en ai vu des choses... répond l'aviateur, péniblement.

— Moi aussi, j'en ai vu ! interrompit le soldat. Y en a qui battraient des ailes, s'ils avaient vu ce que j'ai vu.

— Viens t'asseoir ici, me dit un des hommes du banc en me faisant une place. T'es blessé ?

— Non, j'ai conduit ici un blessé et je vais repartir.

— T'es pire que blessé, alors. Viens t'asseoir.

— Moi, je suis maire dans mon pays, explique un des assis, mais quand je rentrerai, personne ne me reconnaîtra, tellement longtemps j'ai été triste.

— Voilà quatre heures que j' suis attaché sur ce banc, gémit une sorte de mendiant dont la main trépide, qui a la tête baissée, le dos rond, et tient son casque sur ses genoux comme une sébile palpitante.

— On attend d'être évacués, tu sais, m'apprend un gros blessé qui halète, transpire, a l'air de bouillir de toute sa masse ; sa moustache pend comme à moitié décollée par l'humidité de sa face.

Il présente deux larges yeux opaques, et on ne voit pas sa blessure.

— C'est ça même, dit un autre. Tous les blessés de la brigade viennent se tasser ici l'un après l'autre, sans compter ceux d'ailleurs. Oui, regarde-moi ça : c'est ici, c' trou, la boîte aux ordures de toute la brigade.

— J' suis gangrené, j' suis écrasé, j' suis en morceaux à l'intérieur, psalmodiait un blessé qui, la tête dans ses mains, parlait entre ses doigts. Pourtant, jusqu'à la semaine dernière, j'étais jeune et j'étais propre. On m'a changé : maintenant j'n'ai plus qu'un vieux sale corps tout défait à traîner.

— Moi, dit un autre, hier j'avais vingt-six ans. Et maintenant, quel âge j'ai ?

Il essaye de lever pour qu'on la voie sa figure branlante et flétrie, usée en une nuit, vidée de chair, avec les trous des joues et des orbites, et une flamme de veilleuse qui s'éteint dans l'œil huileux.

— Ça m' fait mal ! dit, humblement, un être invisible.

— Quand tu t' désoleras ! répète l'autre, machinalement.

Il y eut un silence. L'aviateur s'écria :

— Les officiants essayaient, des deux côtés, de se couvrir la voix !

— Qu'est-ce que c'est que ça ? fit le zouave étonné.

— C'est-i' qu' tu déménages, mon pauv' vieux ? demanda un chasseur blessé à la main, un bras lié au corps, en quittant un instant des yeux sa main momifiée pour considérer l'aviateur.

Celui-ci avait les regards perdus, et essayait de traduire un mystérieux tableau que partout il portait devant ses yeux.

— D'en haut, du ciel, on ne voit pas grand-chose, vous savez. Dans les carrés des champs et les petits tas de villages, les chemins font comme du fil blanc. On découvre aussi certains filaments creux qui ont l'air d'avoir été tracés par la pointe d'une épingle qui écorcherait du sable fin. Ces réseaux qui festonnent la plaine d'un trait régulièrement tremblé, c'est les tranchées. Dimanche matin, je survolais la ligne de feu. Entre les bords extrêmes, entre les franges des deux armées immenses qui sont là, l'une contre l'autre, à se regarder et à ne pas se voir en attendant — il n'y a pas beaucoup de distance : des fois quarante mètres, des fois soixante. A moi, il me paraissait qu'il n'y avait qu'un pas, à cause de la hauteur géante où je planais. Et voici que je distingue, chez les Boches et chez nous, dans ces lignes parallèles qui semblaient se toucher, deux remuements pareils : une masse, un noyau animé et, autour, comme des grains de sable noirs éparpillés sur du sable gris. Ça ne bougeait guère ; ça n'avait pas l'air d'une alerte ! Je suis descendu quelques tours pour comprendre.

« J'ai compris. C'était dimanche et c'étaient deux messes qui se célébraient sous mes yeux : l'autel, le prêtre et le troupeau des types. Plus je descendais, plus je voyais que ces deux agitations étaient pareilles, si exactement pareilles que ça avait l'air idiot. Une des cérémonies — au choix — était le reflet de l'autre. Il me semblait que je voyais double. Je suis descendu encore ; on ne me tirait pas dessus. Pourquoi ? Je n'en sais rien. Alors, j'ai entendu. J'ai entendu un murmure — un seul. Je ne recueillais qu'une prière qui s'élevait en bloc, qu'un seul bruit de cantique qui montait au ciel en passant par moi. J'allais et venais dans l'espace pour écouter ce vague mélange de chants qui étaient l'un contre l'autre, mais qui se mêlaient tout de même — et plus ils essayaient de se surmonter l'un l'autre, plus ils s'unissaient dans les hauteurs du ciel où je me trouvais suspendu.

« J'ai reçu des shrapnells au moment où, très bas, je distinguais les deux cris terrestres dont était fait leur cri : « *Gott mit uns !* » et « Dieu est avec nous ! » — et je me suis renvolé. »

Le jeune homme hocha sa tête couverte de linges. Il était comme affolé par ce souvenir.

— Je me suis dit, à ce moment : « Je suis fou ! »

— C'est la vérité des choses qu'est folle, dit le zouave.

Les yeux luisants de délire, le narrateur tâchait de rendre la grande impression émouvante qui l'assiégeait et contre laquelle il se débattait.

— Non ! mais quoi ! fit-il. Figurez-vous ces deux masses identiques qui hurlent des choses identiques et pourtant contraires, ces cris ennemis qui ont la même forme. Qu'est-ce que le Bon Dieu doit dire, en somme ? Je sais bien qu'il sait tout ; mais, même sachant tout, il ne doit pas savoir quoi faire.

— Quelle histoire ! cria le zouave.

— I' s' fout bien de nous, va, t'en fais pas.

— Et pis, qu'est-ce que ça a de rigolo, tout ça ? Les coups de fusil parlent bien la même langue, pas, et ça n'empêche pas les peuples de s'engueuler avec, et comment !

— Oui, dit l'aviateur, mais il n'y a qu'un seul Dieu. Ce n'est pas le départ des prières que je ne comprends pas, c'est leur arrivée.

La conversation tomba.

— Y a un tas de blessés étendus là-dedans, me montra l'homme aux yeux dépolis. Je me demande, oui, je m' demande comment on a fait pour les descendre là. Ça a dû être terrible, leur dégringolade jusqu'ici.

Deux coloniaux, durs et maigres, qui se soutenaient comme deux ivrognes, arrivèrent, butèrent contre nous, et reculèrent, cherchant par terre une place où tomber.

— Ma vieille, achevait de raconter l'un, d'un organe enroué, dans c' boyau que j' te dis, on est restés trois jours sans ravitaillement, trois jours pleins sans rien, rien. Que veux-tu, on buvait son urine, mais c'était pas ça.

L'autre, en réponse, expliqua qu'autrefois il avait eu le choléra :

— Ah ! c'est une sale affaire, ça : de la fièvre, des vomissements, des coliques ; mon vieux, j'en étais malade !

— Mais aussi, gronda tout d'un coup l'aviateur qui s'acharnait à poursuivre le mot de la gigantesque énigme, à quoi pense-t-il, ce Dieu, de laisser croire comme ça qu'il est avec tout le monde ? Pourquoi nous laisse-t-il tous, tous, crier côte à côte comme des dératés et des brutes : « Dieu est avec nous ! » « Non, pas du tout, vous faites erreur, Dieu est avec nous ! » ?

Un gémissement s'éleva d'un brancard, et pendant un instant voleta tout seul dans le silence, comme si c'était une réponse.

*

— Moi, dit alors une voix de douleur, je ne crois pas en Dieu. Je sais qu'il n'existe pas — à cause de la souffrance. On pourra nous raconter les boniments qu'on voudra, et ajuster là-dessus tous les mots qu'on trouvera, et qu'on inventera : toute cette souffrance innocente qui sortirait d'un Dieu parfait, c'est un sacré bourrage de crâne.

— Moi, reprend un autre des hommes du banc, je ne crois pas en Dieu, à cause du froid. J'ai vu des hommes dev'nir des cadavres p'tit à p'tit, simplement par le froid. S'il y avait un Dieu de bonté, il y aurait pas le froid. Y a pas à sortir de là.

— Pour croire en Dieu, il faudrait qu'il n'y ait rien de c' qu'y a. Alors, pas, on est loin de compte !

Plusieurs mutilés, en même temps, sans se voir, communient dans un hochement de tête de négation.

— Vous avez raison, dit un autre, vous avez raison.

Ces hommes en débris, ces vaincus isolés et épars dans la victoire, ont un commencement de révélation. Il y a, dans la tragédie des événements, des minutes où les hommes sont non seulement sincères, mais véridiques, et où on voit la vérité sur eux, face à face.

— Moi, fit un nouvel interlocuteur, si je n'y crois pas, c'est...

Une quinte de toux terrible continua affreusement la phrase. Quand il s'arrêta de tousser, les joues violettes, mouillé de larmes, oppressé, on lui demanda :

— Par où c' que t'es blessé, toi ?

— J' suis pas blessé, j' suis malade.

— Oh alors ! dit-on, d'un accent qui signifiait : tu n'es pas intéressant.

Il le comprit et fit valoir sa maladie :

— J' suis foutu. J' crache le sang. J'ai pas d' forces ; et, tu sais, ça r'vient pas quand ça s'en va par là.

— Ah, ah, murmurèrent les camarades, indécis, mais convaincus malgré tout de l'infériorité des maladies civiles sur les blessures.

Résigné, il baissa la tête et répéta tout bas, pour lui-même :

— J' peux pus marcher, où veux-tu qu' j'aille ?

*

Dans le gouffre horizontal qui, de brancard en brancard, s'allonge en se rapetissant, à perte de vue, jusqu'au blême orifice de jour, dans ce vestibule désordonné où çà et là clignotent de pauvres flammes de chandelles qui rougeoient et paraissent fiévreuses, et où se jettent de temps en temps des ailes d'ombres, un remous s'élève on ne sait pourquoi. On voit s'agiter le bric-à-brac des membres et des têtes, on entend des appels et des plaintes se réveiller l'un l'autre, et se propager, tels des spectres invisibles. Les corps étendus ondulent, se replient, se retournent.

Je distingue, dans cette espèce de bouge, au sein de cette houle de captifs, dégradés et punis par la douleur, la masse épaisse d'un infirmier dont les lourdes épaules tanguent comme un sac porté transversalement, et dont la voix se stentor se répercute au galop dans la cave.

— T'as encore touché à ton bandage, enfant d' veau, verminard ! tonitrue-t-il. J' vas te l' refaire parce que c'est toi, mon coco, mais si tu y r' touches, tu verras ce que je te ferai !

Le voici dans la grisaille qui tourne une bande de toile autour du crâne d'un bonhomme tout petit, presque debout, porteur de cheveux hérissés et d'une barbe soufflée en avant, et qui, les bras ballants, se laisse faire en silence.

Mais l'infirmier l'abandonne, regarde à terre et s'exclame avec retentissement :

— Qu'est-ce que c'est que d' ça ? Hé, dis donc, l'ami, t'es pas des fois maboule ? En voilà des manières, de s' coucher sur un blessé !

Et sa main volumineuse secoue un corps, et il dégage, non sans souffler et sacrer, un second corps flasque sur lequel le premier s'était étendu comme sur un matelas — tandis que le nabot au bandage, aussitôt laissé libre, sans mot dire, porte les mains à sa tête et essaie à nouveau d'ôter le pansement qui lui enserre le crâne.

... Une bousculade, des cris : des ombres, perceptibles sur un fond lumineux, paraissent extravaguer dans l'ombre de la crypte. Ils sont plusieurs, éclairés par une bougie autour d'un blessé, et, secoués, le maintiennent à grand-peine sur son brancard. C'est un homme qui n'a plus de pieds. Il porte aux jambes des pansements terribles, avec des garrots pour refréner l'hémorragie. Ses moignons ont saigné dans les bandelettes de toile et il semble avoir des culottes rouges. Il a une figure de diable, luisante et sombre, et il délire. On pèse sur ses épaules et ses genoux : cet homme qui a les pieds coupés veut sauter hors du brancard pour s'en aller.

— Laissez-moi partir ! râle-t-il d'une voix que la colère et l'essoufflement font chevroter — basse avec de soudaines sonorités comme une trompette dont on voudrait sonner trop doucement. Bon Dieu, laissez-moi m' barrer, que j' vous dis ! Han !... Non, mais vous n' pensez pas que j' vas rester ici ! Allons, dégagez, ou je vous saute sur les pattes !

Il se contracte et se détend si violemment qu'il fait aller et venir ceux qui tentent de l'immobiliser par leur poids cramponné, et on voit zigzaguer la bougie tenue par un homme à genoux qui, de l'autre bras, ceinture le fou tronqué ; et celui-ci crie si fort qu'il réveille ceux qui dorment, secoue l'assoupissement des autres. De toutes parts, on se tourne de son côté, on se soulève à moitié, on prête l'oreille à ces incohérentes lamentations qui finissent cependant par s'éteindre dans le noir. Au même moment, dans un autre coin, deux blessés couchés, crucifiés par terre, s'invectivent, et on est obligé d'en emporter un pour rompre ce colloque forcené.

Je m'éloigne vers le pont où la lumière du dehors pénètre parmi les poutres enchevêtrées comme à travers une grille abîmée. J'enjambe l'interminable série de brancards qui occupent toute la largeur de cette allée souterraine, basse et étranglée, où j'étouffe. Les formes humaines qui y sont abattues sur les brancards, ne bougent plus guère à présent, sous les feux follets des chandelles, et stagnent dans leurs geignements sourds et leurs râles.

Sur le bord d'un brancard un homme s'est assis, appuyé contre le mur ; et, au milieu de l'ombre de ses vêtements entrouverts, arrachés, apparaît une blanche poitrine émaciée de martyr. Sa tête, toute penchée en arrière, est voilée par l'ombre ; mais on aperçoit le battement de son cœur.

Le jour qui, goutte à goutte, filtre au bout, provient d'un éboulement : plusieurs obus, tombés à la même place, ont fini par crever l'épais toit de terre du poste de secours.

Ici, quelques reflets blancs plaquent le bleu des capotes, aux épaules et le long des plis. On voit se presser vers ce débouché, pour goûter un peu d'air pâle, se détacher de la nécropole, comme des morts à demi réveillés, un troupeau d'hommes paralysés par les ténèbres en même temps que par la faiblesse. Au bout du noir, ce coin se présente comme une échappée, une oasis où l'on peut se tenir debout, et où on est effleuré angéliquement par la lumière du ciel.

— Y avait là des bonshommes qu'ont été étripés quand les obus ont radiné, me dit quelqu'un qui attendait, la bouche entrouverte dans le pauvre rayon enterré là. Tu parles d'un rata. Tiens, v'là l' curé qui décroche tout ce qui, d'eux, a sauté en l'air.

Le vaste sergent infirmier, en filet de chasse marron, ce qui lui donne un torse de gorille, ôte des boyaux et des viscères qui pendent, entortillés autour des poutres de la charpente défoncée. Il se sert pour cela d'un fusil muni de sa baïonnette, car on n'a pu trouver de bâton assez long, et ce gros géant, chauve, barbu et poussif, manie l'arme gauchement. Il a une physionomie douce, débonnaire et malheureuse, et tout en tâchant d'attraper dans les coins des débris d'intestins, marmotte d'un air consterné un chapelet de

« Oh ! » semblables à des soupirs. Ses yeux sont masqués par des lunettes bleues ; son souffle est bruyant ; il a un crâne de faibles dimensions et l'énorme grosseur de son cou a une forme conique.

A le voir ainsi piquer et dépendre en l'air des bandes d'entrailles et des loques de chair, les pieds dans les décombres hérissés, à l'extrémité du long cul-de-sac gémissant, on dirait un boucher occupé à quelque besogne diabolique.

Mais je me suis laissé choir dans un coin, les yeux à demi fermés, ne voyant presque plus le spectacle qui gît, palpite et tombe autour de moi.

Je perçois confusément des fragments de phrases. Toujours l'affreuse monotonie des histoires de blessures :

— Nom de Dieu ! A c' t'endroit-là, je crois bien que les balles elles se touchaient toutes...

— Il avait la tête traversée d'une tempe à l'autre. On aurait pu y passer une ficelle.

— Il a fallu une heure pour que ces charognes-là allongent leur tir et finissent de nous canarder...

Plus près de moi, on bredouille à la fin d'un récit :

— Quand j' dors, j' rêve, et il me semble que je le retue !

D'autres évocations bourdonnent parmi les blessés inhumés là, et c'est le ronron des innombrables rouages d'une machine qui tourne, tourne...

Et j'entends celui qui, là-bas, de son banc, répète : « Quand tu te désoleras ! », sur tous les tons, impérieux ou piteux, tantôt comme un prophète, tantôt comme un naufragé, et scande de son cri cet ensemble de voix étouffées et plaintives qui essayent de chanter effroyablement leur douleur.

Quelqu'un s'avance en tâtant le mur avec un bâton, aveugle, et arrive à moi. C'est Farfadet ! Je l'appelle. Il se tourne à peu près vers moi, et me dit qu'il a un œil abîmé. L'autre œil aussi est bandé. Je lui donne ma place et je le fais asseoir en le tenant par les épaules. Il se laisse faire et, assis à la base du mur, attend patiemment avec sa résignation d'employé, comme dans une salle d'attente.

Je m'échoue un peu plus loin, dans un vide. Là, deux hommes étendus se parlent bas ; ils sont si près de moi que je les entends sans les écouter. Ce sont deux soldats de la Légion étrangère, au casque et à la capote jaune sombre.

— C'est pas la peine de bonimenter, gouaille l'un d'eux. J' vas y rester, à cette fois-ci. C'est couru : j'ai l'intestin traversé. Si j'étais dans un hôpitau, dans une ville, on m'opérerait à temps et ça pourrait coller. Mais ici ! C'est hier que j'ai été attigé. On est à deux ou trois heures de la route de Béthune, pas, et d' la route, y a combien d'heures, dis voir, pour une ambulance où on peut opérer ? Et pis, quand nous ramassera-t-on ? C'est d' la faute à personne, tu m'entends, mais faut voir c' qui est. Oh ! de ce moment-ci, j' sais bien, ça ne va pas plus mal que ça. Seul'ment, voilà, c'est forcé de n' pas durer, pisque j'ai un trou tout du long dans l' paquet de mes boyaux. Toi, ta patte se r'mettra, ou on t'en r'mettra une autre. Moi, j' vais mourir.

— Ah ! dit l'autre, convaincu par la logique de son interlocuteur.

Celui-ci reprend alors :

— Ecoute, Dominique, t'as eu une mauvaise vie. Tu picolais et t'avais l' vin mauvais. T'as un sale casier judiciaire.

— J' peux pas dire que c'est pas vrai puisque c'est vrai, dit l'autre. Mais qu'est-ce que ça peut t' faire ?

— T'auras encore une mauvaise vie après la guerre, forcément, et pis t'auras des ennuis pour l'affaire du tonnelier.

L'autre, sauvage, devient agressif :

— La ferme ! Qu'est-ce que ça peut t' foutre ?

— Moi, j'ai pas plus d' famille que toi. Personne, que Louise — qui n'est pas d' ma famille vu qu'on n'est pas mariés. Moi, j'ai pas d' condamnations en dehors de quéqu' bricoles militaires. Y a rien sur mon nom.

— Et pis après ? J' m'en fous.

— J' vas te dire : prends mon nom. Prends-le, j' te l' donne : pisqu'on n'a pas d' famille ni l'un ni l'autre.

— Ton nom ?

— Tu t'appelleras Léonard Carlotti, voilà tout. C'est pas une affaire. Qu'est-ce que ça peut t' fiche ? Du coup, tu n'auras pus d' condamnation. Tu ne s'ras pas traqué, et tu pourras être heureux comme je l'aurais été si c'te balle ne m'avait pas traversé le magasin.

— Ah ! merde alors, dit l'autre, tu f'rais ça ? Ça, ben, mon vieux, ça m' dépasse !

— Prends-le. Il est là dans mon livret, dans ma capote. Allons, prends, et passe-moi l' tien, d' livret — que j'emporte tout ça avec moi ! Tu pourras vivre où tu voudras, sauf chez moi où on m' connaît un peu, à Longueville, en Tunisie. Tu t' rappelleras, et pis c'est écrit. Faudra le lire, c' livret. Moi, je l' dirai à personne : pour que ça réussisse, ces coups-là, il faut motus absolu.

Il se recueille, puis il dit avec un frémissement :

— Je l' dirai peut-êt' tout de même à Louise, pour qu'elle trouve que j'ai bien fait et qu'elle pense mieux à moi — quand je lui écrirai pour lui dire adieu.

Mais il se ravise et secoue la tête dans un effort sublime :

— Non, j'y dirai pas, même à elle. J' sais bien que c'est elle, mais les femmes sont si bavardes !

L'autre le regarde et répète :

— Ah ! nom de Dieu !

Sans être remarqué par les deux hommes, j'ai quitté le drame qui se déchaîne à l'étroit dans ce lamentable coin tout bousculé par le passage et le vacarme.

J'effleure la conversation calmée, convalescente, de deux pauvres hères :

— Ah ! mon vieux, c' goût qu'il a pour sa vigne ! Tu trouv'rais pas rien entre chaque pied...

— C' petiot, c' tout petiot, quand j' sortais avec lui et que j'y tenais sa p'tit' pogne, je m' faisais l'effet de tenir le p'tit cou tiède d'une hirondelle, tu sais ?

— Le 547e, si je l' connais ! Plutôt. Ecoute : c'est un drôle de régiment. Là-d'dans, t'as un poilu qui s'appelle Petitjean, et un autre Petitpierre, et un autre Petitlouis... Mon vieux, c'est tel que j' te dis. V'là c' que c'est qu' ce régiment-là.

Tandis que je commence à me frayer un passage pour sortir du bas-fond, il se produit là-bas un grand bruit de chute et un concert d'exclamations.

C'est le sergent infirmier qui est tombé. Par la brèche qu'il déblayait de ses débris mous et sanglants, une balle lui est arrivée dans la gorge. Il s'est étalé par terre, de tout son long. Il roule de gros yeux abasourdis et il souffle de l'écume.

Sa bouche et le bas de sa figure sont entourés bientôt d'un nuage de bulles roses. On lui place la tête sur un sac à pansements. Ce sac est aussitôt imbibé de sang. Un infirmier crie que ça va gâter les paquets de pansements, dont on a besoin. On cherche sur quoi mettre cette tête qui produit sans arrêt de l'écume légère et teintée. On ne trouve qu'un pain, qu'on glisse sous les cheveux spongieux.

Tandis qu'on prend la main du sergent, qu'on l'interroge, lui ne fait que baver de nouvelles bulles qui s'amoncellent et on voit sa grosse tête, noire de barbe, à travers ce nuage rose. Horizontal, il semble un monstre marin qui souffle, et la transparente mousse s'amasse et couvre jusqu'à ses gros yeux troubles, nus de leurs lunettes.

Puis il râle. Il a un râle d'enfant, et il meurt en remuant la tête de droite et de gauche, comme s'il essayait très doucement de dire non.

Je regarde cette énorme masse immobilisée, et je songe que cet homme était bon. Il avait un cœur pur et sensible. Et combien je me reproche de l'avoir quelquefois malmené à propos de l'étroitesse naïve de ses idées et d'une certaine indiscrétion ecclésiastique qu'il apportait en tout ! Et comme je suis heureux parmi cette détresse — oui, heureux à en frissonner de joie — de m'être retenu, un jour qu'il lisait de côté une lettre que j'écrivais, de lui adresser des paroles irritées qui l'auraient injustement blessé ! Je me rappelle la fois où il m'a tant exaspéré avec son explication sur la Sainte Vierge et la France. Il me paraissait impossible qu'il émît sincèrement ces idées-là. Pourquoi n'aurait-il pas été sincère ? *Est-ce qu'il n'était pas bien réellement tué aujourd'hui ?* Je me rappelle aussi certains traits de dévouement, de patience obligeante de ce gros homme dépaysé dans la guerre comme dans la vie — et le reste n'est que détails. Ses idées elles-mêmes ne sont que des détails à côté de son cœur qui est là, par terre, en ruine, dans ce coin de géhenne. Cet homme dont tout me séparait, avec quelle force je l'ai regretté !

... C'est alors que le tonnerre est entré. Nous avons été lancés violemment les uns sur les autres par le secouement effroyable du sol et des murs. Ce fut comme si la terre qui nous surplombait s'était effondrée et jetée sur nous. Un pan de l'armature de poutres s'écroula, élargissant le trou qui crevait le souterrain. Un autre choc : un autre pan, pulvérisé, s'anéantit en rugissant. Le cadavre du gros sergent infirmier roula comme un tronc d'arbre contre le mur. Toute la charpente en longueur du caveau, ces épaisses vertèbres noires, craqua à nous casser les oreilles, et tous les prisonniers de ce cachot firent entendre en même temps une exclamation d'horreur.

D'autres explosions résonnent coup sur coup et nous poussent dans tous les sens. Le bombardement déchiquette et dévore l'asile de secours, le transperce et le rapetisse. Tandis que cette tombée sifflante d'obus martèle et écrase à coups de foudre l'extrémité béante du poste, la lumière du jour y fait irruption par les déchirures. On voit apparaître plus précises — et plus surnaturelles — les figures enflammées ou empreintes d'une pâleur mortelle, les yeux qui s'éteignent dans l'agonie ou s'allument dans la fièvre, les corps empaquetés de blanc, rapiécés, les monstrueux bandages. Tout cela, qui se cachait, remonte au jour. Hagards, clignotants, tordus, en face de cette inondation de mitraille et de charbon qu'accompagnent des ouragans de clarté, les blessés se lèvent, s'éparpillent, cherchent à fuir. Toute cette population effarée roule par paquets compacts, à travers la galerie basse, comme dans la cale tanguante d'un grand bateau qui se brise.

L'aviateur, dressé le plus qu'il peut, la nuque à la voûte, agite ses bras, appelle Dieu et lui demande comment il s'appelle, quel est son vrai nom. On voit se jeter sur les autres, renversé par le vent, celui qui, débraillé, les vêtements ouverts ainsi qu'une large plaie, montre son cœur comme le Christ. La capote du crieur monotone qui répète : « Quand tu te désoleras ! », se révèle toute verte, d'un vert vif, à cause de l'acide picrique dégagé, sans doute, par l'explosion qui a ébranlé son cerveau. D'autres — le reste — impotents, estropiés, remuent, se coulent, rampent, se faufilent dans les coins, prenant des formes de taupes, de pauvres bêtes vulnérables que pourchasse la meute épouvantable des obus.

Le bombardement se ralentit, s'arrête, dans un nuage de fumée retentissante encore des fracas, dans un grisou palpitant et brûlant. Je sors par la brèche ; j'arrive, tout enveloppé, tout ligoté encore de rumeur désespérée, sous le ciel libre, dans la terre molle où sont noyés des madriers parmi lesquels les jambes s'enchevêtrent. Je m'accroche à des épaves ; voici le talus du boyau. Au moment où je plonge dans les boyaux, je les vois, au loin, toujours mouvants et sombres, toujours emplis par la foule qui, débordant des tranchées, s'écoule sans fin vers les postes de secours. Pendant des jours, pendant des nuits, on y verra rouler et confluer les longs ruisseaux d'hommes arrachés des champs de bataille, de la plaine qui a des entrailles, et qui saigne et pourrit là-bas, à l'infini.

XXII

LA VIRÉE

Ayant suivi le boulevard de la République puis l'avenue Gambetta, nous débouchons sur la place du Commerce. Les clous de nos souliers cirés sonnent sur les pavés de la ville. Il fait beau. Le ciel ensoleillé miroite et brille comme à travers les verrières d'une serre, et fait étinceler les devantures de la place. Nos capotes bien brossées ont leurs pans abaissés et, comme ils sont relevés d'habitude, on voit se dessiner, sur ces pans flottants, deux carrés, où le drap est plus bleu.

Notre bande flâneuse s'arrête un instant et hésite devant le café de la Sous-Préfecture, appelé aussi le Grand-Café.

— On a le droit d'entrer ! dit Volpatte.

— Il y a trop d'officiers là-dedans, repartit Blaire qui, haussant sa figure par-dessus le rideau de guipure qui habille l'établissement, a risqué un coup d'œil dans la glace, entre les lettres d'or.

— Et pis, dit Paradis, on n'a pas encore assez vu.

On se remet en marche et les simples soldats que nous sommes passent en revue les riches boutiques qui font cercle sur la place : les magasins de nouveautés, les papeteries, les pharmacies, et, tel un uniforme constellé de général, la vitrine du bijoutier. On a sorti ses sourires comme un ornement. On est exempt de tout travail jusqu'au soir, on est libre, on est propriétaire de son temps. Les jambes font un pas doux et reposant ; les mains, vides, ballantes, se promènent, elles aussi, de long en large.

— Y a pas à dire, on profite de ce repos-là, remarque Paradis.

Cette ville qui s'ouvre devant nos pas est largement impressionnante. On prend contact avec la vie, la vie populeuse, la vie de l'arrière, la vie normale. Si souvent nous avons cru que, de là-bas, nous n'arriverions jamais jusqu'ici !

On voit des messieurs, des dames, des couples encombrés d'enfants, des officiers anglais, des aviateurs reconnaissables de loin à leur élégance svelte et à leurs décorations, et des soldats qui promènent leurs habits grattés et leur peau frottée, l'unique bijou de leur plaque d'identité gravée scintillant au soleil sur leur capote, et se hasardent, avec soin, dans le beau décor nettoyé de tout cauchemar.

Nous poussons des exclamations comme font ceux qui viennent de bien loin.

— Tu parles d'une foule ! s'émerveille Tirette.

— Ah ! c'est une riche ville ! dit Blaire.

Une ouvrière passe et nous regarde.

Volpatte me donne un coup de coude, l'avale des yeux, le cou tendu, puis me montre plus loin deux autres femmes qui s'approchent ; et, l'œil luisant, il constate que la ville abonde en élément féminin :

— Mon vieux, il y a d' la fesse !

Tout à l'heure, Paradis a dû vaincre une certaine timidité pour s'approcher d'un groupe de gâteaux luxueusement logés, les toucher et en manger ; et on est obligés à chaque instant de stationner au milieu du trottoir pour attendre Blaire, attiré et retenu par les étalages où sont exposés des vareuses et des képis de fantaisie, des cravates de coutil bleu tendre, des brodequins rouges et brillants comme de l'acajou. Blaire a atteint le point culminant de sa transformation. Lui qui détenait le record de la négligence et de la noirceur, il est certainement le plus soigné de nous tous, surtout depuis la complication de son râtelier cassé dans l'attaque et refait. Il affecte une allure dégagée.

— Il a l'air jeune et juvénile, dit Marthereau.

Nous nous trouvons tout à coup face à face avec une créature édentée qui sourit jusqu'au fond de la gorge... Quelques cheveux noirs se hérissent autour de son chapeau. Sa figure aux grands traits ingrats, criblée de petite vérole, semble une de ces faces mal peintes sur la toile à gros grains d'une baraque foraine.

— Elle est belle, dit Volpatte.

Marthereau, à qui elle a souri, est muet de saisissement.

Ainsi devisent les poilus placés tout d'un coup dans l'enchantement d'une ville. Ils jouissent de mieux en mieux du beau décor net et invraisemblablement propre. Ils reprennent possession de la vie calme et paisible, de l'idée du confort et même du bonheur pour qui les maisons, en somme, ont été faites.

— On s'habituerait bien à ça, tu sais, mon vieux, après tout !

Cependant le public se masse autour d'une devanture où un marchand de confections a réalisé, à l'aide de mannequins de bois et de cire, un groupe ridicule :

Sur un sol semé de petits cailloux comme celui d'un aquarium, un Allemand à genoux dans un complet neuf dont les plis sont marqués, et qui est même ponctué d'une croix de fer en carton, tend ses deux mains de bois rose à un officier français dont la perruque frisée sert de coussin à un képi d'enfant, dont les joues se bombent, incarnadines, et dont l'œil de bébé incassable regarde ailleurs. A côté des deux personnages gît un fusil emprunté à quelque panoplie d'une boutique de jouets. Un écriteau indique le titre de la composition animée : *Kamerad !*

— Ah ! ben zut, alors !...

Devant cette construction puérile, la seule chose rappelant ici l'immense guerre qui sévit quelque part sous le ciel, nous haussons les épaules, nous commençons à rire jaune, offusqués et blessés à vif dans nos souvenirs frais ; Tirette se recueille et se prépare à lancer quelque insultant sarcasme ; mais cette protestation tarde à éclore dans son esprit à cause de notre transplantation totale, et de l'étonnement d'être ailleurs.

Or, une dame très élégante, qui froufroute, rayonne de soie violet et noir, et est enveloppée de parfums, avise notre groupe et, avançant sa petite main gantée, elle touche la manche de Volpatte puis l'épaule de Blaire. Ceux-ci s'immobilisent instantanément, médusés par le contact direct de cette fée.

— Dites-moi, vous, messieurs, qui êtes de vrais soldats du front, vous avez vu cela dans les tranchées, n'est-ce pas ?

— Euh... oui... oui... répondent, énormément intimidés, et flattés jusqu'au cœur, les deux pauvres hommes.

— Ah !... tu vois ! Et ils en viennent, eux ! murmure-t-on dans la foule.

Quand nous nous retrouvons entre nous, sur les dalles parfaites du trottoir, Volpatte et Blaire se regardent. Ils hochent la tête.

— Après tout, dit Volpatte, c'est à peu près ça, quoi.

— Mais oui, quoi !

Et ce fut ce jour-là, leur première parole de reniement.

*

On entre dans le Café de l'Industrie et des Fleurs.

Un chemin en sparterie habille le milieu du parquet. On voit, peints le long des murs, le long des montants carrés qui soutiennent le plafond et sur le devant du comptoir, des volubilis violets, de grands pavots groseille et des roses comme des choux rouges.

— Y a pas à dire, on a du goût, en France, fait Tirette.

— Il en a fallu, un paquet de patience pour faire ça, constate Blaire à la vue de ces fioritures versicolores.

— Dans ces établissements-là, ajoute Volpatte, c'est pas seulement le plaisir de boire !

Paradis nous apprend qu'il a l'habitude des cafés. Il a souvent, jadis, hanté, le dimanche, des cafés aussi beaux et même plus beaux que celui-là. Seulement, il y a longtemps et il avait, explique-t-il, perdu le goût qu'ils ont. Il désigne une petite fontaine en émail décorée de fleurs et pendue au mur.

— Y a d' quoi se laver les mains.

On se dirige, poliment, vers la fontaine. Volpatte fait signe à Paradis d'ouvrir le robinet.

— Fais marcher l' système baveux.

Puis, tous les cinq, nous gagnons la salle déjà garnie, dans son pourtour, de consommateurs, et nous nous installons à une table.

— Ce s'ra cinq vermouth-cassis, pas ?

— On s'rhabituerait bien, après tout, répète-t-on.

Des civils se déplacent et viennent dans notre entourage. On dit à demi-voix :

— Ils ont tous la croix de guerre, Adolphe, tu vois...

— Ce sont de vrais poilus !

Les camarades ont entendu. Ils ne conversent plus entre eux qu'avec distraction, l'oreille ailleurs et, inconsciemment, se rengorgent.

L'instant d'après, l'homme et la femme qui émettaient ces commentaires, penchés vers nous, les coudes sur le marbre blanc, nous interrogent :

— La vie des tranchées, c'est dur, n'est-ce pas ?

— Euh... Oui... Ah ! dame, c'est pas rigolo toujours...

— Quelle admirable résistance physique et morale vous avez ! Vous arrivez à vous faire à cette vie, n'est-ce pas ?

— Mais oui, dame, on s'y fait, on s'y fait très bien.

— C'est tout de même une existence terrible et des souffrances, murmure la dame en feuilletant un journal illustré qui contient quelques sinistres vues de terrains bouleversés. On ne devrait pas publier ces choses-là, Adolphe !... Il y a la saleté, les poux, les corvées... Si braves que vous soyez, vous devez être malheureux ?...

Volpatte, à qui elle s'adresse, rougit. Il a honte de la misère d'où il sort et où il va rentrer. Il baisse la tête et il ment, sans peut-être se rendre compte de tout son mensonge :

— Non, après tout, on n'est pas malheureux... C'est pas si terrible que ça, allez !

La dame est de son avis.

— Je sais bien, dit-elle, qu'il y a des compensations ! Ça doit être superbe, une charge, hein ? Toutes ces masses d'hommes qui marchent comme à la fête ! Et le clairon qui sonne dans la campagne : « Y a la goutte à boire là-haut ! » ; et les petits soldats qu'on ne peut pas retenir et qui crient : « Vive la France ! », ou bien qui meurent en riant !... Ah ! nous autres, nous ne sommes pas à l'honneur comme vous : mon mari est employé à la Préfecture et, en ce moment, il est en congé pour soigner ses rhumatismes.

— J'aurais bien voulu être soldat, moi, dit le monsieur, mais je n'ai pas de chance : mon chef de bureau ne peut pas se passer de moi.

Les gens vont et viennent, se coudoient, s'effacent l'un devant l'autre. Les garçons se faufilent avec leurs fragiles et étincelants fardeaux verts, rouges et jaune vif bordé de blanc. Les crissements de pas sur le parquet sablé se mélangent aux interjections des habitués qui se retrouvent, les uns debout, les autres accoudés, aux bruits traînés sur le marbre des tables par les verres et les dominos... Dans le fond, le choc des billes d'ivoire attire et tasse un cercle de spectateurs d'où s'exhalent des plaisanteries classiques.

— Chacun son métier, mon brave, dit dans la figure de Tirette, à l'autre bout de la table, un homme dont la physionomie est pavoisée de teintes puissantes. Vous êtes des héros. Nous, nous travaillons à la vie économique du pays. C'est une lutte comme la vôtre. Je suis utile, je ne dirai pas plus que vous, mais autant.

Je vois Tirette — le loustic de l'escouade ! — qui fait des yeux ronds parmi les nuages des cigares, et je l'entends à peine dans le brouhaha, qui répond, d'une voix humble et assommée :

— Oui, c'est vrai... Chacun son métier.

Nous sommes partis furtivement.

*

Quand nous quittons le Café des Fleurs, nous ne parlons guère. Il nous semble que nous ne savons plus parler. Une sorte de mécontentement crispe et enlaidit mes compagnons. Ils ont l'air de s'apercevoir que, dans une circonstance capitale, ils n'ont pas fait leur devoir.

— Tout c' qu'i' nous ont raconté dans leur patois, ces cornards-là ! grogne enfin Tirette avec une rancune qui sort et se renforce à mesure que nous nous retrouvons entre nous.

— On aurait dû s' soûler aujourd'hui !... répond brutalement Paradis.

On marche sans souffler mot. Puis au bout d'un temps :

— C'est des moules, des sales moules, reprend Tirette. Ils ont voulu nous en foutre plein la vue mais j' marche pas ! Si j' les r'vois, s'irrite-t-il crescendo, j' saurai bien leur dire !

— On n' les reverra pas, fait Blaire.

— Dans huit jours, on s'ra p't'êt' crevés, dit Volpatte.

Aux abords de la place, nous heurtons une cohue s'écoulant de l'Hôtel de Ville et d'un autre monument public qui présente un fronton et des colonnes de temple. C'est la sortie des bureaux : des civils de tous les genres et de tous les âges, et des militaires vieux et jeunes qui, de loin, sont habillés à peu près comme nous... Mais, de près, s'avoue leur identité de cachés et de déserteurs de la guerre à travers leurs déguisements de soldats et leurs brisques.

Des femmes et des enfants les attendent, groupés comme de jolis bonheurs. Les commerçants ferment leurs boutiques avec amour, souriant à la journée finie et au lendemain, exaltés par l'intense et perpétuel frisson de leurs bénéfices accrus, par le cliquetis grandissant de la caisse. Et ils sont restés en plein au cœur de leur foyer ; ils n'ont qu'à se baisser pour embrasser leurs enfants. On voit briller aux premières étoiles de la rue tous ces gens riches qui s'enrichissent, tous ces gens tranquilles qui se tranquillisent chaque jour et qu'on sent pleins, malgré tout, d'une inavouable prière. Tout cela rentre doucement, grâce au soir, se case dans les maisons perfectionnées et les cafés où l'on vous sert. Des couples — des jeunes femmes et des jeunes hommes, civils ou soldats, portant brodé sur le col quelque insigne de préservation — se forment et se hâtent, dans l'assombrissement du reste du monde, vers l'aurore de leur chambre, vers la nuit de repos et de caresses.

En passant tout près de la fenêtre entrouverte d'un rez-de-chaussée, nous avons vu la brise gonfler le rideau de dentelle et lui donner la forme légère et douce d'une chemise...

L'avancée de la multitude nous refoule comme des étrangers pauvres que nous sommes.

Nous errons sur les pavés de la rue, le long du crépuscule, qui commence à se dorer d'illuminations — dans les villes, la nuit se pare de bijoux. Le spectacle de ce monde nous a enfin donné, sans que nous puissions nous en défendre, la révélation de la grande réalité : une Différence qui se dessine entre les êtres, une Différence bien plus profonde et avec des fossés plus infranchissables que celle des races : la division nette, tranchée — et vraiment irrémissible, celle-là — qu'il y a parmi la foule d'un pays, entre ceux qui profitent et ceux qui peinent... ceux à qui on a demandé de tout sacrifier, tout, qui apportent jusqu'au bout leur nombre, leur force et leur martyre, et sur lesquels marchent, avancent, sourient et réussissent les autres.

Quelques vêtements de deuil font tache dans la masse et communient avec nous, mais le reste est en fête, non en deuil.

— Y a pas un seul pays, c'est pas vrai, dit tout à coup Volpatte avec une précision singulière. Y en a deux. J' dis qu'on est séparés en deux pays étrangers : l'avant, tout là-bas, où il y a trop de malheureux ; et l'arrière, ici, où il y a trop d'heureux.

— Que veux-tu ! ça sert... L'en faut... C'est l' fond... Après...

— Oui, j' sais bien, mais tout d' même, tout d' même, y en a trop, et pis i's sont trop heureux, et pis c'est toujours les mêmes, et pis y a pas d' raison...

— Que veux-tu ! dit Tirette.

— Tant pis ! ajoute Blaire, plus simplement encore.

— Dans huit jours, on s'ra p'têt' crevés ! se contente de répéter Volpatte, tandis qu'on s'en va, tête basse.

XXIII

LA CORVÉE

Le soir tombe sur la tranchée. Pendant toute la journée, il s'est approché, invisible comme la fatalité, et maintenant il envahit les talus des longs fossés comme les lèvres d'une plaie infinie.

Au fond de la crevasse, depuis le matin, on a parlé, on a mangé, on a dormi, on a écrit. A l'arrivée du soir, un remous s'est propagé dans le trou sans bornes, secouant et unifiant le désordre inerte et les solitudes des hommes éparpillés. C'est l'heure où l'on se dresse pour travailler.

Volpatte et Tirette s'approchent ensemble.

— Encore un jour de passé, un jour comme les autres, dit Volpatte en regardant la nue qui se fonce.

— T'en sais rien, not' journée n'est pas finie, répond Tirette.

Une longue expérience du malheur lui a appris qu'il ne faut pas, là où nous sommes, préjuger même de l'humble avenir d'une soirée banale et déjà entamée...

— Allons, rassemblement !

On se réunit dans la lenteur distraite de l'habitude. Chacun s'apporte avec son fusil, ses cartouchières, son bidon et sa musette garnie d'un morceau de pain. Volpatte mange encore, la joue pointue et palpitante. Paradis grognonne et claque des dents, le nez violâtre. Fouillade traîne son fusil comme un balai. Marthereau regarde puis remet dans sa poche un triste mouchoir bouchonné, empesé.

Il fait froid, il bruine. Tout le monde grelotte.

On entend psalmodier, là-bas :

— Deux pelles, une pioche, deux pelles, une pioche...

La file s'écoule vers ce dépôt de matériel, stagne à l'entrée et en repart, hérissée d'outils.

— Tout le monde y est ? Hue ! dit le caporal.

On dévale, on roule. On va vers l'avant, on ne sait pas où. On ne sait rien, sinon que le ciel et la terre vont se confondre dans un même abîme.

*

On sort de la tranchée déjà noircie comme un volcan éteint, et on se trouve sur la plaine dans le crépuscule nu.

De grands nuages gris, pleins d'eau, pendent du ciel. La plaine est grise, pâlement éclairée, avec de l'herbe bourbeuse et des balafres d'eau. De place à autre, des arbres dépouillés ne montrent plus que des espèces de membres et des contorsions.

On ne voit pas loin autour de soi, dans la fumée humide. D'ailleurs, on ne regarde que par terre, la vase où l'on glisse.

— Mince de bouillasse !

A travers champs, on pétrit et on écrase une pâte à consistance visqueuse qui s'étale et reflue sans cesse devant les pas.

— D'la crème au chocolat !... D'la crème au moka !

Sur les parties empierrées — les ex-routes effacées, devenues stériles comme les champs — la troupe en marche broie, à travers une couche gluante, le silex qui se désagrège et crisse sous les semelles ferrées.

— Tu dirais que tu marches sur du pain grillé avec du beurre dessus !

Parfois, sur la pente d'une butte, c'est de l'épaisse boue noire, profondément crevassée, comme il s'en accumule à l'entour des abreuvoirs dans les villages. Dans les creux, des flaques, des mares, des étangs, dont les bords irréguliers semblent en loques.

Les quolibets des loustics qui, frais et neufs au départ, criaient « coin ! coin ! » quand il y avait de l'eau, se raréfient, s'assombrissent. Peu à peu, les loustics s'éteignent. La pluie se met à tomber dru. On l'entend. Le jour diminue, l'espace embrouillé se rapetisse. Par terre, dans l'eau, un reste de clarté jaune et livide se vautre.

*

A l'ouest se dessine une silhouette embuée de moines sous la pluie. C'est une compagnie du 204, enveloppée de toiles de tentes. On voit, en passant, leurs faces hâves et déteintes, leurs nez noirs, à ces grands loups mouillés. Puis on ne les voit plus.

Nous suivons la piste qui est, au milieu des champs confusément herbeux, un champ glaiseux rayé d'innombrables ornières parallèles, labouré dans le même sens par les pieds et les roues qui vont vers l'avant et qui vont vers l'arrière.

On saute par-dessus des boyaux béants. Ce n'est pas toujours facile : les bords en deviennent gluants, glissants, et des éboulements les évasent. De plus, la fatigue commence à nous peser sur les épaules. Des véhicules nous croisent à grand bruit et à grand éclaboussement. Les avant-trains d'artillerie piaffent et nous aspergent de gerbes d'eau lourde. Les camions automobiles emportent des espèces de roues liquides qui tournoient autour des roues et giclent dans le rayon de chaque tumultueuse roulotte.

A mesure que la nuit s'accentue, les attelages secoués et d'où se soulèvent des encolures de chevaux et les profils des cavaliers avec leurs manteaux flottants et leurs mousquetons en bandoulière, se silhouettent d'une façon plus fantastique sur les flots nuageux du ciel. A un moment, il y a un encombrement de caissons d'artillerie. Ils s'arrêtent, piétinent, pendant qu'on passe. On entend un brouillement de cris d'essieux, de voix, de disputes, d'ordres qui se heurtent, et le grand bruit d'océan de la pluie. On voit fumer, par-dessus une mêlée obscure, les croupes des chevaux et les manteaux des cavaliers.

— Attention !

Par terre, à droite, quelque chose s'étend. C'est une rangée de morts. Instinctivement, en passant, le pied l'évite et l'œil y fouille. On perçoit des semelles dressées, des gorges tendues, le creux des vagues faces, des mains à demi crispées en l'air, au-dessus du fouillis noir.

Et nous allons, nous allons, sur ces champs encore blêmes et usés par les pas, sous le ciel où des nuages se déploient, déchiquetés comme des linges à travers l'étendue noircissante qui semble s'être salie, depuis tant de jours, par le long contact de tant de pauvre multitude humaine.

Puis on redescend dans les boyaux.

Ils sont en contrebas. Pour les atteindre on fait un large circuit, de sorte que ceux qui sont à l'arrière-garde voient à une centaine de mètres l'ensemble de la compagnie se déployer dans le crépuscule, petits bonshommes obscurs accrochés aux pentes, qui se suivent et s'égrènent, avec leur outil et leur fusil dressés de chaque côté de leur tête, mince ligne insignifiante de suppliants qui s'enfoncent en levant les bras.

Ces boyaux, qui sont encore en deuxième ligne, sont peuplés. Au seuil de leurs abris où pend et bat une peau de bête ou une toile grise, des hommes accroupis, hirsutes, nous regardent passer d'un œil atone, comme s'ils ne regardaient rien. Hors d'autres toiles, tirées jusqu'au bas, sortent des pieds et des ronflements.

— Nom de Dieu ! C' que c'est long ! commence-t-on à grogner parmi les marcheurs.

Un remous, un refoulement.

— Halte !

Il faut s'arrêter pour en laisser passer d'autres. On s'amoncelle en vitupérant, sur les côtés fuyants de la tranchée. C'est une compagnie de mitrailleurs avec ses étranges fardeaux.

Ça n'en finit plus. Ces longues pauses sont harassantes. Les muscles commencent à tirer. Le piétinement prolongé nous écrase.

A peine s'est-on remis en marche qu'il faut reculer jusqu'à un boyau de dégagement pour laisser passer la relève des téléphonistes. On recule, comme un bétail malaisé.

On repart plus lourdement.

— Attention au fil !

Le fil téléphonique ondoie au-dessus de la tranchée qu'il traverse par places entre deux piquets. Quand il n'est pas assez tendu et que sa courbe plonge dans le creux, il accroche les fusils des hommes qui passent, et les hommes pris se débattent, et déblatèrent contre les téléphonistes qui ne savent jamais attacher leurs ficelles.

Puis, comme l'enchevêtrement fléchissant des fils précieux augmente, on suspend le fusil à l'épaule la crosse en l'air, on porte les pelles tête basse, et on avance en pliant les épaules.

*

Un soudain ralentissement s'impose à la marche. On n'avance plus que pas à pas, emboîtés les uns dans les autres. La tête de la colonne doit être engagée dans une passe difficile.

On arrive à l'endroit : une déclivité du sol mène à une fissure qui bée. C'est le Boyau Couvert. Les autres ont disparu par cette espèce de porte basse.

— Alors, faut entrer dans c' boudin ?

Chacun hésite avant de s'engloutir dans la mince ténèbre souterraine. C'est la somme de ces hésitations et de ces lenteurs qui se répercute dans les tronçons d'arrière de la colonne, en flottements, en engorgements avec parfois des freinages brusques.

Dès les premiers pas dans le Boyau Couvert, une lourde obscurité nous tombe dessus et, un à un, nous sépare. Une odeur de caveau moisi et de marécage nous pénètre. On distingue au plafond de ce couloir terreux qui nous absorbe, quelques rais et trous de pâleur : les interstices et les déchirures des planches du dessus ; des filets d'eau en tombent par places, abondamment, et, malgré les précautions tâtonnantes, on trébuche sur des amoncellements de bois ; on heurte, de flanc, la vague présence verticale des madriers d'étai.

L'atmosphère de cet interminable passage clos trépide sourdement : c'est la machine au projecteur qui y est installée et devant laquelle on va passer.

Au bout d'un quart d'heure qu'on tâtonne, noyés là-dedans, quelqu'un, excédé d'ombre et d'eau, et las de se cogner à de l'inconnu, grogne :

— Tant pis, j'allume !

Une lampe électrique fait jaillir son point éblouissant. Aussitôt, on entend hurler le sergent :

— Vingt dieux ! Quel est l'abruti complètement qui allume ! T'es pas dingo ? Tu n' vois donc pas qu' ça s' voit, galeux, à travers l' parquet !

La lampe électrique, après avoir éveillé, dans son cône lumineux, de sombres parois suintantes, rentre dans la nuit.

— C'est rare que ça s' voit, gouaille l'homme, on n'est pas en première ligne, tout de même !

— Ah ! ça s' voit pas !...

Et le sergent qui, inséré dans la file, continue à se porter en avant et, on le devine, se retourne en marchant, entreprend une explication heurtée.

— Espèce d' nœud, bon Dieu d'acrobate !...

Mais, soudain, il brame à nouveau :

— Encore un qui fume ! Sacré bordel !

Il veut s'arrêter cette fois, mais il a beau se cabrer et se cramponner en ahanant, il est obligé de suivre le mouvement précipitamment, et il est emporté avec les vociférations rentrées qui le dévorent, tandis que la cigarette, cause de sa fureur, disparaît en silence.

*

Le tapement saccadé de la machine s'accentue, et une chaleur s'épaissit autour de nous. A mesure qu'on avance, l'air tassé du boyau en vibre de plus en plus. Bientôt, la trépidation du moteur nous martèle les oreilles et nous secoue tout entiers. La chaleur augmente : c'est comme un souffle de bête qui nous vient à la face. Nous descendons vers l'agitation de quelque infernale officine, par la voie de cette fosse ensevelie, dont une rambleur rouge sombre, où s'ébauchent nos massives ombres, courbées, commence à empourprer les parois.

Dans un crescendo diabolique de vacarme, de vent chaud et de lueurs, on roule vers la fournaise. On est assourdis. On dirait maintenant que c'est le moteur qui se jette à travers la galerie, à notre rencontre, comme une motocyclette effrénée, et qui approche vertigineusement avec son phare et son écrasement.

On passe, à demi aveuglés, brûlés, devant le foyer rouge et le moteur noir, dont le volant ronfle comme l'ouragan. On a à peine le temps de voir là des remuements d'hommes. On ferme les yeux, on est suffoqués au contact de cette haleine incandescente et tapageuse.

Ensuite, le bruit et la chaleur s'acharnent en arrière de nous et s'affaiblissent... Et mon voisin ronchonne dans sa barbe :

— Et c't'idiot-là qui disait qu' ma lampe, ça s' voyait !

Voici l'air libre ! Le ciel est bleu très foncé, de la couleur à peine délayée de la terre. La pluie donne de plus belle. On marche péniblement dans ces masses limoneuses. Tout le soulier s'enfonce et c'est une meurtrissure aiguë de fatigue pour retirer le pied chaque fois. On n'y voit guère dans la nuit. On voit cependant, à la sortie du trou, un désordre de poutres qui se débattent dans la tranchée élargie : quelque abri démoli.

Un projecteur arrête en ce moment sur nous son grand bras articulé et féerique, qui se promenait dans l'infini — et on découvre que l'emmêlement de poutres déracinées et enfoncées, et de charpentes cassées, est peuplé de soldats morts. Tout près de moi, une tête a été rattachée à un corps agenouillé, avec un vague lien, et lui pend sur le dos : sur la joue, une plaque noire dentelée de gouttes caillées. Un autre corps entoure de ses bras un piquet et n'est qu'à moitié tombé. Un autre, couché en cercle, déculotté par l'obus, montre son ventre et ses reins blafards. Un autre, étendu au bord du tas, laisse traîner sa main sur le passage. Dans cet endroit où l'on ne passe que la nuit — car la tranchée, comblée là par l'éboulement, est inaccessible le jour — tout le monde marche sur cette main. A la lumière du projecteur, je l'ai bien vue, squelettique, usée — vague nageoire atrophiée.

La pluie fait rage. Son bruit de ruissellement domine tout. C'est une désolation affreuse. On la sent sur la peau ; elle nous dénude. On s'engage dans le boyau découvert, tandis que la nuit et l'orage reprennent à eux seuls, et brassent cette mêlée de morts échoués et cramponnés sur ce carré de terre comme sur un radeau.

Le vent glace sur nos figures les larmes de la sueur. Il est près de minuit. Voilà six heures qu'on marche dans la pesanteur grandissante de la boue.

C'est l'heure où, dans les théâtres de Paris, constellés de lustres et fleuris de lampes, emplis de fièvre luxueuse, de frémissements de toilettes, de la chaleur des fêtes, une multitude encensée, rayonnante, parle, rit, sourit, applaudit, s'épanouit, se sent doucement remuée par les émotions ingénieusement graduées que lui a présentées la comédie, ou s'étale, satisfaite de la splendeur et de la richesse des apothéoses militaires qui bondent la scène du music-hall.

— Arrivera-t-on ? Nom de Dieu, arrivera-t-on jamais ?

Un geignement s'exhale de la longue théorie qui cahote dans les fentes de la terre, portant le fusil, portant la pelle ou la pioche sous l'averse sans fin. On marche ; on marche. La fatigue nous enivre et nous jette d'un côté, puis d'un autre : alourdis et détrempés, nous frappons de l'épaule la terre mouillée comme nous.

— Halte !

— On est arrivés ?

— Ah ben ouiche, arrivés !

Pour le moment, une forte reculade se dessine et nous entraîne, parmi laquelle une rumeur court :

— On s'est perdus.

La vérité se fait jour dans la confusion de la horde errante : on a fait fausse route à quelque embranchement, et maintenant c'est le diable pour retrouver la bonne voie.

Bien plus, le bruit arrive, de bouche en bouche, que derrière nous est une compagnie en armes qui monte aux lignes. Le chemin que nous avons pris est bouché d'hommes. C'est l'embouteillage.

Il faut, coûte que coûte, essayer de regagner la tranchée qu'on a perdue et qui, paraît-il, est à notre gauche, en y filtrant par une sape quelconque. L'énervement des hommes à bout de forces éclate en gesticulations et en violentes récriminations. Ils se traînent, puis jettent leur outil et restent là. Par places, il en est des grappes compactes — on les entrevoit à la blancheur des fusées — qui se laissent tomber par terre. La troupe attend, éparpillée en longueur du sud au nord, sous la pluie impitoyable.

Le lieutenant qui conduit la marche et qui nous a perdus arrive à se frayer un passage le long des hommes, cherchant une issue latérale. Un petit boyau s'ouvre, bas et étroit.

— C'est par là qu'il faut prendre, y a pas d'erreur, s'empresse de dire l'officier. Allons, en avant, les amis !

Chacun reprend en rechignant son fardeau... Mais un concert de malédictions et de jurons s'élève du groupe qui s'est engagé dans la petite sape :

— C'est des feuillées !

Une odeur nauséabonde se dégage du boyau, en décelant indiscutablement la nature. Ceux qui étaient entrés là s'arrêtent, se butent, refusent d'avancer. On se tasse les uns sur les autres, bloqués au seuil de ces latrines.

— J'aime mieux aller par la plaine ! crie un homme.

Mais des éclairs déchirent la nue au-dessus des talus, de tous les côtés, et le décor est si empoignant à voir, de ce trou garni d'ombre grouillante, avec ces gerbes de flammes retentissantes qui le surplombent dans les hauteurs du ciel, que personne ne répond à la parole du fou.

Bon gré, mal gré, il faut passer par là puisqu'on ne peut pas revenir en arrière.

— En avant dans la merde ! crie le premier de la bande.

On s'y lance, étreints par le dégoût. La puanteur y devient intolérable. On marche dans l'ordure dont on sent, parmi la bourbe terreuse, les fléchissements mous.

Des balles sifflent.

— Baissez la tête !

Comme le boyau est peu profond, on est obligé de se courber très bas pour n'être pas tué et d'aller, en se pliant, vers le fouillis d'excréments taché de papiers épars qu'on piétine.

Enfin, on retombe dans le boyau qu'on a quitté par erreur. On recommence à marcher. On marche toujours, on n'arrive jamais.

Le ruisseau qui coule à présent au fond de la tranchée lave la fétidité et l'infâme encrassement de nos pieds, tandis que nous errons, muets, la tête vide, dans l'abrutissement et le vertige de la fatigue.

Les grondements de l'artillerie se succèdent de plus en plus fréquents et finissent par ne former qu'un seul grondement de la terre entière. De tous les côtés, les coups de départ, ou les éclatements jettent leur rapide rayon qui tache de bandes confuses le ciel noir au-dessus de nos têtes. Puis le bombardement devient si dense que l'éclairement ne cesse pas. Au milieu de la chaîne continue de tonnerres on s'aperçoit directement les uns les autres, casques ruisselants comme le corps d'un poisson, cuirs mouillés, fers de pelle noirs et luisants, et jusqu'aux gouttes blanchâtres de la pluie éternelle. Je n'ai jamais encore assisté à un tel spectacle : c'est, en vérité, comme un clair de lune fabriqué à coups de canon.

En même temps une profusion de fusées partent de nos lignes et des lignes ennemies, elles s'unissent et se mêlent en groupes étoilés ; il y a eu, un moment, une Grande Ourse de fusées dans la vallée du ciel qu'on aperçoit entre les parapets — pour éclairer notre effrayant voyage.

*

On s'est de nouveau perdus. Cette fois, on doit être bien près des premières lignes ; mais une dépression de terrain dessine dans cette partie de la plaine une vague cuvette parcourue par des ombres.

On a longé une sape dans un sens, puis dans l'autre. Dans la vibration phosphorescente du canon, saccadée comme au cinématographe, on aperçoit au-dessus du parapet deux brancardiers essayant de franchir la tranchée avec leur brancard chargé.

Le lieutenant, qui connaît tout au moins le lieu où il doit conduire l'équipe des travailleurs, les interpelle :

— Où est-il, le Boyau Neuf ?

— J' sais pas.

On leur pose, des rangs, une autre question : « A quelle distance est-on des Boches ? » Ils ne répondent pas. Ils se parlent.

— J' m'arrête, dit celui de l'avant. J' suis trop fatigué.

— Allons ! avance, nom de Dieu ! fait l'autre d'un ton bourru en pataugeant pesamment, les bras tirés par le brancard. On va pas rester à moisir ici.

Ils posent le brancard à terre sur le parapet, l'extrémité surplombant la tranchée. On voit, en passant par-dessous, les pieds de l'homme étendu ; et la pluie qui tombe sur le brancard en dégoutte noircie.

— C'est un blessé ? demande-t-on d'en bas.

— Non, un macchab, grogne cette fois le brancardier, et i' pèse au moins quatre-vingts kilos. Des blessés, j' dis pas — d'puis deux jours et deux nuits, on n'en déporte pas — mais c'est malheureux d' s'esquinter à trimbaler des morts.

Et le brancardier, debout sur le bord du talus, jette un pied sur la base du talus qui fait face, par-dessus le trou, et, les jambes écartées à fond, péniblement équilibré, empoigne le brancard et se met en devoir de le traîner de l'autre côté ; et il appelle son camarade à son secours.

Un peu plus loin, on voit se pencher la forme d'un officier encapuchonné. Il a porté la main à sa figure et deux lignes dorées ont apparu à sa manche.

Il va nous indiquer le chemin, lui... Mais il parle : il demande si on n'a pas vu sa batterie, qu'il cherche.

On n'arrivera jamais.

On arrive pourtant.

On aboutit à un champ charbonneux, hérissé de quelques maigres piquets ; et sur lequel on grimpe et on se répand en silence. C'est là.

Pour se mettre en place, c'est une affaire. A quatre reprises différentes, il faut avancer, puis rétrograder pour que la compagnie s'échelonne régulièrement sur la longueur du boyau à creuser et que le même intervalle subsiste entre chaque équipe d'un piocheur et de deux pelleteurs.

— Appuyez encore de trois pas... C'est trop. Un pas en arrière. Allons, un pas en arrière, êtes-vous sourds ?... Halte !... Là !...

Cette mise au point est conduite par le lieutenant et un gradé du génie surgi de terre. Ensemble ou séparément, ils se démènent, courent le long de la file, crient leurs commandements à voix basse dans la figure des hommes qu'ils prennent par le bras, parfois, pour les guider. L'opération, commencée avec ordre, dégénère, en raison de la mauvaise humeur des hommes épuisés qui ont continuellement à se déraciner du point où ils sont affalés, en houleuse cohue.

— On est en avant des premières lignes, dit-on tout bas autour de moi.

— Non, murmurent d'autres voix, on est juste derrière.

On ne sait pas. La pluie tombe moins fort cependant qu'à certains moments de la marche. Mais qu'importe la pluie ! On s'est étalés par terre. On est si bien, les reins et les membres posés sur la boue moelleuse, qu'on reste indifférents à l'eau qui nous pique la figure, nous passe sur la peau, et au lit spongieux qui nous tient.

Mais c'est à peine si on a le temps de souffler. On ne nous laisse pas imprudemment nous ensevelir dans le repos. Il faut se mettre au travail d'arrache-pied. Il est deux heures du matin : dans quatre heures, il fera trop clair pour qu'on puisse rester ici. Il n'y a pas une minute à perdre.

— Chaque homme, nous dit-on, a à creuser 1 m 50 de longueur sur 0 m 70 de largeur et 0 m 80 de profondeur. Chaque équipe a donc ses 4 m 50. Et mettez-en un coup, je vous le conseille : plus tôt ce sera fini, plus tôt vous vous en irez.

On connaît le boniment. Il n'y a pas d'exemple dans les annales du régiment qu'une corvée de terrassement soit partie avant l'heure où il fallait nécessairement qu'elle vidât les lieux pour ne pas être aperçue, repérée et détruite avec son ouvrage.

On murmure :

— Oui, oui, ça va... C'est pas la peine de nous la faire. Economise.

Mais — sauf quelques dormeurs invincibles qui tout à l'heure seront obligés de travailler surhumainement — tout le monde se met à l'œuvre avec courage.

On attaque la première couche de la ligne nouvelle : des mottes de terre filandreuses d'herbe. La facilité et la rapidité avec lesquelles s'entame le travail — comme tous les travaux de terrassement en pleine terre — donnent l'illusion qu'il sera vite terminé, qu'on pourra dormir dans son trou, et cela avive une certaine ardeur.

Mais soit à cause du bruit des pelles, soit parce que quelques-uns, malgré les objurgations, bavardent presque haut, notre agitation éveille une fusée, qui grince verticalement sur notre droite avec sa ligne enflammée.

— Couchez-vous !

Tout le monde s'abat, et la fusée balance et promène son immense pâleur sur une sorte de champ de morts.

Lorsqu'elle est éteinte, on entend çà et là, puis partout, les hommes se dégager de l'immobilité qui les cachait, se relever, et se remettre au travail avec plus de sagesse.

Bientôt, une autre fusée lance sa longue tige dorée, couche et immobilise encore lumineusement la ligne obscure des faiseurs de tranchées. Puis une autre, puis une autre.

Des balles déchirent l'air autour de nous. On entend crier :

— Un blessé !

Il passe, soutenu par des camarades ; il semble même qu'il y a plusieurs blessés. On entrevoit ce paquet d'hommes qui se traînent l'un l'autre, et s'en vont.

L'endroit devient mauvais. On se baisse, on s'accroupit. Quelques-uns grattent la terre à genoux. D'autres travaillent allongés, peinent et se tournent et retournent, comme ceux qui ont des cauchemars. La terre, dont la première couche nous fut légère à enlever, devient glaiseuse et collante, est dure à manier et adhère à l'outil comme du mastic. Il faut, à chaque pelletée, racler le fer de la bêche.

Déjà serpente une maigre bosselure de déblais, et chacun se donne l'impression de renforcer cet embryon de talus avec sa musette et sa capote roulée, et se pelotonne derrière ce mince tas d'ombre lorsqu'une rafale arrive...

On transpire quand on travaille ; dès qu'on s'arrête, on est transpercé de froid. Aussi est-on obligé de vaincre la douleur de la fatigue et de reprendre la tâche.

Non, on n'aura pas fini... La terre devient de plus en plus lourde. Un enchantement semble s'acharner contre nous et nous paralyser les bras. Les fusées nous harcèlent, nous font la chasse, ne nous laissent pas remuer longtemps ; et, après que chacune d'elles nous a pétrifiés dans sa lumière, nous avons à lutter contre une besogne plus rétive. C'est avec une lenteur désespérante, à coups de souffrances, que le trou descend vers les profondeurs.

Le sol s'amollit, chaque pelletée s'égoutte et coule, et se répand de la pelle avec un bruit flasque. Quelqu'un, enfin, crie :

— Y a d' la flotte !

Ce cri se répercute et court tout le long de la rangée de terrassiers :

— Y a d' la flotte. Rien à faire !

— L'équipe où est Mélusson a creusé plus profond, et c'est de l'eau. On arrive à une mare.

— Rien à faire.

On s'arrête, dans le désarroi. On entend, au sein de la nuit, le bruit des pelles et des pioches qu'on jette comme des armes vides. Les sous-officiers cherchent à tâtons l'officier pour réclamer des instructions. Et, par places, sans en demander davantage, des hommes s'endorment délicieusement sous la caresse de la pluie et sous les fusées radieuses...

*

C'est à peu près à ce moment — autant qu'il me souvient — que le bombardement a commencé.

Le premier obus est arrivé dans un craquement terrible de l'air, qui a paru se déchirer en deux, et d'autres sifflements convergeaient déjà sur nous lorsque son explosion souleva le sol vers la tête du détachement au sein de la grandeur de la nuit et de la pluie, montrant des gesticulations sur un brusque écran rouge.

Sans doute, à force de fusées, ils nous avaient vus et avaient réglé leur tir sur nous...

Les hommes se précipitèrent, se roulèrent vers le petit fossé inondé qu'ils avaient creusé. On s'y inséra, on s'y baigna, on s'y enfonça, en disposant les fers des pelles au-dessus des têtes. A droite, à gauche, en avant, en arrière des obus éclatèrent, si proches, que chacun nous bousculait et nous secouait dans notre couche de terre glaise. Ce fut bientôt un seul tremblement continu qui agitait la chair de ce morne caniveau bondé d'hommes et écaillé de pelles, sous des couches de fumée et des chutes de clarté. Les éclats et les débris se croisaient dans tous les sens avec leur réseau de clameurs, sur le champ ébloui. Il ne s'est pas passé une seconde que tous n'aient pensé ce que quelques-uns balbutiaient la face par terre :

— On est foutus, c' coup-ci.

Une forme, un peu en avant de l'endroit où je suis, s'est soulevée et a crié :

— Allons-nous-en !

Des corps qui gisaient s'érigèrent à moitié hors du linceul de boue qui, de leurs membres, coulaient en pans, en lambeaux liquides, et ces spectres macabres crièrent :

— Allons-nous-en !

On était à genoux, à quatre pattes ; on se poussait du côté de la retraite.

— Avancez ! Allons, avancez !

Mais la longue file resta inerte. Les plaintes frénétiques des crieurs ne la déplaçaient pas. Ceux qui étaient là-bas, au bout, ne bougeaient pas et leur immobilité bloquait la masse.

Des blessés passèrent par-dessus les autres, rampant sur eux comme sur des débris, et ces blessés ont arrosé toute la compagnie de leur sang.

On apprit enfin la cause de l'affolante immobilité de la queue du détachement :

— Y a un barrage au bout.

Une étrange panique emprisonnée, aux cris inarticulés, aux gestes murés, s'empara des hommes qui étaient là. Ils se débattaient sur place et clamaient. Mais si petit que fût l'abri du fossé ébauché, personne n'osait sortir de ce creux qui nous empêchait de dépasser le niveau du sol, pour fuir la mort vers la tranchée transversale qui devait être là-bas... Les blessés auxquels il était permis de ramper par-dessus les vivants risquaient singulièrement en le faisant et à tout instant étaient frappés et retombaient au fond.

C'était vraiment une pluie de feu qui s'abattait partout, mêlée à la pluie. De la nuque aux talons on vibrait, mêlés profondément aux vacarmes surnaturels. La plus hideuse des morts descendait et sautait et plongeait tout autour de nous dans des flots de lumière. Son éclat soulevait et arrachait l'attention dans tous les sens. La chair s'apprêtait au monstrueux sacrifice !... L'émotion qui nous annihilait était si forte qu'en ce moment seulement on s'est souvenus qu'on avait déjà parfois éprouvé cela, subi ce déversement de mitraille avec sa brûlure hurlante et sa puanteur. Ce n'est que pendant un bombardement qu'on se rappelle vraiment ceux qu'on a supportés déjà.

Et, sans arrêt, rampaient de nouveaux blessés fuyant quand même, qui faisaient peur et au contact desquels on gémissait parce qu'on se répétait :

« On ne sortira pas de là, personne ne sortira de là. »

Soudain, un vide se produisit dans l'agglomération humaine ; la masse s'aspirait vers l'arrière ; on dégageait.

On a commencé par ramper, puis on a couru, courbés dans la boue et l'eau miroitante d'éclairs ou de reflets pourprés, en trébuchant et en tombant à cause des inégalités du fond cachées par l'eau, semblables nous-mêmes à de lourds projectiles éclabousseurs qui se ruaient, bousculés par la foudre à ras de terre.

On arriva au début du boyau qu'on avait commencé à creuser.

— Y a pas d' tranchée. Y a rien.

En effet, dans la plaine où s'était amorcé notre travail de terrassement, l'œil ne découvrait pas l'abri. On ne voyait que la plaine, un énorme désert furieux, même au coup d'aile tempétueux des fusées. La tranchée ne devait pas être loin puisque nous étions arrivés en la suivant. Mais de quel côté se diriger pour la trouver ?

La pluie redoubla. On resta là un instant, balancés dans un lugubre désappointement, accumulés au bord de l'inconnu foudroyé, puis ce fut une débandade. Les uns se portèrent à gauche, les autres à droite, les autres droit devant eux, tous minuscules et ne durant qu'un instant au sein de la pluie tonitruante, séparés par des rideaux de fumée enflammée et des avalanches noires.

*

Le bombardement diminua sur nos têtes. C'était surtout vers l'emplacement où nous nous étions trouvés qu'il se multipliait. Mais d'une seconde à l'autre, il pouvait venir tout barrer et tout faire disparaître.

La pluie devenait de plus en plus torrentielle. C'était le déluge dans la nuit. Les ténèbres étaient si épaisses que les fusées n'en éclairaient que des tranches nuageuses, rayées d'eau, au fond desquelles allaient, venaient, couraient en rond des fantômes désemparés.

Il m'est impossible de dire pendant combien de temps j'ai erré avec le groupe auquel j'étais resté attaché. Nous sommes allés dans les fondrières. Nos regards tendus essayaient, en avant de nous, de tâtonner vers le talus et le fossé sauveurs, vers la tranchée qui était quelque part, dans le gouffre, comme un port.

Un cri de réconfort s'est enfin fait entendre à travers le fracas de la guerre et des éléments :

— Une tranchée !

Mais le talus de cette tranchée bougeait. C'étaient des hommes confusément mêlés, qui semblaient s'en détacher, l'abandonner.

— N' restez pas là, les gars, crièrent ces fuyards, ne v'nez pas, n'approchez pas ! C'est affreux ! Tout s'écroule. Les tranchées foutent le camp, les guitounes se bouchent. La boue entre partout. Demain matin y aura plus d' tranchées. C'est fini d' toutes les tranchées d'ici !

On s'en alla. Où ? On avait oublié de demander la moindre indication à ces hommes qui, aussitôt qu'ils étaient apparus, ruisselants, s'étaient engloutis dans l'ombre.

Même notre petit groupe s'émietta au milieu de ces dévastations. On ne savait plus avec qui on était. Chacun allait : tantôt c'était l'un, tantôt c'était l'autre qui sombrait dans la nuit, disparaissant avec sa chance de salut.

On monta, on descendit des pentes. J'entrevis devant moi des hommes fléchis et bossus gravissant une côte glissante où la boue les tirait en arrière, d'où les repoussaient le vent et la pluie, sous un dôme d'éclairs sourds.

Puis on reflua dans un marécage où on enfonçait jusqu'aux genoux. On marchait en levant très haut les pieds avec un bruit de nageurs. On accomplissait pour avancer un effort énorme qui, à chaque enjambée, se ralentissait d'une façon angoissante.

Là on a senti approcher la mort, mais nous avons échoué sur une sorte de môle d'argile qui coupait le marécage. Nous avons suivi le dos glissant de ce grêle îlot, et je me souviens qu'à un moment, pour ne pas être précipités en bas de la crête flasque et sinueuse, nous avons dû nous baisser et nous guider en touchant une bande de morts qui y étaient à demi enfoncés. Ma main a rencontré des épaules, des dos durs, une face froide comme un casque, et une pipe qu'une mâchoire continuait à serrer désespérément.

Sortis de là, levant vaguement nos faces au hasard, nous entendîmes un groupe de voix résonner non loin de nous.

— Des voix ! Ah ! des voix !

Elles nous ont semblé douces, ces voix, comme si elles nous appelaient par nos noms. On s'est réunis pour s'approcher du fraternel murmure d'hommes.

Les paroles devinrent distinctes ; elles étaient tout près, dans ce monticule entrevu là comme une oasis, et pourtant on n'entendait pas ce qu'elles disaient. Les sons s'embrouillaient ; on ne comprenait pas.

— Qu'est-c' qu'i's disent donc ? demanda l'un de nous d'un ton étrange.

Nous cessâmes, instinctivement, de chercher par où entrer.

Un doute, une idée poignante nous saisissaient. Alors on perçut des mots très nettement articulés qui retentirent :

— *Achtung !... Zweites Geschütz... Schuss...*

Et, en arrière, un coup de canon a répondu à cet ordre téléphonique.

La stupéfaction et l'horreur nous clouèrent d'abord sur place.

— Où sommes-nous ? Tonnerre de Dieu ! où sommes-nous ?

On a fait demi-tour, lentement malgré tout, alourdis par plus d'épuisement et de regret, et on s'enfuit, criblés de fatigue comme d'une quantité de blessures, tirés vers la terre ennemie, gardant juste assez d'énergie pour repousser la douceur qu'il y aurait eu à se laisser mourir.

Nous arrivâmes dans une espèce de grande plaine. Et là, on s'arrêta, on se jeta par terre, au bord d'un tertre ; on s'y adossa, incapables de faire un pas de plus.

Mes vagues compagnons et moi, nous ne bougeâmes plus. La pluie nous lava la face ; elle nous ruissela dans le dos et la poitrine et, pénétrant par l'étoffe des genoux, remplit nos souliers.

On serait peut-être tués au jour, ou prisonniers. Mais on ne pensait plus à rien. On ne pouvait plus, on ne savait plus.

XXIV

L'AUBE

A la place où nous nous sommes laissés tomber, nous attendons le jour. Il vient peu à peu, glacé et sombre, sinistre, et se diffuse sur l'étendue livide.

La pluie a cessé de couler. Il n'y en a plus au ciel. La plaine plombée, avec ses miroirs d'eau ternis, a l'air de sortir non seulement de la nuit, mais de la mer.

A demi assoupis, à demi dormants, ouvrant parfois les yeux pour les refermer, paralysés, rompus et froids, — nous assistons à l'incroyable recommencement de la lumière.

Où sont les tranchées ?

On voit des lacs, et, entre ces lacs, des lignes d'eau laiteuse et stagnante.

Il y a plus d'eau encore qu'on n'avait cru. L'eau a tout pris ; elle s'est répandue partout, et la prédiction des hommes de la nuit s'est réalisée : il n'y a plus de tranchées ; ces canaux, ce sont les tranchées ensevelies. L'inondation est universelle. Le champ de bataille ne dort pas, il est mort. Là-bas, la vie continue peut-être, mais on ne voit pas jusque-là.

Je me soulève à moitié, péniblement, en oscillant, comme un malade, pour regarder cela. Ma capote m'étreint de son fardeau terrible. Il y a trois formes monstrueusement informes à côté de moi. L'une — c'est Paradis avec une extraordinaire carapace de boue, une boursouflure à la ceinture, à la place de ses cartouchières — se lève aussi. Les autres dorment et ne font aucun mouvement.

Et puis, quel est ce silence ? Il est prodigieux. Pas un bruit, sinon, de temps en temps, la chute d'une motte de terre dans l'eau, au milieu de cette paralysie fantastique du monde. On ne tire pas... Pas d'obus, parce qu'ils n'éclateraient pas. Pas de balles, parce que les hommes...

Les hommes, où sont les hommes ?

Peu à peu, on les voit. Il y en a, non loin de nous, qui dorment affalés, enduits de boue des pieds à la tête, presque changés en choses.

A quelque distance, j'en distingue d'autres, recroquevillés et collés comme des escargots le long d'un talus arrondi et à demi résorbé par l'eau. C'est une rangée immobile de masses grossières, de paquets placés côte à côte, dégoulinant d'eau et de boue, de la couleur du sol auquel ils sont mêlés.

Je fais un effort pour rompre le silence ; je parle, je dis à Paradis qui regarde aussi de ce côté :

— Sont-ils morts ?

— Tout à l'heure on ira voir, dit-il à voix basse. Restons là encore un peu. Tout à l'heure, on aura le courage d'y aller.

Tous les deux on se regarde et on jette les yeux sur ceux qui sont venus s'abattre ici. On a des figures tellement lassées que ce ne sont plus des figures ; quelque chose de sale, d'effacé et de meurtri, aux yeux sanglants, en haut de nous. Nous nous sommes vus sous tous les aspects, depuis le commencement — et pourtant, nous ne nous reconnaissons plus.

Paradis détourne la tête, regarde ailleurs.

Tout à coup, je le vois qui est saisi d'un tremblement. Il étend un bras énorme, encroûté de boue.

— Là... là..., fait-il.

Sur l'eau qui déborde d'une tranchée au milieu d'un terrain particulièrement hachuré et raviné, flottent des masses, des récifs ronds.

Nous nous traînons jusque-là. Ce sont des noyés.

Leurs têtes et leurs bras plongent dans l'eau. On voit transparaître leurs dos avec les cuirs de l'équipement, vers la surface du liquide plâtreux et leurs cottes de toile bleue sont gonflées, avec les pieds emmanchés de travers sur ces jambes ballonnées, comme les pieds noirs boulus adaptés aux jambes informes des bonshommes en baudruche. Sur un crâne immergé, des cheveux se tiennent droit dans l'eau comme des herbes aquatiques. Voici une figure qui affleure : la tête est échouée contre le bord, et le corps disparaît dans la tombe trouble. La face est levée vers le ciel. Les yeux sont deux trous blancs ; la bouche est un trou noir. La peau jaune, boursouflée de ce masque, apparaît molle et plissée, comme de la pâte refroidie.

Ce sont les veilleurs qui étaient là. Ils n'ont pas pu se dépêtrer de la boue. Tous leurs efforts pour sortir de cette fosse à l'escarpement gluant qui s'emplissait d'eau, lentement, fatalement, ne faisaient que les attirer davantage au fond. Ils sont morts cramponnés à l'appui fuyant de la terre.

Là sont nos premières lignes, et là les premières lignes allemandes, pareillement silencieuses et refermées dans l'eau.

Nous allons jusqu'à ces molles ruines. On passe au milieu de ce qui était hier encore la zone d'épouvante, dans l'intervalle terrible au seuil duquel a dû s'arrêter l'élan formidable de notre dernière attaque — où les balles et les obus n'avaient pas cessé de sillonner l'espace depuis un an et demi, et où, ces jours-là, leurs averses transversales se sont furieusement croisées au-dessus de la terre, d'un horizon à l'autre.

C'est maintenant un surnaturel champ de repos. Le terrain est partout taché d'êtres qui dorment, ou qui, s'agitant doucement, levant un bras, levant la tête, se mettent à revivre, ou sont en train de mourir.

La tranchée ennemie achève de sombrer en elle-même dans le fond de grands vallonnements et d'entonnoirs marécageux, hérissés de boue, et elle y forme une ligne de flaques et de puits. On en voit, par places, remuer, se morceler et descendre les bords qui surplombaient encore. A un endroit, on peut se pencher sur elle.

Dans ce cycle vertigineux de fange, pas de corps. Mais là, pire qu'un corps, un bras, seul, nu et pâle comme la pierre, sort d'un trou qui se dessine confusément dans la paroi à travers l'eau. L'homme a été enterré dans son abri et n'a eu que le temps de faire jaillir son bras.

De tout près, on remarque que des amas de terre alignés sur les restes des remparts de ce gouffre étranglé sont des êtres. Sont-ils morts ? dorment-ils ? On ne sait pas. En tout cas, ils reposent.

Sont-ils Allemands ou Français ? On ne sait pas.

L'un d'eux a ouvert les yeux et nous regarde en balançant la tête. On lui dit :

— Français ?

Puis :

— *Deutsch* ?

Il ne répond pas, il referme les yeux et retourne à l'anéantissement. On n'a jamais su qui c'était.

On ne peut déterminer l'identité de ces créatures : ni à leur vêtement couvert d'une épaisseur de fange ; ni à la coiffure : ils sont nu-tête ou emmaillotés de laine sous leur cagoule fluide et fétide ; ni aux armes : ils n'ont pas leur fusil, ou bien leurs mains glissent sur une chose qu'ils ont traînée, masse informe et gluante, semblable à une espèce de poisson.

Tous ces hommes à face cadavérique, qui sont devant nous et derrière nous, au bout de leurs forces, vides de paroles comme de volonté, tous ces hommes chargés de terre, et qui portent, pourrait-on dire, leur ensevelissement, se ressemblent comme s'ils étaient nus. De cette nuit épouvantable il sort d'un côté ou d'un autre quelques revenants revêtus exactement du même uniforme de misère et d'ordure.

C'est la fin de tout. C'est, pendant un moment, l'arrêt immense, la cessation épique de la guerre.

A une époque, je croyais que le pire enfer de la guerre ce sont les flammes des obus, puis j'ai pensé longtemps que c'était l'étouffement des souterrains qui se rétrécissent éternellement sur nous. Mais non, l'enfer, c'est l'eau.

Le vent s'élève. Il est glacé et son souffle glacé passe au travers de nos chairs. Sur la plaine déliquescente et naufragée, mouchetée de corps entre ses gouffres d'eau vermiculaires, entre ses îlots d'hommes immobiles agglutinés ensemble comme des reptiles, sur ce chaos qui s'aplatit et sombre, de légères ondulations de mouvements se dessinent. On voit se déplacer lentement des bandes, des tronçons de caravanes composées d'êtres qui plient sous le poids de leurs casaques et de leurs tabliers de boue, et se traînent, se dispersent et grouillent au fond du reflet obscurci du ciel. L'aube est si sale qu'on dirait que le jour est déjà fini.

Ces survivants émigrent à travers cette steppe désolée, chassés par un grand malheur indicible qui les exténue et les effare — lamentables, et quelques-uns sont dramatiquement grotesques lorsqu'ils se précisent, à demi déshabillés par l'enlisement dont ils se sauvent encore.

En passant, ils jettent les yeux autour d'eux, nous contemplent, puis retrouvent en nous des hommes, et nous disent dans le vent :

— Là-bas, c'est pire qu'ici. Les bonshommes tombent dans les trous et on n' peut pas les retirer. Tous ceux qui, pendant la nuit, ont mis pied sur le bord d'un trou d'obus sont morts... Là-bas, d'où qu'on vient, tu vois par terre une tête qui r'mue les bras, scellée ; il y a un chemin de claies qui, par endroits, ont cédé et se sont trouées, et c'est une souricière d'hommes. Là où il n'y a plus de claies, il y a deux mètres d'eau... Leur fusil ! y en a qui n'ont jamais pu l' déraciner. Regarde ceux-là : on a coupé tout le bas de leur capote — tant pis pour les poches — pour les dégager, et aussi parce qu'ils n'avaient pas la force de tirer un poids pareil... La capote de Dumas, qu'on a pu lui enlever, elle pesait bien quarante kilos : on pouvait tout juste, à deux, la soulever des deux mains... Tiens, lui, qu'a les jambes nues, ça lui a tout arraché, son pantalon, son caleçon, ses souliers — tout ça arraché par la terre. On n'a jamais vu ça, jamais.

Et égrenés, car ces traînards ont des traînards, ils s'enfuient dans une épidémie d'épouvante, leurs pieds extirpant du sol de massives racines de boue. On voit s'effacer ces rafales d'hommes, décroître les blocs qu'ils font, murés dans des vêtements énormes.

Nous nous levons. Debout, le vent glacial nous fait frissonner comme des arbres.

Nous allons à petits pas. On oblique, attirés par une masse formée de deux hommes étrangement mêlés, épaule contre épaule, les bras autour du cou l'un de l'autre. Le corps à corps de deux combattants qui se sont entraînés dans la mort et s'y maintiennent, incapables pour toujours de se lâcher ? Non, ce sont deux hommes qui se sont appuyés l'un sur l'autre pour dormir. Comme ils ne pouvaient pas s'étendre sur le sol qui se dérobait et voulait s'étendre sur eux, ils se sont penchés l'un vers l'autre, se sont empoignés aux épaules, et se sont endormis, enfoncés jusqu'aux genoux dans la glaise.

On respecte leur immobilité, et on s'éloigne de cette double statue de pauvreté humaine.

Puis nous nous arrêtons bientôt nous-mêmes. Nous avons trop présumé de nos forces. Nous ne pouvons pas encore nous en aller. Ce n'est pas encore fini. On s'écroule à nouveau dans une encoignure pétrie, avec le bruit d'un bloc de gadoue qu'on jette.

On ferme les yeux. De temps en temps, on les ouvre.

Des gens se dirigent en titubant vers nous. Ils se penchent sur nous et parlent d'une voix basse et lassée. L'un d'eux dit :

— *Sie sind tot. Wir bleiben hier.*

L'autre répond : « Ia », comme un soupir.

Mais ils nous voient remuer. Alors, aussitôt, ils échouent en face de nous. L'homme à la voix sans accent s'adresse à nous.

— *Nous levons les bras,* dit-il.

Et ils ne bougent pas.

Puis ils s'affalent complètement — soulagés, et, comme si c'était la fin de leur tourment, l'un d'eux, qui a sur la face des dessins de boue comme un sauvage, esquisse un sourire.

— Reste là, lui dit Paradis sans remuer sa tête qui

est appuyée en arrière sur un monticule. Tout à l'heure, tu viendras avec nous, si tu veux.

— Oui, dit l'Allemand. J'en ai assez.

On ne lui répond pas.

Il dit :

— Les autres aussi ?

— Oui, dit Paradis, qu'ils restent aussi s'ils veulent.

Ils sont quatre, qui se sont étendus par terre.

L'un d'eux se met à râler. C'est comme un chant sanglotant qui s'élève de lui. Alors les autres se dressent à demi, à genoux, autour de lui et roulent de gros yeux dans leurs figures bigarrées de saleté. Nous nous soulevons et nous regardons cette scène. Mais le râle s'éteint, et la gorge noirâtre qui remuait seule sur ce grand corps comme un petit oiseau, s'immobilise.

— *Er ist tot,* dit un des hommes.

Il commence à pleurer. Les autres se réinstallent pour dormir. Le pleureur s'endort en pleurant.

Quelques soldats sont venus, en faisant des faux pas, cloués par des arrêts soudains, comme des ivrognes, ou bien en glissant comme des vers, se réfugier jusqu'ici, parmi le creux où nous sommes déjà incrustés, et on s'endort pêle-mêle dans la fosse commune.

*

On se réveille. On se regarde, Paradis et moi, et on se souvient. On rentre dans la vie et dans la clarté du jour comme dans un cauchemar. Devant nous renaît la plaine désastreuse où de vagues mamelons s'estompent, immergés, la plaine d'acier, rouillée par places, et où reluisent les lignes et les plaques de l'eau — et dans l'immensité, semés çà et là comme des immondices, les corps anéantis qui y respirent ou s'y décomposent.

Paradis me dit :

— Voilà la guerre.

— Oui, c'est ça, la guerre, répète-t-il d'une voix lointaine. C'est pa' aut' chose.

Il veut dire, et je comprends avec lui :

« Plus que les charges qui ressemblent à des revues, plus que les batailles visibles déployées comme des oriflammes, plus même que les corps à corps où l'on se démène en criant, cette guerre, c'est la fatigue épouvantable, surnaturelle, et l'eau jusqu'au ventre, et la boue et l'ordure et l'infâme saleté. C'est les faces moisies et les chairs en loques et les cadavres qui ne ressemblent même plus à des cadavres, surnageant sur la terre vorace. C'est cela, cette monotonie infinie de misères, interrompue par des drames aigus, c'est cela, et non pas la baïonnette qui étincelle comme de l'argent, ni le chant de coq du clairon au soleil ! »

Paradis pensait si bien à cela qu'il remâcha un souvenir et gronda :

— Tu t' rappelles, la bonne femme de la ville où on a été faire une virée, y a pas si longtemps d' ça, qui parlait des attaques, qui en bavait, et qui disait : « Ça doit être beau à voir !... »

Un chasseur, qui était allongé sur le ventre, aplati comme un manteau, leva la tête hors de l'ombre ignoble où elle plongeait, et s'écria :

— Beau ! Ah ! merde alors !

« C'est tout à fait comme si une vache disait : « Ça doit être beau à voir, à La Villette, ces multitudes de bœufs qu'on pousse en avant ! »

Il cracha de la boue, la bouche barbouillée, la face déterrée comme une bête.

— Qu'on dise : « Il le faut », bredouilla-t-il d'une étrange voix saccadée, déchirée, haillonneuse. Bien. Mais beau ! Ah ! merde alors !

Il se débattait contre cette idée. Il ajouta tumultueusement :

— C'est avec des choses comme ça qu'on dit, qu'on s' fout d' nous jusqu'au sang !

Il recracha, mais, épuisé par l'effort qu'il avait fait, il retomba dans son bain de vase et il remit la tête dans son crachat.

*

Paradis, hanté, promenait sa main sur la largeur du paysage indicible, l'œil fixe, et répétait sa phrase :

— C'est ça, la guerre... Et c'est ça, partout. Qu'est-ce qu'on est, nous autres, et qu'est-ce que c'est, ici ? Rien du tout. Tout ça qu' tu vois, c'est un point. Dis-toi bien qu'il y a ce matin dans le monde trois mille kilomètres de malheurs pareils, ou à peu près, ou pires.

— Et puis, dit le camarade qui était à côté de nous — et qu'on ne reconnaissait pas, même à la voix qui sortait de lui — demain ça r'commencera. Ça avait bien r'commencé avant-hier et les autres jours d'avant !

Le chasseur, avec effort, comme s'il déchirait le sol, arracha son corps de la terre où il avait moulé une dépression semblable à un cercueil suintant, et il s'assit dans ce trou. Il cligna des yeux, secoua sa figure frangée de vase, pour la nettoyer, et dit :

— On s'en tirera cette fois-ci encore. Et qui sait, p'têt' que demain aussi on s'en tirera ! Qui sait ?

Paradis, le dos plié sous des tapis de terreau et de glaise, cherchait à rendre l'impression que la guerre est inimaginable, et incommensurable dans le temps et l'espace.

— Quand on parle de toute la guerre, songeait-il tout haut, c'est comme si on n' disait rien. Ça étouffe les paroles. On est là, à r'garder ça, comme des espèces d'aveugles...

Une voix de basse roula un peu plus loin :

— Non, on n' peut pas s' figurer.

A cette parole, un brusque éclat de rire se déchira.

— D'abord, comment, sans y avoir été, s'imaginerait-on ça ?

— I' faudrait être fou ! dit le chasseur.

Paradis se pencha sur une masse étendue, répandue à côté de lui.

— Tu dors ?

— Non, mais j' bouge pas, barbota aussitôt une voix étouffée et terrorisée qui sourdait de la masse, couverte d'une housse limoneuse épaisse et si bossuée qu'elle semblait piétinée. J' vas t' dire : j' crois qu' j'ai l' ventre crevé. Mais j'en suis pas sûr, et j'ose pas l' savoir.

— On va voir...

— Non, pas encore, dit l'homme. J' voudrais rester encore un peu comme ça.

Les autres ébauchaient des mouvements en clapotant, se traînant sur les coudes, rejetant l'infernale couverture pâteuse qui les écrasait. La paralysie du froid se dissipait petit à petit parmi cette grappe de suppliciés, bien que la clarté ne progressât plus sur la grande mare irrégulière où descendait la plaine. La désolation continuait, non le jour.

L'un de nous qui parlait tristement, comme une cloche, dit :

— T'auras beau raconter, s' pas, on t' croira pas. Pas par méchanceté ou par amour de s' ficher d'toi, mais pa'ce qu'on n' pourra pas. Quand tu diras plus tard, si t'es encore vivant pour placer ton mot : « On a fait des travaux d' nuit, on a été sonnés, pis on a manqué s'enliser », on répondra : « Ah ! » ; p'têt' qu'on dira : « Vous n'avez pas dû rigoler lourd pendant l'affaire. » C'est tout. Personne ne saura. I' n'y aura qu' toi.

— Non, pas même nous, pas même nous ! s'écria quelqu'un.

— J' dis comme toi, moi : nous oublierons, nous... Nous oublions déjà, mon pauv' vieux !

— Nous en avons trop vu !

— Et chaque chose qu'on a vue était trop. On n'est pas fabriqué pour contenir ça... Ça fout l' camp d' tous les côtés ; on est trop p'tit.

— Un peu, qu'on oublie ! Non seulement la durée de la grande misère qui est, comme tu dis, incalculable, depuis l' temps qu'elle dure : les marches qui labourent et r'labourent les terres, talent les pieds, usent les os, sous le poids de la charge qui a l'air de grandir dans le ciel, l'éreintement jusqu'à ne plus savoir son nom, les piétinements et les immobilités qui vous broient, les travaux qui dépassent les forces, les veilles, sans bornes, à guetter l'ennemi qui est partout dans la nuit, et à lutter contre le sommeil, — et l'oreiller de fumier et de poux. Mais même les sales coups où s'y mettent les marmites et les mitrailleuses, les mines, les gaz asphyxiants, les contre-attaques. On est plein de l'émotion de la réalité au moment, et on a raison. Mais tout ça s'use dans vous et s'en va, on ne sait comment, on ne sait où, et i' n' reste plus qu' les noms, qu' les mots de la chose, comme dans un communiqué.

— C'est vrai, c' qu'i' dit, fit un homme sans remuer la tête dans sa gangue. Quand j' sui' été en permission, j'ai vu qu' j'avais oublié bien des choses de ma vie d'avant. Y a des lettres de moi que j'ai relues comme si c'était un livre que j'ouvrais. Et pourtant, *malgré ça*, j'ai oublié aussi ma souffrance de la guerre. On est des machines à oublier. Les hommes, c'est des choses qui pensent un peu, et qui, surtout, oublient. Voilà ce qu'on est.

— Ni les autres, ni nous, alors ! Tant de malheur est perdu !

Cette perspective vint s'ajouter à la déchéance de ces créatures comme la nouvelle d'un désastre plus grand, les abaisser encore sur leur grève de déluge.

— Ah ! si on se rappelait ! s'écria l'un.

— Si on s' rappelait, dit l'autre, y aurait plus d' guerre !

Un troisième ajouta magnifiquement :

— Oui, si on s' rappelait, la guerre serait moins inutile qu'elle ne l'est.

Mais tout d'un coup, un des survivants couchés se dressa à genoux, secoua ses bras boueux et d'où tombait la boue et, noir comme une grande chauve-souris engluée, il cria sourdement :

— Il ne faut plus qu'il y ait de guerre après celle-là !

Dans ce coin bourbeux où, faibles encore et impotents, nous étions assaillis par des souffles de vent qui nous empoignaient si brusquement et si fort que la surface du terrain semblait osciller comme une épave, le cri de l'homme qui avait l'air de vouloir s'envoler éveilla d'autres cris pareils :

— Il ne faut plus qu'il y ait de guerre après celle-là !

Les exclamations sombres, furieuses, de ces hommes enchaînés à la terre, incarnés de terre, montaient et passaient dans le vent comme des coups d'aile :

— Plus de guerre, plus de guerre !

— Oui, assez !

— C'est trop bête, aussi... C'est trop bête, mâchonnaient-ils. Qu'est-ce que ça signifie, au fond, tout ça — tout ça qu'on n' peut même pas dire !

Ils bafouillaient, ils grognaient comme des fauves sur leur espèce de banquise disputée par les éléments, avec leurs sombres masques en lambeaux. La protestation qui les soulevait était tellement vaste qu'elle les étouffait.

— On est fait pour vivre, pas pour crever comme ça !

— Les hommes sont faits pour être des maris, des pères — des hommes, quoi ! — pas des bêtes qui se traquent, s'égorgent et s'empestent.

— Et tout partout, partout, c'est des bêtes, des bêtes féroces ou des bêtes écrasées. Regarde, regarde !

... Je n'oublierai jamais l'aspect de ces campagnes sans limites sur la face desquelles l'eau sale avait rongé les couleurs, les traits, les reliefs, dont les formes attaquées par la pourriture liquide s'émiettaient et s'écoulaient de toutes parts, à travers les ossatures broyées des piquets, des fils de fer, des charpentes — et, là-dessus, parmi ces sombres immensités de Styx, la vision de ce frissonnement de raison, de logique et de simplicité, qui s'était mis soudain à secouer ces hommes comme de la folie.

On voyait que cette idée les tourmentait : qu'essayer de vivre sa vie sur la terre et d'être heureux, ce n'est pas seulement un droit, mais un devoir — et même un idéal et une vertu ; que la vie sociale n'est faite que pour donner plus de facilité à chaque vie intérieure.

— Vivre !...

— Nous !... Toi... Moi...

— Plus de guerre. Ah ! non... C'est trop bête !... Pire que ça, c'est trop...

Une parole vint en écho à leur vague pensée, à leur murmure morcelé et avorté de foule... J'ai vu se soulever un front couronné de fange et la bouche a proféré au niveau de la terre :

— Deux armées qui se battent, c'est comme une grande armée qui se suicide !

*

— Tout de même, qu'est-ce que nous sommes depuis deux ans ? De pauvres malheureux incroyables, mais aussi des sauvages, des brutes, des bandits, des salauds.

— Pire que ça ! mâcha celui qui ne savait employer que cette expression.

— Oui, je l'avoue !

Dans la trêve désolée de cette matinée, ces hommes qui avaient été tenaillés par la fatigue, fouettés par la pluie, bouleversés par toute une nuit de tonnerre, ces rescapés des volcans et de l'inondation entrevoyaient à quel point la guerre, aussi hideuse au moral qu'au physique, non seulement viole le bon sens, avilit les grandes idées, commande tous les crimes — mais ils se rappelaient combien elle avait développé en eux et autour d'eux tous les mauvais instincts sans en excepter un seul : la méchanceté jusqu'au sadisme, l'égoïsme jusqu'à la férocité, le besoin de jouir jusqu'à la folie.

Ils se figurent tout cela devant leurs yeux comme tout à l'heure ils se sont figuré confusément leur misère. Ils sont bondés d'une malédiction qui essaye de se livrer passage et d'éclore en paroles. Ils en geignent ; ils en vagissent. On dirait qu'ils font effort pour sortir de l'erreur et de l'ignorance qui les souillent autant que la boue, et qu'ils veulent enfin savoir pourquoi ils sont châtiés.

— Alors quoi ? clame l'un.

— Quoi ? répète l'autre, plus grandement encore.

Le vent fait trembler aux yeux l'étendue inondée et, s'acharnant sur ces masses humaines, couchées ou à genoux, fixes comme des dalles et des stèles, leur arrache des frissons.

— Il n'y aura plus d' guerre, gronde un soldat, quand il n'y aura plus d'Allemagne.

— C'est pas ça qu'il faut dire ! crie un autre. C'est pas assez ! Y aura plus de guerre quand l'esprit de la guerre sera vaincu !

Comme le mugissement du vent avait étouffé à moitié ces mots, il érigea sa tête et répéta.

— L'Allemagne et le militarisme, hacha précipitamment la rage d'un autre, c'est la même chose. Ils ont voulu la guerre et ils l'avaient préméditée. Ils sont le militarisme.

— Le militarisme..., reprit un soldat.

— Qu'est-ce que c'est ? demanda-t-on.

— C'est... c'est la force brutale préparée qui, tout d'un coup, à un moment, s'abat. C'est être des bandits.

— Oui. Aujourd'hui, le militarisme s'appelle Allemagne.

— Oui ; mais demain, comment qu'i' s'appellera ?

— J' sais pas, dit une voix grave, comme celle d'un prophète.

— Si l'esprit de la guerre n'est pas tué, t'auras des mêlées tout le long des époques.

— Il faut... il faut.

— Il faut se battre ! gargouilla la voix rauque d'un corps qui, depuis notre réveil, se pétrifiait dans la boue dévoratrice. Il le faut ! — et le corps se retourna pesamment. Il faut donner tout ce que nous avons, et nos forces, et nos peaux, et nos cœurs, toute not' vie, et les joies qui nous restaient ! L'existence de prisonniers qu'on a, il faut l'accepter des deux mains ! Il faut tout supporter, même l'injustice, dont le règne est venu, et le scandale et la dégoûtation qu'on voit — pour être tout à la guerre, pour vaincre ! Mais s'il faut faire un sacrifice pareil, ajouta désespérément l'homme informe en se retournant encore, c'est parce qu'on se bat pour un progrès, non pour un pays ; contre une erreur, non contre un pays.

— Faut tuer la guerre, dit le premier parleur, faut tuer la guerre, dans le ventre de l'Allemagne !

— Tout de même, fit un de ceux qui étaient assis là, enraciné comme une espèce de germe, tout de même, on commence à comprendre pourquoi il fallait marcher.

— Tout de même, marmotta à son tour le chasseur, qui s'était accroupi, y en a qui se battent avec une autre idée que ça dans la tête. J'en ai vu, des jeunes, qui s' foutaient pas mal des idées humanitaires. L'important, pour eux, c'est la question nationale, pas aut' chose, et la guerre une affaire de patries : chacun fait reluire la sienne, voilà tout. I's s' battaient, ceux-là, et i's s' battaient bien.

— I's sont jeunes, ces petits gars qu' tu dis. I's sont jeunes. Faut pardonner.

— On peut bien faire sans savoir c' qu'on fait.

— C'est vrai qu' les hommes sont fous ! Ça, on l' dira jamais assez !

— Les chauvins, c'est d' la vermine... ronchonna une ombre.

Ils répétèrent plusieurs fois, comme pour se guider à tâtons :

— Faut tuer la guerre. La guerre, elle !

L'un de nous, celui qui ne bougeait pas la tête, dans l'armature de ses épaules, s'entêta dans son idée :

— Tout ça, c'est des boniments. Qu'est-ce que ça fait qu'on pense ça ou ça ! Faut être vainqueurs, voilà tout.

Mais les autres avaient commencé à chercher. Ils voulaient savoir et voir plus loin que le temps présent. Ils palpitaient, essayant d'enfanter en eux-mêmes une lumière de sagesse et de volonté. Des convictions éparses tourbillonnaient dans leurs têtes et il leur sortait des lèvres des fragments confus de croyances.

— Bien sûr... Oui... Mais faut voir les choses... Mon vieux, faut toujours voir le résultat.

— L'résultat ! Etre vainqueurs dans cette guerre, se buta l'homme-borne, c'est pas un résultat ?

Ils furent deux à la fois qui répondirent :

— Non !

*

A cet instant, il se produisit un bruit sourd. Des cris jaillirent à la ronde et nous frissonnâmes.

Tout un pan de glaise s'était détaché du monticule où nous étions vaguement adossés, déterrant complètement, au milieu de nous, un cadavre assis les jambes allongées.

L'éboulement creva une poche d'eau amassée en haut du monticule et l'eau s'épandit en cascade sur le cadavre et le lava pendant que nous le regardions.

On cria :

— Il a la figure toute noire !

— Qu'est-ce que c'est que cette figure ? haleta une voix.

Les valides s'approchaient en cercle comme des crapauds. Cette tête qui apparaissait en bas-relief sur la paroi que la chute de terre avait mise à nu, on ne pouvait pas la dévisager.

— Sa figure ! C'est pas sa figure !

A la place de la face, on trouvait une chevelure.

Alors on s'aperçut que ce cadavre qui semblait assis était plié et cassé à l'envers.

On contempla, dans un silence terrible, ce dos vertical que nous présentait la dépouille disloquée, ces bras pendants et courbés en arrière, et ces deux jambes allongées qui posaient sur la terre fondante par la pointe des pieds.

Alors le débat reprit, réveillé par ce dormeur effroyable. On clama furieusement comme s'il écoutait :

— Non ! être vainqueurs, ce n'est pas le résultat. Ce n'est pas eux qu'il faut avoir, c'est la guerre.

— T'as donc pas compris qu'il faut en finir avec la guerre ? Si on doit remettre ça un jour, tout c' qui a été fait ne sert à rien. Regarde ; ça ne sert à rien. C'est deux ou trois ans, ou plus, de catastrophes gâchées.

*

— Ah ! mon vieux, si tout c' qu'on a subi n'était pas la fin de c' grand malheur-là — j' tiens à la vie, j'ai ma femme, ma famille, avec la maison autour d'eux, j'ai des idées pour ma vie d'après, va... Eh bien, tout de même, j'aimerais mieux mourir.

— J' vais mourir, fit en ce moment précis, comme un écho, le voisin de Paradis, qui sans doute avait regardé la blessure de son ventre ; je l' regrette à cause de mes enfants.

— Moi, murmura-t-on ailleurs, c'est à cause de mes enfants que je ne le regrette pas. J' vais mourir, donc j' sais c' que j' dis, et j' me dis : « I's auront la paix, eux ! »

— Moi, j' mourrai p'têt' pas, dit un autre avec un frémissement d'espoir qu'il ne put contenir, même à la face des condamnés, mais j' souffrirai. Eh bien, j' dis : tant pis, et j' dis même : tant mieux ; et j' saurai souffrir plus, si je sais que c'est pour quelque chose !

— Alors, faudra continuer à s' battre après la guerre ?

— Oui, p'têt'...

— T'en veux encore, toi !

— Oui, parce que j' n'en veux plus ! grogna-t-on.

— Et pas contre des étrangers, p'têt', i' faudra s' battre ?

— P'têt', oui...

Un coup de vent plus violent que les autres nous ferma les yeux et nous étouffa. Quand il fut passé, et qu'on vit la rafale s'enfuir à travers la plaine en saisissant par endroits et en secouant sa dépouille de boue, en creusant l'eau des tranchées qui béaient longues comme la tombe d'une armée, — on reprit :

— Après tout, qu'est-ce qui fait la grandeur et l'horreur de la guerre ?

— C'est la grandeur des peuples.

— Mais les peuples, c'est nous !

Celui qui avait dit cela me regardait, m'interrogeait.

— Oui, lui dis-je, oui, mon vieux frère, c'est vrai ! C'est avec nous seulement qu'on fait les batailles. C'est nous, la matière de la guerre. La guerre n'est composée que de la chair et des âmes des simples soldats. C'est nous qui formons les plaines de morts et les fleuves de sang, nous tous — dont chacun est invisible et silencieux à cause de l'immensité de notre nombre. Les villes vidées, les villages détruits, c'est le désert de nous. Oui, c'est nous tous et c'est nous tout entiers.

— Oui, c'est vrai. C'est les peuples qui sont la guerre ; sans eux, il n'y aurait rien, rien que quelques criailleries, de loin. Mais c'est pas eux qui la décident. C'est les maîtres qui les dirigent.

— Les peuples luttent aujourd'hui pour n'avoir plus de maîtres qui les dirigent. Cette guerre, c'est comme la Révolution française qui continue.

— Alors, comme ça, on travaille pour les Prussiens, aussi ?

— Mais, dit un des malheureux de la plaine, il faut bien l'espérer.

— Ah zut, alors ! grinça le chasseur.

Mais il hocha la tête et n'ajouta rien.

— Occupons-nous de nous ! Il ne faut pas s' mêler des affaires des autres, mâchonna l'entêté hargneux.

— Si ! il le faut... parce que ce que tu appelles les autres, c'est justement pas les autres, c'est les mêmes !

— Pourquoi qu' c'est toujours nous qui marchons pour tout le monde !

— C'est comme ça, dit un homme, et il répéta les mots qu'il avait employés à l'instant : Tant pis ou tant mieux !

— Les peuples, c'est rien et ça devrait être tout, dit en ce moment l'homme qui m'avait interrogé — reprenant sans le savoir une phrase historique vieille de plus d'un siècle, mais en lui donnant enfin son grand sens universel.

Et l'échappé de la tourmente, à quatre pattes sur le

cambouis du sol, leva sa face de lépreux et regarda devant lui, dans l'infini, avec avidité.

Il regardait, il regardait. Il essayait d'ouvrir les portes du ciel.

*

— Les peuples devraient s'entendre à travers la peau et sur le ventre de ceux qui les exploitent d'une façon ou d'une autre. Toutes les multitudes devraient s'entendre.

— Tous les hommes devraient enfin être égaux.

Ce mot semblait venir à nous comme un secours.

— Egaux... Oui... Oui... Il y a de grandes idées de justice, de vérité. Il y a des choses auxquelles on croit, vers lesquelles on se tourne toujours pour s'y attacher comme à une sorte de lumière. Il y a surtout l'égalité.

— Il y a aussi la liberté et la fraternité.

— Il y a surtout l'égalité !

Je leur dis que la fraternité est un rêve, un sentiment nuageux, inconsistant ; qu'il est contraire à l'homme de haïr un inconnu, mais qu'il lui est également contraire de l'aimer. On ne peut rien baser sur la fraternité. Sur la liberté non plus : elle est trop relative dans une société où toutes les présences se morcellent forcément l'une l'autre.

Mais l'égalité est toujours pareille. La liberté et la fraternité sont des mots, tandis que l'égalité est une chose. L'égalité (sociale, car les individus ont chacun plus ou moins de valeur, mais chacun doit participer à la société dans la même mesure, et c'est justice, parce que la vie d'un être humain est aussi grande que la vie d'un autre), l'égalité, c'est la grande formule des hommes. Son importance est prodigieuse. Le principe de l'égalité des droits de chaque créature et de la volonté sainte de la majorité est impeccable, et il doit être invincible — et il amènera tous les progrès, tous, avec une force vraiment divine. Il amènera d'abord la grande assise plane de tous les progrès ; le règlement des conflits par la justice qui est la même chose, exactement, que l'intérêt général.

Ces hommes du peuple qui sont là, entrevoyant ils ne savent encore quelle Révolution plus grande que l'autre, et dont ils sont la source, et qui déjà monte, monte à leur gorge, répètent :

— L'égalité !...

Il semble qu'ils épellent ce mot, puis qu'ils le lisent clairement partout — et qu'il n'est pas sur la terre de préjugé, de privilège et d'injustice qui ne s'écroule à son contact. C'est une réponse à tout, un mot sublime. Ils tournent et retournent cette notion et lui trouvent une sorte de perfection. Et ils voient les abus brûler d'une éclatante lumière.

— Ce s'rait beau ! dit l'un.

— Trop beau pour être vrai ! dit l'autre.

Mais le troisième dit :

— C'est parce que c'est vrai que c'est beau. Ça n'a pas d'autre beauté : alors !... Et ce n'est pas parce que c'est beau que ça sera. La beauté n'a pas cours, pas plus que l'amour. C'est parce que c'est vrai que c'est fatal.

— Alors, puisque la justice est voulue par les peuples et que les peuples sont la force, qu'ils la fassent.

— On commence déjà ! dit une bouche obscure.

— C'est sur la pente des choses, annonça un autre.

— Quand tous les hommes se seront faits égaux, on sera bien forcé de s'unir.

— Et il n'y aura pas, à la face du ciel, des choses épouvantables faites par trente millions d'hommes qui ne les veulent pas.

C'est vrai. Il n'y a rien à dire contre cela. Quel semblant d'argument, quel fantôme de réponse pourrait-on, oserait-on opposer à cela : « Il n'y aura pas, à la face du ciel, des choses faites par trente millions d'hommes qui ne les veulent pas. » J'écoute, je suis la logique des paroles que profèrent ces pauvres gens jetés sur ce champ de douleur, les paroles qui jaillissent de leur meurtrissure et de leur mal, les paroles qui saignent d'eux.

Et maintenant, le ciel se couvre. De gros nuages le bleuissent et le cuirassent en bas. En haut, dans un faible étamage lumineux, il est traversé par des balayures démesurées de poussière humide. Le temps s'assombrit. Il va y avoir encore de la pluie. Ce n'est pas fini de la tempête et de la longueur de la souffrance.

— On se demandera, dit l'un : « Après tout, pourquoi faire la guerre ? » Pourquoi, on n'en sait rien ; mais pour qui, on peut le dire. On sera bien forcé de voir que si chaque nation apporte à l'idole de la guerre la chair fraîche de quinze cents jeunes gens à déchirer chaque jour, c'est pour le plaisir de quelques meneurs qu'on pourrait compter ; que les peuples entiers vont à la boucherie, rangés en troupeaux d'armées, pour qu'une caste galonnée d'or écrive ses noms de princes dans l'histoire ; pour que des gens dorés aussi, qui font partie de la même gradaille, brassent plus d'affaires — pour des questions de personnes et des questions de boutiques. Et on verra, dès qu'on ouvrira les yeux, que les séparations qui sont entre les hommes ne sont pas celles qu'on croit, et que celles qu'on croit ne sont pas.

— Ecoute ! interrompit-on soudain.

On se tait, et on entend au loin le bruit du canon. Là-bas, le grondement ébranle les couches aériennes et cette force lointaine vient déferler faiblement à nos oreilles ensevelies, tandis qu'alentour l'inondation continue à imprégner le sol et à attirer lentement les hauteurs.

— Ça r'prend...

Alors l'un de nous dit :

— Ah ! tout c' qu'on aura contre soi !

Déjà il y a un malaise, une hésitation, dans la tragédie du colloque qui s'ébauche, entre ces parleurs perdus, comme une espèce d'immense chef-d'œuvre de destinée. Ce n'est pas seulement la douleur et le péril, la misère des temps, qu'on voit recommencer interminablement. C'est aussi l'hostilité des choses et des gens contre la vérité, l'accumulation des privilèges, l'ignorance, la surdité et la mauvaise volonté, les partis pris, et les féroces situations acquises, et des masses inébranlables, et des lignes inextricables.

Et le rêve tâtonnant des pensées se continue par une autre vision où les adversaires éternels sortent de l'ombre du passé et se présentent dans l'ombre orageuse du présent.

*

Les voici... Il semble qu'on la voie se silhouetter au ciel sur les crêtes de l'orage qui endeuille le monde, la cavalcade des batailleurs, caracolants et éblouissants, — des chevaux de bataille porteurs d'armures, de galons, de panaches, de couronnes et d'épées... Ils roulent, distincts, somptueux, lançant des éclairs, embarrassés d'armes. Cette chevauchée belliqueuse, aux gestes surannés, découpe les nuages plantés dans le ciel comme un farouche décor théâtral.

Et bien au-dessus des regards enfiévrés qui sont à terre, des corps sur qui s'étage la boue des bas-fonds terrestres et des champs gaspillés, tout cela afflue des quatre coins de l'horizon, et refoule l'infini du ciel et cache les profondeurs bleues.

Et ils sont légion. Il n'y a pas seulement la caste des guerriers qui hurlent à la guerre et l'adorent, il n'y a pas seulement ceux que l'esclavage universel revêt d'un pouvoir magique ; les puissants héréditaires, debout çà et là par-dessus la prostration du genre humain, qui appuient soudain sur la balance de la justice, parce qu'ils entrevoient un grand coup à faire. Il y a toute une foule consciente et inconsciente qui sert leur effroyable privilège.

— Il y a, clame en ce moment un des sombres et dramatiques interlocuteurs, en étendant la main comme s'il voyait, il y a ceux qui disent : « Comme ils sont beaux ! »

— Et ceux qui disent : « Les races se haïssent ! »

— Et ceux qui disent : « J'engraisse de la guerre, et mon ventre en mûrit ! »

— Et ceux qui disent : « La guerre a toujours été, donc elle sera toujours ! »

— Il y a ceux qui disent : « Je ne vois pas plus loin que le bout de mes pieds, et je défends aux autres de le faire ! »

— Il y a ceux qui disent : « Les enfants viennent au monde avec une culotte rouge ou bleue sur le derrière ! »

— Il y a, gronda une voix rauque, ceux qui disent : « Baissez la tête, et croyez en Dieu ! »

*

Ah ! vous avez raison, pauvres ouvriers innombrables des batailles, vous qui aurez fait toute la grande guerre avec vos mains, toute-puissance qui ne sert pas encore à faire le bien, foule terrestre dont chaque face est un monde de douleurs — et qui, sous le ciel où de longs nuages noirs se déchirent et s'éploient échevelés comme de mauvais anges, rêvez, courbés sous le joug d'une pensée ! — oui, vous avez raison. Il y a tout cela contre vous. Contre vous et votre grand intérêt général, qui se confond en effet exactement, vous l'avez entrevu, avec la justice, — il n'y a pas que les brandisseurs de sabres, les profiteurs et les tripoteurs.

Il n'y a pas que les monstrueux intéressés, financiers, grands et petits faiseurs d'affaires, cuirassés dans leurs banques ou leurs maisons, qui vivent de la guerre, et en vivent en paix pendant la guerre, avec leurs fronts butés d'une sourde doctrine, leurs figures fermées comme un coffre-fort.

Il y a ceux qui admirent l'échange étincelant des coups, qui rêvent et qui crient comme des femmes devant les couleurs vivantes des uniformes. Ceux qui s'enivrent avec la musique militaire ou avec les chansons versées au peuple comme des petits verres, les éblouis, les faibles d'esprit, les fétichistes, les sauvages.

Ceux qui s'enfoncent dans le passé, et qui n'ont que le mot d'autrefois à la bouche, les traditionalistes pour lesquels un abus a force de loi parce qu'il s'est éternisé, et qui aspirent à être guidés par les morts, et qui s'efforcent de soumettre l'avenir et le progrès palpitant et passionné au règne des revenants et des contes de nourrice.

Il y a avec eux tous les prêtres, qui cherchent à vous exciter et à vous endormir, pour que rien ne change, avec la morphine de leur paradis. Il y a des avocats — économistes, historiens, est-ce que je sais ! — qui vous embrouillent de phrases théoriques, qui proclament l'antagonisme des races nationales entre elles, alors que chaque nation moderne n'a qu'une unité géographique arbitraire dans les lignes abstraites de ses frontières, et est peuplée d'un artificiel amalgame de races ; et qui, généalogistes véreux, fabriquent aux ambitions de conquête et de dépouillement, de faux certificats philosophiques et d'imaginaires titres de noblesse. La courte vue est la maladie de l'esprit humain. Les savants sont en bien des cas des espèces d'ignorants qui perdent de vue la simplicité des choses et l'éteignent et la noircissent avec des formules et des détails. On apprend dans les livres les petites choses, non les grandes.

Et même lorsqu'ils disent qu'ils ne veulent pas la guerre, ces gens-là font tout pour la perpétuer. Ils alimentent la vanité nationale et l'amour de la suprématie par la force. « Nous seuls, disent-ils chacun derrière leurs barrières, sommes détenteurs du courage, de la loyauté, du talent, du bon goût ! » De la grandeur et de la richesse d'un pays, ils font comme une maladie dévoratrice. Du patriotisme, qui est respectable, à condition de rester dans le domaine sentimental et artistique, exactement comme les sentiments de la famille et de la province, tout aussi sacrés, ils font une conception utopique et non viable, en déséquilibre dans le monde, une espèce de cancer qui absorbe toutes les forces vives, prend toute la place et écrase la vie et qui, contagieux, aboutit soit aux crises de la guerre, soit à l'épuisement et à l'asphyxie de la paix armée.

La morale adorable, ils la dénaturent : combien de crimes dont ils ont fait des vertus, en les appelant nationales — avec un mot ! Même la vérité, ils la déforment. A la vérité éternelle, ils substituent chacun leur vérité nationale. Autant de peuples, autant de vérités, qui faussent et tordent la vérité.

Tous ces gens-là, qui entretiennent ces discussions d'enfants, odieusement ridicules, que vous entendez gronder au-dessus de vous : « Ce n'est pas moi qui ai commencé, c'est toi ! — Non, ce n'est pas moi, c'est toi ! — Commence, toi ! — Non, commence, toi ! » Puérilités qui éternisent la plaie immense du monde parce que ce ne sont pas les vrais intéressés qui en discutent, au contraire, et que la volonté d'en finir n'y est pas ; tous ces gens-là qui ne peuvent pas ou ne veulent pas faire la paix sur la terre ; tous ces gens-là, qui se cramponnent, pour une cause ou pour une autre, à l'état de choses ancien, lui trouvent des raisons ou lui en donnent, ceux-là sont vos ennemis !

Ce sont vos ennemis autant que le sont aujourd'hui ces soldats allemands qui gisent ici entre vous, et qui ne sont que de pauvres dupes odieusement trompées et abruties, des animaux domestiques... Ce sont vos ennemis, quel que soit l'endroit où ils sont nés et la façon dont se prononce leur nom et la langue dans laquelle ils mentent. Regardez-les dans le ciel et sur la terre. Regardez-les partout ! Reconnaissez-les une bonne fois, et souvenez-vous à jamais !

*

— Ils te diront, grogna un homme à genoux, penché, les deux mains dans la terre, en secouant les épaules comme un dogue : « Mon ami, t'as été un héros admirable ! » J' veux pas qu'on m' dise ça !

« Des héros, des espèces de gens extraordinaires, des idoles ? Allons donc ! On a été des bourreaux. On a fait honnêtement le métier de bourreaux. On le r'fera encore, à tour de bras, parce qu'il est grand et important de faire ce métier-là pour punir la guerre et l'étouffer. Le geste de tuerie est toujours ignoble — quelquefois nécessaire, mais toujours ignoble. Oui, de durs et infatigables bourreaux, voilà ce qu'on a été. Mais qu'on ne me parle pas de la vertu militaire parce que j'ai tué des Allemands.

— Ni à moi, cria un autre à voix si haute que personne n'aurait pu lui répondre, même si on avait osé, ni à moi, parce que j'ai sauvé la vie à des Français ! Alors, quoi, ayons le culte des incendies à cause de la beauté des sauvetages !

— Ce serait un crime de montrer les beaux côtés de la guerre, murmura un des sombres soldats, même s'il y en avait !

— On t' dira ça, continua le premier, pour te payer en gloire, et pour se payer aussi de c' qu'on n'a pas fait. Mais la gloire militaire, ce n'est même pas vrai pour nous autres, simples soldats. Elle est pour quelques-uns, mais en dehors de ces élus, la gloire du soldat est un mensonge comme tout ce qui a l'air d'être beau dans la guerre. En réalité, le sacrifice des soldats est une suppression obscure. Ceux dont la multitude forme les vagues d'assaut n'ont pas de récompense. Ils courent se jeter dans un effroyable néant de gloire. On ne pourra jamais accumuler même leurs noms, leurs pauvres petits noms de rien.

— Nous nous en foutons, répondit un homme. Nous avons aut' chose à penser.

— Mais tout cela, hoqueta une face barbouillée et que la boue cachait comme une main hideuse, peux-tu seulement le dire ? Tu serais maudit et mis sur le bûcher ! Ils ont créé autour du panache une religion aussi méchante, aussi bête, et aussi malfaisante que l'autre !

L'homme se souleva, s'abattit, mais se souleva encore. Il était blessé sous sa cuirasse immonde, et tachait le sol, et, quand il eut dit cela, son œil élargi contempla par terre tout le sang qu'il avait donné pour la guérison du monde.

*

Les autres, un à un, se dressent. L'orage s'épaissit et descend sur l'étendue des champs écorchés et martyrisés. Le jour est plein de nuit. Et il semble que, sans cesse, de nouvelles formes hostiles d'hommes et de bandes d'hommes s'évoquent, au sommet de la chaîne de montagnes des nuages, autour des silhouettes barbares des croix et des aigles, des églises, des palais souverains et des temples de l'armée, et s'y multiplient, cachant les étoiles qui sont moins nombreuses que l'humanité, — et même que ces revenants remuent de toutes parts dans les excavations du sol, ici, là, parmi les êtres réels qui y sont jetés à la volée, à demi enfouis dans la terre comme des grains de blé.

Mes compagnons encore vivants se sont enfin levés ; se tenant mal debout sur le sol effondré, enfermés dans leurs vêtements embourbés, ajustés dans d'étranges cercueils de vase, dressant leur simplicité monstrueuse hors de la terre profonde comme l'ignorance, ils bougent et crient, les yeux, les bras et les poings tendus vers le ciel d'où tombent le jour et la tempête. Ils se débattent contre des fantômes victorieux, comme des Cyrano et des don Quichotte qu'ils sont encore.

On voit leurs ombres se mouvoir sur le grand miroitement triste du sol et se refléter sur la blême surface stagnante des anciennes tranchées que blanchit et habite seul le vide infini de l'espace, au milieu du désert polaire aux horizons fumeux.

Mais leurs yeux sont ouverts. Ils commencent à se rendre compte de la simplicité sans bornes des choses. Et la vérité non seulement met en eux une aube d'espoir, mais aussi y bâtit un recommencement de force et de courage.

— Assez parlé des autres ! commanda l'un d'eux. Tant pis pour les autres !... Nous ! Nous tous !...

L'entente des démocraties, l'entente des immensités, la levée du peuple du monde, la foi brutalement simple... Tout le reste, tout le reste, dans le passé, le présent et l'avenir, est absolument indifférent.

Et un soldat ose ajouter cette phrase, qu'il commence pourtant à voix presque basse :

— Si la guerre actuelle a fait avancer le progrès d'un pas, ses malheurs et ses tueries compteront pour peu.

Et tandis que nous nous apprêtons à rejoindre les autres, pour recommencer la guerre, le ciel noir, bouché d'orage, s'ouvre doucement au-dessus de nos têtes. Entre deux masses de nuées ténébreuses, un éclair tranquille en sort, et cette ligne de lumière, si resserrée, si endeuillée, si pauvre, qu'elle a l'air pensante, apporte tout de même la preuve que le soleil existe.

Décembre 1915.

CARNET DE GUERRE

présenté et annoté
par Pierre Paraf

Le Carnet de guerre *commence le 14 octobre 1915.*

Henri Barbusse est en première ligne depuis neuf mois.

Sur le champ de bataille de l'Artois où, pour conquérir quelques centaines de mètres de terrain, des dizaines de milliers de soldats sont tombés, la réalité la plus macabre, la plus atroce, surgit des premières notes du Carnet.

14 octobre 1915.

Nous sommes dans un des abris sur la route de Béthune. Nous sommes partis ce matin à 9 heures 1/2, Momial et moi, pour essayer d'aller jusqu'à Souchez, à la faveur du brouillard intense qui couvre ce matin la plaine. On monte sur la route. Les morts qui s'alignaient ont été enlevés. Ils avaient des aspects terribles et pitoyables. Il y en avait un qui avait la face complètement noire, les lèvres tuméfiées et mornes, les mains déchiquetées, une espèce de petite main d'enfant avec la paume déchiquetée ; c'est monstrueux et épouvantable. Les autres, paquets informes, souillés, d'où sortent de vagues objets et autour desquels volettent des lettres qui, pendant qu'on les déballait, les coudes par terre, se sont échappées de leurs poches. L'une de ces lettres : *Mon cher Henri, il fait beau le jour de ta fête,* etc. Plus loin, on a transporté un mort dans un état tel qu'on a dû l'entourer d'un grillage et d'une toile de tente, et fixer le tout par des cordes à un piquet. Odeur pestilentielle. Tas de toiles de tente et de capotes maculées, en charpie, raidies par le sang séché.

On descend la route de Béthune. De chaque côté, arbres fracassés, talus labourés d'obus, amas de détritus, d'ordures et de débris de toutes sortes. Tout le long, tranchées, boyaux, drapeaux divers. Une piste à gauche. Toute la plaine est travaillée de « pistes », de boyaux, et on vient, depuis la prise des positions qui nous dominaient, d'y établir un Decauville.

Le Cabaret Rouge. Il n'en reste rien. On montre comme une curiosité un reste de plancher, [...] les décombres entassés là sont rougeâtres comme de la brique dont était faite la maison, lorsque maison il y avait.

Nous gagnons l'autre tranchée allemande de première ligne qui côtoie à peu près la route. A certains endroits, elle est tout à fait évasée par le labourage des obus, noircie et charbonneuse, dont les trous sont à côté les uns des autres. On voit des cadavres allemands et français qui sont là depuis quinze jours, un mois peut-être, et qu'on ne pouvait enterrer tant que la ligne de feu subsistait là.

Photographié cinq Allemands écrabouillés, décomposés, noirs et grouillants de vermine, au revers de la tranchée conquise à l'attaque des 25-28 septembre ; également la tranchée allemande. J'ai choisi un endroit qui m'a paru particulièrement déchiré et bouleversé. Mais vraiment, c'est impossible de choisir ; tout a été retourné, plein de pourriture et de débris. Ça sent le cataclysme [...]. Nous descendons plus avant et arrivons à Souchez ; comme ruines, c'est complet. Le village est redevenu la plaine, avec des monceaux de ruines, de poutres. De temps en temps, des trous d'obus [...]. Odeur de charnier. On marche sur les éclats d'obus, les armes cassées, partout des obus non éclatés, des équipements effilochés, des monceaux suspects de vêtements englués d'une boue brunâtre. Quelques cadavres. L'un est tout frais. Un cuisinier avec son chapelet de pains. Les bidons des camarades autour du corps. Il a dû être tué cette nuit ; un éclat dans le dos. Les Allemands tous ces jours-ci ont beaucoup bombardé Souchez. De loin, on voyait les grandes fumées des 150 ou 210 s'élever avec leur tonitruant fracas de déballage métallique, du creux où nous sommes actuellement. L'endroit n'est pas très sûr, évidemment, et nous avons de la chance de n'être pas sonnés ! On va jusqu'au bout du village, si l'on peut s'exprimer ainsi, vers la seule habitation dont il subsiste des fondations (par un trou, on voit dans la cour un sommier inondé de sang). Puis on revient.

Jamais je n'ai vu une pareille disparition de village. Ablain-Saint-Nazaire et Carency gardaient encore une forme de localités avec leurs maisons disloquées et leurs cours bouchées de décombres.

Ici, plus rien ayant une forme, pas même le pan de mur, de grille [...] de portail debout. On dirait un terrain vague sale, marécageux, à proximité d'une ville, sur lequel celle-ci a déversé pendant des années ses décombres, ses fracas, ses matériaux de démolition, sa vieille ferraille. Au premier plan le brouillard, le fantastique décor des arbres massacrés.

Peu de cadavres ; quelques trous où pourrissent des chevaux. D'autres où sont les restes défigurés, déformés par les blessures, et qui étaient des hommes. Le moulin sous le bombardement a tellement été coupé des choses qu'il a détourné le ruisseau jusqu'à en faire, au hasard, former un étang sur une petite place.

15 octobre.

Je suis allé avec le cinquième bataillon au talus [des] Zouaves. Ce talus pris dans notre attaque du 28, atteint par les zouaves et les Marocains dans l'attaque du 7. Les assaillants, qui ont couru jusque-là depuis la Croix de Berthonval et qui se sont retranchés tant bien que mal au pied de la butte dans des trous individuels, qui en font un endroit comme une ruche, ont été pris de côté par des mitrailleuses et massacrés. Le ravin et les talus qui s'étendent sur plusieurs kilomètres de longueur ne sont plus qu'une vaste nécropole. Partout des cadavres momifiés, squelettiques, réduits à l'état de petits tas mêlés de boue rougeâtre. Ou bien on voit une semelle qui dépasse ; parfois un pied çà et là ou bien un morceau d'étoffe émergent de la terre et indiquent un cadavre. Il y en a des quantités formidables que les Allemands, pendant qu'ils occupaient les positions, ont laissé pourrir. On voit une face à la Ramsès II qui émerge d'un sac haché, recroquevillé dessous, des tibias, des fémurs, des os des mains ou des pieds serrés comme des osselets autour de renflements suspects. De bouts d'étoffes effilochés, enduit de goudron, émerge un fragment de colonne vertébrale. Ce ne sont plus des cadavres, mais des amas d'ordures desséchés qui semblent avoir été déversés avec des équipements hors d'usage, des quarts, des gamelles, des boîtes à ordures. Sans compter les innombrables détritus, des boîtes de conserve éparpillées que les soldats qui ont vécu là ont laissés s'échouer, s'amonceler autour des cantonnements.

Quant aux morts des attaques du 28, on les transporte tous les jours et tous les jours on les enterre. Nous en avons une rangée au pied de l'Alvéole des Zouaves. Ils étaient semblables à ceux que j'ai vus avant-hier, hier, alignés sur la route de Béthune, pleins de boue, affreusement mutilés et abîmés, la figure gonflée, noire comme une tête de nègre, la chair tuméfiée et pleine d'insectes et de vers ramassés en tas. On range les fusils[1].

*

Et voici, comme un intermède aux scènes de tragédie, des réflexions dans le singulier langage du front, l'argot du « poilu », que Barbusse a soigneusement consignées, celles que les combattants de Quatorze ont enten-

1. Une grande partie de ces notes a été utilisée dans le chapitre XII du *Feu* : « Le portique ».

dues, avec quelques variantes de forme, dans tous les secteurs. Réflexions suivies de petits noms d'amitié...

Du coup qu' t'as un galon, t'es tout le temps emmerdé.

L'embusqué, il était bien habillé. Il était propre. Il avait des bottines. Il marquait mal, quoi.

. . . .

Une petite fille. On lui aurait bien fait une petite douceur.

. . . .

Alors, ça va durer jusqu'à la Saint-Galmier.

Se refaire la cerise.

Cet homme mou et dégoûtant, ça doit être le cuistot.

. . . .

Bec de puce, saucisse à pattes ou volante, face de noix, peau d'hareng, fil à trou, nez d'âne, enfant de cochon, vieille noix, face de poupard, face de crête, bec de moule, face de fesse, affreux pou, peau de derrière, peau de manche, manche à couilles.

*

Quinze jours plus tard, Henri Barbusse se remet à prendre des notes.

2 novembre.

Talus des Zouaves. Arrivé par pluie battante. Jambes et pieds mouillés par pénétration de l'eau aux genoux. Les parois des tranchées s'écroulent. C'est l'inondation, le déluge.

Ligne absorbée par l'eau.

Un homme complètement couvert de boue, des pieds à la tête, hurlant, épais et jaune, les mains gantées, cuirassé de boue. Il nous raconte l'épouvantable histoire des hommes qui sont dans les boyaux de première ligne. De l'eau jusqu'aux genoux ou jusqu'aux hanches. Les guitounes s'écroulent toutes. On ne peut pas rester immobile dans les boyaux, car il est impossible de bouger ensuite. Impossible de se diriger ; s'il n'y avait pas l'éclairement des fusées, on se noierait. Les hommes sont démoralisés. « Il pleurait à chaudes larmes », dit [...] qui vient de passer deux heures avec un camarade à dégager de la boue le brancardier Dumas. On se demande comment on pourra faire la relève demain. Dumas arrive à moitié mort. Ils ont dû passer par la plaine et sont tombés dans un trou d'obus. Leurs vêtements se sont arrachés au fil de fer. La capote de Dumas pèse trente-cinq kilos. Là-haut, les hommes n'ont pas mangé depuis vingt-quatre heures.

Des cuisiniers enlisés, écroulés en chemin. On les a trouvés dormant dans la boue, à bout de forces.

Les mitrailleuses déposées sur le haut du talus en paquets, tout dégoulinants de boue.

« On ne nous a pas tués, c'est un miracle », dit Paradis. Paradis répète, hanté : « C'est un miracle, un miracle, un miracle », pour traduire toute l'impression perpétuelle qui se dégage d'un tel désastre.

Le sergent à qui la boue a arraché le pantalon et le caleçon, et qui est revenu avec des petites jambières sur ses jambes nues.

Les hommes qui se sont noyés [...], des semelles arrachées.

La nuit, quand on met le pied au bord d'un trou d'obus, on est foutu.

Je n'étais qu'une terre.

*

Henri Barbusse s'attache à la vie du cantonnement de l'arrière-front avec ce même souci scrupuleux de vérité qu'il apporte à décrire l'avant.

La guerre, ce n'est pas seulement le drame sanglant, c'est aussi le morne ennui de ce cantonnement dont on sait qu'il n'est qu'une courte pause avant les nouveaux rendez-vous de la mort.

Ainsi ces jours ou ces semaines de repos, qui étaient

pour d'autres, pour ses jeunes camarades, le retour miraculeux à la vie, n'apportaient à sa lucide maturité que d'autres thèmes de mélancolie.

Dans le cantonnement d'hiver : le chien[1].

Il s'ennuie, couché, immobile, pensant dans son coin, à côté d'une gamelle graisseuse. Dans cette grange pleine d'obscurité humide, de courants d'air et de fumier, et où on vit, transi, la journée, en battant des semelles, en marchant de la couchette à la porte. Il symbolise l'ennui, le grand ennui, dont on ne voit pas la fin, l'ennui mesuré qui abat, et qui tuera lui aussi, même lui, si ça dure.

On se réfugie dans l'haleine de quelque caboulot populeux. Là, on écrit, on parle, on crie, on secoue le silence et l'ennui, puis à huit heures moins le quart on sent avec un frisson qu'il faut rentrer.

. . . .

Approfondir le caractère tragique du côté banal de la guerre. C'est le plus épouvantable, parce que l'autre, le danger, l'appréhension de la mort violente, n'en est pas complètement séparé. Cela est en haut dans l'avenir.

. . . .

C'est en présence d'une violation aussi profonde de notre caractère, de notre âme, qu'on s'aperçoit combien les idées qui poussent à la guerre sont superficielles. Mettez-les en balance. Comparez. Sont-elles plus humaines que notre misère est inhumaine ?

*

A nouveau, comme en contrepoint, des réflexions de ses camarades d'escouade.

. . . .

1. Le chapitre XI du *Feu* où apparaît le chien Labri, « vague berger mâtiné à queue coupée », pitoyable victime de la guerre, lui aussi, porte ce titre.

J'étais ravi quand il m'a cassé ; j'étais dans les temps anciens ; j'étais au septième siècle.

. . . .

Ça manque de soles « Marguerite[1] ».

. . . .

Pourquoi vous appelez l'adjudant le juteux ? — Tirette sentencieusement : toujours ça a été.

. . . .

Il faudrait faire des tables entre chaque couchette. Mais c'est ouvrageux[2].

. . . .

Allons, avoue-le ; voyons, mets une main sur ta conscience.

Dans la boue sale, on a le cacafard.

Le petit Italien, surnommé le Macacroni.

Paradis répétait toujours : « Plus il devient ramolli, plus il devient dur. »

*

Le feuillet du Carnet, *où les notes qui suivent sont inscrites, contient à gauche quelques indications sur les divers échelons de l'état-major.*

L'aveugle suit son chien comme un chien.

Quand tu veilles à ton créneau la nuit.

La sentinelle qui veille dans la tranchée sous les étoiles, qui pense aux hommes. Les hommes, tous les hommes aussi nombreux que les étoiles et qui sont aussi éloignés les uns des autres, aussi inconnus. Cette barrière d'obscurité et de sang est épouvantable. Y a-t-il quelque chose à faire contre elle ? Oui, il faut que les hommes se cherchent. Il faut qu'ils se débarrassent des mauvaises leçons que leur inculquent ceux qui ne savent pas ou ceux qui ont intérêt à ce que leur igno-

1. Au lieu de celles qui portaient le nom du restaurant « Marguery ».
2. Henri Barbusse appliquera plus tard cette épithète à la composition du *Feu*, dans une lettre à Mme Henri Barbusse.

rance les uns les autres leur obscurcisse leur solitude emprisonnée. Il faut regarder les choses au commencement avec calme, précision et sagesse, se guider non sur des dogmes mais sur des idées, non sur des idées abstraites incompréhensibles, mais sur des idées claires, profondes, vivantes.

Avoue que tu ne sais pas bien où tu en es quand tu veilles ainsi en essayant de voir bouger quelque chose sur la plaine. Tu ne comprends pas en somme pourquoi tu es là. Mon ami, il n'y a pas au fond de raison valable pour que tu sois là. Naturellement, nous sommes dans cette heure pris dans un engrenage. Il faut continuer et vaincre. Mais il faut voir plus loin et plus grand que les intérêts de l'heure présente qui ne sont qu'un petit détail historique au sein d'une éternelle question.

Maintenant tu ne lis pas les journaux. Mais plus tard méfie-toi de ceux qui cherchent à te faire croire que les peuples sont chacun d'une espèce différente et qu'il faut qu'il y en ait un qui prédomine le leur ; si c'est vrai pour les uns, c'est vrai pour les autres, et c'est la guerre à perpétuité.

*

Barbusse s'en prend alors au genre de littérature dont le soldat de 1914 commence à s'énerver, puis à s'indigner : le mensonge conventionnel, empoisonné, dont Le Feu *sera l'antidote.*

Taper sur les descriptions à l'eau de rose... Les conneries de Déroulède et la peinture de Detaille... le camoufleur embusqué. Il fait des portraits de mondain avec les cold-cream, du rouge, de la pommade Rosa et de la poudre de riz.

Ensuite, une image d'épopée et une constatation sur la ressemblance des soldats.

Dans la symphonie du bombardement, on dirait une locomotive haletante, frénétique, qui a passé dans les airs, tombe vertigineusement et va s'abîmer à terre.
Ils se ressemblent par là où ils sont forcés de revêtir l'uniforme de soldats, pas seulement celui qui est sur la peau.

Puis le héros du Feu, *le caporal Bertrand, qu'Henri Barbusse prendra souvent pour interprète :*

Décharger, élaguer la conversation qui doit être bibliquement simple et essentielle, par une conversation entre Bertrand le Triste et [...].
Bertrand le Taciturne exprime tout un amas de silences et d'observations réfléchies.

*

Le onzième feuillet du Carnet *débute par cette image toute nouvelle en 1915 :*

LES DESCENTES EN PARACHUTE DE LA SAUCISSE

et par cette vision macabre :
Il avait la tête traversée d'un bout à l'autre. On aurait pu y passer une ficelle.

Henri Barbusse aborde le problème des responsabilités de la guerre.
Par la voix du caporal Bertrand, par celle des visionnaires du sanatorium dans le chapitre qui prélude au Feu, *il a nettement déclaré que le plus grand coupable était le militarisme allemand. Mais au fond de l'épreuve, il n'abdique pas son objectivité. Il estime que tous les torts ne sont pas d'un seul côté, réagit contre le « bourrage de crâne » qui tend à dénier toute vertu à l'Allemagne.*
Il imagine ainsi cette conversation entre deux soldats.

Question de nationalité, question de boutique. A un moment grave de la conversation finale, un boutiquier intéressé me dit : C'est comme chez moi ; il y a deux rues dans un patelin, la rue X et la rue Z. Or, pour les habitants, il n'y a pas de choses qui soient bonnes ou mauvaises en elles-mêmes. Il n'y a que des choses qui profitent soit aux commerçants, soit aux propriétaires de la rue X, soit à ceux de l'autre... Les habitants le savent bien au fond... Mais il y a des gros boutiquiers et des gros propriétaires importants de côté et d'autre qui dirigent tout. C'est pour le reste des hommes une question de vie et de mort.

. . . .

Faut pas compliquer les choses ni se laisser monter le coup. On peut parfaitement vivre heureux sans essayer de s'armer et de se détruire. Est-ce que la Provence a besoin, pour vivre heureuse, d'écarter la Bretagne ou le Poitou, de passer sur le ventre aux Picards ?... L'état de paix qui est l'état normal, n'existerait-il pas entre politiques de pays tout autant qu'entre populations de province ? Si c'est possible que deux régions voisines fassent leurs affaires sans qu'il soit nécessaire que l'une avale l'autre, pourquoi ceci ne se passerait-il pas entre deux pays voisins ? Ils sont plus près que les Etats-Unis d'Amérique, ne sont pas aussi grands que l'Europe peut-être. Et pourtant les cantons du Nord avec les quasi-Espagnols du Sud... Les Etats-Unis sont une république. Oui, je sais bien, il faut des républiques, c'est-à-dire des pays où les peuples se gouvernent eux-mêmes. Il ne tient qu'à eux.

. . . .

Les paradoxes du maître.

La France voulait la paix. Elle ne demandait qu'à se rapprocher avec l'Allemagne. Son idéal, c'était la paix. Jamais nous n'avions provoqué l'Allemagne, jamais nous n'avons parlé de revanche ni espéré la reprise de l'Alsace-Lorraine. Jamais nous n'avons manifesté contre les Allemands la moindre haine, le moindre [sentiment] désobligeant.

On ne devrait jamais utiliser une invention qui ne soit pas française. J'en parle ici pour que le « Nouvelliste » fasse campagne.

— Alors, il paraîtrait manuscrit, parce que l'imprimerie, c'est une invention allemande. Dame ! il me semble que Gutenberg, né à Mayence au XVe siècle...

— Les Boches d'alors et ceux d'aujourd'hui, ce n'est pas la même chose.

Il faudrait savoir d'abord si c'est vrai.

Un ministre français dit que les Boches d'autrefois et ceux d'aujourd'hui, c'est la même chose.

. . . .

A. disait : Cette grande charge, ce doit être magnifique à voir. Mon vieux, c'est comme si une vache disait : Ce doit être magnifique à voir à La Villette ces multitudes de troupeaux qu'on pousse en avant[1]. C'était tout à fait ce qu'elle dirait, c'te vache.

*

Le propre des hommes, c'est de ne pas voir plus loin que leur nez. Défaut d'intelligence, défaut de sensibilité. Il devient indifférent au-delà de certaines courtes limites. Après moi, le déluge. Au fond, on ne l'avoue jamais, mais on le pense toujours. Oui, la bêtise et l'indifférence se contentent des moindres choses pour se mettre à l'aise.

. . . .

On réunit la nuit les troupes pour l'assaut. Ils partent dans le petit matin. C'est le réveil du condamné. De l'autre côté, là-bas, d'autres hommes sont arrachés au sommeil pour être envoyés, trébuchant sous le faix, à l'abattoir.

. . . .

A cinquante kilomètres du front, ils doivent dire

1. Henri Barbusse place cette réflexion dans la bouche d'un chasseur qui lève sa tête de l'ombre de la tranchée, aux dernières pages du *Feu* (chapitre XXIV : « L'aube »).

dans leurs petites prières, le soir et le matin : « Mon Dieu, faites que la guerre continue[1] ! »

. . . .

A propos des causes de la guerre.

Sans entrer dans les détails, il est évident qu'il est un peu puéril de donner tous les torts à l'Allemagne et de prétendre qu'avant la guerre toute l'Allemagne était belliqueuse et toute la France pacifiste. En réalité, il y avait des deux côtés des éléments belliqueux et des éléments pacifistes ; mais en Allemagne les éléments militaristes étaient dirigeants et tout-puissants, et ce point de vue a entraîné le reste.

Il y avait en France un parti de revanche très actif, et dont l'influence sur l'opinion était sensible, et il y avait un peu partout chez nous un regret d'humiliation militaire de 70, un espoir empanaché de victoires conforme au caractère de beaucoup de Français.

. . . .

Ce n'est pas l'armée nécessaire qu'on attaquait. Ce n'est pas la loi de trois ans qui se conçoit comme arme. C'est un état d'esprit, le seul désir de dominer par la force pour regagner les provinces perdues et pour imposer à l'extérieur des affaires nationales un besoin de gloire nationale.

. . . .

Courte vue. Celui qui se fait une opinion définitive sur une doctrine à cause d'un fait de détail ou d'une présomption.

Courte vue. Ceux qui se contentent de la formule de dogmes : le dogme religieux, le drapeau qui s'est à la longue cristallisé.

*

1. Dans le chapitre V du *Feu*, « L'asile », le soldat Cocon demande au petit garçon de l'estaminet : « Ton papa i' dit, n'est-ce pas : pourvu que la guerre continue ! » « Pour sûr, dit l'enfant en hochant la tête, parce qu'on devient riche... »

Les réflexions précédentes et celle qui suit « L'idole du drapeau »(un thème qui sera repris dans Clarté *et qui vaudra à la première édition de ce roman les atteintes de la censure) doivent être lues dans l'optique de 1915.*

L'Europe, en proie aux horreurs d'une guerre anonyme, n'avait pas connu la sauvagerie personnelle de Dachau et d'Auschwitz.

Quand Henri Barbusse est mort, le nazisme régnait depuis deux ans sur l'Allemagne. Le danger qu'elle incarnait était bien plus mortel encore que celui du militarisme impérial de l'Allemagne de Guillaume II.

L'idole du drapeau.

Les idoles anciennes sont ressuscitées dans celle-là.

Le drapeau, mes amis, une idole. En la hissant, en cherchant à la détruire, je fais la même chose que ceux qui, par des idées morales plus profondes et plus hautes, s'attaquaient aux idoles de pierre.

— C'est pas la même chose, le drapeau.

— Ça ne paraît pas la même chose, mais pour la postérité ça paraîtra la même chose et même pire.

. . . .

Bien veiller à l'idée de la multiplication, de la continuité de la misère.

. . . .

La paix tout de suite. C'est la fin de la guerre. Plus tard, c'est peut-être la fin des guerres.

*

Dans le Carnet de guerre *s'ébauchent les types principaux du* Feu. *Le comptable Cocon représente l'homme-statistique. Toute son aventure s'exprime en chiffres.*

Statistique.

Cocon m'explique que nous avons couché dans trente villes, que le régiment a été renouvelé trois fois, qu'on est resté une fois seize jours dans les trains, qu'on a eu trois fois du repos. Chacun a usé deux fusils, quatre capotes, deux pantalons, six paires de brodequins[1].

Phrase finale d'un soldat, montrant qu'on ne se rend pas compte de cet effort.

Puis quelques notes sur les figures de ses camarades, leurs jeux de mots et un sujet de nouvelle.

Il avait une tête très petite, mais très laide. Il avait un vaste corps, pas mal étalé, et sur son torse carré une tête minuscule si petite qu'on dirait une tête de cane sculptée.

. . . .

Dans sa figure plate, son petit nez qu'il travaille du doigt et tortille à tout moment s'érige droit comme un bouchon.

. . . .

On aurait dit un escargot marchant avec ses mains.

. . . .

Fouillade, soldat admirable. L'acte d'héroïsme qu'il a fait. Au début, il est porteur de sa citation.

. . . .

Dans les tribulations, on parle de Landrin, fils de famille noceur et qui est arrivé à ses fins, être pris comme cantonnier à l'armée. Tirette me dit : « Quand on y est, c'est pour longtemps. »

L'amante (la mante religieuse = Madame X).

Le comte s'est plaint = (le comte X).

A Babylone, au temps de la reine *Séminariste.*

On a vu passer des officiers anglais avec de très beaux cuirs ajustés. On les a appelés « les sanglés ».

Jurons : Mal de nos os. Que Satan se lève. Trou de l'Enfer. Satan me brûle. Cinq cents blasphèmes. Satan et sa Madame. Que le choléra me purge. Satan et sa marmite de guerre. Un cent de sorciers.

. . . .

1. Cette comptabilité se retrouve dans le chapitre XIV du *Feu* : « Le barda ».

L'oiseau qui chante. C'est lui qui a raison.

. . . .

Prophéties.

J'essaie de vous donner l'espoir comme je peux. On en cite une péremptoire sur la défaite de l'Allemagne avant l'hiver. On discute de la possibilité de prédire l'avenir. On me demande mon avis. On a confiance en moi. Je dis carrément : mais parfaitement. Des prédictions de ce genre se sont réalisées, c'est promis[1].

. . . .

Des hommes égrenés au loin comme des multitudes de poux.

. . . .

Polémique.

Bons, vos articles. Bons à tirer, oui.

Sujet de nouvelle.

Propenson est un brave à trois poils. Il a eu aussi la Croix de guerre avec deux palmes et la Médaille militaire. Le triste Beot, vaurien, gibier de potence, parcourant le champ de bataille, flairant comme un chacal, le croit mort. Il lui subtilise ses papiers. Dans la vie, il sera désormais Propenson. Il se fait faire prisonnier. Après la guerre, il voit venir des gendarmes. Propenson était en réalité la pire des fripouilles. Il s'était conduit bravement, mais les crimes antérieurs subsistaient. [...] Le voleur d'état civil est condamné à mort. En vain essaye-t-il d'expliquer qu'il n'est pas Propenson, mais Beot ; on ne le croit pas. Il s'était trop emberlificoté et entouré d'un réseau solide de précautions. De plus, ceux qui le connaissaient avaient disparu au Mort Homme.

1. Dans le chapitre XX, qui porte le titre même du roman, *Le Feu*, le caporal Bertrand confie à son camarade Barbusse : « Une fois, je leur ai dit que je croyais aux prophéties — pour les faire marcher. »

*

Henri Barbusse, qui ne cesse de méditer, de fortifier sa foi de pacifiste au contact de la souffrance et du péril, constate :

Le devoir, c'est le danger.

L'abus, le sophisme des « rouspéteurs ». Je rendrai plus de services dans un poste sûr et abrité. Ou même en restant chez moi à cause de mes ressources intellectuelles et artistiques que je conserverais ainsi au pays. Donc que les autres aillent là où on se fait vraiment tuer.

Dans les notes entrecroisées, écrites tantôt au crayon, tantôt à l'encre, souvent barrées d'un trait, peut-être parce qu'elles ont été utilisées ailleurs, alternent des images de tragédie et celles d'un lyrisme délicat, les propos de l'escouade et les pensées de Barbusse sur la paix.

Ainsi le soldat Tirette peste contre la Régie parce qu'il n'arrive pas à faire flamber ses allumettes, sans s'apercevoir qu'il les frotte du mauvais côté. Un autre camarade évoque le déjeuner debout sous la pluie, où tout le fond de la tranchée coulait et « foutait le camp et où ses pieds d'éléphant avaient pris racine ». Puis une vision pareille à celle qui enchantait vingt ans auparavant l'auteur de Pleureuses.

Dans le rayon qui entrait par la fenêtre, droite et tendre comme un rideau de soleil, on la voyait. Elle approchait sa joue de la joue d'une rose.

Et toujours l'obsession de la petitesse et de l'immensité de ceux qui combattent :

La guerre n'existe que par le travail invisible de ces infiniment petits.

Chaque soldat est, à cause de la multitude, invisible et silencieux.

La Vérité. Le champ de bataille. La grande nuit.

L'homme ver. Des hommes ver. Tout cela remue dans l'incendie invisible de la fièvre. Au petit matin, ils fument comme des décombres, appelant ; l'un d'eux remue, retombe plus bas. Ils sont la source du brouillard ?

Volpatte, l'homme des grandes colères, en pousse une sur l'état-major :

La colère de V sur le danger : ceux qui portent au col le stigmate de l'état-major.

La saleté de Blaire :

On a envie de dire à Blaire, au moment de la bague : Pourquoi es-tu si sale ? Tu crois qu' t'es agréable pour ta femme... d'avoir un pareil sagouin qui l'approche. Mais vraiment on n'ose pas.

Soudain, une référence à Balzac :

L'anguille. Chapitre à la Balzac.

Et l'image de Jésus, pour qui l'athée Barbusse éprouvera toujours une grande tendresse. Il lui dédiera, outre sa trilogie dont deux livres ont paru (Jésus, Les Judas de Jésus), *le chapitre de* Clarté : « *De profundis clamavi* ».

Jésus-Christ est un pauvre bonhomme à l'âme pure ; il ne méritait pas tout le mal qu'ont fait ses idées.

Les notes deviennent de plus en plus dispersées, toujours sur les mêmes thèmes :

La Tendresse : Quelque chose sur les bêtes et la pitié quelque chose sur la tendresse.

L'argot de ceux qu'on nomme amicalement les Bicots : Mamadou, Ben Bougar, Ben Djemila :

Bon tirour (tireur). Braillour (tirailleur). Maté et souar (matin et soir).

Mon chambre d'acouate.

Pas mayé (il n'y a pas moyen).

Flèche au grand confrère Maurice Barrès. Flèche au Service automobile, que les fantassins traitent sans aménité. Flèche aux écrivains qui s'embusquent.

La haine magnifique que vous avez et qui ne sert qu'à faire du mal.

. . . .

Le service automobile. Des trucs pour ne pas être dans l'infanterie. Le S.A. n'a jamais, tant qu'il l'a pu, lâché un homme. On a même refusé, pour le principe, des engagements dans l'infanterie. T'entendais les conducteurs dire : « J'ai voulu m'engager ; j'ai pas pu. » C'était pas vrai, mais c'était un coup de jésuiterie. On le renvoyait, cet automobiliste, et raffecté au milieu de l'escouade comme un prisonnier.

. . . .

A Monsieur F. de C... Ceux qui pendant la paix avaient tant de talent pour faire parler d'eux et tant à se faire oublier pendant la guerre.

... Le cas de B..., C..., de ceux auxquels on a ménagé, entre deux jours de deux ans d'embuscade, une circonstance... pour leur donner la Croix de guerre.

. . . .

Amusement d'entendre compter encore en pistoles :

Dans ce château-là, y avait des oubliettes... A la batterie, tu gagnais tous les ans, sans exagérer, trente-cinq à trente-six pistoles, et même quelques palettes ou écus (pistole : dix francs ; palette : cinq francs ; écu : trois francs).

Et cette déclaration qui préfigure peut-être la querelle du Feu *:*

Je veux être jugé par mes pairs et non par les Pères Ascensionnistes de la rue Bayard ou de la rue François-Ier.

*

Le Feuillet 30 du Carnet *est entièrement consacré aux Grands Livres. Le choix d'Henri Barbusse, que la plupart des hommes cultivés de 1914 auraient ratifié, permet de mesurer, pour certains écrivains du moins, la fragilité de la gloire.*

LES GRANDS LIVRES

Les Annales.
L'Enéide.
La Légende des siècles.
Faust. Les Méditations. Les Poésies nouvelles.
Hamlet. Roméo et Juliette.
La Critique de la raison pure.
La Critique de la raison pratique.
Le Mariage de Loti.
La Débâcle.
Germinal.
Les Paysans.
Notre cœur.
Le Saint.
L'Intruse. Les Aveugles.
Sur la pierre blanche.
Le Journal d'une femme de chambre.
Les Eblouissements.
Cyrano.
Pierre le Véridique.
Les Familiers.
La Marche nuptiale. Maman Colibri.
La nouvelle idole. Les Fossiles.
Verlaine.
Mallarmé.
Les Fleurs du Mal.
Don Quichotte.
Gulliver.
Robinson.
La vie de Jésus.
Les Pensées.
René.
Werther.
Guerre du feu.
Grandeur et Servitude militaire.
Vigny.
Poèmes antiques.
Les Trophées.
Le Saint.
Dans les bas-fonds.
La Guerre et la Paix.
Anna Karénine.
Le 1er livre de la jungle.
Le 2e livre de la jungle.
. . . .
Souvenirs d'enfance et de jeunesse.
Confessions de J.-J. Rousseau

Les Martyrs.
Maupassant. Nouvelles.
Madame Bovary.
Bouvard et Pécuchet.
Bel Ami.

*

Après des titres de chapitres auxquels sont accrochées des images :

Le Portique.

Les deux hommes faisaient tache dans ce lieu illusoire et vaporeux.
Ces chambres éparpillées dans le ciel infini.

L'Espion.

Ceux-ci sont restés si longtemps séparés qu'après ils ne peuvent plus que faire semblant d'être heureux.

La Descente.

Volpatte et Fouillade.

La Permission.

Embarquement.
(Présenter ce chapitre à la Kipling.)

La Grande Colère.

Le Chien.

Les Gros Mots.

Le Barda.

La Charge.

Encore quelques exclamations et astuces de soldats. Puis de graves réflexions sur le nationalisme et l'interrogation capitale : « Pourquoi te bats-tu ? »

T'es le plus crapule qui peut pas exister dans toute l'Europe.

T'es le plus trahisseur du globe.

Tu parais balancé et tu fais noix.

T'attends le départ pour rien payer.

S'il fallait faire son boulot, je serais aussi boudin que lui.

Dans moi, c'est tout déraillé.

C'est pas son nom, farceur ; il y a là-bas un grand hôpital, farceur, et nom de D..., farceur, c'est plein de soldats.

J'ai les pieds tout en fourmis.

Le capitaine s'octroie deux fois plus de viande que le reste. Il demande un jour de l'ipéca. Il demande une ration double.

. . . .

Le nationalisme, pareil à l'homme qui fume parce qu'il trouve ça beau, jette ses allumettes dans sa paille, se débat des flammes et réfléchit à des systèmes de pompes perfectionnées pour éteindre les incendies qui éclatent de temps en temps chez lui.

. . . .

Les hommes vus de loin : des petites perles noires qui servent à faire des fleurs en perles et fil de fer qu'on accroche sur les tombeaux.

. . . .

Remonter aux sources... S'attaquer aux choses acquises, aux notions acquises, aux théories imposées.

Le contrat signé de Dieu le père affirme sans contestation que l'homme doit se tenir dans le passé... Etrange doctrine qui place le perfectionnement dans le piétinement.

. . . .

C'est cette libération, cette lumière qui s'appelle le progrès.

Cette idée est plus grande que celle de l'égoïsme individuel ou même de l'égoïsme collectif. Le progrès social repose sur l'Internationale.

Tu te bats pour quelque chose.

Pour quelque chose de grand, d'important, de sublime.

Pour quelque chose de simple. Il faut qu'on te le dise assez net et assez fort pour que tout le monde l'entende. En réponse aux... des morts et même aux cris des blessés, on voit la charpente profonde et grandiose des choses humaines.

Des grands cris, des paroles humaines ont retenti, qui illuminent les étapes du progrès actuel et du progrès futur. C'est pour une de ces grandes choses que tu te bats, pour la plus grande de toutes, pour la justice et l'égalité des hommes.

*

Des projets de nouvelles, des réflexions qui tantôt viennent illustrer les titres des chapitres du Feu *que Barbusse projette d'écrire, tantôt s'inscrivent comme des confidences personnelles, des propos naïfs de soldats, des images de poète, se succèdent comme les rayons et les ombres qui traversent l'esprit du combattant.*

Nous en respectons la chronologie. Leur désordre apparent, c'est toute la dispersion et aussi l'unité profonde de la vie du fantassin.

Projet de nouvelle.

L'empereur. Il y a quelque chose qui m'effraie : ce sont les tableaux. Il y en avait à la cour, terribles et sombres, de Philippe IV ; dans le palais qui valait une ville (il y avait dix mille fenêtres), mêlé aux bouffons et aux chambellans, un personnage que la faveur royale avait chargé de vagues besognes de cérémonial, dont celles de régler les cortèges et de faire les positions des Grands. Il s'appelait don Diego Rodriguez de Silva Vélasquez[1]. On pouvait avoir vécu à

1. L'image de Vélasquez et de son irrésistible puissance est évoquée dans le chapitre XXII de *Clarté*.

l'Escurial et ne pas se le rappeler, mais ses tableaux restaient là. Philippe IV est mort. Les règnes ont passé. Les générations ont passé, à travers les guerres et la paix. Ces tableaux sont toujours vivants. Ce sont des choses prodigieuses, avec leur éternelle présence qui efface tout. Ils effacent Philippe IV, et les guerres, et le faste. Et plus loin même Charles Quint et Charlemagne. Ils effaceront l'Espagne avec leur inépuisable immortalité. Ils sont de force à survivre à l'Europe un jour. Je suis inquiété par les grands tableaux, ces choses qui ne bougent plus jamais dans les palais — et les monuments eux-mêmes sont fragiles aujourd'hui.

Hier et demain.

1. Le rêve.

L'ivresse des cœurs. L'ivresse de l'espérance. La folie de l'obscurité et les courtes vues, le tout compact, indélébile, systématisé par les ignorants et les demi-savants.

2. Le drame, puis le cauchemar.

La tempête.

3. La Vérité, la Lumière.

Maladie de simplicité et de lumière, déchirement, arrachement.

Simplicité, facilité de remonter aux sources, aux causes, de faire une critique générale.

Je reviens écorché, sensible...

Les rancunes ; j'en ai que je n'avais pas ; je n'en ai plus que j'avais.

7. Enchantement.

Condenser en cent cinquante pages comme un roman d'amour, noter tous les détails ci-dessus nécessaires aux conclusions ; particulièrement l'action. Aucun exposé : les réflexions mêmes. Traits de caractère ou de drame.

Nouvelle.

L'infirmière dans la salle d'hôpital. Il l'aime et, guéri, l'emmène. Puis ça ne va plus et finalement elle redevient infirmière et s'en retourne à l'hôpital. Il y repart (pas comme malade). C'est les mêmes décors qu'avant, et malgré eux, malgré la lumière de leur essai, ils essaient de recommencer l'idylle. Ils se prennent à ébaucher les mêmes promesses qu'autrefois.

Celui qui ne voit pas loin ; il a pourtant toujours l'œil en avant, il a l'air de regarder devant lui, mais l'œil vide.

Il ne manque jamais de dire quelque chose d'insuffisant et d'inachevé. C'est l'homme à tête d'oie et à voix enrouée.

Il y a deux court-voyants : le béat, le bon vieux.

L'explosif et cassant.

. . . .

Transfiguration astrale.

. . . .

Le squelette carbonisé des arbres.

La vieille avec sa cape noire et son abat-jour.

Les mains avec leur carapace d'engelures.

L'étang sous l'agonie des chênes ; l'église pénombreuse aux dalles de cristal.

L'aurore fait sur la nappe d'eau des nappes de cristal.

Le Cauchemar.

Cette partie doit être la plus courte. Cinquante pages.

1 : 150. 2 : 50. 3 : 100.

C'est tout mon séjour aux tranchées : quinze jours.

J'arrive du dépôt pour les batailles.

Ceux qui se baignent et dont on voit les blessures, les balafres, les cicatrices, les rapiécés : même ceux qui restent intacts en apparence.

L'arrivée au dépôt. Il ne pleut pas, il fait très froid. C'est triste, triste. Toute la plaine, tout est sombre. Il n'y a que la gloire qui soit lumineuse.

*

Une réflexion qui suit le mot barré d'Idylle :

La chasteté terrible de la vie du soldat. La mort virginale.

*

Ici (feuillet 47 du Carnet*) Henri Barbusse a tracé un croquis des tranchées : « L'endroit où il faut courir comme des lapins. »*

Le catoblépas, l'animal fantastique dont Flaubert fait l'image de la stupidité — il dévore ses propres pattes sans s'en apercevoir —, revient souvent dans ces notes comme le type du « court-voyant ».

Après avoir campé le malchanceux et furonculeux Bénédic, il précise les traits de certains personnages rencontrés dans les cantonnements de l'arrière : ledit catoblépas, le forgeron Brisbille, le coiffeur Justin Pocard, le bricoleur Crillon, la baronne Grille, le gros Faivre à la barbe terreuse[1].

Les deux seuls personnages qui ont un semblant d'idées politiques : Brisbille et le catoblépas. Les autres sont conservateurs, moins par notions précises que par toute la tendance de leur esprit, profiteur, immédiat et aveugle, ou par la façon dont leur destin s'accomplit.

. . . .

Le coiffeur Justin Pocard. Il est lui aussi une espèce de Cocon à statistiques et à demi-péroraisons.

Sa boutique un peu encombrée, grasse de cosmétiques et d'huiles odorantes. Cartons obstruant les glaces.

1. Ces personnages, qui n'apparaissent pas dans *Le Feu*, figurent en bonne place dans *Clarté*. Leurs voix, comme celles du chœur de la tragédie antique, composent la musique de fond de l'arrière-front. Elles incarnent, à l'exception de Brisbille, l'opinion bien-pensante dans la ville où évolue le héros Simon Paulin, d'abord soumis, puis révolté.

Son esprit est tant bien que mal farci d'une étude sur l'alcoolisme, et il en indique les ravages.

Cela précise la place qu'il[1] doit occuper, une place presque égale à la guerre dans l'évolution de la misère humaine. Plein de grandes idées, il dit toujours et à tout propos : « C'est d'une simplicité bonjourienne... » La difficulté se heurte à des solutions...

Voulez-vous faire ceci, si ce n'est pas trop vous obliger, mon jeune ami ?

L'homme d'esprit qui fait toujours des calembours... et la manie parisienne des surnoms. Il voit passer la belle-sœur de la baronne Grille avec un mufle rouge, suante et à cheval : la chevauchée de la vache qui rit.

Il s'arrêtait de couper les cheveux pour dire : « Cet artiste-là qui travaillait au rasoir : mon petit travail... »

. . . .

Le bricoleur Crillon. La rude architecture de son visage. Sa tête s'inscrit en traits terribles. Le principe de payer non en argent, mais en travail. Il le pousse jusqu'aux extrêmes limites. Il paie tout en bricolage. Il combine les échanges les plus invraisemblables — microcosmes des combinaisons financières mondiales — par un innombrable travail qui prend toutes les formes. Son échoppe sent tantôt le cuivre, tantôt le vernis, tantôt la colle. Il n'est pas très honnête ; il détraque les montres.

Il est forgeron-serrurier, mais il travaille aussi le cuir. Il raconte que le ministre l'a louangé.

Crillon dit : « Je suis ici, je suis ici, c'est vrai, mais, mon vieux, faut pas t'y tromper : si j'avais pas ma femme, mes enfants, si j'avais pas mes affaires, si j'étais pas français, si j'étais américain, eh bien, je serais peut-être en Amérique. »

J'en ai connu qui disaient : « Si je trouvais seulement dix mille francs, comment j' mont'rais une boîte. »

1. L'alcoolisme.

La baronne Grille. « Vous êtes malade parce que vous n'avez pas mangé. Je suis malade parce que j'ai trop mangé. Vous voyez bien que nous sommes à la même enseigne. » Elle m'invite un jour au château, dont la machine génératrice d'électricité ronfle dans la nuit. Ce qui me vaut cet honneur, c'est qu'on était treize à table. Elle me dit : « Il faut tout de même aller inviter n'importe qui. »

Le gros Faivre. Son cou gras, flasque comme un ventre. Son menton a l'air d'avoir un ventre. Une barbe affreusement rêche, jaune et desséchée, semblable à de la sciure de bois. Les boursouflures de sa joue tamponnée de taches de barbe ; il ne parle pas. Il ne parle qu'à mi-voix, en vantant sa marchandise. Il encaisse. Il profite.

Le gros épicier Faivre ; il est haïssable de réussite. Il réussit toujours, lui, le génie à tout faire. Il profite de la paix. Vient la guerre. Il profite. Il ne commet du reste aucune malhonnêteté éclatante. Il ne vole pas, mais partout il ramasse. C'est un piège à sous.

Sa caractéristique, c'est la grosseur, l'épaisseur, la lourdeur de ses yeux. Leur blancheur a l'air d'être grave. Il a la bouche édentée et putride. Un petit sifflotement continu en sort, avec parfois des bulles, des lourds bourrelets de ses lèvres.

Une motte de beurre sur un peu de barbe comme de la terre. Il mange soigneusement. Il se garnit l'estomac comme une valise bien faite.

Deux gros yeux émaillés, bleu de faïence, le regard laiteux.

Il est là, avec sur sa face les hublots de ses yeux et sa lèvre humide qui déborde.

Brisbille. Il se distingue de tous les habitants du village par son intempérance et ses idées avancées. Type de taureau roux, à force d'alcool. Il s'adresse à tout le monde. On lui a tatoué dans le dos une Sainte Vierge. Il ne le sait pas.

Il rabat toujours le caquet d'autrui :

« C'est du flan. T'as rien que de rien. T'es cloche. Tu m'esquintes. Tourne la page. J' t' dresserai, moi, comme un manche à balai. Tu veux nous bluffer. »

Il dit des choses justes, avec un gros bon sens, mais il boit et déraille. Il commence à régler la question de l'héritage avec un sens très aigu, mais mesuré. Un esprit cinglant.

Une des caractéristiques de Brisbille, ce sont des menaces perpétuelles. « Je le prendrai dans un coin sans témoin. Y aura une grande distribution, et tu l' verras, le lendemain et les jours suivants, aller la tête dans les genoux. Oui, j'y casserai le manche au besoin avec une barre de fer. Tu avais une belle occasion de te taire, eh bien, tu l'as manquée. » Il a le monopole des métaphores amusantes et pittoresques.

Attention. Le bon curé. Très important. Il faut qu'il soit sympathique, mais pas hypocrite. Il est toujours de bonne foi. Au chapitre XXIV, on le voit tel qu'il est[1]. C'est son erreur qu'on démasque, son ignorance, non sa duplicité ni son hypocrisie. Il n'a que des commencements et que des justes et bons sentiments. Il ne vit qu'avec des commencements, des tronçons. Il ne manque jamais l'occasion de dire quelque chose d'inachevé. Sa main... des bénédictions perpétuelles. Il avoue. Forme de son aveu. Evidemment, il y aurait ça et ça, et tous les désespérés, et tous les révoltés auraient raison s'il n'y avait pas Dieu. Mais comme il y a Dieu, ils ont tort et tout est pour le mieux.

Brisbille dit en haussant les épaules : « Tu parles d'un excentrique. C'est un homme à tête d'oie, à la voix enrouée. »

Symbolique, profond, appelant la même réflexion.

Le curé, après une algarade de Brisbille, hoche la tête et dit : « Décidément, il n'y aura rien à faire jamais entre eux et nous. »

1. Aucun prêtre n'apparaît au chapitre XXIV du *Feu*, mais le type du « bon curé » occupe une place importante dans *Clarté*.

*

Parmi les pensées sur lesquelles va bientôt s'achever le Carnet, *on relèvera ces mots : « Respect de l'animal blessé. »*

Henri Barbusse, comme Emile Zola, étend sa pitié, mieux encore, son respect, à ces animaux dont les hommes acceptent si légèrement les souffrances et la mort.

Il a aimé surtout les chiens, qui ont été les chers compagnons de son travail et de ses promenades. Il a aimé les lapins, les oiseaux, et l'une de ses dernières visites, quelques jours avant sa mort, fut pour le zoo de Moscou. Il s'arrêta longuement devant la cage d'un singe qui refusait de manger, serra sa patte dans sa main et l'encouragea d'une voix affectueuse « à ne pas se laisser aller[1] *».*

La tendresse et la pitié. Respect de l'animal blessé.

. . . .

Je vois de mes yeux l'égalité qui est au fond et l'inégalité qui est à la surface.

Des soldats mettent en cause « celui qui a inventé qu'il y a des zeppelins » ou donnent aux amoureux trop pressés des conseils de délicatesse.

Des images de bombardement passent, fulgurantes.

Un poème traîne sur une table d'auberge.

Le bombardement. Mon vieux, ce type-là, il n'était pas habitué à ça. Je ne sais pas ce qu'il faisait dans le civil, mais c'était le sens contraire de son travail.

. . . .

Celui qui a inventé qu'il y a des zeppelins qui pourraient venir sur Paris, et qui a inventé la garde de nuit. Ah ! le fumier ! On était de garde une heure sur quatre.

. . . .

Il faut lui proposer ça doucement, ne pas lui dire

1. *Henri Barbusse*, par Annette Vidal, qui fut pendant plus de quinze ans sa secrétaire et lui consacra une émouvante et complète biographie. (Les Editeurs Français Réunis.)

avec brutalité : « Dis donc, c'est ce soir qu'on se mélange ? »

. . . .

J'étais esclave et je suis délivré, mais je ne sais que faire de cette immense liberté qui m'environne de toutes parts. Je suis trop délivré. Je suis amputé trop profondément dans mon esclavage.

. . . .

Le bombardement qui me surplombe de barres de flammes et jette autour de nous des parois de lumière.

. . . .

Le bombardement remue tellement la terre que la plaine semble prise de fureur, de convulsions.

La vague d'assaut, on a l'impression que la plaine se balance, s'agite, se creuse comme la mer.

Nous trouvons le poème, traînant sur une table d'auberge. Nous le prenons et le touchons comme une mort fragile et exotique.

Le premier poète.

Immobile comme on le doit, près du troupeau, près de la hutte, l'enfant, tout le long de sa flûte, cherchait son âme avec ses doigts. Il contemplait l'eau qui module, l'arbre effrayé, le bleu sommet. Tout ce mystère qu'il nommait parmi le silence crédule et le ciel bleu penché partout, et la lumière sans limite. Il disait, inspiré : « J'imite le bonheur de regarder tout. Voir s'y baigner le soleil, et voir les rides des grands champs. Je voudrais que mon sombre chant fût beau comme un regard qui vague. » Le monde s'éveille, bercé, et c'était le printemps des choses. Puisqu'une bouche était éclose sur le grand désert du passé.

*

Le feuillet 70 du Carnet de guerre *est partagé entre la liste du Service de presse du* Feu *et des images de la mort.*

Boutet,Médard,		Doumic
Guilhard		
Dr Sibille Hirsch		
Dr Challiot Ch Putz	Lutère Gal Maistre	
Duvernois		
Fischer		Decourcelle
P. Adam	R. de Gourmont	J. Jullien
	(Service spécial)	
Rosny		La Fouchardière
Lecomte	Taillebourg	Hue
. . . .	Esnault	
P. Margueritte		Richet
Néril (?)	Sella (?) Eude	
Nicolette H.	Drouillet	Le Foyer
J. Charrat	Boulin	
Mme L'Hx	Cocuti	Snell
Mme de Gr.	Frs Audifier	
Mme Fauqueux		J. Reinach
Fouret		
Fasquelle	Romain Rolland	Cruppi
Docquois	Pioch	
Ephraïm	Vanderem	Cl. Farrère
G. Téry	G. Lecomte	G.Verraux
Ed. Herr	Rostand	Cl. Jacquemont (?)
Mort-Mégret	Richepin	
La Fouchardière	Maeterlinck	Genil
Delesalle		Cm Hériot
Rainaud	Peyrebrune	Albert Thomas
J. Cals		Caillaux
Darlugal	Penalosa	
Marléval	Séverine	
Malviano	G. Hervé	
. . . .	MlleMaille	. . . .
. . . .	H. de Régnier	
	Gervais	
Marcelle Israël	Hi(r)sch	Hollande
Mme Blatgé		
	Barthou	Téry
Hug Netter	Hesse	
Brosseau	Wilm	Fouret
Caputo	Ch. Deloncle	
Hynda	Bokanowski	

Les disparus.

Morts qui vivent de la mort.

Les morts qui tuent. Quand on veut prendre leur ceinture, la grenade éclate. Le mort qui avait un fusil en joue ; on empoigne le fusil par le canon ; on le tire ; en faisant ce geste, le doigt raidi du mort pousse la détente et l'homme qui arrachait le fusil est tué.

*

Sur le feuillet 71, Henri Barbusse a tracé le croquis d'une chambre de sa chère maison d'Aumont, la villa « Sylvie », acquise en 1910 dans la campagne de Senlis, où flotte l'ombre de Gérard de Nerval, et il prend une fois encore à partie les nationalistes.

Les nationalistes sont les meneurs des peuples. Des nationalistes avec leur paix armée, leurs systèmes compliqués de protectionnisme et de combinaisons d'alliance, me font l'effet de gens, qui, au lieu de rebâtir la maison croulante, soutiennent les murs et les plafonds laborieusement avec leur dos et leurs mains et ne peuvent faire autre chose.

*

Le Carnet *se termine par la liste des chapitres du* Feu, *et auparavant par une dernière évocation : celle du soldat silencieux.*

La guerre. Journal d'une escouade. 1915.

I. La Vision.
II. Les H dans l'eau[1].
III. La Descente.
IV. Volpatte et Fouillade.
V. Le Cantonnement[2].
VI. L'Habitude[3].
VII. Embarquement.
VIII. La Permission.
IX. La Grande colère.

1. Titre définitif du chapitre : « Dans la terre ».
2. Titre définitif du chapitre : « L'asile ».
3. Titre définitif du chapitre : « Habitudes ».

X. Argoval.
XI. Le Chien.
XII. Le Portique.
XIII. Les Gros mots.
XIV. Le Barda.
XV. L'Œuf.
XVI. Idylle.
XVII. La Sape.
XVIII. Les Allumettes.
XIX. Bombardement.
XX. Le Feu.
XXI. Le Poste de secours.
XXII. La Virée.
XXIII. La Corvée.
XXIV. L'Aube.

*

Celui qui ne parle presque pas. A chaque instant, il a l'air de se décider à parler. Mais il ne se décide pas. On sent ce qu'il va dire ; puis il juge que ce n'est pas la peine, le ravale et le garde. Le témoin muet pour servir de repoussoir à certaines réalités, mieux que le parleur.

Mais Henri Barbusse, lui, a été, comme il le souhaitait déjà, au temps des Suppliants *et de* L'Enfer, *le Crieur*.

Table

Préface de Pierre Paraf 5

I. - La vision 23
II. - Dans la terre 27
III. - La descente 69
IV. - Volpatte et Fouillade 74
V. - L'asile 82
VI. - Habitudes 108
VII. - Embarquement 113
VIII. - La permission 122
IX. - La grande colère 131
X. - Argoval 151
XI. - Le chien 153
XII. - Le portique 167
XIII. - Les gros mots 191
XIV. - Le barda 193
XV. - L'œuf 210
XVI. - Idylle 213
XVII. - La sape 217
XVIII. - Les allumettes 221
XIX. - Bombardement 227
XX. - Le feu 244
XXI. - Le poste de secours 302
XXII. - La virée 321
XXIII. - La corvée 329
XXIV. - L'aube 349

Carnet de guerre d'Henri Barbusse 377

Ouvrages d'Henri Barbusse :

Poésie :

PLEUREUSES *.

Romans :

LES SUPPLIANTS *.
L'ENFER.
LE FEU *.
CLARTÉ *.
LES ENCHAÎNEMENTS *.
JÉSUS *.
ÉLÉVATION *.

Nouvelles :

NOUS AUTRES... *.
QUELQUES COINS DU CŒUR.
FORCE. L'AU-DELÀ. LE CRIEUR*.
FAITS DIVERS *.
CE QUI FUT SERA *.

Etudes sociales et historiques :

PAROLES D'UN COMBATTANT, articles et discours *.
LA LUEUR DANS L'ABÎME.
LE COUTEAU ENTRE LES DENTS.
LES BOURREAUX (La Terreur blanche dans les Balkans) *.
LES JUDAS DE JÉSUS *.
MANIFESTE AUX INTELLECTUELS (une plaquette).
VOICI CE QU'ON A FAIT DE LA GÉORGIE *.
RUSSIE *.
ZOLA.
STALINE, un monde nouveau vu à travers un homme *.

Les ouvrages dont les titres sont suivis du signe * ont été publiés par la Librairie Flammarion.

Composition réalisée par JOUVE

Imprimé en France sur Presse Offset par

BRODARD & TAUPIN

GROUPE CPI

La Flèche (Sarthe).
N° d'imprimeur : 19443 – Dépôt légal Éditeur 36692-09/2003
Édition 09
LIBRAIRIE GÉNÉRALE FRANÇAISE - 43, quai de Grenelle - 75015 Paris.

ISBN : 2-253-04741-4 30/6524/0